Todos involucrados

Seix Barral Biblioteca Formentor

Ryan Gattis
Todos involucrados

Traducción del inglés por
Javier Calvo

Obra editada en colaboración con Editorial Planeta – España

Título original: *All Involved*

Diseño original de la colección: Josep Bagà Associats
Fotografía de portada: © Steve Martinez
Diseño e imagen de portada: Departamento de Arte y Diseño,
Área Editorial Grupo Planeta

© 2016, Editorial Planeta Mexicana, S.A. de C.V.
Bajo el sello editorial SEIX BARRAL M.R.
Avenida Presidente Masarik núm. 111, Piso 2
Colonia Polanco V Sección
Deleg. Miguel Hidalgo
C.P. 11560, Ciudad de México
www.planetadelibros.com.mx

Primera edición impresa en España: febrero de 2016
ISBN: 978-84-322-2596-3

Primera edición impresa en México: mayo de 2016
ISBN: 978-607-07-3402-1

Impreso en los talleres de Litográfica Ingramex, S.A. de C.V.
Centeno núm. 162-1, colonia Granjas Esmeralda, Ciudad de México.
Impreso en México - *Printed in Mexico*

Dedicado a la memoria
del coronel Robert Houston Gattis Sr.

LOS HECHOS

A las 15.15 h del 29 de abril de 1992, un jurado absolvió a los agentes del Departamento de Policía de Los Ángeles Theodore Briseno y Timothy Wind, así como al sargento Stacey Koon, del cargo de uso excesivo de la fuerza al reducir al ciudadano Rodney King. El jurado no consiguió alcanzar un veredicto sobre la misma acusación contra el agente Laurence Powell.

Los disturbios empezaron alrededor de las cinco de la tarde. Duraron seis días y terminaron el lunes 4 de mayo, después de que se realizaran 10.904 detenciones, resultaran heridas 2.383 personas y se registraran 11.113 incendios y daños a la propiedad por valor de más de mil millones de dólares. Se atribuyeron además sesenta víctimas mortales a los disturbios, aunque esta cifra no incluye las víctimas de asesinatos que murieron fuera de los escenarios de los disturbios activos durante aquellos seis días de toques de queda, en los que apenas hubo ninguna clase de servicios de emergencia. Tal como dijo durante la primera noche el propio jefe del Departamento de Policía de Los Ángeles, Daryl Gates: «Van a producirse situaciones en que la gente se quedará sin asistencia. Las cosas son como son. No vamos a tener suficientes efectivos para estar en todas partes».

Es posible, y hasta probable, que muchas víctimas no asociadas con los disturbios sucumbieran en realidad a una siniestra combinación de circunstancias y de gente que se aprovechó de la situación. En la práctica, 121 horas de anarquía en una ciudad de casi 3,6 millones de personas situada en un condado de 9,15 millones fueron tiempo de sobra para saldar muchas cuentas.

Y este libro trata de algunas de ellas.

DÍA 1
MIÉRCOLES

«UNA CUESTIÓN TODAVÍA MÁS INTERESANTE ES: ¿POR QUÉ A TODO EL MUNDO LE PREOCUPA QUE ESTALLEN MÁS DISTURBIOS? ¿ACASO LA SITUACIÓN EN WATTS NO HA MEJORADO DESDE LOS ÚLTIMOS?, SE PREGUNTA MUCHA GENTE BLANCA. POR DESGRACIA, LA RESPUESTA ES NO. PUEDE QUE EL BARRIO ESTÉ ABARROTADO DE ASISTENTES SOCIALES, INSPECTORES, OBSERVADORES VOLUNTARIOS Y OTROS MIEMBROS DIVERSOS DEL *ESTABLISHMENT* HUMANITARIO, TODOS ELLOS PROVISTOS DE LAS INTENCIONES MÁS PURAS DEL MUNDO. PERO CASI NADA HA CAMBIADO. SIGUEN ESTANDO ALLÍ LOS POBRES, LOS DERROTADOS, LOS CRIMINALES, LOS DESESPERADOS, TODOS ALLÍ METIDOS Y HACIENDO GALA DE UNA VITALIDAD QUE DEBE DE PARECER TERRIBLE.»

THOMAS PYNCHON, *THE NEW YORK TIMES*, 12 DE JUNIO DE 1966

ERNESTO VERA

29 DE ABRIL DE 1992
20.14 H

1

Estoy en Lynwood, South Central, en las inmediaciones de Atlantic con Olanda, tapando con papel de aluminio los platones de frijoles que sobraron de una fiesta de cumpleaños infantil, cuando me dicen que me tengo que ir a casa antes de tiempo y quizá no volver mañana. Puede que incluso me toque no venir en toda la semana. A mi jefe le preocupa que lo que está pasando en la 110 pueda llegar aquí abajo. No dice la palabra «altercados» ni «disturbios» ni nada parecido. Se limita a decir «lo que está pasando al norte de aquí», pero se refiere a los sitios donde la gente está incendiando cosas y asaltando las tiendas y recibiendo madrizas. Se me ocurre protestar, porque me hace falta el dinero, pero no me llevaría a ninguna parte, o sea que no malgasto saliva. Guardo los frijoles en el refrigerador del camión, agarro mi chamarra y me voy.

Esta tarde cuando veníamos, Termita —un bato con el que trabajo— y yo vimos humo, cuatro columnas negras en el cielo con aspecto de pozos petroleros kuwaitíes en llamas. Quizá no *muy* grandes, pero grandes. El padre medio borracho del niño que cumplía años nos vio mi-

15

rarlas mientras poníamos las mesas y nos contó que los incendios eran porque los policías que le habían dado una madriza a Rodney King no iban a ir a la cárcel. Luego nos preguntó qué nos parecía. ¡Amigo, está claro que la cosa no nos gusta, pero no se lo íbamos a decir al cliente de nuestro jefe! Además, era una chingadera y así, pero ¿qué tenía que ver con nosotros? El desmadre se estaba armando en otra parte. La gente de por aquí nos callamos y hacemos nuestro trabajo.

Llevo ya tres años encargado del camión de Tacos El Único. No nos falta nada. Tacos al pastor. Carne asada. Lo que quieran. También hacemos una cabeza bastante buena, si se les antoja. Si no, pues hay lengua, pollo, lo que sea. Para todos los gustos. Normalmente nos estacionamos al lado de la taquería que tenemos en Atlantic con Rosecrans, pero a veces hacemos fiestas de cumpleaños, aniversarios, de todo, en realidad. Por estos eventos no nos pagan por horas, así que, por mí, cuanto antes se acaben, mejor. Me despido de Termita, le digo que no vuelva a venir sin lavarse bien las manos y me largo.

Caminando deprisa, tardo veinte minutos en llegar a mi casa, quince si tomo el andador que va entre las casas. No es como el paseo marítimo de Atlantic City ni nada parecido. No es más que un caminito de cemento que va entre las casas y que sirve de vía peatonal entre la calle principal y las viviendas del vecindario. Nosotros lo usamos como atajo. Como diría mi hermana: «Todo el mundo lo usa desde siempre para escaparse de la policía». Si lo tomas en un sentido, llegas a Atlantic. Si lo tomas en el otro, te lleva a las calles residenciales. Y en este último sentido lo tomo yo siempre, hacia las casas.

La mayoría de la gente tiene las luces del porche apagadas. Las del jardín de atrás también. No hay nadie fuera de su casa. No se oyen los ruidos de costumbre. No suena la música nostálgica del programa de Art Laboe. No hay gente arreglando sus coches. Cuando paso entre las casas, solamente oigo televisiones encendidas y a todos los presentadores hablando de saqueos, de incendios, de Rodney King, de la población negra y de la rabia, pero a mí no me importa, me da todo igual, porque yo tengo otra cosa en la cabeza.

No me malinterpreten. No estoy siendo insensible ni nada parecido, simplemente tengo otras cosas de las que preocuparme. Si hubieran crecido en el mismo barrio que yo, con una tienda de armas que vendía balas sueltas por veinticinco centavos a cualquiera que se presentara con malas ideas y un cuarto de dólar, seguramente terminarían igual que yo. Ni hartos de todo ni encabronados ni nada, simplemente centrados en sus propias cosas. Y ahora estoy contando los meses que faltan para largarme de aquí.

Creo que bastará con dos. Entonces tendré suficiente dinero ahorrado para conseguirme otro coche. Uno sencillito. Lo justo para ir y volver del trabajo sin tener que caminar por estas calles. Llevo toda la vida cocinando para otros, pero no tengo intención de quedarme así. Y en cuanto tenga el coche, pienso manejar hasta Downtown y suplicar que me acepten de aprendiz en la cocina del R23, un sitio bien chido de sushi que está en medio de un distrito donde antes se fabricaban la mayoría de los juguetes del mundo, aunque ahora los almacenes están todos vacíos porque el negocio de los juguetes se fue a China.

Me enteré por Termita, porque a él también le gusta la cocina japonesa. O sea, le gusta todo lo oriental, sobre todo las mujeres, pero eso no tiene nada que ver. Me llevó allí la semana pasada y me gasté 38 jodidos dólares solamente en mi comida, pero lo que hicieron aquellos chefs valió la pena. Cosas que yo ni siquiera había soñado. Ensalada de espinacas con anguila. Un atún tan bien sofrito con soplete que estaba cocinado por fuera y crudo y gelatinoso por dentro. Pero lo que de verdad me puso loco fue una cosa llamada California Roll. Por fuera tiene arroz prensado con unas huevas de pescado pequeñitas de color naranja. Y en el centro lleva cangrejo, pepino y aguacate envueltos con un círculo verde de algas. Fue el aguacate lo que me mató.

Entiéndanlo batos. Yo haría lo que fuera por aprender de esos chefs. Hasta lavar platos. Barrer el suelo, limpiar baños. Quedarme trabajando hasta tarde todas las noches. ¡Me da lo mismo! Sólo quiero estar cerca de comida japonesa de la buena, porque después de que pidiera el California Roll solamente por el nombre, me quedara mirándolo y decidiera que no lo quería porque odio los aguacates, Termita me dijo que no fuera tonto, así que me encogí de hombros y lo probé. En cuanto me llegó a la lengua, algo se me encendió dentro. El cerebro entero se me iluminó y vi posibilidades que no había ni sospechado. Y todo porque unos chefs habían tomado algo que a mí me tenía harto, algo que veo a diario, y lo habían convertido en otra cosa.

Si cortan, vacían y trituran suficientes aguacates, me entenderán. Pronto les empezarán a doler los huesos, con esa clase de dolor que llega cuando sus manos ya han memorizado movimientos a base de repetirlos una y otra vez, hasta el punto de que a veces los hacen en sueños. Pasen casi cuatro años haciendo guacamole todos los días menos el domingo y ya verán cómo ustedes también se hartan de tanta manteca verde.

Algo golpea la reja junto a mi cabeza y doy un brinco, con las manos en alto, listas para defenderme. Me río cuando veo que no es más que un gato gordo y anaranjado, porque, carajo, casi me da un ataque cardiaco.

Pero sigo caminando. Lynwood no es un buen lugar para que te encuentren quieto, al menos si eres listo. Downtown es distinto. Aquello es un mundo mejor, o al menos podría serlo para mí, y hay mil cosas que quiero saber, mil cosas que les quiero preguntar a esos chefs. Por ejemplo, ¿cómo influye este sitio en la comida? Puede que yo no sepa muchas cosas, pero estoy casi seguro de que en Japón no tienen aguacates. La comida de esta ciudad tiene sus raíces en México, porque antes California era parte de México. California todavía tiene un pie en Baja, que forma parte de México, aunque ahora la tierra que queda al norte sea otra cosa. Un poco como yo. Mis padres son de México. Yo nací allí y me trajeron a Los Ángeles cuando tenía un año. Mi hermano y mi hermana menores nacieron aquí. Y gracias a ellos ahora somos americanos.

Para esto me sirve regresar a casa caminando. Para hacerme preguntas, soñar despierto y pensar. A veces me pierdo en mis pensamientos. Mientras doblo la esquina que lleva a mi calle, me vuelvo a preguntar en qué demonios estaba pensando un chef japonés cuando inventó el California Roll, y me pongo a darle vueltas otra vez al hecho de que hasta un aguacate se puede convertir en otra cosa nueva y hermosa cuando lo cambias de contexto, y es entonces cuando se me acerca por detrás un coche con el motor ronroneando.

No le doy mucha importancia. Ésa es la verdad. Me alejo pero el coche frena a mi lado. O sea que me alejo todavía más, ¿ven? En plan: no hay problema, ya pasará de largo cuando vea que no estoy implicado en nada. No llevo uniforme de pandillero ni tatuajes ni nada. Estoy limpio.

Pero el coche se mantiene a mi lado, avanzando muy despacio, y cuando el conductor baja la ventanilla de su asiento, de dentro sale una ráfaga de música acelerada de piano estilo Motown. En este barrio todo el mundo conoce la KRLA. Está en el 1110 AM del cuadrante del radio. A la gente de aquí le encanta la música antigua. Suena el principio de *Run, Run, Run*, de The Supremes. Reconozco el saxo y el piano.

—Eh —me dice el conductor, levantando la voz por encima de la música—, ¿conoces a un bato de por aquí al que llaman Mosquito?

En cuanto oigo en boca de este desconocido el apodo que tiene mi hermano pequeño en las calles, doy media vuelta y salgo disparado por donde venía. A cada paso que doy, siento que mi estómago intenta escaparse a zarpazos del cuerpo. Mi estómago sabe que estoy metido en una broncota.

Oigo que el conductor se ríe, se echa en reversa y pisa el acelerador. El coche me alcanza con facilidad y da un frenazo. Es entonces cuando salen dos tipos de los asientos de adelante y uno más de la plataforma de carga de atrás. Los tres van vestidos de negro.

Tengo la adrenalina a cien. Debo de estar más alerta de lo que he estado en la vida, y sé que si salgo de ésta necesitaré acordarme de todo lo que pueda, de forma que vuelvo la cabeza y echo un vistazo atrás sin dejar de correr, para memorizar los detalles. El coche es un Ford. Azul oscuro. Creo que es un Ranchero. Tiene un faro trasero roto. El del lado izquierdo.

No consigo distinguir el número de la placa porque tengo que volver a mirar adelante para doblar la esquina y tomar el andador. Al cabo de un momento me meto entre las casas, intentando alcanzar la calle siguiente, saltar una valla y desaparecer en algún jardín, pero ellos me siguen de cerca. Los tres. Ellos no han trabajado diez horas delante de una parrilla, sirviendo tacos a un grupo de niños desmadrosos y a borrachos. No están cansados. Están frescos.

Los oigo a punto de alcanzarme, la sangre me late con fuerza en los oídos, y me doy cuenta de que ya me tienen. Solamente me queda un segundo para tomar aire y prepararme, y a continuación se me echan encima, me derriban de una patada y me pegan en el mentón con algo duro mientras estoy cayendo. Después, todo se vuelve negro durante no sé cuánto tiempo.

Me habían pegado antes en la boca, pero nunca así. Cuando recobro el conocimiento me están arrastrando hasta el coche, y tengo la sensación de que la cara se me va a partir en dos pedazos. Por encima del pitido, oigo que los tacones de mis botas raspan contra el asfalto y pienso que no puedo haber estado inconsciente más que unos segundos.

—No hagan esto —me oigo decir. Me sorprende lo tranquilos que están, tomando en cuenta que a mí el corazón me late a mil por hora—. Por favor. Yo no les hice nada. Tengo dinero. Lo que quieran.

Y ellos me responden, pero no con palabras. Unas manos me ponen en pie a lo bruto, me sacan del andador y me llevan a un callejón que tiene garajes a ambos lados. Pero solamente me están acomodando para lo que viene.

Me encajan varios golpecitos rápidos en los riñones, el estómago y las costillas. Me llueven desde todos los ángulos. No parecen muy fuertes pero me dejan sin aire. Al principio no lo entiendo, pero a continuación veo la sangre y me quedo mirando cómo me impregna la camisa, y mientras me estoy preguntando por qué no he sentido las puñaladas, un bat me golpea.

Veo parpadear una sombra un segundo antes de que caiga sobre mí y consigo moverme un poco. La parte pesada del bat solamente me da en el hombro, pero paso de estar erguido y observándome la camisa a estar tumbado de espaldas y mirando el cielo nocturno. Mierda.

—Sí —me grita uno de ellos en la cara—. ¡Sí, hijoputa!

Me coloco en posición fetal, la mandíbula ardiéndome como si se estuviera friendo en una sartén. Levanto las manos para protegerme la cara pero no sirve de nada. El bat me golpea una y otra vez. Me dan un golpe en el cuello y dejo de sentir el cuerpo.

—Amárrenselo mientras está tirado —dice una voz distinta.

Apenas puedo respirar.

Interviene otra voz, quizá la primera:

—¡Amárraselo tú si eres tan valiente, Joker!

Uno se llama Joker. Pienso que tengo que acordarme. Es información importante. Joker. La palabra se me queda en el cerebro y me pongo a darle vueltas. No conozco a ningún Joker más que al de los comics, y tampoco tiene ni pies ni cabeza que vengan por mí en vez de por mi hermano, por mucho que él haya vuelto a hacer otra pendejada.

—Por favor —digo cuando recobro el aliento, como si suplicar pudiera funcionar con estos monstruos. Ni hablar. Están demasiado ocupados jalándome de los tobillos como si me los quisieran arrancar, aunque estoy tan aturdido que ni siquiera veo cuál de ellos lo hace. Las piernas se me estiran.

—Ya está —dice uno de ellos.

Abro los ojos y pienso: ¿ya está, el *qué*? Reconozco el vecindario que me rodea. A continuación los oigo alejarse y veo que las luces de los frenos de su coche tiñen de rojo los garajes que me rodean y por un segundo creo que estoy a salvo. Me inunda el alivio. Creo que se están yendo. ¡Se están yendo! Es entonces cuando veo a un niño de unos doce años escondido en el andador. Las luces de los frenos le tiñen la cara de rojo y veo que sí, que me está mirando. Y tiene unos ojos como platos. Su mirada me da tanto miedo que la sigo hasta mi cuerpo y mis pies y casi vomito al ver que tengo los dos tobillos atados con alambre del grueso a la parte de atrás del coche.

Jalo con fuerza pero el alambre no se suelta, solamente se me clava en la carne. Pataleo con todas mis fuerzas pero no pasa nada. Nada cambia. Forcejeo para acercar los dedos al cable y quitármelo de alguna forma.

Pero entonces el coche arranca, lanzándome otra vez de espaldas contra el suelo y arrastrándome; la velocidad hace que el cráneo me derrape sobre el asfalto. El aire me azota con fuerza, y ya siento toda la piel de la espalda como si estuviera en llamas cuando el coche frena en seco.

La inercia me arroja hacia delante. ¿Tres metros? ¿Seis? Debo de rebotar, porque me elevo por el aire antes de que algo duro y frío como el metal se me estampe contra la cara, y esta vez noto cómo se me fractura la mejilla. La siento literalmente hundirse por dentro, oigo el eco de su crujido en los oídos, noto cómo el hueso se parte y me viene un chorro de sangre a la lengua. Volteo la cabeza, abro la boca y escupo la sangre. Cuando la oigo chapotear en la calle y me doy cuenta de que no para de brotar, sé que todo se ha acabado.

Sé que soy hombre muerto.

Quizá antes tenía alguna posibilidad de salir de ésta, pero ya no.

Una voz procedente del coche, no sé cuál, grita:

—¡Recoge el alambre, idiota, y asegúrate de que el hijoputa esté muerto!

Se abre una puerta pero no la oigo cerrarse. Oigo unos pasos que se me acercan y siento una silueta que desciende sobre mí para ver si respiro.

Ni siquiera lo pienso. Escupo tan fuerte como puedo.

Y debo de haber acertado, porque oigo un movimiento rápido de pies y la silueta retrocede.

—¡Dios! —exclama la voz—. ¡Tengo su puta sangre en la boca! ¿Estás intentando pasarme el sida o algo así?

¡En este momento *me encantaría* tener sida para poder pasárselo! Intento abrir más los ojos. Solamente se me abre el derecho. Veo que la silueta se mete algo en la boca y a continuación veo que suelta un bufido y enseña los dientes. Luego la silueta se me echa encima, tan deprisa que ni siquiera sé lo que está pasando, pero me da tres puñetazos fuertes en el pecho. Al principio no noto el cuchillo, pero sé que me ha clavado uno por los ruidos y por la forma en que me deja sin aire. Oigo un golpe sordo cada vez que lo clava hasta dentro. Tan adentro como puede ir un cuchillo.

—Dile a tu hermano que vamos por él —me dice en voz baja, igual que me susurra mi madre cuando se enoja conmigo en la iglesia. En tono enojado pero sin levantar la voz.

El que se dedica a dar órdenes desde el coche vocifera:

—¡Hay gente mirando, idiota!

La silueta que tengo encima desaparece entonces. Y el coche también. Rociándome de grava al irse. Sigo respirando pero el aire que aspiro está mojado. La mitad es sangre. No siento nada en ninguna parte. Intento rodar por el suelo. Pienso que, si me doy la vuelta, la sangre se derramará al suelo en vez de ahogarme. Pero no puedo. Veo una silueta nueva encima de mí. Me esfuerzo para parpadear y aparece una cara. Es una mujer que se está apartando el pelo de los ojos mientras se inclina. Me está diciendo que es enfermera y que me quede quieto. Me dan ganas de reírme; me dan ganas de decirle que no me puedo mover, o sea, que no se preocupe, que me voy a quedar quieto porque no puedo hacer otra cosa. Quiero pedirle que le cuente a mi hermana lo que acaba de pasar. A su lado hay otra silueta, más pequeña. Parece el niño que vi antes, pero está demasiado borroso para saberlo. Sin embargo, oigo con claridad su voz: «Se va a morir, el bato, ¿verdad?». Durante un segundo pienso que está hablando de otra persona. No de mí. Entonces la mujer susurra algo que no puedo oír y noto que unas manos me tocan. No exactamente unas manos, sino una presión. El dolor no es lo más jodido. Lo peor es que no puedo respirar. Lo intento pero no puedo. El pecho no se me levanta. Noto como si tuviera un coche estacionado encima. Intento decirles esto: que si convencen al coche para que se mueva, estaré bien. Intento gritarles esto, cualquiera de estas cosas. Pero la boca no me funciona, y siento la piel grande y fláccida, y el cielo demasiado cerca de mí, como si se me hubiera caído encima, en la cara, igual que una sábana, y tengo una sensación muy extraña, como si el cielo hubiera bajado para curarme, como si me estuviera llenando de una especie de cemento oscuro, intentando tapar mis agujeros y ayudándome a respirar, y pienso que sería genial que fuera verdad, pero sé que simplemente me estoy muriendo, que el chamaco tiene razón, sé que simplemente me estoy fundiendo con el cielo porque apenas tengo oxígeno en el cerebro, y lo sé porque es lógico, porque los cerebros no funcionan bien sin su alimento, y sé que no es verdad que me esté convirtiendo en parte del cielo y lo sé porque, lo sé porque

LUPE VERA, ALIAS LUPE RODRIGUEZ, ALIAS PAYASA
29 DE ABRIL DE 1992
20.47 H

1

Listo se dedica a estudiar un libro de texto mientras Apache está sentado a la mesa de la cocina haciendo dibujos al estilo de la revista *Teen Angels*, y Gran Fe se ocupa de la estufa, dando vueltas al chorizo del sartén con una cuchara de palo y contándome a gritos una historia de los Vikings a mí, que estoy en la sala de estar. Me está contando que una noche en Ham Park sonaron disparos y que todo el mundo se tiró al suelo y las balas pasaron silbando, bato, hicieron exactamente ese sonido. Y en ese momento alguien se pone a aporrear la puerta de mi casa, fuerte y deprisa, pam-pam-pam, como si le valiera madres joderse la mano.

Hace un rato estábamos viendo en la tele cómo los negros jodían la ciudad después de haberle machacado la cara a ladrillazos a un camionero blanco en el cruce de Florence con Normandie, pero enseguida nos aburrimos de las noticias y cambiamos a la señal local para ver otra cosa. Ahora tenemos puesta una del Oeste con el sonido bajo, pero ya da igual. Les aseguro que ya no estoy prestando atención a las armas ni a los sombreros. Me quedo mirando a Destino (Gran Fe ahora sólo quiere que lo llamen Gran Destino, ya ven), a Listo y a Apache, y ellos se me quedan mirando a mí. Estamos pensando todos lo mismo: sea quien sea, no son los sheriffs.

Los sheriffs no llaman a la puerta. La tiran abajo. Entran gritando, con los cañones de las escopetas y las linternas por delante. Les da igual que seas una chava como yo. Joden a todo el mundo sin distinción.

Es *imposible* que sean los sheriffs.

Destino es quien manda aquí. Debajo de su camiseta sin mangas tiene esa corpulencia natural que ya les gustaría tener a los que practican lucha libre. Se sube los pantalones tirando del cinturón con el brazo derecho cubierto de tatuajes aztecas y aparta del fuego el sartén donde el chorizo sigue chisporroteando.

Yo le hago una señal con la cabeza y él sigue hablando para aparentar normalidad en caso de que alguien nos pueda oír desde fuera. A continuación me devuelve la señal, se inclina y vuelve a incorporarse con una pistola en la mano. Siempre hay una en el cajón de los sartenes de debajo del horno.

Es una 38. Es muy pequeña, pero hace agujeros de verdad.

—O sea que yo estaba boca arriba —dice Destino mientras se acerca lentamente a la puerta—, mirando las estrellas, y me caían encima trocitos de hojas porque las balas las estaban atravesando. Me estaban lloviendo hojas encima.

Me agacho hasta el suelo. Miro hacia las ventanas, pero no veo ni una puta sombra por culpa de las cortinas. Sin embargo, Apache está pegado a ellas. Veo cómo le asoma el peine blanco que siempre lleva en el bolsillo de atrás. No es mucho más alto que yo pero es puro músculo, y además se pone ropa muy ancha para que nadie vea lo fuerte que es. Es la clase de tipo que necesitas en una situación como ésta, bueno, en realidad en cualquier situación. O sea, una vez le arrancó la cabellera a un bato. De ahí le viene el apodo. Sacó un cuchillo y le arrancó el cuero cabelludo, centímetro a centímetro, con pelo y todo. Cuando terminó, lo tiró a un fregadero. Yo no estaba, pero me lo contaron.

—Ya me conoces —sigue diciendo Destino—, fui arrastrándome por el suelo como soldado hasta el árbol más cercano para ver quién estaba disparando.

Debo de haberle oído esta historia doscientas veces. Todos se la hemos oído. A estas alturas, es como un ritual ensayado. Es nuestra historia, nos pertenece a todos, y cada vez que nos la cuenta nos corresponde hacer las preguntas en los momentos oportunos.

—¿Viste quiénes eran? —le digo mientras gateo hasta mi recámara—. ¿Les viste las caras o algo?

Más golpes en la puerta, esta vez más lentos y pesados. Pam. Pam. Pam.

Destino pestañea. Yo estoy agachada junto a la puerta de mi recámara, pasando la mano por el friso en busca del rifle que mi hermano pequeño tiene ahí escondido, detrás de la mesilla de noche. Es su costumbre. Tiene uno escondido en cada cuarto y dos en el baño.

—Eran los Vikings. Apoyados en el cofre de la patrulla, con los faros apagados, ¡soltando tiros como si nada, bato, tirando del gatillo!

Así es Lynwood. Hasta tenemos una banda de sheriffs neonazis. Ojalá mintiera, pero no. Hemos oído que hasta tienen tatuajes. El logo de los Vikings de Minnesota en el tobillo izquierdo. La ley los tiene sin cuidado. Su idea de solucionar el problema de las bandas es entrar en un barrio con las luces apagadas, tal como contaba Destino, acribillar a tiros a cualquiera que tenga facha de pandillero y largarse, con la intención de empezar una guerra de bandas donde nos matemos los unos a los otros porque pensemos que ha sido otra banda la que nos ha atacado, no los sheriffs. Se llaman policía pero son criminales. Pero es que para ellos, si eres negro o moreno, no vales nada. Ni siquiera eres humano. Matarnos es como sacar la basura. Así piensan.

Con el barniz de uñas en una mano y un aplicador de ésos en la otra, Lorraine asoma la cabeza desde mi recámara con cara de curiosidad, mirada de estar en la luna y sus tetas de alumna de preparatoria meciéndose hacia mí. No lleva ni brasier y solamente se ha pintado tres dedos de los pies con barniz azul con brillantina. Está claro que la interrumpimos.

Se detiene de golpe al ver mi mirada. Yo articulo en silencio las palabras: «Adentro, carajo».

No parece que le haga ninguna gracia, pero se vuelve a meter en la recámara a oscuras mientras yo me acerco la culata del rifle y me lo pongo en el regazo. Lo noto liviano al tomarlo, es un rifle 22. Solamente he hecho prácticas de tiro dos veces en mi vida.

Compruebo que está cargado. Claro que sí.

Listo está hablando en voz baja con Destino y mirando el monitor de circuito cerrado que muestra hasta el último ángulo del exterior de la casa.

—No se ve nada raro. Es el chamaco de los Serrato.

—¿Alberto?

—No, el pequeño. No sé cómo se llama.

Vuelven a tocar la puerta y esta vez suena la madre de

fuerte. Cuesta imaginarse que un chamaco de doce años pueda tocar tan fuerte la puerta. Es entonces cuando el estómago se me revuelve, como si fuera una montaña rusa del parque Knott's Berry. Porque es entonces cuando intuyo que algo está mal de verdad. Tan mal que quizá no se pueda arreglar.

2

Destino está hablando por teléfono, haciendo lo más inteligente que se puede hacer, que es llamar a las casas de enfrente, dos casas más arriba y dos más abajo, para asegurarse de que la avenida está limpia de coches y de gente acechando. Nunca se sabe a quién pueden usar para hacerte abrir la puerta. Pueden usar a chamacos, a quien sea. No hay que bajar nunca la guardia. Destino asiente despacio con la cabeza y le pasa el teléfono a Apache. Listo le cubre la espalda.

Listo es más flaco. Un palillo total. Deja puesta la cadena de la puerta pero gira la manija y abre un poco para que Apache pueda poner el cañón chato de la 38 contra la reja metálica de seguridad, a medio metro de la cara del niño.

—¿Necesitas algo, chamaco?

El niño está sin aliento y tose un poco. No mira el cañón del arma; ni siquiera levanta la vista:

—Señorita Payasa, yo…

Lupe Rodriguez. Ése es mi nombre legal, por si les interesa. Aunque poco importa. No es el de verdad. Ya me lo he cambiado dos veces. Pero Payasa es como me hago llamar desde que estoy implicada (que es la forma educada de decir que estoy metida en rollos de bandas). Pero llamarme señorita… Si no tuviera el estómago revuelto, hasta me parecería chido. El respeto es necesario incluso ahora, en pleno fragor de lo que sea.

Por aquí, el respeto es más que una simple cortesía. Es una moneda. No lo olviden.

Apache interviene:

—Escúpelo, chamaco.

El niño levanta la mirada del escalón de mi entrada y le vemos la cara superseria:

—Es su hermano, está...

Listo descorre la cadena y abre la reja de seguridad. Apache agarra al chamaco de los hombros, lo mete dentro, cierra la puerta de golpe con el talón y la reja metálica da un portazo detrás. Por fin lo cachea deprisa y con eficacia. El chavo tiene el pelo negro demasiado largo y un diente mellado. Y está manchado de sangre.

Destino toma el control de la situación y zarandea un poco al chavo.

—¿Dónde?

No voy a mentir: al principio creo que hablan de mi hermano menor, Ray, al que llaman «Mosquito». (Le pusieron el apodo porque cuando éramos pequeños nunca paraba de zumbar de un lado para otro. Y el diminutivo le viene de que hasta el año pasado había otro tipo apodado Moscardón. Le dispararon desde un coche. Que en paz descanse.)

El chamaco tarda un momento en decirnos que el cuerpo está a dos calles de aquí, más muerto que muerto. Es entonces cuando la sangre me empieza a latir en los oídos, porque esto no tiene ni pies ni cabeza.

Pero si Mosquito ha ido a hacer un recado a Riverside, pienso; ¿cómo es posible que...?

Carajos. En ese preciso instante me doy cuenta: la verdad se me estampa en toda la cara y la casa entera se me viene encima. Me tengo que agarrar a la pared con la mano para no caerme.

No es Ray.

—Mierda —digo.

Destino suelta al chavo y se queda con la cara toda triste, la más triste que he visto en la vida. Él también acaba de darse cuenta. Listo tiene la boca abierta, como si se le hubiera olvidado qué es respirar. Apache tiene la cabeza apoyada en las palmas de las manos.

Es Ernesto, mi hermano mayor. Mis tripas lo saben pero mi cerebro no está de acuerdo, y me dice cosas como que ni siquiera está metido en nada. No está implicado. Es un ciudadano de a pie. Y los ciudadanos de a pie son intocables, o sea que ni hablar. Ni hablar, carajo.

Pero entonces lo entiendo, como si esto fuera un problema matemático que la muy imbécil de mí por fin hubiera resuelto. Ya no hay reglas. Ni una. Por culpa de los disturbios. Me entra un escalofrío cuando comprendo que todos los tiras de la ciudad están en otra parte, y eso quiere decir que se ha abierto la veda contra cualquier puto desgraciado que haya hecho algo en la vida y no lo haya pagado; y carajo, este barrio tiene mucha memoria. Suelto un bufido y tardo un segundo en ser consciente de lo podrido que está esto.

O sea, justo antes de que Apache llegara, Destino, Listo y yo estábamos viendo en la tele al bato ese al que le han dado el ladrillazo y nos pusimos a bromear con lo que estaba pasando y dijimos que ahora sería un buen momento para saldar cuentas si se nos daba la gana. Ahora entiendo que ya debía de haber gente ahí fuera cobrando deudas y pegando tiros.

Detrás de mí, Lorraine sale de mi recámara y me dice: «Oh, no, mi amor», como si estuviera intentando reconfortarme o algo así, pero ahora mismo ni siquiera estoy triste, y tengo clarísimo que no quiero que me toque.

Estoy encabronada.

O sea, nunca en la vida he estado tan furiosa. Clavo las uñas en la culata del rifle y veo destellos rojos por todos lados.

O sea, ¿cuántas veces le he dicho a Ernesto que ponga atención cuando regresa caminando a la casa? La frontera que divide nuestro barrio del suyo está demasiado cerca. ¡A ese vago de mierda le ha pasado lo que se merecía por no hacerme caso!

Me muerdo la lengua y noto que estoy conteniendo la respiración.

—¿Quién lo sabe? —me oigo decir a mí misma, y me sale en tono furioso.

El chamaco parece confundido.

—¿El qué, quién lo mató?

—No —le digo—. ¿Quién sabe que Ernie está muerto?

El chamaco contesta: solamente la gente que hay en el callejón al que lo arrastraron. «Arrastraron», dice el chavo, y yo ni siquiera entiendo qué quiere decir con eso. La palabra no me cuadra. No la asimilo. No en este preciso instante. No mientras la casa continúa dando vueltas y yo sigo agarrándome para no caer. Trago saliva y digo:

—¿Cuánto tiempo tenemos?

Al principio Listo me mira con cara de no comprender lo que estoy diciendo, pero Destino sí me entiende. No necesito explicárselo.

Mira el reloj de la pared y se encoge de hombros.

—Hora y media, seguramente.

Es el tiempo que falta para que Mosquito vuelva zumbando y se entere de todo esto. Nadie se lleva el localizador cuando va a hacer recogidas. Así eliminas la tentación de usarlo mientras estás trabajando.

Así pues, noventa minutos, quizá menos. Es el tiempo que tenemos para averiguar quiénes lo hicieron, encontrarlos y coserlos a balazos antes de que Mosquito regrese y se ponga a tirotear casa tras casa llena de gente que no tiene nada que ver con esto. Es su estilo, pero no el mío.

Yo necesito mirar a los ojos a quien haya hecho esto. ¿Qué otra cosa puede hacer una hermana?

Y antes de matarlo, tiene que saber que lo sé. Así se hace justicia.

Todos los presentes en la sala de estar pueden ver que estoy fuera de mí. Nadie dice ni pío cuando apago la tele en mitad de una escena en la que alguien está repartiendo insignias a un grupo de héroes de una patrulla ciudadana. Por un segundo, da la impresión de que somos nosotros. Le paso mi rifle a Destino y tomo el teléfono para llamar a mi madre. La sacamos de Lynwood el año pasado para llevarla a un lugar seguro, que ni siquiera les puedo decir a ustedes. Aun así, se entera de cosas, como si los chismes de lavadero siguieran llegando a su cocina.

Necesito cinco intentos para hablar con ella. Esta noche las líneas telefónicas deben de estar completamente colapsadas. Supongo que tengo suerte. Cuando por fin me contesta el teléfono, le noto en la voz que todavía no sabe nada, pero ella nota en la mía que pasa algo malo. Le digo que no abra la puerta a nadie, que cierre bien con llave. Le digo que no vuelva a contestar el teléfono hasta que yo llegue, porque le tengo que decir algo importante pero va a tener que esperar, se lo tengo que decir yo en persona.

—Por favor —le digo—. Prométemelo.

Y ella me lo promete.

35

Cuelgo el teléfono y le digo al chamaco que nos lleve, que nos lleve al puto sitio por donde arrastraron a mi hermano hasta matarlo.

3

El trayecto en el Cutlass de Apache son los dos minutos más largos de mi vida. La pierna izquierda me tiembla como un demonio y solamente la puedo parar apoyándome las manos en la rodilla. A continuación me empieza a temblar la otra pierna, así que me digo: al carajo, y me dedico a mirar por la ventanilla los buzones que pasan a toda prisa y las puertas de las casas protegidas con barrotes metálicos. Todo está cerrado a cal y canto. No me extraña. Todavía no ha oscurecido lo suficiente como para no ver el humo por encima de los techos de las casas y darse cuenta de que sigue habiendo incendios a lo lejos.

Tengo que obligarme a respirar cuando por fin Listo se estaciona a una cuadra del callejón y Destino, el pequeño de los Serrato y yo tomamos el andador que va entre las casas y salimos a un callejón con garajes a ambos lados. El aire parece estancado, como si todo el mundo hubiera estado conteniendo la respiración hasta nuestra llegada. También tengo calor, así que me desabotono la camisa de franela hasta que me ondean los faldones y me quedo con la camiseta de tirantes a modo de única protección.

Normalmente nos acercaríamos, veríamos lo que pudiéramos y saldríamos pitando. Pero esta noche tenemos tiempo. Aunque alguien haya llamado a los sheriffs, quién sabe cuándo vendrán. Esta noche es así. Esta noche las calles son nuestras.

Listo viene por detrás de nosotros con una linterna y unas cuantas bolsas de esas que cierran herméticamente ya preparadas. Listo es experto en estos rollos. El año pasado lo mandamos al L. A. Southwestern College para que estudiara Investigación de Escenas de Crímenes. Ya casi se gradúa.

O sea, en parte no queremos que tenga que usar nunca lo que ha aprendido. Pero es lo que tiene esta vida. Tarde o temprano a todo el mundo le toca pelarse. Y es una mierda cuando le toca a alguien de tu banda, pero todavía lo es más cuando te toca a ti. He pasado por esto dos veces, cuando cayeron un primo mío y mi padre. Y ahora la ruleta me ha vuelto a tocar. Es mi turno. Otra vez. Así que necesito que Listo me dé respuestas. Y que me las dé deprisa.

Le doy un golpecito a Destino en el codo. Él sabe por qué.

Me enseña la esfera de su reloj de pulsera. Nos queda poco más de una hora y cuarto antes de que Mosquito se convierta en el Demonio de Tasmania. Y eso con suerte.

Nuestros amigos ya han cerrado el callejón por los dos lados. Ranger, Apache y el primo de Apache, Oso, están vigilando el acceso. Igual que soldados, ¿saben? No me alcanza la vista para ver quiénes están del otro lado, pero ahí están: cuatro sombras largas como cuchillos, apuntando al callejón porque tienen detrás las luces encendidas del campo de softball, a cuatro calles de aquí. Se me hace raro, porque no me imagino a nadie jugando un partido con toda la ciudad ardiendo, pero en fin. La electricidad no es mía.

El callejón es lo bastante ancho como para que pasen quizá dos coches pequeños, pero nada más. Las partes de atrás de las casas de madera que lo flanquean son viejas de a madres, como de los años cuarenta, y tienen las cañerías podridas. Algunos de los garajes están un poco separados de las casas, y en ese espacio que los separa hay colchones, sillones viejos y todas las demás mierdas que la gente no quiere tener ni en su porche ni en su jardín. Si la gente ni siquiera se molesta en pintar la parte de atrás de sus casas es porque es justamente la típica zona deprimente que no quieren que nadie vea.

A nuestro alrededor, las calles miran.

Caras inexpresivas medio escondidas en las sombras de los garajes. Caras temerosas fingiendo que no tienen miedo. Hay un par que me suenan y me fijo bien en ellas. Una es una enfermera, que no se ha quitado el uniforme del hospital. Cuando la miro, se estremece un poco. A su lado va arrastrando los pies un mendigo negro al que no reconozco del vecindario. Es bajito, lleva bastón y se acerca al cuerpo como si tuviera curiosidad.

Cuando ve que lo miro, me dice:

—Eh, ¿qué ocurre aquí?

Paso de largo sin detenerme.

—Que alguien saque a este hijoputa chismoso de aquí. —Y me da la sensación de que, más que decirlo, lo escupo.

Destino hace una señal con la cabeza y algún soldado debe de desviarse para ocuparse del tipo, porque oigo un pequeño forcejeo pero nada que llame demasiado la atención. Ya tengo la mente en otra parte.

Cuando llegamos donde está el cuerpo de mi hermano mayor, me resulta demasiado pequeño. La espalda, por ejemplo, se le ve demasiado pequeña, mientras que yo la recuerdo lo bastante grande como para llevarme en hombros cuando era niña y fingir que era un caballo. Cuando le veo la cara no me estremezco pero sí me paro. Me paro en seco.

Porque le dejaron la puta cara hecha polvo. O sea, es su cara pero no lo es. Ya no.

Tiene los dos ojos salidos de las órbitas como si un boxeador se hubiera ensañado con ellos de forma metódica. Tiene mugre del suelo del callejón metida en la boca y en las heridas alargadas que le recorren las mejillas. Arenilla. Piedrecitas. Uno de sus dientes incisivos está completamente vuelto del revés. Tiene la mejilla hundida. Le falta una oreja.

—Aquí está —dice el chavito, aunque no hace falta. Mierda. Salta a la puta vista.

Pero no lo digo. Todo me pasa dentro de la cabeza.

Estoy mirando a mi hermano mayor, que ya no parece tan grande.

Aprieto la mandíbula y me cruje. Pienso que Ernesto era más alto. Es una idiotez, lo sé, teniendo en cuenta cómo está, pero son cosas que no se pueden evitar. Son pensamientos que me vienen sin más, ideas tontas que simplemente salen a la superficie, acompañadas de un hormigueo en la piel. Entonces me doy cuenta de que estoy sudando a mares.

Sigue llevando el uniforme del trabajo, mi hermano mayor, todo envuelto de mugre y tierra y sangre que no ha acabado de secarse. En todo este jodido callejón destartalado sólo hay un árbol lo bastante alto como para proyectar su sombra sobre él, una sombra que no para de mecerse a un lado y al otro, paseándole una silueta negra sobre las piernas como si fuera una manta, como si estuviera intentando abrigarlo o algo parecido.

Y lo que es peor: lleva las botas de vaquero que le regalé hace dos años en Navidad. De cuero negro, con el tacón y la suela de color madera de olmo. Elegantes de a madres. Nunca se las ponía para trabajar, solamente para hacer el camino de ida y de vuelta. Por alguna razón, es lo que más me afecta. Me acuerdo de la sonrisa torcida cuando abrió la caja y de los ojos como platos que se le pusieron, y necesito un momento para recuperarme.

Me alejo con los puños más apretados que nudos dobles. Me quedo mirando las luces del campo de softball hasta que al parpadear veo duplicados azules en los garajes cercanos, y no me ayuda demasiado pero es mejor que nada. Cuando devuelvo la vista al asfalto y comienzo a caminar por él, voy con cuidado de no pisar las marcas de llantas que se alejan de Ernesto como si fueran vías negras de ferrocarril. Ahora entiendo lo de que lo han arrastrado.

Debe de haber patinado quince o veinte metros por el asfalto después de que le dieron la madriza.

¡Hijos de su puta madre! Ahora lo entiendo.

Primero le dieron la madriza. Le machacaron la cara a puñetazos y seguramente también con las culatas de las armas, si tenían. Y se lo hicieron a un tipo que nunca les hizo nada. Y al hacerlo cruzaron una línea, y sólo puede haber sido por un motivo. Esto va dirigido a nosotros, obviamente al idiota de Mosquito, está más claro que el agua. Es un mensaje que nos están mandando. Lo que pasa es que no se les ocurrió que lo recibiría yo primero.

Estoy tan furiosa que tiemblo. Toda la rabia que sentía hasta hace un momento por Ernesto, por el tipo que me crio al morir mi padre, que se aseguraba de que me comiera siempre los chilaquiles y tuviera almuerzo todos los días para llevar a la escuela, se desplaza.

Noto literalmente el clic. Lo siento muy dentro, igual que un interruptor de la luz que se enciende. Toda la rabia que tengo por el hecho de que a mi hermano le haya dado por volver a casa por donde no debía se apaga y al cabo de un instante se vuelve a inflamar de golpe, iluminando a los desgraciados que hicieron esto. Necesito saber quiénes lo hicieron, más que nada que haya necesitado nunca. Verle la cara así…, carajo. Verle la cara así.

Soy consciente de que nunca volveré a ser la persona que era antes de vérsela.

Cuando esos cobardes le hicieron lo que le hicieron a mi hermano mayor, a Ernesto, me convirtieron en una persona nueva. Estoy aquí renacida por culpa de ellos. Ahora mismo me parece que tengo hambre y sed y estoy ardiendo, todo al mismo tiempo. Le vuelvo a mirar la cara y necesito saber a quién tengo que hacerle *eso* mismo. Necesito saber qué corazones hay que agujerear igual que está agujereado el mío. Y necesito todo esto ahora mismo, en chinga.

Cuando estamos en público como ahora, es Destino quien da las órdenes. Me obligo a abrir los puños. Me obligo a caminar de vuelta adonde está él.

Da igual cuánto me moleste. Aquí no puedo ponerme a despotricar, contra el machismo no se puede ir nunca. La cosa simplemente no funciona así. Todavía no soy ni soldado raso, sólo hermana de uno. Y, además, las mujeres ni pichan ni cachan. Puedes llorar o acostumbrarte. Yo hago lo segundo.

Pero Destino ya sabe lo que quiero. Es como si me leyera la mente.

—Si puedes, Payasa, ve a hablar con la gente. Y tú sigue haciendo lo que estás haciendo, Listo. —Destino nos hace una señal con la cabeza a los dos y se vuelve hacia el chavo—. ¿Qué carajo estabas haciendo aquí, chamaco?

No oigo su respuesta y tampoco me importa.

Ya me he acercado diez pasos a la enfermera que he

visto antes. Está plantada en medio del callejón, como esperando a que alguien conteste sus preguntas.

4

La enfermera debe de medir metro sesenta, y lleva el uniforme azul del hospital y unos zapatones blanquísimos. Tiene una cicatriz en la barbilla, pelo corto que le reluce bajo un farol como si fuera barniz de uñas negro y sangre por toda la pechera del uniforme. Me da la impresión de que intentó salvarlo, y la sangre de mi hermano se ve violeta en su ropa, como si ni siquiera fuera de verdad.

—¿Eres la hermana de Dormilón? ¿Gloria?

Ella asiente con la cabeza. Sabe que me refiero a Dormilón Rubio, no a Dormilón Argueta. Hay una gran diferencia. Treinta kilos, más o menos.

—Lo siento mucho —dice Gloria.

Pongo la voz más serena que puedo porque se ve agitada. Me sale más falsa que la chingada, pero no puedo hacer otra cosa.

—Cuéntame lo que sepas.

Se abraza a sí misma como si tuviera frío y señala el garaje más cercano, un cuartucho que a oscuras se ve de color azul marino.

—Yo me había estacionado y estaba mirando mi correo, ya sabes. No lo recojo muy a menudo y...

Gloria ve mi mirada enojada de «no tengo tiempo» y corta el rollo:

—El coche parecía una camioneta pequeña, con plataforma y todo, pasó bastante deprisa. Lo vi por el retrovisor y noté que llevaba arrastrando algo y entonces salí y vi que era una persona, no lo podía creer. Parecía algo sacado de una película. Se pararon cuatro casas más allá y bajaron dos tipos.

Estoy contando mentalmente.

—¿También de la puerta del conductor?

—No. De la plataforma y de la puerta delantera del otro lado.

—¿O sea que había uno que manejaba y que no se bajó?

—Supongo.

Deben de haberme centelleado los ojos al oír esto, porque ella retrocede un poco.

—¿Qué aspecto tenían los otros dos? —le digo.

—No sé. Uno era de estatura media.

Pongo los ojos en blanco. Da la impresión de que la mayoría de la población mundial presta menos atención que las piedras. Nosotros, en cambio, con la vida que llevamos, estamos obligados a prestar atención. Si no estás atento no mereces respirar.

—Pero el otro —dice Gloria— era más alto que yo. ¿Metro ochenta y algo?

—Eso está bien —le digo, aunque la verdad es que no está bien, pero algo es algo. Intento darle cuerda porque es lo que haría Destino. A él se le da mejor que a mí. Le hago un gesto con la barbilla a Gloria—. ¿Les viste la cara? ¿Tenían alguna marca o algo fuera de lo normal?

—No. Estaba oscuro. Pero llevaban lentes de sol. Me pareció raro, porque era de noche.

—¿Qué complexión tenían? ¿Qué ropa llevaban?

—Complexión normal, creo, pero el más alto era musculoso, como si levantara muchas pesas. Los dos iban de negro. Con gorras y todo. No he visto nada.

Comprensible. Cuando yo haga alguna salvajada para vengar a Ernesto, seguramente también iré de negro.

—¿De qué marca era el coche?

—No sé. Un Cadillac o un Ford, uno de esos coches largos y rectangulares de los setenta o algo así, pero te dije que tenía plataforma de carga, ¿no? Uno de esos coches que son medio coche y medio camioneta.

—¿Tenía algo distintivo? ¿Calcomanías o un faro roto o algo así?

Gloria entorna los ojos un momento y dice que no.

Niego con la cabeza y lo dejo pasar.

—Dime qué hicieron cuando bajaron.

Ella traga saliva y evita mirarme a los ojos.

—Lo acuchillaron, mucho. Una y otra vez. Nunca había visto nada parecido. Hace un *ruido*…

Gloria se estremece y se muerde el labio. No hacía falta explicar tanto.

Sí que hace ruido, y la intensidad del ruido depende de si las puñaladas chocan con las costillas o de si el tipo está conteniendo la respiración mientras tú le clavas el cuchillo. Del cartílago mejor ni hablamos. La verdad es que no es fácil matar a una persona a cuchilladas. Se tarda bastante. A veces hace falta suerte. Es mucho más fácil si la víctima no se resiste, y quizá Ernesto estuviera demasiado herido para resistirse.

Me muerdo la parte interior de las mejillas tan fuerte que noto en la boca el sabor a cobre quemado de la sangre. Vuelvo a temblar y cierro los puños con fuerza.

—¿Cuántas veces lo apuñalaron?

—No lo sé —dice Gloria.

Asiento con la cabeza y trago saliva, intentando controlar mis sentimientos todo lo que pueda. Hasta pasados los pies incluso. Hasta el suelo mismo.

—Y entonces se fueron, ¿verdad?

Es lo que yo hubiera hecho. Visto y no visto. Sin dejar rastro. Limpio. Noto que tengo los puños apretados, así que me obligo a estirar los dedos. Ya sé que la respuesta a mi pregunta es que sí.

—No —dice Gloria.

Me pitan los oídos y exijo una puta explicación:

—¿Cómo que no?

—El más alto limpió el cuchillo, se lo guardó en el bolsillo de la sudadera y después sacó un chicle, se lo metió en la boca y tiró la envoltura. O tal vez hizo lo del chicle primero...

—Espera un momento. —Tengo el pelo de la nuca erizado—. ¿Dónde?

Al principio no oye mi pregunta; todavía está hablando, recordando la escena con la mirada perdida a lo lejos:

—Y se subieron al coche y...

—Un momento. —Le pongo la mano en el hombro. Quizá con demasiada fuerza porque suelta un gemido. Como si me importara mucho—. ¿*Dónde* la tiró?

Gloria da un respingo y me mira:

—¿Qué?

—La envoltura del chicle.

Ella señala el callejón, a la derecha de donde Destino está con el chavo de los Serrato. Comienzo a caminar hacia allí, deprisa. Ella me sigue, sin dejar de hablar:

—Intenté salvarlo. Quiero que lo sepas. Pero estaba mal.

Echo una mirada por encima del hombro y veo a Gloria señalándose el uniforme de enfermera, las marcas de sangre, la sangre de Ernesto...

Debería darle las gracias. Pero no puedo.

Estoy demasiado ocupada buscando entre los matorrales y dando patadas a los pedruscos, hasta que encuentro una bolita de papel toda arrugada entre la tierra. Se ve nueva. Nueva del todo.

El corazón me late a cien cuando veo lo limpia que está, solamente un poco húmeda por debajo, como si la acabaran de tirar. Está claro que la encontré.

Me doy la vuelta y me dispongo a llamar a Listo cuando veo que está justo detrás, con una bolsita en la mano. Carajo, qué bien se le da esto. Está en todo, el bato. Guardo el papel en la bolsita.

Él usa unas pinzas largas para sostener la envoltura por una punta. A continuación lo toma con los dedos a través del plástico, usándolo como si fuera un guante, y despliega el papel. Por el otro lado es azul. Los dos miramos de cerca.

Tiene algo raro escrito, como caligramas o algún rollo de ésos. Destino también se acercó y está a nuestro lado, mirando muy de cerca.

—¿Es estilo oriental? —pregunto—. ¿Escritura coreana?

—No. Coreana no. —Listo lo acerca a la luz—. Parece japonés. Las letras son más puntiagudas. El coreano es el que tiene círculos.

Yo no tengo ni idea pero asiento con la cabeza.

—¿Y qué dice?

Listo despliega la envoltura y le da un golpecito con las pinzas a una fruta que hay dibujada en medio. Entorna un poco los ojos.

—No estoy seguro, pero eso parecen arándanos azules, ¿no?

—¿Quién carajos mastica chicle japonés de arándanos por aquí?

—Haz correr la voz —gruñe Gran Destino, y se aleja hacia los soldados—. Estamos a punto de averiguar quién. Que todo el mundo se lo diga a todo el mundo.

Camino lentamente de vuelta adonde está Ernesto y miro las bolsas que Listo ha dejado en fila sobre el asfalto descascarillado. Seis en total. Dentro de una está la billetera de Ernie. La abro y veo si todavía hay dinero dentro.

Sí hay. Y eso sólo empeora mi quemazón. Si ni siquiera se molestaron en simular que era un robo, está claro que esta mierda ha sido un mensaje. Aunque tampoco es que se pueda simular nada cuando le metes a alguien una madriza, lo arrastras y lo apuñalas a sangre fría. Carajo.

Saco su identificación, fotos mías, de Ray y de Ernie cuando éramos pequeños, y otra de mi madre. Le vuelvo a meter la billetera en el bolsillo y dejo el dinero para que los sheriffs vean que no se trató de un robo; de todas maneras sólo hay veintitrés dólares, pero tengo que hacer que les cueste identificarlo.

Conseguirnos más tiempo. Por si acaso.

A estas alturas alguien habrá llamado ya al 911. Aun así, es imposible saber cuánto tardarán en venir a recogerlo. El estómago me da literalmente un salto cuando pienso que se va a pasar Dios sabe cuánto tiempo aquí tirado. ¿Una hora? ¿Dos? Uso la camisa de franela para taparle la cara. Le levanto un poco la cabeza y le paso las mangas por debajo como si fueran un cojín. Me quedan las manos llenas de sangre.

Después sólo quedamos Listo recogiendo sus bolsas y yo aturdida a su lado, reuniendo el valor para decir lo que necesito decir. Me inclino al lado de Ernesto lo suficientemente cerca como para tocarlo.

Cierro los ojos y digo:

—Te enterraremos como Dios manda, hermano. Te lo prometo. Pero ahora mismo no podemos, ¿de acuerdo? Así que vas a tener que perdonarme.

Parpadeo y vuelvo a cerrar los ojos, pero sólo después de agarrarme a la única parte limpia que le queda del uniforme, una costura del hombro, cerca del cuello. Aprieto con fuerza entre el índice y el pulgar.

—Ahora mismo necesitamos el tiempo para otras cosas, eso es todo.

5

Regreso a la casa y me encuentro ahí a toda nuestra gente preguntando qué carajos vamos a hacer y cómo vamos a vengarnos de ellos por lo que le hicieron a Ernesto. No se habla de otra cosa. Los soldados quieren armas y coches y hasta formar una caravana. Quieren sangre y ni siquiera saben de quién. Y es agradable oír todo esto y así, pero Ernesto no era de ellos, ¿saben? Es mío. Su muerte es cosa mía.

Pero Destino es listo de a madres. Les da el tiempo justo para que se desahoguen y luego los manda a todos menos a Apache a sus casas a esperar nuestras órdenes. Y si Apache se puede quedar es porque reconoció la envoltura del chicle, simplemente no se acuerda de dónde, así que estamos todos pendientes de él, porque Listo todavía está organizando sus cosas y la situación está tensa como la chingada.

Las paredes producen una sensación opresiva y el techo parece muy bajo.

Hasta noto la piel demasiado fina y tensa sobre mis huesos. Cada vez me resulta más angustioso mirar el reloj de la cocina y sentir que se acerca el caos garantizado de Ray y que se aleja mi oportunidad de hacer justicia.

Si alguno de los presentes está triste por Ernesto, no lo demuestra. Nadie llora ni nada. Aunque quisieran, no podrían, porque llorar es de maricones. Pura debilidad.

—Espera. —Apache sostiene en alto la bolsita con la

envoltura dentro y por fin dice—: ¡El Cork'n Bottle! ¡Ahí es donde lo he visto!

Se hace un silencio total. Necesitamos saber que está seguro, seguro ciento por ciento.

—De verdad —dice—. Tienen cosas rarísimas ahí. O sea, hasta chicle de regaliz negro. Está asqueroso.

Destino pone cara de que no le cabe duda, pero de que también necesita más detalles.

—¿Cómo lo sabes?

—Pues porque Bicho y yo fuimos allí una vez…

Destino ya está agitando la mano, como si el nombre de Bicho oliera mal. Su gesto quiere decir que está bien, que ya lo entiende, que no hace falta que Apache siga explicándolo. Sólo faltaba que Apache mencionara a Bicho. El nombre de ese tipo acaba con cualquier conversación. Si lo mencionas, ya no hace falta que expliques nada más. Nunca sabremos cómo es posible que a Bicho no lo hayan matado cien veces ni esté encerrado a perpetuidad. Parece que anda drogado todo el tiempo. Siempre está donde no debe. Siempre está haciendo idioteces, no falla. Y, sin embargo, milagrosamente, acaba escabulléndose de los líos. El cabrón es una puta sabandija escurridiza, pero también es de los nuestros.

Una vez cuando éramos pequeños, Ray quería una bici, una Dyno. Una BMX, las más fregonas del mercado. Por aquella época, Bicho acababa de meterse en las drogas. Heroína, coca, lo que fuera, le daba igual. Si se lo podía meter en el cuerpo, se lo metía. Así que Ray le dijo que quería una Dyno, hasta le dijo los colores y todo.

Así es como funciona la cosa con los drogos, ya saben. No hace falta que les ordenes hacer algo. Tú les dices lo que quieres y ya está. Funciona mejor que dirigirlos. Y dos días más tarde Bicho se presentó en la casa con una bici, blanca y roja, pero había un problema. Resulta que lo que había robado del J. C. Penney no era una Dyno, era una Rhino, una puta copia barata con el nombre idiota escrito con el mismo tipo de letra. Bato, cómo nos reímos todos, y encima Ray se la tuvo que pagar. Ernesto fue el que más se rio, le temblaba el cuerpo entero de la risa.

Acordarme de esto hace que me duelan las costillas.

—Eh, Destino —le digo—, deberíamos mandarle un mensaje al localizador, ¿no?

—¿A quién? ¿A Bicho?

—Para qué —pregunta Listo.

Pongo la mano derecha en forma de pistola, con los dedos índice y medio haciendo de cañón, y me la señalo con la izquierda.

No es fácil conseguir armas. Al menos las que no dejan un rastro que lleve a otra persona, o las que están sin registrar o limadas. Y no es por despreciar el arsenal de Ray, pero con una 38 no va a haber suficiente. Ni tampoco con un rifle 22. Lo más grande que tenemos en casa es un revólver 357, que necesita una limpieza. Aun así, un revólver solamente tiene seis disparos.

Si quiero hacer lo que tengo que hacer me van a hacer falta mínimo diecisiete.

Destino se me adelantó, como de costumbre.

—Ya me encargué —dice.

Le hago un gesto con la cabeza y me meto en mi cuarto. Le echo una mirada a Lorraine, que está sentada en la cama. Ya terminó de pintarse las uñas de los pies. En la penumbra se le ven pequeñas y de color azul, como si fueran gomitas relucientes. Tiene los ojos muy abiertos, y noto que se guarda muchas cosas dentro pero no dice ni pío. Se esperará a que hable yo. Como debe ser.

Miro el reloj de al lado de mi cama y se me encoge el estómago. Dice que tengo una hora. Sesenta putos minutos. Y eso es malo. Porque hay un problema con el Cork'n Bottle ese que conoce Apache, fíjense.

Que está al otro lado de la frontera.

Técnicamente no es nuestra zona, y como no es propiedad nuestra no podemos ir allí a menos que seamos sigilosos de a madres. Y no tenemos tiempo para reunir a todo el mundo, ir hasta allí, acabar el trabajo, volver y hacer algo.

Entonces se me ocurre una idea, una idea estúpida. Me quito los Converse, los pantalones militares y la camiseta lo más deprisa que puedo.

Lorraine me mira con la cabeza ladeada, como si supiera que estoy a punto de hacer un disparate pero le diera miedo preguntar cuál. Saco uno de sus vestidos de mi armario, tomo un delineador del cajón y se lo doy.

—Píntame bien y deprisa —le digo.

Ella mira el delineador, me mira a mí y pone una sonrisa cabrona. Antes de que me dé cuenta ya tengo ojos de gato, las cejas delineadas y las puntas del pelo esponjadas. Parezco una copia barata de ella, con un vestido dorado de lentejuelas y una facha de puta que apantalla.

Cuando Lorraine termina de dar los últimos toques, alguien por fin dice en el cuarto de al lado:

—Un momento, ¿el Cork'n Bottle de Imperial?

—Ése, sí —contesta Apache.

—Mierda —dice Listo.

Destino ya está pensando en cómo hacerlo. Ya lleva rato. Él se dio cuenta de que estaba al otro lado de la frontera al mismo tiempo que yo.

—Vamos allí con el coche. Agarramos las cintas de la cámara de vigilancia. Y vemos si podemos ponerle cara al cabrón que mastica esto.

—O hacemos algo que no se esperen —digo yo, saliendo de mi recámara. Los tacones de plataforma son algo nuevo. Es como ponerse tacones de aguja.

—Carajo —dice Apache, y se queda con la boca abierta. Está a punto de decir algo sobre mi aspecto, pero Listo le da un golpecito para que se calle.

—Déjenme que vaya yo a buscar las cintas —digo—. Entro y salgo. Rápida como una bala.

Le añado un «por favor» para que Destino sepa que es él quien decide, aunque también sabe que seguramente es lo mejor que podemos hacer ahora. O al menos es lo mejor que puedo hacer yo.

—Podría ser una trampa o algo así —me dice.

Me encojo un poco de hombros. Si lo es, pues ni modo. Aunque sé que tiene razón. Porque Destino tiene veinticinco años. Ha visto de todo en la vida. Y no se llega a la edad que tiene él, con más de una década trabajando en lo nuestro, sin ser paranoico.

—Si te descubren allí, no te van a hacer precisamente cosquillas —me dice.

Es su forma de decir que si tengo suerte me pegarán un tiro y, si no, me aplicarán el cuchillo.

Lo sé. Lo saben todos los presentes.

A Listo tampoco le gusta:

—Sigo pensando que deberíamos ir a lo grande —dice—, con cinco o seis coches, agarrar las cintas y largarnos.

A Apache se le iluminan los ojos, lo cual quiere decir que está de acuerdo.

Gran Destino los fulmina a los dos con la mirada. A veces es más familia mía que Ray. Me conoce bien y sabe que cuando se me mete algo en la cabeza es imposible hacerme cambiar de opinión. Me mira con severidad, pero también se le ve algo en la mirada, un punto de luz, como si estuviera orgulloso y a él tampoco le gustara la idea pero supiera mejor que nadie que tengo que ir. Quiere que vaya con cuidado. Y quiere que vuelva a casa sana y salva. Aunque no lo dirá.

6

Cuando salgo de casa me doy cuenta de que no puedo caminar normal, no puedo balancearme como de costumbre, así que tengo que caminar apoyando primero las puntas y luego dar una especie de taconazo. Así al menos consigo llegar a la banqueta sin pegarme un madrazo. Noto que me miran, pero no me volteo para saludar a mi público. Podría ser la última vez que los veo. La idea me pasa por la cabeza, pero no me despido con la mano ni nada. Me limito a meterme en el coche.

Lorraine tiene una basura de coche japonés que tiene tres llantas buenas y la llanta de refacción. Era de su prima. Le falta el encendedor y la palanca de velocidades está rematada por una bola de beisbol con el logo de los Dodgers. Entro deslizándome en el asiento y lo enciendo. Empieza a sonar Smokey Robinson en el radio, pero lo apago mientras me fijo en que el reloj que parpadea en el tablero va seis minutos mal.

Me quedan cincuenta. Ni uno más.

El encendido cascabelea pero el coche agarra la primera velocidad, y me alejo por mi calle bajo la mirada de la calcomanía de la Virgen María y meneando el trasero sobre el asiento porque tengo el vestido de Lorraine todo arrugado alrededor de las caderas. Es normal. Ella usa dos tallas más que yo, pero ahora ya no puedo hacer nada al respecto. Me lo pongo bien aprovechando una señal de alto y me miro en el retrovisor los ojos de Cleopatra. Piso el acelerador.

En momentos como éste es cuando me alegro de no tener tatuajes. Como estás todo marcado, ya estás quemado. Fue idea de Destino que yo no me hiciera ningún tatuaje. Pero, carajo, él se hace los suyos en el garaje de un bato del que habla todo el mundo. Pint. Así se llama. Destino dice que algún día Pint será uno de esos «famosos que provienen de Lynwood», igual que Kevin Costner, Weird Al Yankovic y al parecer ahora también Suge Knight. El de Death Row Records.

Estoy celosa de los tatuajes de Destino, pero a la mierda. Ya hace años que me dijo que tenía que estar limpia y que así soy más peligrosa. Sin ellos puedo ir a cualquier parte sin llamar la atención. Dice que así soy el factor sorpresa y yo lo entiendo, pero también sabe que tengo derecho a tatuarme dos lágrimas. La siguiente idea que me viene a la cabeza me da un golpe seco y fuerte, como un bat de beisbol.

Mierda. Ahora me corresponden *tres* lágrimas. Contando a Ernesto.

El aliento se me vuelve a encallar en los pulmones. La sensación ya empieza a parecerme casi normal, como si sólo tuviera disponible la mitad del espacio para respirar en vez de todo.

La verdad es que no tengo licencia, pero Ernesto me enseñó a manejar bien, a la defensiva. Y tiene gracia que se me ocurra esto justamente ahora, porque una vieja más cegata que un topo mete la mitad de su camioneta en mi carril y yo le doy fuerte al cláxon, esquivo a la muy idiota, acelero y cambio de carril como si nada. En serio, la gente de aquí maneja como si esto fuera el puto Culiacán, sin hacer caso de los carriles y sin hacer señales. Me quedo un poco paralizada después de pensar esto, porque es algo que Ernie solía decir todo el tiempo.

¿Saben?, él no se quejó para nada cuando tuvo que vender hace un año la camioneta para pagarle la fianza a Ray después de que al muy pendejo lo pescaron por asalto a mano armada. Ernie lo hizo voluntariamente. Sabía que si sacábamos a la luz el dinero de la droga, nos investigarían, nos harían una auditoría o yo qué sé, lo que sea que hagan.

Su camión era la única posesión de nuestra familia, además de la casa. Así que Ernesto no lo dudó. La vendió sin dudar. Y empezó a ir al trabajo caminando todos los días. Empezó a trabajar más horas. Ni siquiera aceptó el dinero que Ray le ofrecía para comprarse un coche nuevo. Lo que hizo fue caminar y ahorrar para comprárselo.

Ray y él nunca se llevaron bien. O sea, se querían, pero de chicos se peleaban como locos. Ernie nunca perdió una pelea, al menos ninguna que yo viera, y claro, eso hizo que Ray se volviera más brutal y competitivo, salvaje a secas. También fue eso lo que lo hizo alistarse. Y por eso siempre ha intentado demostrar su valor e ir más lejos, como hace dos semanas, cuando se agarró a tiros en un antro.

Es clásico. Seguramente han oído un millón de historias parecidas. Eso no quiere decir que sean falsas, sólo significa que es una estupidez que la gente las repita sin parar. Ray se encabrona por todo, va a un antro y cuando otro pandillero pide que cambien la música, él se va al coche, agarra su fusca y decide que el mundo entero se va a enterar de lo culero que es Mosquito. Luego viene la parte del pim-pam-pum-chriiiiik: los disparos, el chirrido de las ruedas y el poner tierra de por medio.

Ray le pegó un tiro en el ojo a una chava con raya en

el pelo y las espaldas anchas. Lo sabemos porque lo dijeron en la tele. Bueno, no dijeron que tuviera raya en el pelo ni las espaldas anchas. Eso es una observación mía.

Los padres de la chava enseñaron su foto en las noticias y suplicaron en español más información sobre su muerte. Un presentador blanco de la Fox 11 tradujo lo que decían como quien lee la lista de la compra, no con la emoción de dos personas llorando. Ray estaba fumando mota cuando lo vio y se puso a burlarse de los padres de la chava; luego dio otra fumada y se volvió a reír.

Lo que las noticias no dijeron, y tal vez sus padres no sabían, era que estaba implicada, no era una civil. Eso no quiere decir que mereciera que se la chingaran, pero cuando estás dentro siempre te expones a ello. Puedes estar implicado y aun así tener la mala suerte de que te peguen un tiro por estar donde no debes. Tener relación con una banda nunca ha protegido a nadie de las balas. Una banda no es un chaleco antibalas —recuerdo que dijo Destino—, es una familia.

Solamente de pensarlo me pongo furiosa otra vez con Ray, que lleva desde entonces sin dejarse ver apenas, casi siempre fuera del barrio y haciendo recados para Gran Destino para enmendarse por ser un idiota de mierda. Todo el mundo sabe que lo hizo él, y nadie dijo ni una palabra, pero ahora resulta que había gente esperando a que asomara la cabeza para poder vengarse.

Pero no la ha asomado. Y supongo que se han cansado de esperar. Deben de haber pensado que daba lo mismo uno que otro, aunque fuera un ciudadano de a pie. Hermano por hermano. Lo mismo daba. Es la única explicación que le encuentro.

Tengo los ojos húmedos e irritados, así que bajo la ventanilla y dejo que el aire seco de la noche me dé en la cara, porque no tengo ganas de chingarme el maquillaje de Lorraine. Huelo los incendios, como si el barrio entero llevara toda la noche con las estufas de leña encendidas y llenas de llantas, basura o lo que sea.

La morra del retrovisor no soy yo. Me meto esa puta idea en la cabeza. Es una espía. Peligrosa. Lleva una pistola 38 dentro de la bolsa de su novia.

Fuera, la ciudad está entregada a sus ruidos nocturnos. La música de la orquesta de una fiesta al aire libre se pierde a lo lejos cuando llego a Atlantic, y al unirme al tráfico me veo rodeada de coches con el carburador en mal estado pisando a fondo el acelerador antes de que el semáforo cambie al verde. Con la música a todo volumen. Compitiendo. Incluso ahora. Con la gente peleando en las calles y matándose a tres kilómetros de aquí.

Es de locos. Pero supongo que todo el mundo tiene sus prioridades.

Voy tranquila durante unas manzanas, pasándome ocho kilómetros del límite de velocidad. Doy vuelta a la izquierda por Imperial. Nada más tomarla, noto que me vigilan, y me cuido mucho de no mirar las luces que tengo a los lados. No aparto la puta mirada del frente.

Lo último que necesito son ventanillas que se bajen y algún pandillero que se ponga a hablarme y a preguntarme de dónde soy.

Noto el pulso acelerado y la cabeza espesa cuando aparece el Cork'n Bottle, y me agarro más fuerte de lo necesario al volante mientras me pongo detrás de un Dodge y doy vuelta a la derecha en un semáforo en amarillo. Me meto por detrás de la licorería, con la vista puesta en el reloj del tablero, y me estaciono en el estacionamiento de atrás, que comparte con la tienda de llantas. Está todo vacío.

Cuarenta y tres minutos, es el tiempo que me queda.

7

Cuando entro por la puerta de atrás, manteniendo el equilibrio lo mejor que puedo con los zapatos de plataforma, me encuentro con que dentro hay más luz que si fuera de día. Examino la licorería y no veo a nadie más que al empleado. Es un bato medio calvo, con la camisa abierta y por fuera de los pantalones. Tiene unas ojeras profundas y una caída de hombros de drogo que le hacen juego con la camiseta sin mangas y la barba negra.

No es mexicano, ni siquiera salvadoreño. Parece otra cosa, afgano o alguna madre de ésas. Está de brazos cruzados y mirando a una banda de tipos que se dedican a entrar y salir corriendo por la puerta de la tienda: unos llevándose cervezas y Coca-Colas de los refrigeradores y otros llenándose los bolsillos de golosinas. Son tres o cuatro. Como si fueran una cadena de ensamblaje pero de saqueadores. O cadena de desmontaje. Sean lo que sean, al empleado le da igual. No piensa dejarse matar por esto. Un tipo listo, pienso yo; vale la pena hablar con él.

Los chicles están en la parte de delante. Los examino rápidamente y encuentro el que busco, delante de mis narices, azul y reluciente.

—¿Hablas inglés? —le digo al empleado.

Me dice que sí pero parece sorprendido de que alguien hable con él, así que le pongo un paquete de chicles de arándanos delante de la puta cara para asegurarme de que lo vea.

—¿Sabes quién compra esto? —le digo.

Observo la cámara que tiene detrás y que enfoca mi lado del mostrador. El ángulo es perfecto. El verdugo de Ernesto tiene que haber quedado grabado cuando se compraba sus chicles. El empleado ve que lo vuelvo a mirar y se encoge de hombros.

—Es chicle —me dice—. Son todos iguales.

Saco los pies de los zapatos de plataforma y le dedico una sonrisita al cabrón. No me dejan moverme deprisa. Podría saltar el puto mostrador, interponerme entre él y el botón que avisa a la policía y empujarlo fuerte contra los estantes de los cigarrillos mientras saco la 38 tan deprisa que ni la vería. Se la podría poner debajo de la barbilla, en esa piel suave que hay justo debajo de la lengua. Podría ver cómo se le ponen los ojos como platos. Podría reducirlo cuando intentara escabullirse y comprobara que no puede conmigo.

Podría, pero no lo hago.

Me limito a decirle:

—Mira, bato, sabemos que esta tienda es de Julius y no tuya, o sea que dame las cintas y no te pasará nada.

Señalo con la cabeza primero la cámara y después la puerta que hay al lado de los refrigeradores y que da al almacén, donde se guardan las cintas. No es la primera vez que entra alguien pidiendo las cintas. Los propietarios de estas tiendas no viven en el barrio, pero los pinches empleados sí. Sabemos dónde viven sus madres, sus novias y hasta sus bebés. Por eso cuando les preguntamos algo, cuando se lo pregunta cualquiera, cantan como maricones. Así funciona la cosa.

Saco unas bolsas de plástico del expendedor metálico que hay en el mostrador. El empleado me mira y parpadea, pero ahora mismo no soy yo. Soy una morra peligrosa.

Él me lo nota en la mirada y lo entiende. Vamos los dos al cuarto que hace de almacén. Hasta el último centímetro de pared está cubierto de monitores, de cajas de cerveza, papel higiénico y papas fritas. Sin inmutarse, el empleado aprieta el EJECT de los tres aparatos de video y tira las cintas dentro de una de las bolsas de plástico.

Señalo el estante lleno de cintas que hay encima de los aparatos.

—Ésas también, carajo.

Él las mete en las bolsas como si estuviera metiendo las compras de un cliente: bien acomodadas. Ya debe de haber veinte cintas en las dos bolsas cuando le digo:

—Más te vale irte a tu casa. Para qué te quedas a ver cómo se lo llevan todo.

Él mira las cintas y después me vuelve a mirar a la cara.

—Y no has visto a ninguna chava llevarse las cintas —le digo.

Se encoge de hombros y supongo que es lo máximo que le voy a sacar, o sea que salgo del cuarto y paso al lado de un viejo que tiene medio cuerpo dentro de un refrigerador y está forcejeando con una caja de cervezas, con los bolsillos llenos de carnes frías y luchando por llevárselo todo. Agarro la onda. Esta mierda no es asunto mío, está claro.

Estoy demasiado ocupada sacando los zapatos de plataforma de Lorraine de debajo del mostrador, metiendo los pies en ellos y largándome por donde vine, con el pulso a mil por hora. Pero no he dado ni cuatro pasos por el estacionamiento cuando oigo detrás de mí una voz de hombre:

—Oye, chava —me dice, con toda la tranquilidad—. ¿De dónde eres?

8

Para cuando me doy la vuelta, ya tengo dos dedos metidos dentro de la bolsa tocando la empuñadura de la pistola. No intento esconder las bolsas detrás de mi espalda.

Llamaría la atención. Me limito a rezar para que esté lo suficientemente oscuro para que no me vean las cintas que llevo dentro y se pregunten por qué tengo tantas y de dónde vienen las cabronas y para qué fregados las necesito.

El corazón me da un salto cuando veo al tipo que me ha hablado.

Me saca una cabeza de altura, tiene las espaldas anchas y la cabeza rasurada al estilo de los pandilleros, y está parado a un par de metros de la puerta.

Mierda.

Mi estómago me odia por esto. Y me lo comunica aporreándome las costillas.

El tipo lleva ropa de pandillero también: pantalones militares planchados, unos tatuajes negros que se le ven a través de una camisa más blanca que las dentaduras de los anuncios de pasta de dientes… todo el conjunto. Y lo que es peor, me está mirando con una sonrisa. Todavía no sé qué clase de sonrisa, ni qué respuesta espera de mí.

Detrás de él, dos de sus amigos están ocupados sosteniendo los lados del marco de la puerta con los hombros, en plena pose. ¿Ubican a esa gente que se imagina que está siempre en una película, como si tuvieran una cámara filmándolos todo el tiempo? Pues así estaban.

El tipo se me acerca y contengo la respiración. Todos mis vasos sanguíneos y venas deciden en este momento que son pistas de carreras.

Cuando frunce el ceño, dentro de mi pecho se produce una colisión múltiple de veinte coches.

—Oye, no te lo tomes a mal —dice, relamiéndose—. Pero estás saliendo como si hubieras robado algo.

Yo ni me inmuto.

—Porque eso hice.

Pero respiro. Carajo, *respiro*. Este idiota solamente

piensa en mí para follarme, no como una rival. Las piernas me tiemblan un poco de alivio pero no me fallan. Aparto los dedos de la pistola.

—Sí, me di cuenta enseguida de que tienes facha de ladrona —afirma.

—La mayor ladrona que has visto en la vida —le digo.

Él mueve un dedo delante de la cara con gesto de reprobación, intentando hacerse el gracioso.

—¿Sabes?, me pareces conocida —me dice.

Se vuelve hacia sus muchachos.

—¿Verdad que sí?

Ellos no se mueven. Están demasiado ocupados poniendo cara de tipos duros para sus retratos en primer plano. O quizá es que su amigo les parece tan mamón como a mí.

Él cambia de cara, la endurece y me hace un gesto con la cabeza.

—Pero, en serio, ¿de dónde eres?

Es en este momento cuando me conviene hacer algo inesperado. Necesito algo inesperado que distraiga su mente, que lo lleve adonde yo quiero, y así saber de dónde van a venir sus dos preguntas siguientes. Hacerle cambiar de trayectoria, ya saben. Igual que hacen los espías.

Muestro mi mejor sonrisa de Lorraine.

—De Valley.

Él pone cara de sorpresa.

—¿Cómo? ¿De Encino o un sitio de ésos? Con todos los respetos, no tienes facha de ser de Valley.

Lo dice como un cumplido.

Le doy una palmada en el hombro. Está claro que los músculos no los lleva pintados.

—Más tirando a Simi Valley —le digo.

Su cara dice que no se lo esperaba para nada. Perfecto.

—¿Y por qué no lo decías? Me estabas despistando.

—Porque hasta que llevaron allí el juicio de Rodney King a nadie le importaba un carajo Simi, y todavía menos dónde carajos está. Hagamos la prueba. ¿Sabes dónde está?

Él pone una sonrisa avergonzada.

—Sí, claro que lo sé.

—Sí, claro —le digo, y suelto una risita como las de Lorraine—. ¿Dónde?

—Al norte, ¿no?

—Sí —digo, tal como lo diría ella—. Muy bien. *Al norte.* Tendrás que perdonarme, pero llevo toda la vida teniendo esta conversación y sé que ahora me vas a preguntar dónde está en realidad y entonces me tocará explicar cómo se llega allí y lo grande que es, y además decirlo con educación, y no me dan ganas. Así que prefiero decir Valley y que te imagines lo que sea.

Él lo entiende. Veo cómo la información le brilla en los ojos y se le queda archivada. No es tonto, el bato. Aun así, me hace la pregunta hacia la que yo lo he estado guiando. Ni siquiera ve mis trampas antes de caer en ellas.

—¿Y qué estás haciendo aquí? —Quiere saber de verdad por qué carajos tomé el coche para venir desde Genteblancalandia hasta aquí. Me está poniendo a prueba, intentando averiguar si soy tonta o bien si estoy haciendo turismo entre los pobres o buscándome problemas o todas esas cosas juntas.

—Mi prima vive aquí. Maria Escalero. ¿La conoces?

No es verdad que Maria sea mi prima, pero puedo usar su nombre sin peligro. Era la chica que me gustaba en la prepa; ella estaba en el último grado cuando yo estaba en primero, antes de salirme. Yo siempre corría detrás de ella en la clase de gimnasia. Tenía un trasero sobrenatural. Vivía cerca de Lugo Park. Terminó yendo a la universidad, en Colorado, creo. Una puta, lástima.

—No, me parece que no.

—Qué pena —le digo—. Tienes aspecto de conocer mucha gente.

Se le abren un poco los ojos al oír esto, como si no se lo esperara. Su reacción resulta graciosa de una forma patética: no es tan hábil como se cree, ni tan experimentado. Y entonces se delata, deja ver la razón por la cual me detuvo:

—Oye, ¿quieres venir a una fiesta esta noche? Es una celebración, y tú —me dice antes de hacer una pausa, clavarme la mirada en el pecho y no molestarse en devolvérmela a la cara— tienes el perfil que estamos buscando.

Las asas de las bolsas ya se me están clavando un chingo en las palmas de las manos. Tengo los dedos todos entumecidos.

—Y eso que no me has visto de lado.

Me pongo de costado y se lo enseño, escondiendo mejor las bolsas.

—Tienes buen perfil, ¿sabes?

—Oh —le digo con mi mejor imitación de Lorraine—. *Lo sé.*

Se está poniendo rojo y perdiendo la valentía.

—Deberías venir, en serio.

Ahora me toca a mí echarle una mirada bien larga y dejarlo de piedra.

—No, gracias —le digo por fin—. Le prometí a Maria que iríamos a bailar esta noche si la ciudad entera no acaba ardiendo.

—No arderá. Y pueden venir después.

—No, gracias. Pero eres guapo. Que te vaya bien en la noche.

Comienzo a caminar y está claro que él no me quita la vista del trasero, pero no pasa nada porque llevo las bolsas delante. Por fin abro la puerta, me subo al coche, dejo caer las bolsas en el suelo de detrás de los asientos delanteros y meto la llave en el contacto antes de que él pueda reaccionar.

El reloj dice que me quedan treinta y cinco minutos. Y cambia de número delante de mis narices. Ahora quedan treinta y cuatro.

El estómago me da un salto hasta el suelo. Pienso que no va a haber una puta manera de revisar estas cintas lo suficientemente rápido, que no hay...

Algo golpea la ventanilla del asiento del copiloto tan fuerte que doy un brinco.

Es el puño del tipo. Me está llamando.

Sonrío y ya estoy agarrando la 38 cuando él abre la mano y pega un papel al cristal. Detrás del papel veo su sonrisa.

Suelto la pistola. Bajo la ventanilla.

—Aquí tienes la dirección, por si te decides —me dice—. Ya sabes. También he puesto mi número de teléfono. Ahí.

Lo señala como si me hiciera falta que me aclarara cuál de las dos cosas es el número de teléfono y me dice:

—Oye, ¿cuántos años tienes?

Yo me quedo mirándolo mientras pienso si debo mentir o no. Decido no mentir. No sé por qué.

—Dieciséis —le digo.

—Diecinueve —me dice, señalándose a sí mismo.

—¿Y cómo te llamas, a todo esto?

Él debe de haber adivinado que me gusta el lado oscuro, porque me dice:

—Por aquí me llaman Joker.

—Eso no es un nombre. ¿Cómo te llamas de verdad?

—Me llamo *así* de verdad.

Si quisiera seguir con la conversación, le preguntaría de dónde viene el apodo. Pero lo dejo en paz. Una vez conocí a un tipo apodado Joker. Le pusieron así porque cada vez que apuñalaba a alguien, se reía. Da igual por qué, si lo hacía por nervios o porque estaba drogado o por lo que fuera. El caso es que se reía. En esta vida hay rollos que pasan y nadie sabe por qué, ni siquiera la gente que los hace, y aquél era claramente uno de esos casos.

—Ése no es el nombre que te puso tu madre —le digo—. Y yo sólo tengo de esa clase, así que ¿cómo vamos a intercambiar nombres?

En ese momento se me hace un nudo duro y frío en el pecho. Una verdad simple: si este cabrón supiera que está mirando a Payasa, la hermana de Mosquito, seguramente me pegaría un tiro en la cara. No lo dudaría ni un segundo. La espía que tengo dentro sonríe al pensar en el poder que te da ser otra persona. Él piensa que le sonrío a él. Y eso es bueno. Útil.

—Ramiro —me dice por fin.

—Yo Lorraine —le digo—. Con dos erres.

—Órale —dice, y me saluda con la cabeza—. Nos vemos, Lorraine con dos erres.

9

Listo no ha descansado ni un segundo desde que me fui. Ya sabe cuánta separación había entre las huellas de las ruedas del coche, o sea que también sabe el ancho del chasis, el tipo de llantas, la velocidad aproximada y todo eso. Dice que estamos buscando un Ford Ranger, seguramente de 1969, aunque no está seguro del todo. Le digo que eso encaja con lo que dijo la enfermera, porque según ella tenía plataforma de carga. Listo asiente con la cabeza. A juzgar por las marcas de las ligaduras, usaron alambre para amarrarle los tobillos a Ernesto, y antes de arrastrarlo lo amarraron a un gancho de remolque. Seguramente es el mismo gancho de remolque que le rompió la mejilla cuando frenaron y salió volando hasta la parte de atrás del coche.

Asiento con la cabeza cuando oigo todo esto, un poco aturdida, pero el pánico me llega cuando echo todas las cintas sobre la mesa de la cocina y no sé cuáles son las que estaban dentro de los aparatos de vídeo y por tanto tienen las grabaciones más recientes. El pánico me ataca el estómago, como si me diera puñetazos, mientras Listo, Destino, Lorraine y Apache se acercan a mirar.

—Carajo, morra—dice Apache—. Esto es un botín enorme.

Sí, es enorme, pero es una mierda. Pero cuando no sabes qué es qué, simplemente lo agarras todo. Mejor demasiado que demasiado poco, ¿no?

Lorraine me da un golpecito, seguramente para preguntarme alguna estupidez, como por ejemplo cuántas cintas hay. Yo la fulmino con la mirada y ella entiende que se tiene que callar. Está bien adiestrada.

—Hay tres que son las últimas, pero no estoy segura de cuáles —le digo a Listo.

—Fácil —dice él. Las despliega todas, una detrás de otra—. ¿Ves que ninguna está rebobinada?

Tiene razón. Todas tienen la bobina izquierda vacía. Y en todas la cinta negra se acumula en el lado derecho.

—Y tampoco hay ninguna que esté marcada —digo—. Semejantes inútiles.

En ocasiones Apache se hace preguntas y las suelta sin más:

—¿No se molestan en mirarlas? ¿Cada vez que una llega al final la sacan y ponen otra y ya está? ¿Por qué?

—¿Para qué molestarse? Mirarlas es trabajo —dice Destino—. Y si no ha pasado nada, te puedes ahorrar ese trabajo. En cambio, si te han jodido, lo único que haces es dárselas a los sheriffs y que hagan el trabajo ellos, ¿sabes?

Listo asiente con la cabeza mientras coloca una cinta sobre la mesa seguida de otra y de otra, como si fueran fichas de dominó. Yo lo ayudo. Así las colocamos todas, hasta que la mesa queda cubierta de una capa continua de color negro y podemos verles las bobinas.

—Pero algunas las sacaste antes de que estuvieran llenas —dice Listo.

Listo y yo sacamos las tres que no encajan con el resto y vamos hacia la televisión. Él mete una cinta en el aparato y en mi sala aparece el Cork'n Bottle. Vemos la zona del mostrador, y se me ocurre que las otras dos cintas deben de mostrar ángulos distintos de la tienda. La electricidad estática me pasa al dedo cuando lo pongo sobre la pantalla.

—Los chicles de arándano están *ahí*, miren.

—Si alguien toma uno, lo veremos —dice Listo.

Alguien toca la puerta y Apache va a abrir. Tenemos a gente de nuestra banda fuera, o sea que no hace falta tomar las precauciones habituales.

Apache abre la puerta y aparece Bicho, todo vestido de negro: sudadera negra con capucha, jeans negros y tenis negros. Se sorbe la nariz y le entra una temblorina, que le sube por la pierna izquierda, le llega al hombro y le vuelve a bajar. También tiene una bolsa de papel de estraza en la mano izquierda.

Me echa una mirada mientras se sienta en el sillón y empieza a reírse.

—¿Qué es esto, Halloween o qué? —dice. Como nadie le responde, intenta meter a Apache en la conversación—. ¿Por qué está vestida así?

No tiene sentido decirle algo ni intentar asustarlo ni nada. A Bicho le faltan varios tornillos. No hay forma de adiestrarlo. Esto lo sabemos todos, y más que nadie Destino, que se limita a decirle:

—Dame la puta bolsa.

Bicho da un pasito atrás:

—Está bien, pero, Destino, escucha: solamente he conseguido una Glock y trece balas.

—Eso cambia el precio, ¿verdad?

—Bueno, *podría*. —Bicho se cambia la bolsa de mano un momento—. O sea, reconozco que la cosa cambia, pero también tendría que haber una especie de bonificación por honradez, ¿no? Porque, o sea, podría haberte cambiado la bolsa por el dinero y salir pitando, ¿no? Pero no lo he hecho. He dado la cara como un hombre y te lo he contado antes de que lo descubrieras tú. Así que eso vale algo, ¿no?

Destino se limita a extender la mano.

—¿No? —repite Bicho en voz baja.

Destino no mueve la mano ni un centímetro. Lo único que le interesa es que le ponga la bolsa en ella, así que Bicho obedece. Destino rasga la bolsa, saca la pistola y ve que la empuñadura está toda envuelta con tela adhesiva, lo cual es raro pero tampoco supone un problema, siempre y cuando el arma funcione. Se encoge de hombros y comprueba que el seguro esté puesto; a continuación extrae el cargador, cuenta las balas con la punta del pulgar, examina la recámara y el percutor y por fin saca varios billetes de un fajo y los dobla.

—Es lo único que había en la caja fuerte, Destino —dice Bicho.

—¿La caja fuerte de quién?

Bicho se relame y se encoge de hombros.

—Pues de quien sea, carajo. ¿Qué más da?

—¿Seguro que no había nada más?

—Sí. —Bicho da una serie de botecitos suaves—. Sí.
Gran Destino le ofrece el dinero.

—Tómalo.

La Glock 17Ls tiene capacidad para diecisiete disparos: dieciséis balas en el cargador y una en la recámara. Bicho nos ha traído una a la que le faltan cuatro. Si termino metida en una refriega, eso equivale a cuatro posibilidades menos de salir con vida.

Listo y yo estamos con la vista fija en la pantalla, usando la función de búsqueda rápida, de tal forma que no veo exactamente lo que pasa pero sí me doy una idea. Bicho toma el puto dinero y se larga a drogarse a alguna parte. Como siempre.

Ninguno de los clientes del Cork'n Bottle se acerca a los chicles. Quemamos veinte minutos de tiempo real y nadie se acerca a los putos chicles. Todo es cerveza y cigarrillos y gente rondando por ahí. Nada.

—¿Y si...? —dice Apache, muy serio—. ¿Y si el pistolero los compró hace una semana y no abrió el paquete hasta hoy?

Sus palabras matan toda la energía de la sala. Miro a Listo y Listo me mira a mí. Los dos miramos a Destino. Éste mira con el ceño fruncido la pistola que hay sobre la mcsa. Lorraine está ocupada escarbando un agujero en la alfombra con sus relucientes uñas de los pies.

Pero Apache no se calla.

—¿Y si ni siquiera los compró él? ¿Y si mandó a otra persona a comprárselos?

Nadie dice ni pío.

Todos nos damos cuenta al mismo tiempo de lo inútil que puede ser esto.

—Pero es lo que tenemos —digo, y me sale en un tono más irritado de lo que yo quería—. Es lo *único* que tenemos.

En la superficie estoy furiosa, pero en el fondo ya me estoy rindiendo.

Es un rollo inevitable.

Se nos acabó el tiempo. Yo lo sé. Todos lo sabemos.

Nos quedan trece minutos para que Ray llegue a casa y convierta esta mierda en la Operación Tormenta del Desierto. Y trece minutos no son nada. Menos que nada.

Son un foso que me quiere tragar.

Ya ni siquiera estoy mirando la pantalla. Me estoy dando con la palma de la mano contra la frente cuando alguien más toca la puerta, deprisa, en plan pum-pum-pum.

Y entonces sé que todo se acabó.

Porque sé que es Ray. Tiene que ser él. Simplemente llega antes de tiempo. Y me toca a mí encontrar la forma de contarle lo de Ernie. Me toca a mí ponerlo más furioso de lo que nunca ha estado. Pero, justo cuando Destino va a abrir, se me ocurre algo más.

Que Joker podría haberme seguido a casa.

10

Una punzada de dolor me atraviesa el estómago al abrirse la puerta. Le echo un vistazo a la Glock que hay sobre la mesa, como si estuviera demasiado lejos. El aparato de video sigue murmurando detrás de mí mientras entran dos personas en la casa: el chamaco de los Serrato otra vez y una chavita a la que reconozco de la escuela de primaria Will Rogers, Elena Sanchez.

Dejo escapar un suspiro de alivio.

O sea, era una estupidez pensar que podía ser Joker. Joker no habría llamado a la puerta, y además los habríamos oído llegar. Supongo que me siento culpable por no haberle contado a Destino lo que ha pasado detrás del Cork'n Bottle. Simplemente no había tiempo.

Elena echa un vistazo a la casa. Hace unos siete años llevaba un rubio oxigenado bastante culero. Ahora tiene el pelo de su color natural, un castaño claro muy bonito, con un ondulado perfecto. Y el rubio no es lo único que ha perdido: ha dejado de ser una adolescente gordinflona y ahora lleva jeans negros con dobladillo y camiseta blanca con cuello de encaje. Está preciosa. De eso no hay duda. Lorraine ve la cara que hago y se pone toda tensa y con aspecto de estar encabronada.

Destino habla con el chavo:

—¿Necesitas algo, chamaco?

—He estado preguntando por el chicle que me dijiste —cuenta el chamaco de los Serrato—. Pregunté a todo el mundo y ésta tiene algo que contarles.

—Lo sé todo sobre el cabrón que están buscando y que mastica los chicles de arándanos —dice Elena.

Lo normal sería que el pelo de la nuca se me cansara de erizarse todo el rato, pero no. Esta vez me llega al techo. A mi lado, Listo se pone de pie de un salto. Apache incluso da un paso adelante.

Necesitamos oírla todos.

Ahora mismo, carajo.

—Hace un par de meses estuve saliendo con un bato que no paraba de masticar esos chicles. Lo conocí en una fiesta, y al principio me pareció chido. Una sonrisa enorme, mucha labia… Y besaba bien. Besarlo era como besar caramelo. Era el bato más goloso que he visto nunca…

Destino la mira con cara de que se dé prisa. Vamos.

—Empezamos a vernos bastante y el bato siempre estaba en plan «nena, tú y yo», «el amor de mi vida», y todo eso. Hasta hablamos de casarnos. No paraba de hablar de esos rollos. ¡Pero entonces me enteré de que había dejado preñada a Elvia, mi mejor amiga! Cuando se lo eché en cara, el bato me dijo que había sido sin querer, que estaba borracho y que ella lo había obligado, pero cuando le pregunté…

Lorraine la interrumpe como una vieja celosa:

—¿Y no se te ocurre que quizá te lo merecías?

Elena se enoja. Da un paso amenazador hacia Lorraine y le suelta:

—¿Tú quién carajos eres, puta?

Le agarro la muñeca a Lorraine y se la retuerzo. Ella suelta un gritito.

Elena sonríe al verlo.

Apache asiente con la cabeza y dice:

—¿Y cómo se llama el tipo?

—Se llama Ramiro —dice ella—. Está intentando hacerse un nombre, pero en realidad es un hocicón patético. Hay que chingárselo.

Ramiro. Se me ponen las mejillas rojas como si alguien les hubiera pegado fuego.

Nunca en la vida me había sentido tan estúpida. Cuando me acuerdo de su pose, de lo asustada que estaba yo y de su olor, un pensamiento se antepone a zarpazos a todos los demás: lo tuve a medio metro.

Eso es. A medio metro.

Y yo tenía la 38. Podría haberla sacado y jodérmelo allí mismo.

Podría haber vengado a Ernesto.

—Joker. —Lo digo en voz baja, como si doliera.

Porque duele.

Elena me echa una mirada que podría ser de celos, pero está claro que quiere saber cómo conozco el apodo.

Entorna los ojos y por fin dice:

—Sí, el mismo.

Mierda. Destino también quiere saber cómo conozco al tipo.

—¿Y sabes algo de los batos que andan con él? —le pregunto—. ¿Esos dos?

Elena me dice que sabe que están metidos en cosas muy torcidas pero que no sabe cómo se llaman.

—Se creen que son modelos o yo qué sé. Siempre usan lentes de sol de noche como si fueran imbéciles.

—Sí —le digo, pensando que ese detalle encaja con lo que me contó Gloria, aunque en el Cork'n Bottle no las llevaban puestas—. Son ellos.

Destino me mira de reojo para ver si ya terminé de hablar con la chava.

Yo asiento con la cabeza y él le dice:

—Te agradecemos que hayas venido.

—Te lo digo, hay que chingarse a ese bato —le repite Elena a Destino—. Y antes de chingártelo, le dices a ese hijoputa traidor que fui yo la que te dijo quién era. Dile que he sido yo. Elena. Quiero que tenga presente *mi nombre* cuando le metas una bala dentro.

Con lo tímida que era en la escuela. Llevaba lentes. Le gustaba leer. No decía ni pío a los profesores. No decía ni pío a nadie.

—Carajo. —Apache le echa una mirada a Listo—. Cuidado con las mujeres despechadas, ¿eh?

Elena lo fulmina con una mirada de odio visceral.

—Pues sí —le dice.

Después de que ella y el chamaco se fueron, le cuento a Destino cómo sé lo que sé.

Le cuento todo lo que pasó en el Cork'n Bottle. Y le doy el papel con la dirección y el número de teléfono.

Apache salta primero.

—¿En serio? Qué increíble coincidencia, ¿no? Qué suerte…

Destino lo interrumpe.

—Es una ciudad pequeña, primo.

Dice «primo» porque se lo está diciendo a Apache.

Pero es a mí a quien está mirando.

—¿Lista para ir? —me pregunta.

11

Listo maneja el Cutlass de Apache, Gran Destino va de copiloto y Apache a mi lado en el asiento de atrás. Discutimos el plan en el camino. Discutimos la idea de que yo llame a Joker y me ponga en plan sexy a pedirle que se reúna conmigo en algún lado, pero entonces Listo dice que, si hacemos eso, puede que venga solo y perdamos la oportunidad de torcer a los otros dos que se chingaron a Ernesto. Y eso no es aceptable. Para nadie.

Alguien dice que es mejor presentarnos allí y usar el factor sorpresa que soy yo. Y entonces Listo dice lo mismo que he pensado toda la noche: que ahora soy una especie de espía. Sigue siendo verdad.

Es como si fuera otra. Cuando a Lorraine se le pasó el enojo por Elena, primero se dedicó a caminar por la casa como un alma en pena; luego empezó a hacer pucheros y a intentar no llorar mientras me ponía una especie de vestido de raso que me da aspecto de llevar un paraguas al revés alrededor de la cintura. La única batalla que gané es la del calzado. Traigo unos Converse blancos. Con suelas planas para poder correr. Todas las demás las perdí.

O sea, llevo perlas. Llevo unos guantecitos blancos que terminan con una especie de flecos de encaje en las muñecas, como si fuera una princesita quinceañera que quiere ser Cenicienta o alguna mierda por el estilo. Pero es importante llevar guantes. No dejan huellas dactilares.

Destino no está muy seguro de que sea buena idea mandarme a mí sola. Se lo noto por lo callado que está. Él quiere a todo el mundo. Todo el mundo para allá. Rollo Fuerzas Especiales.

Pero yo le digo:

—No hay ninguna opción segura, Destino. Si entro yo, es mi pellejo. Así evitamos que sea el de todos.

No me hace falta decir que Ernesto era un ciudadano de a pie, que no representaba peligro alguno. Y que me corresponde a mí vengarlo. Y ciertamente no le digo que es preferible que entre yo a que Ray consiga un AK-47 de algún pez gordo y convierta una casa en un colador, y luego otra, y luego otra.

Así que deliberamos.

—Entra tú —me dice Destino—. Localízalos. Espera un poco si no están juntos. Mézclate con la gente. Mira a ver si puedes juntarlos a todos en el mismo grupo, para tenerlos cerca. Así te será más fácil no fallar. Y te será mucho más fácil hacerlo deprisa.

Paramos frente a una casa que no había visto nunca y un bato baja a toda prisa del porche hasta el coche. Cuando Apache saca la mano por la ventanilla, el tipo le pone algo en la mano y se va por donde vino.

Son cuatro balas, todas de nueve milímetros.

Las veo relucir y luego Listo arranca y nos dirigimos

rumbo a la dirección que me dio Joker, la dirección donde se supone que está.

Apache le pasa las balas a Destino y yo lo veo llenar el cargador de la Glock antes de dármela. La agarro con fuerza y la empuñadura vendada se me hace rara al tacto, casi pegajosa. Destino me enseña dónde está el seguro y cómo quitarlo con el pulgar, así que lo quito.

Hay un montón de reglas para hacer esto. Casi una lista.

Cuando dispare, tengo que contar los disparos.

—Así te mantienes concentrada —dice Destino—. Y así evitas apretar el gatillo hasta quedarte sin balas.

Nada de ir de vaquero. Cuanto más cerca, mejor.

No apuntar a la cabeza primero. Apuntar al cuerpo. Es más grande.

Concentrarse en el corazón. Terminar por la cabeza si hay tiempo. En caso de que estés cerca.

Y al acabar, una vez hecho el trabajo, tirar la pistola. Sin excusas.

Luego Apache me cubrirá y saldremos corriendo, y por último Destino nos cubrirá a los dos, casi formando una cadena, hasta que lleguemos al coche.

Eso haremos, porque lo dice Destino.

Miro el arma que tengo en las manos. Es la pistola más pesada que he llevado nunca, toda negra y reluciente por encima y con la empuñadura de color blanco venda. Y entonces se me ocurre que a algún pobre cabrón le van a hacer una redada en su casa, esta noche, mañana o cuando sea que la gente deje de montar batallas campales en las putas calles y los sheriffs tengan tiempo de descubrir que usamos su pistola para esta ejecución. Será pronto, en cualquier caso. Los Vikings siempre llegan.

Si hago lo que me dicen y tiro esta madre a la hierba o adonde sea, y si los sheriffs la encuentran, siguen el rastro del número de serie y descubren que pertenece a algún tipo legal, entonces irán a su casa a las cuatro de la madrugada con uno de esos arietes que tienen y lo despertarán apuntándole con una escopeta a la cabeza, y despertarán también a su mujer y a sus hijos, y lo esposarán sobre la alfombra de la sala de estar delante de su familia como si fuera un asesino, pero no lo siento por él. Ni hablar. A la mierda ese tipo y el arma que tenía en la caja fuerte.

Porque terminarán exculpándolo. Y volverá a su casa. Y quedará agradecido, feliz y libre.

No como Ernesto.

Tal vez todavía no lo hayan metido en la bolsa. Tal vez ni siquiera esté en la morgue. O sea, tal vez siga en el callejón, con mi camisa de franela tapándole la cara. Esa idea es la que más duele.

Pero entonces Listo pone el radio y sintoniza la KRLA y está sonando *I Wish It Would Rain*. Los putos Temptations. No se vale que sean tan buenos.

Apache me da un golpecito y abre las manos. En una tiene una ampolleta llena de líquido y en la otra un cigarrillo.

—¿Te quieres drogar, Payasita?

Sin mirarme para nada, le quita el tapón a la ampolleta, moja la punta del cigarrillo y la vuelve a cerrar.

Me dice que esto lo facilita.

La luz nos apuñala por la ventanilla cada vez que pasamos junto a un farol. Miro la punta del cigarrillo, manchada y oscura.

—¿Qué es lo que facilita? —digo yo.

Él ni siquiera me mira.

Se encoge de hombros y dice:

—Todo.

12

Está tan oscuro y hay tanto ruido en la fiesta que nadie se fija en que ocupamos la banqueta de enfrente: ni en que Listo se estaciona a media manzana de distancia, ni en que Apache sale y cruza la calle para apostarse junto a un buzón, ni en que Destino se planta en la otra banqueta, a medio camino entre los dos.

Cuando salgo del coche tengo más calor que si estuviera sentada sobre una hoguera, pero, carajo, me da un poco de brisa en la cara y me sienta bien. Me seco la frente con uno de los guantes y veo que estoy sudando. Guau. No sé por qué, pero de pronto esa droga me está sentando raro.

Pero el efecto raro no me dura, porque resulta que Listo tenía razón. En menos de un minuto encontramos el Ford Ranger, con el gancho de remolque y todo. Y una abolladura en la defensa.

Me quedo mirándola un momento, preguntándome si la abolladura la habrá hecho la cabeza de mi hermano y cómo me hace sentir eso, pero no siento gran cosa. Apache me dijo que es el PCP, que te deja insensible.

Cuando giro hacia la casa, pienso que es lo suficientemente tarde como para que hayan llegado ya todos los invitados a la fiesta. La calle está en silencio salvo por la música. Y las voces.

Oigo gente en la parte de atrás, o sea que, en vez de ir por dentro de la casa, doy la vuelta por un lado a ver si hay una reja o algo así.

No la hay.

No hay más que una rampa de cemento que arranca en la entrada para coches y me lleva hasta el jardín de atrás. Es un buen jardín. Mitad pasto y mitad patio. Hay un tejadito de madera rojiza que sobresale de la casa y cubre el patio. Y debajo de ese tejadito, cerca de la casa, está Joker.

Tiene una cerveza en la mano. Y a uno de sus muchachos detrás.

El otro está apoyado en la reja de la otra punta del patio, a unos cinco metros más o menos. Está envolviendo algo con las manos.

Cruzo el pasto en dirección a Joker, sin hacer caso de las miradas.

O sea, es de locos lo tranquila que me siento cuando pienso: oh, primero voy a matar a dos batos y luego iré por el tercero. Pero da igual, ¿saben? No pasa nada.

Porque en este momento no me dan ganas de esperar en absoluto. Me dan ganas de disparar. Por Ernesto.

Joker me ve y se le ponen los ojos un poco como platos. Con una sonrisa enorme en la cara, como si estuviera encantado de verme, como si estuviera feliz de que yo haya venido.

Me doy cuenta y me gusta, porque rifa mucho más que este cabrón no se entere de que soy el ángel de la muerte.

—Eh, ya creía que no venías —dice con entusiasmo—. ¿Dónde está tu prima? ¿Vino contigo?

Meto la mano en la bolsa.

Y saco el brillo de labios de Lorraine.

Me pinto los labios delante de él, en plan sexy, sin quitarle los ojos de encima. Pienso en hacerlo por Elena.

Y cuando lo estoy guardando, cierro la mano alrededor de la Glock, alrededor de su venda.

Le dedico una sonrisa superdulce a Joker, una de esas sonrisas que dicen «he estado pensando en ti».

Y le digo:

—Por Ernesto.

Cuando intento sacar de golpe la pistola, la mira se engancha con el cierre. Pero solamente un momento. Menos de un segundo.

Es entonces cuando el tiempo se ralentiza. No es ninguna patraña.

Pasa de verdad.

A Joker se le forman unos bultitos en la frente y abre la boca como si estuviera asombrado mientras ladea la cabeza.

Y también se da vuelta, aparta la vista, hacia la casa.

Le doy en la oreja. Justo debajo de la oreja.

La bala le atraviesa el cráneo y mancha de trocitos suyos a la gente que está atrás.

Y eso está bien. Me gusta.

Tiene lógica porque Ernesto tampoco tenía oreja cuando lo mataron. Es justicia pura.

El amigo de Joker que está más cerca empieza a inclinarse y a meter la mano dentro de su chamarra. Sólo consigue meterla a medias antes de que yo le pegue otro tiro.

La pistola me retumba en la mano como si fuera un cañón y me sacude el cuerpo entero.

Al tipo le revienta el pecho mientras se desploma hacia atrás. Le meto otra bala en la coronilla cuando lo tengo cerca, en plan *blau*.

Así es como suena. Un poco como una palabra alemana. O al menos así me parece a mí que suena.

Casi no veo a la gente. Veo cosas que corren.

Veo olas de ropa ondeando y flameando. Como si fuera Moisés. Como si el puto mar Rojo se estuviera abriendo solamente para mí.

Corro hacia la reja mientras el otro amigo de Joker intenta escaparse.

Disparo y fallo.

Disparo y le doy a una chica.

Disparo y le doy a él en la pierna. Se cae de la reja. Y me río.

Llevo seis disparos, creo. ¿Son seis?

Hago la suma, el cálculo mental.

Sí. He gastado seis.

Creo que grita pero no oigo nada. Los oídos me zumban, mala cosa.

Me paro delante de él y le digo:

—Por Ernesto.

Y cuando él está preguntando: «¿Quién?», le disparo.

Fallo. A menos de metro y medio, fallo. Pero el siguiente disparo no.

La bala le entra por el ojo, le sale por detrás del cráneo y abre un agujero al pie de la reja del tamaño de una pelota de golf y de color rojo. Muy rojo.

También me parece gracioso.

Pero, carajo, tengo calor. Estoy ardiendo. Me muero de sed.

Ni siquiera noto el dedo en el gatillo pero le pego otro tiro en la clavícula. O al menos eso me parece.

No le reviento el pecho ni nada de eso; sólo le abro un agujero que se pone rojo al instante.

Con ésta van nueve o diez.

Ahora el jardín está casi vacío, la gente está entrando en tromba en la casa por las puertas corredizas de cristal y detrás de ellos veo a unos tipos que intentan salir.

Tipos que quieren liquidarme.

Tira el arma, pienso. Corre.

Y lo hago.

El pie me resbala en la hierba y me caigo en un charco de sangre. No sé de quién es. Y también me hace gracia.

Pero me levanto enseguida, y eso es malo porque ahora mismo está saliendo a empujones por la puerta un tipo con barba y con una puta pistola enorme, y la baja hacia mí.

No me noto los pies. Pero se mueven. Estoy sudando como si llevara horas corriendo.

En ese momento aparece de la nada Apache, caminando en mi dirección, como por arte de magia. Lleva la 357 y abre fuego hacia el tipo. Y le debe de haber dado porque ya no nos sigue nadie, y ahora Apache está jalándome, llevándome hacia delante, salvándome.

Miro hacia atrás y veo otro cuerpo sobre la hierba y a dos tipos más que salen de la casa.

Damos vuelta en la esquina y llegamos a la entrada para coches y a la banqueta.

Cuando los amigos de Joker dan vuelta en la esquina del garaje, Destino abre fuego con la escopeta. Hace un ruido tan bestia que parece que se cayó un avión. Y me río.

Todo ha salido tal como lo planeamos, porque en un instante ya estamos en el coche, alejándonos. Pero estoy desorientada.

Me siento igual de ligera que un Kleenex. Tengo ganas de reírme otra vez. Tengo ganas de contarles a todos lo que he visto y lo que he sentido.

Y a continuación me parece que voy que vomitar.

—¿Te chingaste a esos hijos de puta? —me pregunta Destino, y yo tengo ganas de contestarle.

Pero no puedo. Intento usar la boca pero no puedo.

Nunca le había disparado a nadie.

O sea, he disparado muchas veces. A blancos y pájaros y cosas de ésas.

Pero nunca le había disparado a *nadie*.

Es distinto.

—Tienes que cambiarte —comenta Destino, y jala el retrovisor para poder verme. Me mira muy serio. Nadie discute con esa cara. Jamás.

Da la impresión de que el coche está avanzando a mil por hora, pero yo sé que Listo está respetando el límite de velocidad.

También forma parte del plan.

Asiento con la cabeza.

Sé que necesito cambiarme.

Pero los brazos no se me mueven. No hacen lo que él quiere. Ni lo que quiero yo.

—Hazlo ya, carajo —le dice Destino a Apache.

Apache me levanta los brazos y me encasqueta una sudadera con capucha por encima del vestido.

Me limpia el maquillaje de la cara con un trapo, me quita los aretes con las puntas de los dedos y me pone una gorra en la cabeza antes de colocarme la capucha.

Están buscando a una pistolera mujer.

Si es que están buscando. Y tampoco importaría. Ya no parezco una chica. Al menos desde fuera.

Pero, carajo, los sheriffs seguro que no están buscándonos. Están todos saliendo en la tele. Eso también me hace reír.

Me río del hecho de que esta noche están ocupados en Florence y en Watts y apagando los putos incendios de Los Ángeles. ¿Creen que les importa que alguien esté saldando cuentas entre bandas en Lynwood? Ni hablar. Seguramente se alegran. Se alegran de no tener que investigar. Se alegran de poder ponerse sus chalecos antibalas y enfrentar a la multitud.

Recojo mi localizador del suelo. Lo tengo en la mano. Y sólo puedo pensar en mi madre. Solamente puedo pensar en su cara de preocupación.

Y siento que la tristeza me cae encima igual que una manta, impidiéndome hasta respirar.

—Destino —empiezo, y la voz me sale muy débil.

—Qué —dice él, mirando la carretera.

—¿Cómo le voy a contar lo que ha pasado?

Al principio no sabe de quién le hablo. Mira a Apache, pero Apache está mirando por la ventanilla, o sea que vuelve a mirarme.

Luego se da cuenta, pero noto que no sabe qué contestar porque lo veo abrir la boca por el retrovisor y quedarse así.

Estamos en Imperial, pasando junto al mercado, cuando Destino me dice:

—Dile a tu madre que has hecho justicia. Eso le dices, carajo.

RAY VERA, ALIAS MOSQUITO
29 DE ABRIL DE 1992
19.12 H

1

Ni siquiera sé qué mosca le ha picado al puto Destino. Hice lo mismo que habría hecho él. En sus tiempos se labró su reputación con cosas iguales o peores. Y ahora me está castigando por haberme agarrado a tiros delante de aquel antro, intentando escarmentarme o algo así a base de obligarme a hacer sus recados.

Llevo un año o más supervisando la distribución. Esta mierda ya no es para mí. En serio, las recogidas son para imbéciles novatos como Oso. Y es que era él quien las hacía hasta que Gran Destino decidió que eran trabajo mío. Y hoy ve los disturbios en la tele y sin que venga al caso decide mandarme a hacer un recado fuera de la ciudad. Está bien, lo justifica diciendo «te mandamos a ti porque todos los tiras están ocupados en otros lados», pero el bato me conoce perfectamente. Ya me ha visto en la cara las ganas que tenía de ir a robar. O sea, ¿a quién no le va bien una tele nueva?

Lo único bueno de este viaje, y digo en serio que es lo *único*, es que puedo manejar el coche de Destino, un Chevy de los setenta antiguo y enorme. Lo juro por Dios, el motor de este cacharro se chuta la autopista 10. Volamos hacia el este. Antes de darme cuenta de que pisé el acelerador ya dejamos atrás Monterey Park, El Monte y West Covina.

Ah, pero ¿saben qué?, ahora tengo que seguir toda clase de normas. Porque el puto Destino lo dice. La primera es dejar de fumar PCP. Sí, seguro. La segunda es que tengo que respetar siempre el límite de velocidad. Mi respuesta es: intenta obligarme, pendejo. Y número tres, no puedo llevar a nadie conmigo en mis recogidas porque necesito aprender a trabajar solo y con eficacia.

Pero mientras el trabajo se haga bien, ¿cómo va a enterarse él de cómo lo hago? Además, no soy tan idiota como para hacer nada de todo eso después de recoger la mercancía. Bueno, la norma de no llevar a nadie sí que la he tenido que romper, aunque tampoco es muy grave. Al menos Destino conoce a mi compa, Beisbol, así que no creo que se encabrone si se entera. De todas formas no se va a enterar. O sea, yo no se lo voy a decir. Y Beisbol tampoco.

Es obvio por qué le pusieron el apodo. Tiene la cabeza idéntica a una pelota de beisbol, con costuras y todo, porque cuando era pequeño sufrió un accidente grave cuando iba en el coche de su padre y atravesó el parabrisas. Le tuvieron que poner grapas a la mitad de la coronilla y ahora el pelo le crece de forma extraña alrededor de la cicatriz. Y su facha lo cohíbe. Lleva una gorra de los Dodgers bien metida y no se la quita nunca.

A Beisbol le chiflan las historias. Siempre quiere que le vuelva a contar lo que pasó en el antro, siempre quiere oír más detalles o que le diga cómo me sentí cuando lo hice o algún rollo parecido.

—¿Es verdad que el bato aquel llamó tortillera a tu hermana? —me dice.

Yo ya estoy cansado de hablar de aquello, y se lo demuestro hundiéndome un poco más en mi asiento y meciendo la muñeca por encima del volante. Ni siquiera lo miro, para mostrarle que me vale, ¿entienden?

Además, ya le he contado un millón de veces que el tipo me dijo que iba a violar a mi hermana Payasa y que le iba a meter un cuchillo por el coño, pero es que después, cuando me dijo mi dirección, mi dirección de verdad, con el código postal y todo, me volví loco. Salí al coche, esperé a que él saliera con su chava y me agarré a tiros. A ella me la chingué. A él no.

En fin. No se puede hacer todo bien todo el tiempo. En esta locura de vida no existen los remordimientos. Aunque me quedó claro que tal vez intentarían devolvérmela.

Después de aquello empecé a almacenar armas en la casa. En todos los cuartos, bato. No me queda más remedio que tomarme este desmadre en serio. Hasta tengo dos en el baño. Una en el botiquín y otra debajo del lavabo. Si le pasa algo a Lu, me convierto en el puto Rambo. Todo el mundo sabe que estoy dispuesto. Como le hagas algo a mi familia, eres hombre muerto. Te disparo a ti en la iglesia. Le disparo a tu madre mientras duerme. Todo me importa una mierda. En las calles lo saben. A Mosquito no se le tocan los huevos. ¿Cómo creen que me he ganado el respeto? No te ponen ningún apodo si te quedas sentado en tu puta casa jugando todo el día con el Neo Geo.

Beisbol está intentando empezar otra vez la conversación.

—Eh, ¿sabes que los mandamases dieron la orden de chingarse a Manny Sanchez por lo que pasó en Norwalk?

—¿Qué Manny, el hermano de Elena? —Lo conozco

de oídas pero no en persona—. Carajo, yo fui a la escuela con esa morra. ¿Cómo lo llaman ahora?

—Lil Man.

No me suena para nada. Lo juro por Dios, Beisbol no deja ni un puto minuto de hablar de los peces gordos. Los idolatra. ¿Qué quiere decir eso? ¿Que los árboles no le dejan ver el bosque o algo parecido? Así es el tipo. No tiene ni idea de cómo funcionan las cosas.

Por eso le digo:

—Bueno, todos esos rollos de firmar un tratado de paz solamente buscan ganar dinero, ¿no?

—Es una cuestión de raza, bato —dice él—. De estar unidos. De ser un puto ejército.

Despego la mano del volante y manejo un par de segundos con la rodilla. Así tengo la mano libre para darle un zape en el pescuezo a su pelota de beisbol.

Se le llenan los ojos de furia y me río en su cara.

—¿Tienes alguna idea de las estupideces que estás diciendo? A los gánsters de verdad les importa un carajo la raza. Solamente les importa el dinero. Carajo, yo haría lo mismo si fuera ellos. Y tú también. Dices lo que haga falta para conseguir lo que quieres. Y ya está. Primero consigues que alguien se distraiga con algo allá a lo lejos y mientras le metes la puta mano en el bolsillo. Es una jugada maestra, bato.

—Bueno, no sé, puede. —Beisbol se frota el pescuezo—. Pero que le pongan precio a tu puta cabeza es real, carnal. A veces ponen precio a barrios enteros.

—¿Por qué no me cuentas de una vez lo que pasó con Manny? Carajo. ¡Tanto hablar para no decir nunca nada!

—Pues que tenía que chingarse a uno desde el coche y se chingó por accidente a una abuela que estaba en su porche. ¿Cómo carajos es posible que no te hayas enterado?

89

Lo fulmino con la mirada.

—Carajo, bato, ¿cómo es que te enteraste *tú*? Si ni siquiera estás implicado todavía y ya andas contando más historias que un veterano.

—Tengo oídos —dice, medio enfurruñado—. Todo el mundo lo sabe.

Después de eso se queda callado y ya no dice nada hasta que llegamos a las afueras de Riverside. Por fin me dice:

—¿No tienes miedo de que te frían por lo de la chica aquella o qué?

—No va a pasar, pendejo. —Pero me pongo a pensar en ello. Me pregunto si lo harían—. Ni siquiera fue una ejecución desde un coche. Fue un tiroteo cara a cara.

—La raza es la raza, bato. Da igual que estuviera implicada o no, era una de los nuestros.

—No era una de los nuestros, carajo —le digo—. No seas idiota.

Pero me pongo a pensar: ¿lo era? No tengo ganas de hablar más, así que enciendo el radio para que no me conteste, pero estamos tan lejos que el programa de Art Laboe no es más que estática. Es una lástima. Este trayecto en coche es perfecto para oír canciones antiguas, pero no me queda más remedio que poner el caset del nuevo disco de Kid Frost. No hace ni una semana que salió, o sea que no sé si está a la altura de «Hispanic Causing Panic», pero es bueno. Desde que salió, me la he pasado oyendo *Mi vida loca* del lado B.

Carajo, esto no se lo he contado nunca a nadie, pero me encanta el desierto de noche. Bajo la ventanilla lo justo para ver las estrellas y sentir el viento, pero nos pasa al lado un camión con tráiler enorme y la tengo que cerrar. Dos salidas más adelante salgo de la autopista, subimos en zigzag por una colina y cortamos por una colonia gigante de casas idénticas construidas en plena pendiente. Son todas casas de dos o tres pisos. Casas con desván, ¿saben? Todas tienen los mismos colores, rollo color arena o madera o lo que sea, pero ni uno más. Sería el sueño americano tal cual si no fuera porque hay que aventarse una hora en coche de ida y de vuelta para llegar aquí.

—Trabajar en Los Ángeles —digo— y vivir hasta casa de la chingada.

—La mera verdad. —Beisbol está de acuerdo conmigo porque sabe que es cierto, y así sin más volvemos a ser amigos.

Y seguimos amigos mientras entramos por la puerta, dejamos atrás las plantas de plástico y llegamos a la sala. Hay una cocina al lado, separada de la sala por una pequeña barra con taburetes empotrados. Mi contacto está allí de pie, preparándose un trago y con un aspecto de lo más sexy.

A través de su fina bata de seda, se le ve un biquini de flores verdes y azules. Es blanca, cuarentona, está muy bronceada y lleva una flor en el pelo estilo hippie, pero también tiene las carnes bien puestas. Buenos muslos. Buen trasero. Tetas a juego. Está buena.

La primera vez que me lo dijo no me lo creí, pero resulta que es trabajadora social. En serio, trabaja de eso. Supongo que el trabajo la pone en contacto con la gente adecuada. Su hombre está en la cárcel Men's Central de Los Ángeles, pero ella le lleva el negocio desde fuera. No sé cómo se llama de verdad. He oído que todo el mundo le dice Scarlet a sus espaldas. Estoy seguro de que ella lo sabe y no le importa.

La televisión está encendida con el volumen alto y delante de ella está sentado su hijo, casi comiéndose la pantalla. Primero tiene puesto un partido de basquetbol, al cabo de un segundo pone las noticias, pero cuando intento ver qué parte de Los Ángeles está ardiendo ahora, vuelve a poner el basquetbol. Es de mi edad, o quizá mayor. No estoy seguro. Es igual de blanco que las camisetas y las sábanas, como si no saliera nunca. Tiene la piel de debajo de los ojos llena de venas azules.

—Hola —le digo.

—Hola —me contesta sin apartar la vista de la pantalla.

Me vuelvo hacia Scarlet y le digo:

—Éste es mi compa Beisbol.

Ella da un sorbo de su copa y lo saluda con la cabeza.

—¿Por qué te dicen así?

Yo contesto por él.

—Porque tiene los huevos más grandes que pelotas de beisbol.

Ella me mira con cara de «amarra los perros, chavo», pero yo me limito a encogerme de hombros y ella parece sentir curiosidad. Scarlet se coge a todo el mundo. No es quisquillosa. Y es justamente por eso por lo que he traído a Beisbol.

Le debo dinero y él nunca ha estado con una mujer, así que he supuesto que sería un trueque natural. Porque, carajo, yo ya lo he hecho con ella. No estuvo mal. Aunque habría estado mejor si no se hubiera pasado todo el rato fumando. Daba un poco de asco, bato. También hacía que el coño le supiera rancio, si quieren que les diga la verdad.

Ella sale de la despensa cargando un par de bolsas y hacemos el intercambio en un momento porque ya lo tenemos arreglado de otras veces.

Todo va deprisa. Le doy el sobre. Ella me da dos bolsas grandes de papel de estraza que ha empaquetado de forma especial. No sé qué hay dentro. PCP, coca y heroína de seguro. No sé qué más. Metanfetamina quizá. Lo que sea que quiera Destino. Esta noche solamente soy el mandadero.

Veo que Scarlet está repasando a Beisbol, así que no me molesto en darle las gracias. Ya sé lo que se avecina. Y supongo que su hijo también. Veo que ya se está retorciendo de asco en el sillón rojo. Ella lo mira antes de abrir la boca:

—Dijiste que ibas a sacar la basura…

Pero no puede ni terminar la frase antes de que él se ponga todo rojo y grite:

—¡Cierra la puta boca, mamá! *Carajo*, te oí las primeras treinta y dos veces!

Ni siquiera la está mirando. Está concentrado en la tele. Pero yo me estoy muriendo por dentro. Estoy horrorizado. ¡Yo *nunca* le hablaría así a mi madre! Los putos blancos están locos, lo juro.

—No te he enseñado la casa —le dice Scarlet a Beisbol, pero se lo dice mirando a su hijo, furiosa. Ya se ha abierto la bata. Tiene uno de los tirantes del biquini caído. Está sacando un cigarrillo, dándose la vuelta y guiando a Beisbol escaleras arriba. Pasan un minuto o dos antes de que se ponga a gemir, pero la cosa va rápido. Supongo que es su ritmo normal.

Vuelve a estar puesto el basquetbol en la televisón. Parece que son los Lakers contra Portland. El chavo está subiendo el volumen. No me extraña. Si mi madre fuera así de puta, yo no aguantaría ni estar en el mismo estado que ella, ya no digamos en la misma casa. Mierda. Les juro que es verdad.

Lo siento por él. De veras. Pero cuando se levanta del sillón sin decir nada y va a la puerta que lleva al garaje y aprieta el botón que la abre y la puerta empieza a levantarse, pienso: ¿qué carajos hace? ¿Está dejando entrar a un perro o algo así?

Sigo preguntándome por qué chingados hace eso cuando la puerta del garaje termina de abrirse y por ella entran con sigilo tres tiras. Corpulentos. Con escopetas. Con las siglas LAPD escritas en letras grandes en la parte de delante de los chalecos. *Mierda.*

¡Carajo, no puedo hacer nada! En un abrir y cerrar de ojos se me echan encima, me ponen la cara contra la puta alfombra, me esposan demasiado fuerte y tiran de mí hasta ponerme de rodillas. De pronto me pregunto por qué carajos no se han identificado como tiras. Por qué no han gritado.

El público está gritando en la televisión. El reloj avanza.

A continuación el hijo de Scarlet va a la despensa. La abre y les enseña a los tipos dónde está la droga. Señala también mis bolsas. Y se asegura de señalar hacia el piso de arriba y de levantar dos dedos en el aire. Entonces me doy cuenta.

Esta mierda es un puto robo a mano armada.

Detrás de mí, alguien dice:

—Estás en la lista, Mosquito.

Los pulmones dejan de funcionarme. Un momento. *¿Qué?*

Cuando uno de los tipos se da la vuelta delante de mí, le veo tatuajes en el cuello y detrás de las orejas. Es calvo y tiene bigote, estilo Bronson. Y entonces me muero de miedo, porque estos tiras no son tiras.

Estos tipos *no son* tiras.

Y me siento completamente idiota porque estoy en Riverside y aun así me han tomado el pelo con los chalecos del LAPD. ¡Pero si ni siquiera es la misma puta jurisdicción!

—Les pagaremos —les digo—. Lo que quieran. Los compensaremos.

Ellos se echan a reír, tapándose la boca para no hacer ruido.

En el piso de arriba, Scarlet gime sin parar.

—Muy bien, pues, ¿quién fue? —Intento humedecerme los labios pero estoy seco y no me sale saliva—. ¿Quién me puso la trampa? ¡Te lo suplico, bato! Dime eso al menos.

Está bastante claro que Scarlet no, y tampoco me trago que haya sido idea de su hijo. En ese caso sólo quedan dos posibilidades, y una de ellas es Destino. Carajo. Duele demasiado. Aunque también puede haber sido el hombre de Scarlet. Tiene sentido. Tal vez esté cansado de que su mujer se coja a todos, o tal vez ella le transó su dinero. No tengo ni idea de si el tipo está muy conectado ni de cuánto peso tiene. Simplemente no me puedo quitar de encima la sensación de que quien sea ha intentado matar dos pájaros de un tiro.

En el partido de la tele, alguien intenta encestar. El tiro falla pero un jugador toma el rebote. El público enloquece cuando la pelota entra en la canasta. Justo después suena el silbato y el otro equipo pide tiempo fuera.

—La trampa te la pusiste tú solo, Mosquito. El único responsable eres tú. Si querías disparar a alguien, tendrías que haberte puesto a disparar a negros.

A Scarlet ya le falta poco, está gritando como si estuviera a punto de explotarle el coño. Con el rabillo del ojo veo que uno de los tipos de las escopetas sube con sigilo al piso de arriba. Mierda. Hay que ser cruel. La tipa no sabe la que le espera.

Yo al menos sí que lo veo venir. Al menos sé que es la hora de las últimas palabras. Al menos eso se me concede.

—Díganle a mi hermana que la quiero. Y a mi hermano. Y a mi madre. Díganselo.

—Claro —dice la voz que tengo detrás—, se lo diremos.

En el piso de arriba retumba la escopeta, pum. Suena como si un puto cohete hubiera caído en la casa. Beisbol suelta un grito y me llama por mi nombre. Pero, antes de que pueda decir nada más, retumba otro disparo y se hace el silencio.

Solamente pasan un par de segundos antes de que el silbato de la reanudación del partido de basquetbol me acuchille y me provoque un sobresalto mientras el público se pone de pie, entre aplausos expectantes. Cuando vuelve a sonar el silbato y alguien hace un saque de banda y un tipo que no conozco hace un lanzamiento desde muy atrás de la línea de tres puntos, hasta los locutores contienen la respiración.

Siento que el cañón de la escopeta me besa la nuca, grande, redondo y frío. Intento decir «padre nuestro que estás en los cielos» y todo eso, intento decir «santificado sea tu nombre», pero las palabras se me atoran en el pecho y no me salen de ahí, así que me limito a soltar el aire, a expulsar todo el que tengo dentro y a cerrar los ojos.

DÍA 2

JUEVES

«SÍ, CLARO, PIENSAN MUCHO EN LO QUE LE PASÓ A RODNEY KING. O SEA, ¡ES LO ÚLTIMO EN LO QUE PIENSAN! ESTO ES… ESTO ES PURA FIESTA. ES LA PURA FARRA EN LOS ÁNGELES.»

JOE MCMAHAN, «7 LIVE EYEWITNESS NEWS»

JOSÉ LAREDO,
ALIAS GRAN DESTINO, ALIAS GRAN FE
30 DE ABRIL DE 1992
8.14 H

1

El sillón de Payasa es de los años setenta y tiene unos bultos de la fregada. Esta noche no he dormido nada acostado en él, agarrado a una pistola y escuchando hasta el último coche que pasaba, convencido de que cada uno de ellos era la banda de Joker viniendo a cobrar venganza; hasta que resultaba no serlo, hasta que pasaba de largo y me tocaba preocuparme por el siguiente.

Tengo los dedos de la mano derecha todos agarrotados, de forma que los sacudo mientras miro con los ojos fruncidos la luz amarilla que entra por la parte superior de las ventanas delanteras, por encima de las viejas cortinas a rayas. Se ha hecho de día. Eso lo sé.

No puedo llevar más de un par de horas durmiendo porque, después del golpe, Payasa tuvo que ir a ver a su madre, para contarle lo que le había pasado a Ernesto y que ella había hecho justicia con quienes lo habían matado, pero la respuesta de su madre no fue bonita. Fue onda *El exorcista*. Lanzamiento de objetos, gritos, alaridos.

Nombres de santos a voz de cuello. Payasita llevándose las culpas, pero Mosquito todavía más. No nos fuimos hasta que llegó su tía —la que no puede hablar porque se arrancó la lengua de un mordisco cuando un caballo le dio una coz en México— y se puso a cocinar pozole a las tantas de la madrugada.

De camino a casa pasamos otra vez por donde estaba Ernesto, a ver si los forenses se lo habían llevado ya, pero vimos que no. Supongo que la ciudad estaba demasiado ocupada incendiándose, porque su cuerpo seguía en el callejón con la camisa de franela de rayas blancas y azules cubriéndole la cara, igual que esas banderas deprimentes que ponen encima de los ataúdes de los soldados. Si esa mierda no les perfora un agujero en el estómago, es que nada puede, batos.

Oigo abrirse y cerrarse la puerta de la nevera y a continuación a Listo arrastrando los zapatos por la cocina porque es demasiado vago para levantar los pies. Tiene hambre pero no tomará nada más que jugo. Se esperará a que yo cocine para comer algo. Huevos, quizá, aunque solamente tenemos cuatro. Papas. No nos queda tocino. Ni tomates. Queda un poco de carne, pero está fría. Al final no nos la comimos por lo que pasó anoche.

Payasa tiene la puerta cerrada. Sigue ahí dentro con Lorraine. Llevan toda la noche en silencio. Un silencio de cementerio, lo llamo yo. Necesito averiguar si está bien, pero no tengo ganas de que descubra algo que hice, algo que me ha estado carcomiendo tanto que ya borbotea.

Y también me quema, y no quiero pensar en ello ahora mismo a menos que haga falta, de forma que camino hasta la tele y la enciendo de un sopapo, le bajo el volumen y me voy otra vez al sillón, esperando lo mismo que cualquier otro gánster de Los Ángeles que tenga dos dedos de frente, ¿saben? Que lleguen la ley y el orden.

O sea, tiras con chalecos antibalas armados hasta los dientes asegurando la zona. Sheriffs esposando a gente y metiéndola a empujones en asientos traseros enrejados para llevarlos a la comisaría. Declaraciones. Huellas dactilares. Fotos. La cárcel. Ya saben, la clásica banda de matones uniformados peinando las calles a lo grande y llevándose a todos los idiotas, los borrachos, los drogados, a todos los que alargaron demasiado la fiesta y ahora tienen que pagar por los demás.

Pero cuando la pantalla se enciende con un zumbido y se disipa la estática chisporroteante del tubo, todos los colores efervescentes se funden para formar una imagen. Y en esa imagen brotan formas nítidas. Calles de la ciudad. Gente que corre. Gente que corre *llevándose* cosas. Y no veo lo que espero ver. Ni de lejos. Veo justamente lo puto contrario.

Y parpadeo para asegurarme de que realmente estoy viendo que el tema empieza también en Compton, donde ahora hay toda clase de cosas tiradas por las calles. Parece que hubiera pasado por allí un tornado. Ropa, papel higiénico, teles rotas, latas de bebida y algo que parece algodón de azúcar arrastrado por el viento pero que no puede serlo. Ni hablar. Hay cristales rotos por todos lados, en las banquetas, en las cunetas y en medio de las calles, con aspecto de confeti reluciente que no conviene tocar.

Y el fuego. Mierda. Hay fuego en los botes de basura. Fuego en los supermercados. ¡Fuego en las putas gasolineras, bato! Hay incendios sobre incendios, subiendo en espiral hacia el cielo como si lo estuvieran sosteniendo. Patas de mesa, las llamo yo. Eso me parecen las columnas de humo.

El noticiero se enlaza con una cámara situada en un helicóptero, y el cielo, carajo, el cielo no es azul, ni siquiera de ese gris azulado que toma por aquí en los días de más contaminación. Parece cemento mojado. Un gris tan oscuro que casi es negro. Opresivo de a madres.

Entonces me doy cuenta. Estoy mirando una zona de guerra. En pleno South Central.

Es como si alguien hubiera empaquetado toda la mierda que llevo casi toda mi vida viendo en Líbano, la hubiera metido en una caja, la hubiera mandado por correo y la hubiera vuelto a abrir en mi jardín trasero. Es un desmadre tipo Franja de Gaza. La pura verdad, batos.

Y toda esta situación me está diciendo a mí lo mismo que les dice a todos los demás cabrones que alguna vez han tenido malas ideas en esta puta ciudad: aprovecha el momento, bato. ¡Felicidades, te ganaste la lotería!

Sal ahí fuera y vuélvete loco, dice. Sal y agarra lo que puedas, dice. Si eres lo bastante duro y lo bastante fuerte, sal y agárralo. Aquelarre a plena luz del día, lo llamo yo.

Porque el mundo en el que vivimos está completamente patas arriba. La cabeza en el suelo y los pies en el aire. Lo malo ahora es *bueno*, carajo. Y las placas ya no valen una mierda. Porque hoy la tira no es la dueña de la ciudad. Somos nosotros.

Siento una especie de descarga eléctrica que me sube y me baja por el cuello y me falta tiempo para tomar el teléfono. Llamo a cinco o seis de nuestros hombres para que vengan aquí, tan deprisa como me permiten teclear mis dedos todavía agarrotados. Voy marcando los números que me sé de memoria hasta que llamo a una docena, y entonces paro porque sé que ellos ya se dedicarán a correr la voz. Necesitamos coches. Necesitamos avanzar deprisa. Ya da la impresión de que nos estamos quedando atrás.

El paso uno es armarla en Lynwood. Ya saben, armar un caos como el que armaron en Compton porque eso hará que la tira se quede todavía más corta de efectivos. A continuación me pongo a urdir planes. Sitios que se pueden asaltar. Cosas que podemos llevarnos. Dónde esconderlas. Vuelvo a tomar el teléfono y le mando un mensaje a Bicho.

Si alguna vez ha habido un día hecho a la medida de esa puta cucaracha, es hoy. Es un tipo nacido para robar cosas, echar a correr, meterse droga en el cuerpo y nada más. Hasta ciego de todo, hasta medio dormido, nadie sabe forzar candados como él. Parece que para Bicho están hechos de papel de aluminio. Nadie más puede mirar como él una puerta de hierro y saber en dos segundos cómo reventar la cerradura o abrirla.

Cuando suena el teléfono para que meta mi número, lo meto. Y dejo mi código de costumbre al final para que Bicho sepa que tiene que devolverme la llamada deprisa porque es importante, y si no me la devuelve, en fin, pasarán cosas jodidas. En otras palabras, mandaré a uno de los nuestros a buscarlo.

Listo entra arrastrando los pies en la sala de estar dando sorbos de su jugo de una de esas tazas de plástico de *Dick Tracy* que te dan cuando comes en McDonald's. Le da un vistazo a la pantalla y se queda de piedra. Yo cuelgo otra vez el teléfono.

Los dos vemos cómo la gente arrasa una farmacia en Vermont mientras un corresponsal que está en la esquina dice que esto no tiene nada que ver con Rodney King ni con el veredicto, y que el problema es toda la gente pobre y sin moral que está aprovechando la oportunidad para cometer fechorías, y que no se puede creer cómo la están aprovechando. Y yo pienso: ¿en serio?

Pero el tipo sigue rajando que esto no es América, la América que él conoce y ama y en la que cree. No me queda otra que reírme de ese imbécil ignorante que lleva tanto tiempo viviendo en los barrios residenciales que ya no sabe qué carajos es la realidad, pero en ese mismo momento Listo se ríe y dice exactamente lo que yo estoy pensando:

—Bienvenido a *mi* América, cabrón.

2

Destino no es un nombre muy común, al menos en español. Nunca he conocido a nadie más que se llamara así. A veces me preguntan de dónde viene, cómo me pusieron el apodo, pero yo nunca les cuento la verdad, que me pegaron un tiro cuando tenía veinte años, y tampoco les diré a vosotros quién me lo pegó ni de qué banda era, porque tampoco se lo conté a los tiras cuando me lo preguntaron. El arma era de un calibre grande de a madres, sin embargo, y debía de tener algo defectuoso porque ni siquiera desde seis metros la bala me atravesó del todo. Se me quedó dentro.

No me entró más que un par de centímetros, pero sangré como un cerdo en el camino de entrada al patio de mi vecina, la señora Rubio. Lo único que recuerdo de aquello, además del trayecto en ambulancia con el puto enfermero torpe que no me podía encontrar una vena ni de casualidad, es a una abuela que se me acercó tranquilamente, se me sentó al lado con las piernas cruzadas al estilo indio, se desplegó el vestido azul y me puso la mano sobre él, sobre la tela de encaje de su regazo, y por fin empezó a decirme que yo tenía «una *fate* grande» y que no me moriría. Yo pensaba que me estaba diciendo *fate*, «destino» en inglés, es decir, que morirme no era mi destino, pero la segunda vez que lo dijo, la oí bien. «Una fe grande.» No estaba hablando de destino para nada, sino de tener una gran fe. Pero ya era demasiado tarde; mi cerebro se había quedado con la palabra *fate*, «destino», y me prometí a mí mismo que, si sobrevivía, ése sería mi apodo.

No le he contado nunca la historia entera a Payasa y no sé por qué se la iba a contar ahora. Sabe lo de la bala, claro, y sabe que había conmigo una abuela, pero no sabe que fue esa abuela quien me puso el apodo, aunque fuera por accidente. Supongo que a veces, si te pasas mucho tiempo con alguien, dejas de hacerle preguntas, de preguntarle de dónde es o de dónde le viene el apodo o cómo se le quedó. Es así. Lo aceptas sin más. Pero ahora tengo ganas de contárselo.

Hace mucho Payasa me preguntó si me sentía mal por las cosas que había hecho. Por entonces le dije que no, pero la respuesta es que sí. No cabe duda. Aunque no me arrepiento de nada. Soy un soldado. Siempre he ido adonde me necesitan y siempre he estado listo para todo. *Siempre.* Hasta de chavito, cuando nos llamaban a filas en el callejón de al lado del parque, los pandilleros mayores siempre me dejaban fuera porque sabían que yo estaba listo. Nadie ha tenido que llamarme nunca la atención. Ni una sola vez.

—Tú, bien —me decían.

O bien:

—Éste ya es de los nuestros. —Y me usaban como ejemplo para los demás chavitos. Eso siempre me ponía contento.

Ahora mismo hay gente en esta sala que necesita que

le digan qué hacer. Cuento a quince de nuestros ciento dieciséis, y eso sin incluir a los chavitos que hay fuera intentando entrar en acción y ganarse los galones. Miro a la cara a todos los presentes y pienso que es por esto por lo que me dedico a lo que me dedico. Es por ellos. La banda. Mi familia. Todo es por ellos. Y es por ellos que tuve que entregar a Mosquito.

Sí, es verdad. Fui yo. A Payasa no se lo he contado porque ¿qué puedo decirle al respecto? Pero la verdad es la verdad. Y lo siento, en serio, pero tampoco me arrepiento de eso.

Ahora mismo, sin embargo, me encantaría que ella pudiera meterse en mi cabeza y leerme la mente y entender al instante la decisión que tuve que tomar cuando los peces gordos vinieron y me hicieron sentarme y me dijeron que el nombre de Mosquito estaba en la puta lista negra. Le habían puesto precio a su cabeza y me tocaba decidir a mí: o bien un descerebrado que no para de cagarla o bien la banda entera. Y ya está, ¿me entienden? Con ellos no se puede discutir, ni decirles que se equivocan. Tenía que morir. Y esas cosas hay que encararlas con entereza, igual que un boxeador que sabe que tiene que dejarse ganar.

Si no hubiera mandado a Mosquito a Riverside, se habría abierto la veda sobre todos nosotros. Todos. Sin excepción. Todo el tiempo. Está más que claro. Y que yo sepa uno no es lo mismo ni más que ciento dieciséis. Hasta yo lo sé, y eso que dejé la escuela en mitad de octavo.

Pero lo de que Joker y ésos se hayan chingado a Ernesto el mismo día… Esa mierda me revolvió las tripas.

Fue el peor momento para chingárselo, y al principio, cuando apareció en nuestra puerta el chamaco de los Serrato, casi le confesé todo a Payasa, convencido de que el chamaco estaba hablando de Mosquito y alucinado porque no entendía cómo era posible, ¡y tardé unos segundos en comprender que no era él! El darme cuenta de que habían matado a Ernie sin razón alguna me golpeó como un puñetazo a traición. Y tan pronto me enteré vi claro que tendría que haber entregado antes a Mosquito, y eso me jodió. También entendí que tenía que hacer todo lo posible para ayudar a Payasa a cumplir con su deber. Hasta dejé que se saltara algunas reglas y que hiciera algo que yo no habría dejado nunca que hiciera una chava, pero era una cuestión de venganza y de justicia.

Pero ¿lo de Mosquito? Carajo. *Tuve* que entregarlo. Payasa sabe mejor que nadie que su hermano tenía mala cabeza. Por eso le puse tantas normas, ¿saben? Número uno, nada de meterse drogas, carajo. Número dos, respeta el límite de velocidad, tarado. Y tercera, y la más importante, no te lleves a nadie contigo. Tenía que asegurarme de que solamente cobrara él. Y hasta le presté mi coche para hacer la recogida.

Mosquito se metió él solo en la lista negra. Es la verdad. Y yo tenía que asegurarme de que no termináramos en ella los demás también. Porque no éramos solamente nosotros. Eran también nuestras familias. Los peces gordos podían chingárselas si querían. Contra eso no se puede hacer nada. Yo no tenía libertad de elección. Estaba más que claro. O sea, piensa en qué habría pasado si un pez gordo llega a la casa nueva de la madre de Payasa, toca el timbre y pone una pistola contra la mirilla al ver la luz de dentro tapada por la cabeza de la mujer… Mierda. Solamente de pensarlo se me revuelve la tripa.

Yo tengo otra norma, y es que un solo hombre no vale las vidas de todos. En ningún caso.

Si Payasa hubiera salido antes de su recámara, quizá

podría haber hablado con ella en privado antes de que llegaran nuestros hombres y haber hecho que lo entendiera.

Pero ¿lo de Ernesto? No tengo palabras para eso. No se lo esperaba nadie, pero es lo que tiene esta vida de locos. Se te echa encima cuando le da la gana, sin importarle si estás listo o no, y a veces se lleva lo que no debe. A veces es lo único de lo que puedes estar seguro: de que se va a llevar cosas.

Sigue teniendo la puerta cerrada. Ni siquiera dice ni pío cuando toco, así que me limito a quedarme mirando todas las armas de la casa, colocadas en un montón sobre la mesilla de café de delante del sillón. Hay veinte. No son suficientes si queremos protegernos de lo que sea que termine mandándonos el hermano mayor de Joker.

Así que me pongo a hacer planes, y pienso que podemos ir y entrar a golpes en el Western Auto, porque allí tienen armas en la trastienda. Pistolas. Cargadores. De todo. ¿Por qué en un taller mecánico? No me lo había preguntado nunca. Supongo que es porque con las armas se gana más dinero que con los amortiguadores y las pastillas de freno. Así es la economía del gueto. Y justo cuando estoy pensando esto, suena el teléfono. Lo contesto convencido de que será Bicho. Pero no.

Es Sunny, que me llama desde la armería de Long Beach. En cuanto oigo su voz, me doy cuenta de que la ética se ha ido al carajo. Me dice que solamente hay otros dos tipos trabajando en su turno, y que tienen todas las luces apagadas. Se supone que están protegiendo las armas, pero a cambio de cierta suma me dejará la puerta abierta para que podamos entrar.

—¿Cuánto? —pregunto.

—Hum —dice, y hace una pausa lo suficientemente

larga como para sacarse de la manga un número al azar—. Tres mil.

—Está bien. —Ni madres que pienso dárselos a ese pendejo.

—En efectivo.

—¿Con qué chingados quieres que te pague? ¿Con un cheque? —le digo—. Tú asegúrate de que la puerta está abierta, idiota.

Avaricia, lo llamo yo. La codicia por el dinero.

Sunny está buscando un ascenso. Está vendiendo su trabajo y vendiendo a la gente con la que trabaja. Y eso no lo puedo respetar. Lo que Sunny no sabe es que podría negociar cualquier otro día menos hoy. Cuando todo está del revés, no tengo por qué pagarle nada. Y lo que es más importante, me lo puedo chingar por ser un pendejo, por acostarse con mi hermana mayor la noche de la fiesta de graduación de 1986 y por pasarle la gonorrea. Me importa una mierda de quién sea amigo. Hoy comerá plomo.

Pero no se lo digo. Me limito a colgar el teléfono y amartillar mi pistola. Es una de las Army Colts antiguas. En el cañón dice CALIBRE 45. También dice SIN EXTRACTOR Y SIN HUMO. Creo que era del abuelo de alguien, pero me da igual. Ahora es mía. Hace casi un año que es mía.

Miro el reloj. Son cuarto para las diez y Bicho todavía no ha aparecido.

Hijo de la chingada, pienso. Debe de estar escondido en algún motel y seguro que ya se ha gastado el dinero que le pagué por la pistola con el cargador medio lleno. Se está metiendo esa mierda directamente en la vena. Garantizado.

Estoy decidiendo si le doy un minuto más cuando Payasa sale dando tumbos de su recámara; la veo saludar a

Listo, que está terminando de preparar su equipo, a continuación agarra a Apache, le dice algo al oído y se lo lleva fuera, casi hasta el sitio donde los chavitos están plantados formando un círculo en el pasto.

No me pone supercontento ver lo que está haciendo, pero tampoco se lo prohíbo. Veo a través de la ventana que Apache y ella están compartiendo un cigarro. Se están drogando de nuevo. Garantizado.

Cada calada que dan de esa mierda los ayuda a escaparse del dolor de verdad. Lo entiendo, y lo entiendo sobre todo por lo de Ernesto, pero no lo puedo recomendar. Según mi experiencia, cuando estás haciendo un trabajo, y también después, es mejor estar sereno. Así puedes afrontar lo que has hecho y rendir cuentas. Así es más fácil saber que los cabrones se merecían lo que les has hecho. Si Payasa me lo pregunta alguna vez, le diré la verdad. Pero hasta entonces no.

Pasa primero un minuto y después dos y sigue sin haber ni rastro de Bicho. En un día como hoy, no puedo malgastar soldados en buscarlo.

Así que digo: «Al carajo», y salgo.

3

Vamos hasta los coches en manada. Los pequeños no se controlan. Están más excitados que cachorros en una fiesta de cumpleaños. Ladrando. Armando desmadre. Solamente Listo, Payasa y yo nos subimos en el Cutlass de Apache. La situación me hace añorar todavía más mi coche. Seguramente sigue en Riverside. Allí estacionado. Si lo vuelvo a ver alguna vez, lo más seguro es que sea para sacarlo del depósito. Aunque primero tendré que denunciar el robo. Para que nadie lo relacione con Mosquito. Pero no puedo hacerlo hasta que se pongan en contacto conmigo los peces gordos. De acuerdo, Mosquito no vino a casa anoche, pero eso no quiere decir con seguridad que se lo hayan chingado. Así que tengo que hacer como si nada e ir por ahí con esta culpa que me abre agujeros por dentro.

Y estoy convencido de que ése es el mayor de mis problemas hasta que estamos cargando los coches de soldados para ir a saquear y lo que haga falta y de pronto aparece mi padre en su viejo y ruinoso Datsun. Se trata de un cachivache oxidado y gris, con la pintura de alrededor de los faros descascarillada. No tiene adorno en el cofre y sólo un faro entero. Es... triste, ¿saben?

Lleva toda la vida con el mismo coche, desde antes de que mi madre muriera en enero de 1985 y mi hermana se fuera a vivir con mi tía en el 87. Y lo tenía cuando se enredó con otra mujer con la que yo no me llevaba bien y supongo que eso fue el fin. Encontré un sitio donde quedarme, porque la banda no me iba a dejar tirado, y así fue como terminé primero con Toker y Speedy y después con Payasa, Ernesto y Mosquito. Y todo esto no quiere decir que mi padre haya dejado de quererme, ni de venir a ver cómo estoy. Se ha pasado la vida preocupado, siempre preguntándome si estoy portándome bien y rollos de ésos. Y cuando me pregunta, yo no le miento nunca, pero tampoco le cuento la verdad.

Y ahora mismo veo la cara de mi padre sudando preocupación a través del parabrisas resquebrajado, como si no pudiera creer lo que está viendo. O sea, el tipo se presenta aquí, superpreocupado por si estoy bien o qué, toma su coche y viene desde Florence para ver si sigo vivo y, cuando llega, el tipo se encuentra con que estoy llenando varios coches de pandilleros y con que ninguno de ellos se molesta siquiera en esconder sus armas.

Mi padre no es tonto. En ese preciso momento se da cuenta de todo. De que no debe tener miedo por mí, su hijo. Es *de mí* de quien hay que tenerlo.

La cara se le cae un poco a los pies, las mejillas se le desinflan como si llevara varios kilómetros conteniendo la respiración y acabara de soltar el aire, y a continuación me mira con cara de palo y el ceño muy fruncido y niega con la cabeza como si estuviera muy muy decepcionado, y por fin mete reversa a su carcacha, retrocede cinco metros girando el volante para poder dar media vuelta, y en cuanto termina la maniobra se larga. Deprisa. Haciendo parpadear la luz de freno buena y también la otra mientras desaparece dando vuelta en la esquina. Y eso se me queda grabado. La luz de freno rota emitiendo un resplandor blanco alrededor de unos dientes rojos.

Y mi padre se va.

La primera persona con la que intercambio una mirada es Listo. El gesto que compartimos es breve pero complicado. Él conoce la historia de mi padre y yo la del suyo, que se largó cuando Listo ni siquiera sabía caminar todavía. Veo que él entiende de dónde vengo, pero que al mismo tiempo daría lo que fuera por importarle lo bastante a su padre como para que éste pasara a visitarlo alguna vez. Veo que piensa que la decepción es mejor que la desaparición, así que aparto la vista porque no puedo hacer nada al respecto.

Los otros soldados saben que no es cosa suya. Pero los chavitos, los que no saben nada, dicen cosas del tipo:

—¿Quién era ese viejo?

—Nadie —les digo yo, y lo digo casi convencido, carajo.

Mi respuesta satisface a los chavitos lo suficiente como para que terminen de cargar y se sienten encogidos o con las piernas colgando de las cajuelas abiertas, y entonces uno de ellos, entusiasmado, suelta un grito agudo en plan ayiiiija, y suena como si tuviera un caballo entre las piernas y le acabara de arrear una pinche patada para encabritarlo.

4

No me lo había creído hasta ver que es real. La tele es la tele, y no se puede confiar en ella. Salvo hoy. Y es yendo por Atlantic, mientras avanzamos adelantando al poco tráfico que hay, sin un solo tira a la vista, cuando la fiebre nos asalta. A todos. La sensación acalorada y sudorosa de que podemos hacer lo que nos salga de los huevos. Es como haber tomado demasiado café. Es como…

Sentado en el asiento del copiloto, bajo la ventanilla y coloco la mano encima del coche. Me pongo a dar con el puño en el techo, en plan papum, papum, papum. Como siguiendo el ritmo de nuestra velocidad. Ochenta. Noventa. Cien.

Apache es un obseso del acelerador. Normalmente le digo que no vaya tan deprisa, carajo, pero hoy no.

Hoy no hay límite de velocidad. Hoy no hay límite de *nada*.

—Eh —me dice Apache después de que exagero con los papum—, que es mi techo, bato.

Le clavo una mirada de «cierra la puta boca» y él se apresura a pedir perdón.

Luego me pego a su cara y lo zarandeo.

—¡Que estoy contigo, bato!

Enciendo el radio de un sopapo. Subo y bajo por el cuadrante. No hay más que noticias, noticias y noticias. Informativos. Gente quejándose como si no fuera el día más magnífico de la historia, como si fuera un desastre o algo así. Cambio a AM. No suenan canciones antiguas, pero algo hay. Música, más o menos.

Maldito rock culero. Eso que los gringos llaman «rock clásico». Guitarras eléctricas y ruido de palmadas. Papapádapa, así suena el estribillo. La rola se titula *More Than My Feelings* o alguna mierda parecida.

Apache la conoce.

—Bato, a la mierda Boston —dice con una mueca de mal pedo, y a continuación mueve la mano para apagar el radio, pero yo le digo que no con la cabeza.

—Déjala sonar, carajo —le digo. Hasta le subo para que se joda.

La gente que se ha ido de mi barrio es porque no había probado la vida en las calles. No se puede explicar a esa gente el placer que da, la *fuerza* que da, estar con tus hermanos y hacer lo que quieras, y un día como hoy es más grande que nada que hayamos soñado nunca, un día en que se puede hacer cualquier cosa, pero es pura fantasía porque esta clase de cosas no pasan nunca, hasta que pasan...

Las putas guitarras eléctricas rechinan a mi alrededor mientras yo levanto la mano lo más alto que puedo y trato de agarrar el aire seco. Intento grabarme a fuego en la memoria la sensación de cómo se me clava el aire en la palma, de cómo me deja la mano casi fría. Quiero acordarme para siempre.

Pero en cuanto llegamos a Gage vuelvo a meter la mano en el coche y la sensación se aleja un poco, porque salta a la vista que aquí hay un rollo *Mad Max* muy serio.

Hay saqueos, pero no son como en la tele, con la gente corriendo como loca y abriendo boquetes en los escaparates en plan ratas. Aquí no hay esa cosa que parece algodón de azúcar volando por las calles ni tampoco incendios. Huele a humo, eso sí, a humo de madera pero también se nota ese olor acre y amargo de cuando quemas plástico.

Pasamos con nuestra caravana de cuatro coches por el Western Auto solamente para dar un vistazo, pero tienen el techo lleno de cabrones con rifles. De forma que tomo una decisión y digo:

—A la mierda.

Apache da un volantazo y volvemos a ganar velocidad, convirtiendo la calle en una de esas pistas de descenso en trineo que se ven en las putas olimpiadas. En Albertaville o donde carajos fueron las últimas. Pues así. Con la diferencia de que nosotros vamos en cuatro coches juntos, adelantando a los demás coches, mandando a la mierda los semáforos, girando el cuello sin parar para ver si alguna otra banda ha salido de su barrio y está haciendo lo mismo que nosotros.

Cuando pasamos por el Mel and Bill's Market vemos a unos blancos que no conocemos sacando unas cajas de latas de cerveza y cargándolas en una camioneta, de forma que Apache pone rumbo directo a ellos y frena en seco en el último segundo, dejando un rastro de llantas en la calle y deteniéndose con un chirrido a medio metro de los tipos. No imaginas la cara de espanto que se les pone. Pero no tanto como cuando yo saco mi pistola y Apache sale detrás de mí.

—Éste no es su barrio —les digo con una sonrisa fría—. Más les vale largarse por piernas mientras todavía pueden.

Ellos se portan bien y dejan la cerveza, pero yo les digo que la recojan, que nos ayuden a descargarla de su camioneta y a meterla en nuestra camioneta. Obedecen. Y nos largamos con viento fresco. En busca de nuestro siguiente objetivo.

5

Cuando asaltamos una carnicería porque se nos da la chingada gana, alguien revienta la puerta blindada por las bisagras usando una recortada y la puerta cruje mientras el yeso de la pared escupe una lluvia de gravilla y guijarros como si fuera sangre. La gente nunca piensa en lo frágiles que son las paredes de yeso cuando ponen puertas blindadas. No se les ocurre que lo único que hace falta es romper la pared y entonces ya puedes arrancar la puerta. Es fácil. Cuando terminamos, rompemos a patadas el cristal de las puertas y entramos aullando como si fuéramos indios en pleno ataque, como si estuviéramos en una del Oeste.

Dentro no hay luz y el olor de la carne sin refrigerar durante horas nos pega en todas las narices, porque aquí no ha habido electricidad quizá desde altas horas de la noche pasada o desde esta mañana muy temprano.

—Bolsas —digo señalando las cajas registradoras—. Y por todo, carajo.

Los chavitos se aprovisionan de bolsas de plástico mientras los mayores y yo saltamos al otro lado del mostrador y abrimos los cajones de plástico transparente con un paf-paf-paf. Es el ruido que hacen cuando chocan con el tope de las guías y el ruido rebota en las neveras con puerta de cristal de la pared de enfrente y vuelve a mí, y por un momento pienso en lo raro que es todo esto. No hay nadie. Nadie nos lo impide. Intento asimilarlo, ¿saben?

Me he pasado muchos días de mi vida preguntándome cómo conseguir comida, así que esto es para mí como Navidad, Acción de Gracias, Año Nuevo y mi cumpleaños todo junto. Y no soy el único que está así. Mientras agarramos kilos y más kilos de carne molida, mis muchachos gritan y chillan. Arrancamos chuletas de sus ganchos y nos reímos. Tiramos piernas de cordero por encima del mostrador para que los chavitos las atrapen. Cuando una se cae al suelo y uno de los chavos parece no querer recogerla, yo le grito:

—¡Eh, bato, eso es buena comida! ¡La lavaremos! Recógela, carajo.

La recoge, y necesitamos a cinco personas para meterlo todo en las bolsas de plástico blancas: ocho pollos enteros, salchichas todavía unidas en una tira tan larga que te la puedes colgar del cuello como si fuera una soga, cuatro gruesas lenguas de ternera y mucho más. Nos dedicamos a entrar y salir, cargando con todo lo que podemos, llenando la cajuela del Cutlass de Apache de carne hasta los topes. Saltando encima. Machacando la carne con la puerta para que quepa, ¿saben? Apache se resiste al principio, porque ve que las bolsas se rompen. Ve la sangre caer y trazar líneas rojas por la mugre de su rueda de refacción y desaparecer en la alfombra azul oscuro que cubre el fondo. Le digo que ya lo limpiaremos más tarde. Que mandaremos a los chavitos a limpiarle la cajuela con una manguera y jabón y esponjas mientras nosotros nos hartamos de parrillada, y él no queda satisfecho pero se calla.

Cierro la cajuela de un golpe, y ya estoy pensando en encender una parrilla, y en la alegría de dar de comer hasta al último de nuestros muchachos hasta que ya no puedan ni caminar, y pensando que eso me hace más feliz de lo que he estado en mucho tiempo… hasta que miro a Payasa.

Tiene una expresión en la cara que no reconozco. Está claro que es una mirada de drogada, porque tiene los ojos vidriosos del PCP, pero hay algo más. No llamo la atención de nadie ni nada, pero son lágrimas. Y grandes.

Está llorando, y no debe de saber por qué, porque se seca los ojos y luego se mira las manos y se los seca otra vez como si no lo pudiera creer. Cuando fumas PCP pasan mierdas impredecibles. En serio. Puedes llorar sin saber por qué. Puedes gritar o pasarte horas sin sentir nada. Pero igual que con cualquier clase de droga, puede empeorar lo que ya tienes dentro. Y ver así a Payasa me recuerda el aspecto que tenía el cuerpo de Ernesto, todo quieto en aquel callejón.

Y me recuerda que ella no pudo ni mirar, que se tapó la cara con las manos cuando pasábamos con el coche y yo tuve que mentirle y decirle que ya lo habían recogido. Que ya no estaba allí. Pero sí estaba. Y Listo me siguió la corriente, porque ella no debió de creerme y se lo preguntó también a él. Él le dijo que no se preocupara, que ya lo habían recogido y que ahora todo estaba bien, todo lo bien que podía estar. Y luego ya nadie dijo nada hasta llegar a casa.

No presto atención a Payasa. Lo que hago es decirle a todo el mundo que vuelva a los coches, y cuando estamos a medio camino de la tienda de armas y ya pienso que la cosa se ha tranquilizado, ella se asoma por la ventana y le pega cinco tiros al costado de una camioneta cuyos ocupantes parecen ser miembros de los Bloods. Suelta una risa exagerada cuando el otro coche vira hasta el carril lateral, se sube a la banqueta y se escapa cruzando el estacionamiento de un centro comercial.

—A Mosquito le habría encantado esto —dice—. Y por cierto, ¿dónde carajos está? ¿Metiéndose en pedos, o qué?

Es ese «o qué» lo que me inquieta. Pero en realidad no espera que nadie conteste sus preguntas. Se limita a decir «sí», como si se las contestara ella misma, y a mirar todo el rato por la ventana.

Yo miro a Listo y Listo me mira a mí.

Él no sabe lo de Mosquito pero sí lo sabe. Es demasiado inteligente. Cuando Mosquito no regresó por la mañana, él se dio cuenta de que seguramente ya no volverá más.

Nadie dice ni pío hasta que estamos estacionados a un lado del edificio de ladrillo rojo en cuya fachada dice TIENDA DE ARMAS con letras grandes y azules; a continuación damos un rodeo a la tienda con sigilo, formando una larga fila india, y yo me dedico a rezar en silencio para que Sunny sea realmente un hijoputa y realmente nos haya dejado la puerta abierta y no tengamos que echarla abajo a tiros.

6

La puerta está abierta, apenas. Al principio parece que no, pero se mueve cuando Apache la empuja. Como no tengo ni idea de qué nos espera, entro yo primero y luego entramos todos, agachados. El centro de la tienda lo ocupa un espacio abierto cuadrado y alfombrado. En tres de sus lados —derecha, izquierda y al frente— hay mostradores de cristal. Detrás de ellos hay vitrinas altas con la parte delantera de cristal y las putas armas más caras guardadas bajo llave. Las luces de estas vitrinas son las únicas que están encendidas, unos tubos fluorescentes en la parte superior que arrancan destellos del metal bruñido.

—Ya era hora, hermanos —dice Sunny, riendo—. Llevo aguantando el fuerte al menos media hora. Bato, ¿tienes mi dinero, o qué?

Yo me relajo y bajo el arma a un costado y, mientras camino hacia la silueta que hay al fondo de la tienda, la vista se me acostumbra a la penumbra. Mis muchachos están justo detrás de mí, todavía alertas.

Sunny no es mi hermano. Es de Lynwood de siempre, sí, pero es blanco, no chicano. Aunque lleva toda la vida queriendo serlo.

Cuando llego al fondo de la tienda, por fin veo a qué se refiere con lo de que ha estado aguantando el fuerte. Detrás de una vitrina grande de cristal llena de pistolas de cañón corto de todos los tamaños, colores y empuñaduras decoradas, veo a dos tipos sentados el uno junto al otro en el suelo. Uno es blanco y el otro es negro. Sunny les está apuntando con un arma.

No parecen incómodos, sin embargo. Están leyendo entre los dos una revista. Un ejemplar viejo de *People*. En la portada sale el pendejo ese de *Beverly Hills, 90210*, frunciendo el ceño por debajo de su copete como si tuviera una vida muy muy complicada. Se me escapa un bufido.

Porque toda esa mierda es un Los Ángeles falso. No es mi Los Ángeles. Y apuesto a que todo el mundo que está viendo la tele ahora mismo se ha dado cuenta por fin.

Pero no se me ocurre por qué coño tienen esa mierda en una tienda de armas. Supongo que vender balas de una en una puede ser un aburrimiento de la chingada. Putos parásitos.

Frunzo el labio y les doy un silbido. Eso llama su atención.

El negro cierra la revista despacio y los dos se incorporan un poco, lo cual está bien, porque necesito que vean esta mierda.

—Tú no eres mi puto hermano —le digo a Sunny cuando le pongo la Colt delante de la cara, la amartillo antes de que él tenga tiempo de levantar su arma hacia mí y le doy un momento lo suficientemente largo como para que entienda que esto es lo que pasa cuando dejas la puerta abierta y tientas a un lobo para que entre.

Que tarde o temprano te come, carnal.

Pac. Es el ruido que hace una pistola 44 cuando dispara una bala que atraviesa una nariz, un cráneo y un cerebro antes de incrustarse en un armario de madera. Sunny ya está muerto antes de caer, y se desploma en el suelo en una postura extraña. Con la espalda arqueada y la cabeza por delante, y no se queda así: se desparrama sobre la alfombra como una tienda de campaña rota.

—Me cago en la puta —se queja el tipo blanco detrás de mí mientras me acerco para decirle algo a Sunny aunque no pueda oírme, no pasa nada. No es para él. Es para mí. Y también para otra persona.

—Va por mi hermana. Este barrio tiene mucha memoria, cabrón. —Y luego me doy vuelta hacia los rehenes de Sunny. Exrehenes—. Ahora sí me hacen caso, ¿eh? —les digo a sus caras asustadas—. Denme las carteras.

El negro me la da en un segundo. Sabe de qué se trata esto. No quiere que se lo jodan por una idiotez. El blanco vacila, sin embargo. Cabrón.

Eso no se lo puedo tolerar. Me acerco y él retrocede a toda prisa hasta chocar con el armario que tiene detrás, dándose un porrazo en toda la cabeza antes de hacer una mueca de dolor. Los chavitos de mi banda se ríen todos a coro, pero Apache interviene deprisa.

—Maricón, éste es el señor Destino, el cabrón más culero de todo Lynwood, ¿qué crees? —gruñe Apache—. ¡Si te quisiera robar, le diría *a ella* que te reventara primero!

Y señala a Payasita. Ella ladea la cabeza y suelta un bufido tan bien soltado que me manda un escalofrío espalda abajo y hasta las mismas rodillas. Tiene los putos ojos muertos por dentro y cualquiera que tenga un dedo de frente puede ver que no es pose. Es una mirada que hiela la sangre.

El blanco también lo sabe, porque se pone el triple de blanco y el muy desgraciado empieza a buscarse en el bolsillo de atrás hasta sacar una abultada cartera de cuero hijaputa. Eso dicen los blancos, ¿verdad? Como hablando lentamente: «hijaaapuuuta». Como un Kurt Russell en plan cursi. Vaya puta mierda de palabrota. «Hijo de la grandísima puta» suena mucho mejor. Lo puedes decir escupiendo y el mensaje llega mejor todavía.

Apache me da las carteras y yo dejo el dinero en su sitio, saco las licencias de manejo y tiro el resto al suelo, en medio del charco de sangre de Sunny. Oigo que el negro suelta un gemido. Es listo, el bato. Sabe qué viene a continuación.

—Miren, me los voy a quedar. Para ponerlos en mi colección.

Señalo con la cabeza al blanco.

—Ahora sabemos dónde vives, Gary.

Señalo con la cabeza al negro.

—Y tú también, Lawrence.

Doblo las rodillas y me pongo en cuclillas, a su altura.

—Normalmente no dejamos testigos. —Señalo despreocupado a Sunny con la cabeza pero sin dejar de mirarlos fijamente. Ellos lo entienden, así que echo un vistazo a sus licencias. Los dos son de California. Uno vive en Gardena y el otro en Wilmington—. Sabemos dónde viven. Y la tira está bastante ocupada, así que imagino que interpretarán como un favor que el tipo que los encañonó haya acabado mal.

Lo malo es bueno, pienso.

Giro la cabeza para mirar una vez más a Sunny, que tiene los ojos todavía abiertos. Bueno, al menos el ojo que puedo ver. Una sangre espesa le brota del agujero donde antes tenía la nariz y le cae encima de un ojo, por la frente y hasta el suelo, como si fueran lágrimas al revés.

Examino la billetera de Lawrence y veo a dos criaturas idénticas a él. Dos niñitas con bonitos vestidos de color violeta.

—En fin, que si les dan ganas de contarle a quien sea cómo los han liberado hoy, pues bueno, alguien tendrá que hacer una visita a la escuela de sus hijas. —Miro a Lawrence, pero tiene la cabeza gacha, se le quedó una mueca de dolor permanente. Me fijo en que Gary lleva anillo y me quedo mirándolo—. O tendrá que sorprender a tu mujer en el estacionamiento del supermercado o algo así.

Él arruga la cara y yo dejo que lo asimile. Dejo que lo asimilen todo.

—No vendremos nosotros —les digo—. Pero vendrá alguien.

Como por ejemplo Bicho hasta las cejas de coca, pienso. Les dejo que cierren los ojos e inhalen sus nuevas circunstancias.

Cuando sé que la amenaza ya está tan interiorizada que no la van a olvidar, les digo que se larguen de aquí, y se miran entre ellos un segundo antes de levantarse y salir corriendo. Los chavitos de la banda se mean de la risa y los imitan: imitan sus caras de miedo, y hasta corren en broma en cámara lenta, pero después de oír el portazo de la puerta de atrás y el ronroneo de los motores que arrancan y se alejan, hago una señal para que todo el mundo se despliegue.

Rompemos las vitrinas de toda la tienda. Amontonamos más armas de las que yo he visto juntas en mi vida. Escopetas de corredera. Desert Eagles. Dos AK-47 semiautomáticos. Rifles de larga distancia, tipo francotirador. Cosas sacadas de una película de atracadores de bancos.

Vacas gordas, llamo yo a esto. No como las de las granjas industriales. Más gordas.

Y mientras agarro un AK-47 y noto su peso en la mano, le digo a Listo que se ponga a trabajar con uno de esos tubos fluorescentes y provoque un buen cortocircuito que incendie la tienda y no deje nada del cuerpo de Sunny. Que arda bien despacio, porque lo que alerta a los equipos de investigación de incendios provocados son los incendios rápidos, dice siempre Listo, cuando salta a la vista que se usó algo para acelerar el proceso, combustible para encendedores, o un coctel molotov.

Algún acelerante, lo llama él.

Y mientras miro cómo Listo se pone unos guantes de goma gruesos de a madres y se sube a una vitrina para manipular los cables del techo, solamente puedo pensar en Bicho, en lo triste que se va a poner el muy pendejo por haberse perdido el botín de nuestras vidas.

ANTONIO DELGADO, ALIAS BICHO, ALIAS DIABLURAS

30 DE ABRIL DE 1992
10.12 H

1

Estoy parado en el estacionamiento de mi motel, intentando decidir qué coche robo y sintiéndome decepcionado, pensando: está bien, soy un frito, pero tengo buen gusto, bato. Puede que sea un puto pendejo mexicano, carnal, pero tengo buen gusto. He progresado mucho desde que me equivoqué de puta bicicleta en el J. C. Penney. Pregúntale a cualquiera, coño. Sé reconocer lo bueno.

Directamente después de pensarlo, se me ocurre que no sé cómo llegué aquí.

O sea, estaba en la habitación de motel que renté con el dinero que me dio ayer Destino por la pistola. Me desperté solo y he visto que el reloj marcaba las 10.05 de la mañana. La tele estaba encendida, o sea que la debí de dejar encendida anoche, de eso me acuerdo. Y me acuerdo de sentirme como si fuera una bolsa de papel toda arrugada. En serio.

E igual que todo el mundo, me desperté superseguro de que la tira ya habría aplastado a los putos negros después de lo de ayer. Ya saben, que ya habrían lanzado un ataque tipo estado policial en plan *1984* contra alguna banda de pendejos de Florence con Normandie o de donde fuera. Pero entonces vi por la tele que esos pendejos (negros, morenos, ¡hasta *blancos*, hasta *niños*, bato!) estaban saqueando un puto supermercado para llevarse la cerveza y las palomitas, y lo primero que pensé fue: son unos tontos de la fregada, les falta ambición. Les falta mucha ambición.

Está bien, lo entiendo. Eres pobre y llevas tanto tiempo sin tener nada que te hace feliz tener algo. Pero ¿cuánto te va a durar esa mierda que estás robando? ¿Una semana? Ni siquiera. Eso que están haciendo es oficialmente una pérdida de tiempo, batos. Despierten. Si van a actuar, actúen de verdad. Déjense de medias tintas.

O sea, si pudieran hacer lo que les diera la gana, ¿qué harían?

Dejo de mirar los coches estacionados y echo a volar la imaginación un momento.

O sea, en mi caso sería cogerme a Payasa y a otra morra al mismo tiempo. Pero teniendo en cuenta que eso no va a pasar nunca, supongo que me toca ponerme a soñar con otra cosa.

Pero, mierda, anoche estaba preciosa, ¡si hasta parecía una chica normal y todo! ¿Quién se imaginaba que estaría tan guapa con vestido y tacones? Apache no dijo nada pero lo estaba pensando. Todos los batos que estábamos allí pensábamos lo mismo, y nos dedicamos a guardarnos la imagen en la mente para más tarde.

En cuanto al otro sueño, mi segunda opción, solamente hay una respuesta: desvalijar a Momo completamente. Dejarlo en calzones.

Cualquier otro día sería una fantasía perfecta, porque

ese cabrón es uña y carne con la banda que se chingó a Ernesto. O sea, no es uno de ellos, más bien está por encima. Entre ellos y los peces gordos, casi. Lo cual encaja bastante bien con un pendejo salvadoreño que nadie sabía que era salvadoreño hasta que fue mayor y estuvo situado, porque de joven el bato no decía de dónde era su familia. Así de turbio es el cabrón.

No es que sea un pez gordo ahora, pero aun así ayuda a la otra banda. Armas. Drogas. Les suministra lo que necesitan. Y sabe que yo estoy aliado con Destino y su gente. Siempre ha sido una situación un poco… ¿cómo decirlo?

Peliaguda.

Sí, la situación entre nosotros dos es peliaguda. Pero lo que tienen las épocas de paz, y lo que tienen las drogas, es que la gente va allí donde está la mejor mercancía, y casi siempre la tiene Momo. El retrasado mugroso de Momo.

Pero entonces matan a Ernesto y adiós a la paz. Es la guerra.

Así que ya puedo quemar a ese pendejo. Violar y saquear como un puto vikingo. No como los Vikings del sheriff de Lynwood. Como uno de verdad. De los históricos.

Tengo otras razones, pero las principales son:

1. No sé cuántos días de vida me quedan, y

2. Hay pocos cabrones que se lo merezcan tanto como Momo.

Pero un momento. ¿Por dónde iba? Déjenme retomar el hilo.

Ah, sí. Estaba hablando de buen gusto.

O sea, no es lo mismo la cocaína de El Salvador que la colombiana de calidad. Una me pone nervioso. La otra me pone certero como una flecha. Si tienes buen gusto, sabes esas cosas. El buen gusto no es más que la capacidad de distinguir entre la porquería y los tesoros.

Y creo que a primera hora de esta mañana conseguí coca salvadoreña de un Cadillac y es por eso por lo que el corazón me va a cien.

O es por eso o por Gran Destino.

Porque cuando por fin me desperté en medio de esta puta ciudad de chiflados rabiosos, resulta que tenía tres mensajes de ese cabrón siniestro en el localizador. Y déjenme que les explique que eso no es normal. Batos, un solo mensaje de Destino ya te pone de nervios. Te cambia el día entero. Uno solo ya me hace respirar distinto.

Pero *nunca* me había mandado tres mensajes al localizador.

¡Tres! Al verlos, me alejé de la tele, tomé el localizador, vi su número en el primero y dije: está bien. Al ver el segundo de las 8.54 me empezaron a sonar las tripas que no veas. Pero el tercero de las 9.12... ¡Carajo! Cuando lo vi tuve que vomitar en el lavabo.

Al principio pensé: en la madre, soy hombre muerto. Pero luego di un trago largo del grifo, me enjuagué la boca, escupí y pensé: qué va. Si un tipo como Destino te quiere muerto, estás listo.

No te manda mensajes al localizador. No hay aviso alguno.

Te friegas y ya está. Mientras duermes. En la ducha. Donde sea.

Así que me puse a pensar que tal vez se enteró de dónde saqué esa Glock envuelta en tela adhesiva blanca como una momia y no le haya gustado que venga de Momo, porque eso complica las cosas. O bien se enteró de que es mentira que la Glock fuera la única arma que había en la caja fuerte. Porque había otra. Me meto la mano en el bolsillo solamente para palparla, y con sólo hacerlo me entran ganas de mirarla otra vez.

La saco: es un revólver corto de lo más elegante, plateado y con una empuñadura de color perla que emite destellos blancos y luego azules cuando la ladeo bajo la luz del sol.

Mierda. Seguro que Destino se enteró de todo esto.

Es la única explicación posible de que me esté buscando así.

Por eso mi reacción es no hacer nada, ¿lo entienden? Mi reacción es irme de este estacionamiento porque aquí no hay nada que me interese. Sólo hay coches Honda y camionetas destartaladas y ninguno de ellos está a mi altura. O sea, para esta mierda necesito un coche especial.

O sea, si de verdad me van a matar, si Destino solamente está intentando hacerme salir de mi escondrijo, entonces creo que tengo que vivir el día de hoy como si fuera el último que paso en la Tierra.

Porque quizá lo sea.

Es una puta idiotez de plan. Pero ésa es mi especialidad. Tal vez si desplumo del todo a Momo, Destino me perdonará por haberle mentido. Aun así, sé que desplumar a Momo no va a hacer que Payasa se baje las bragas como si yo fuera su héroe.

Pero me importa un carajo. Quizá haya llegado la hora del Viaje Final del Señor Bicho, ¿saben? Abróchense el cinturón de seguridad y allá vamos.

Porque ahora mismo es la mejor idea que se me ocurre.

Sí, eso creo.

Sí.

Me pongo la capucha y me bajo de la banqueta para cruzar entre el tráfico de Imperial.

No tengo miedo cuando un puto Taurus gigantesco

da un volantazo para esquivarme. Luego hace lo mismo una camioneta con puertas de madera falsa. Pero al tercero…

Al tercero le apunto con mi pistola nueva y reluciente.

La otra pistola que le robé a Momo.

2

El tercer coche es una camioneta Chevy Astro grande y negra con una abolladura en la salpicadera. De lejos, el viejo que la maneja se parece a mi antiguo párroco y entrenador de boxeo, el padre Garza, y el parecido hace que me dé un salto el estómago cuando la camioneta frena de golpe para pararse justo en mis narices y oigo rechinar las llantas mientras corro al lado del conductor y… ¡mierda!

Es Garza, carajo.

Esta ciudad es un pañuelo, pienso. Siempre te estás encontrando con conocidos.

Eso me arranca una sonrisa.

Garza parece pasmado y tembloroso mientras no me reconoce. Yo me quito la capucha y me quedo esperando.

Y cuando por fin me reconoce, sonrío y elevo una oración al cielo.

A todos los putos santos que han existido y existirán.

Porque yo ni siquiera sabía que éste era mi sueño hasta que lo tuve delante: el mismo tipo que me dijo que lo único que hacía falta en el ring era tener equilibrio, el mismo tipo que me dijo que yo no tenía disciplina y que nunca intentara convertirme en profesional porque yo no tenía disciplina, el mismo tipo que me estuvo entrenando de los diez a los diecisiete años y que todas las semanas me decía que la única forma de ser un buen boxeador era hacer exactamente lo que me él me dijera, incluyendo cosas asquerosas que no tenían nada que ver con boxear, cosas espantosas, sobre todo para un niño.

Así que a este cabrón que no se merece respirar le digo:

—¿Qué pasa, hijo de la chingada?

Si fuera cualquier otro, lo dejaría vivir. Pero es Garza.

Así que ya saben lo que sigue.

No me malinterpreten, no soy ningún animal.

No disparo dentro de la camioneta porque la necesito. Primero lo tiro a la calle.

Le doy una patada tan fuerte en la mandíbula que oigo cómo los dientes de abajo se le estampan contra los de arriba. Luego lo dejo que escupa un poco de sangre antes de meterle una bala en la puta boca.

Resulta agradable apretar el gatillo, casi como si llevara la vida entera esperando para hacerlo. Y suspiro como nadie ha suspirado nunca. Qué paz. Paz total. Y luego le meto otra bala en el pecho.

Por si las moscas.

El tráfico ya llevaba un momento parado, pero ahora los chingados conductores se echan en reversa y se largan a toda prisa.

Y eso es chido. Pero de pronto me quedo mirando el cuerpo y pienso: ¿Garza tenía esa marca de nacimiento en el cuello? Ja. No la recuerdo.

Y luego me pongo a pensar: ¿Garza era así de alto?

Pero luego pienso: a la chingada, me subo a la camioneta y arranco, dando gracias a Dios de que no haya ventanillas en la parte de atrás, aunque supongo que es normal porque es la camioneta de un puto pederasta.

Bueno, lo era. Porque casi seguro que era Garza.

Era Garza, me digo sin más. No te preocupes. El cabrón se lo merecía.

Manejo mi flamante camioneta en dirección a la casa de Momo y me froto los restos de la coca salvadoreña contra las encías porque hay que ser un puto tarado para inhalar mientras manejas. Basta con que te topes con un bache para acabar con toda la coca por el suelo, chingado.

Me pasó una vez. Cuando paramos, me tuve que inhalar media esterilla del coche. Pero aprendí la lección.

Bueno, la aprendí un poco. No del todo.

Porque la gente que aprendió su lección no vuelve a la escena del crimen. O eso al menos dice la tele.

Y por eso es una idiotez como un piano volver a casa de Momo, teniendo en cuenta que le forcé la caja fuerte de las armas y le robé dos pistolas.

La Glock que seguramente Destino le habrá dado a Payasa para que hiciera su trabajo.

Y la de cañón corto que llevo ahora en el bolsillo.

Así que a la mierda. Ése es mi lema de hoy. A la mierda.

Vuelvo. Por qué no.

Piso el pedal a fondo.

¡Ignición!

3

A veces tengo putas lagunas. Por ejemplo, me acuerdo de que le hice un pedazo de servicio público a la ciudad de Los Ángeles llenando de agujeros a Garza. Ese recuerdo lo guardaré como oro.

Y me acuerdo de haberme subido a la camioneta.

Y me acuerdo de haberme asegurado de que tuviera más de medio tanque lleno, y de que lo tenía, y de que a continuación pisé el acelerador como si lo mío fuera dar golpes en *Conmoción en Miami*.

Y me acuerdo de que la camioneta olía a nachos rancios y de que al techo ya no se le iría nunca la peste a millones de cigarrillos mentolados.

Y recuerdo haber pensado que fumar tiene que ser el peor vicio que ha existido nunca, y después de eso… nada.

Me pongo a rebuscar en mi cerebro. Me lo vuelvo a preguntar.

¿Y después qué?

Pero no tengo recuerdos.

No me acuerdo de cómo estacioné media camioneta encima de la banqueta delante de casa de Momo, a medio metro de su puto buzón, que tiene un pequeño canario pintado, ¿y a quién carajos se le ocurre pintarle un puto canario? No tiene aspecto de ser la casa de un traficante, pero supongo que de eso se trata. De camuflarse.

4

Me duele la cabeza justo por encima de los oídos. Pero es dolor del bueno. Del que me dice que sigo aquí. Dolor de persona viva. De estar a punto de reventar algo. Así que piso el acelerador a fondo y la camioneta sale disparada hacia delante. Del impulso que lleva dobla el buzón hacia atrás, pero no lo destroza ni nada. Lo que hace es arrancarlo completamente del suelo, como cuando un puto golfista levanta del suelo el soporte de la bola y se lleva por delante también un terrón de césped.

¡Váyanse a la mierda, claro que veo el golf por la tele! ¿Y qué pasa? No hay nada mejor para fumarse unos porros. Todo es tranquilo y verde y así. Te da un viaje plácido.

Así pues, meto reversa y vuelvo a pasar por encima del buzón, una y otra vez, hasta que oigo arrugarse su caja metálica bajo las llantas. De puta madre.

Por cierto, ya sé que en realidad se llama *Corrupción en Miami*. Pero me gusta más «Conmoción». Además, lo uso para burlarme de la gente todo el tiempo. *Todo* el tiempo.

Paso una vez más encima del buzón, para rematarlo, paro el motor y salgo.

La vida va mucho mejor cuando la gente te toma por estúpido. Está claro.

Es mil veces más fácil estafar a la gente cuando creen que no sabes ni las cosas más simples.

Me conviene que piensen que soy escoria. Desechable. Invisible. Porque cuando en su mente soy eso, puedo pegar el golpe que me dé la gana y salir bien librado.

Pero estoy divagando, carajo. ¿Por dónde iba?

Ah, sí, parado en el pasto de delante de la casa de Momo, que está todo lleno de hierbajos que me hacen cosquillas en los tobillos, y es entonces cuando me doy cuenta de que salí de casa sin calcetines. Llevo los Vans negros sin calcetines. Encojo un poco los dedos de los pies y pienso: ja. Qué raro.

¿Por qué carajos no me puse calcetines?

Ése no es el efecto normal que me causa la cocaína.

Normalmente es mi mejor amiga. Mi impulso. La rampa que me lleva a ser el bato rápido, con labia e inalcanzable que soy. Ese bato que vuela. No como un puto mosquito, no como Ray, sino como los pájaros. Como un avión que despega. Como si mi cuerpo entero fuera una bomba, y la cocaína me enciende la mecha perfectamente. No demasiado. No con demasiada llama. Sino a la perfección.

Sí, pienso. Soy una puta bomba.

La idea se me queda grabada mientras cruzo por el pasto, subo al porche y toco el timbre como un puto maniaco. O sea, aprieto el timbre a fondo y no lo suelto. El timbre suena una sola vez y se calla. Yo espero que suene más, pero no va a pasar hasta que lo suelte, y no pienso soltarlo hasta que alguien salga a abrir.

En ese momento me doy cuenta de que estoy justo delante de la mirilla, así que me aparto a un lado porque no quiero que la persona que esté dentro sepa quién soy hasta que abra.

Es una onda tipo Caperucita Roja.

Eso me mata, pero me tengo que aguantar la risa. Llevo hasta la capucha.

Acerco el oído a la puerta. Oigo la tele encendida. Oigo alguien que arrastra suavemente los pies y sospecho —no, estoy seguro— que Momo no está en casa. Está vigilando su almacén igual que anoche. Allí hay más producto que proteger. Es entonces cuando tengo claro que volver aquí ha sido la jugada correcta.

Los zapatos que se arrastran se detienen al otro lado de la puerta. Me doy cuenta de que su dueño está pensando.

Está pensando si decir algo o no, porque puede que afuera haya alguien con una escopeta o algo parecido.

Oigo una voz.

—Ya sabes que tienes que volver más tarde porque Momo no está y yo no pienso abrirle a nadie.

Es Cecilia, esa puta gorda. Me encanta.

¡La situación es perfecta!

La misma zorra que me abrió anoche cuando no debía. La que perdió el conocimiento después de tomarse lo que yo le dije que era un speedball pero en realidad eran pastillas para dormir machacadas. La misma zorra que no sabe que forcé la caja fuerte de las armas de Momo porque la volví a cerrar para que todo pareciera igual que antes. Anoche entré aprovechándome de su ansia, porque claro, Momo no es tan tonto como para dejarla con demasiada droga, de forma que la dejó con la justa, y está claro que, en cuanto él se fue, ella se metió toda la que le había dejado, y para cuando yo aparecí ya se estaba muriendo de ganas de meterse más. Mira que son predecibles, los putos drogos. Y es justamente por eso por lo que sé que no le puedo hacer la misma jugada dos veces, porque la muy puta se pondrá… ¿cuál es la palabra?

Recelosa.

Eso mismo.

O sea que cambio de onda. Me resulta fácil, porque a veces soy como un actor. Pura improvisación. Que quiere decir que te inventas tu rollo sobre la marcha y luego sigues y sigues. Vamos, que voy a lo mío.

—Cecilita, soy yo —le digo—. Antonio.

Es que ella no me conoce como Bicho. Sólo como Antonio.

—¿Toño? —me dice, como si le costara creérselo. Puede que sea una puta gorda, pero tonta no es.

Toso un poco. Y cuando hablo, vamos, me merezco un Óscar. Es la jodida interpretación de mi vida. Miro la puerta y digo:

—¿Estás bien, amor? ¿Estás a salvo?

Llamarla amor es perfecto. A las morras les encanta que les digas esas cosas. Sobre todo a las putas gordas, porque no las quiere nadie. Nadie las trata con cariño. Y yo saco partido de eso. No tengo por qué respetarlas. O sea, carajo, no lo merecen. Pero a veces me toca ser cariñoso. Es una carta para jugar, y yo la juego como un puto amo: la dejo caer sin más, y sé que acerté cuando ella me dice:

—¿Por qué lo preguntas? —Y lo dice con voz suave y un poco como si no se lo creyera.

Sé que está mirando por la mirilla. Sé que está esperando a verme y no puedo desaprovechar este momento, así que me escarbo en los bolsillos y tengo la puta suerte de encontrar una cuchilla en el bolsillo izquierdo del pantalón. Me corta un poco de la uña del meñique cuando la agarro a toda prisa.

Cuando era chamaco, en mi calle había un niño cuyo padre había sido luchador enmascarado —ya saben, esos batos que luchan en México— en Sonora o un sitio así. Se hacía llamar Mantis Religiosa. Hasta tenía unos ojos saltones de bicho en la máscara. (De niño yo odiaba su rollo. Me daba un terror de mierda. Todavía lo veo en sueños, aunque no se lo cuento a nadie. No me dan ganas de que la gente conozca mis debilidades. Jamás.) En cualquier caso, aquel chamaco me contó que su padre siempre decía que lo que más sangra es la frente. Por eso es la mejor forma de engañar a la gente para que crea que estás herido. La frente es prácticamente una fuente de puto dramatismo, y siempre parece real.

De modo que me hago un corte rápido en el nacimiento del pelo y cuando estiro me llevo un mechón negro entero. Mierda. No era mi intención. Me quedo mirándolo un segundo y luego lo tiro a la jardinera que hay junto a la puerta, la que no tiene flores, sólo tierra. Estar sudando seguramente me ayuda, porque la sangre caliente tarda un segundo en cubrirme los ojos.

Sé que ella sigue mirando, así que espero un segundo más antes de dejarme ver. Agacho la cabeza. Y luego la levanto con la mejor cara de corderito degollado que haya puesto nadie en la jodida historia del mundo entero.

Esto es una puta interpretación maestra, garantizado. Así lo diría Destino: «garantizado». Pero yo la llevo un poco más allá. Suelto el timbre en ese justo momento, solamente para ponerle un signo de exclamación a la situación.

¡Dong!

Abro la boca mientras el sonido se apaga y digo:

—Es que estaba muy preocupado porque...

Todavía no he terminado de hablar y ya se están descorriendo los cerrojos: uno, dos, tres y luego un pasador hace kssssss al descorrerse y pam al caer sobre el suelo de azulejos azules que conozco perfectamente. A continuación la puta puerta se abre tan deprisa que una pequeña ráfaga de viento me ondea la ropa.

Es como si Fort Knox me abriera sus putas puertas. No, es más bien como... ¿Cómo se llamaba la ciudad aquella que sale en las cajas de condones?

Troya. Sí. La del caballo de madera.

Mi yo auténtico permanece escondido dentro del falso cuando la sala aparece ante mí. Me llega el aire rancio y veo el mismo sillón verde de siempre, la tele en la esquina y el suelo lleno de comidas preparadas de la marca Hungry Man abandonadas. Y no hay ninguna ventana abierta ni tampoco aire acondicionado, pero al menos dentro de la casa no huele a incendio, a diferencia de afuera, y eso está bien.

En ese momento levanto la cabeza y me doy contra el marco de la puerta. Cecilia suelta un grito y estira los brazos para sostenerme.

Oh, Momo, estoy dentro. Es lo único que pienso. Imbécil de mierda, ¿cómo se te ocurre confiar en esta inútil para vigilar tus cosas?

Estoy dentro, carajo.

5

Cecilia me pregunta qué me ha pasado mientras me ayuda a entrar. Qué puta fisgona.

—¡Cuéntame qué carajos te pasó, Toño! —me dice.

No es que sea mi novia ni nada. No es más que una morra con la que coja a veces mi díler y a veces también yo. De esas que nadie sabe de dónde salieron, simplemente un día aparecen, y están jodidas, y tú te preguntas: por qué no, ya sabes.

Ella me pega la cara al pecho al abrazarme y a mí me gusta.

Tiene el pelo negro a lo Betty Boop, corto como el penacho de la punta de un látigo, y flequillo. Un flequillo que me gusta mucho. Que le llega justo por encima de los ojos de color verde claro. Me encantan esos ojos.

De acuerdo, también tiene barriga, y bien redonda, como si fuera media sandía, pero carajo, bato, ¡es que ha tenido dos hijos! También tiene espaldas de albañil, pero eso le sirve para abrazar mejor y así. Y además, lo único que me importa a mí son sus ojos. Son de color verde Gatorade.

Yo me dejo abrazar, sin abandonar todavía mi interpretación, aunque ya con ganas.

Con ganas de decirle:

«Zorra, no pasa nada. ¡Calla la puta boca!», solamente para ver la cara que se le queda cuando se dé cuenta de que la cagó, esa cara de «oh, mierda, Momo me va a rajar viva», y quizá no me pueda aguantar la risa, porque, conociendo a Momo, sí que la va a rajar viva. A ese hijoputa le encantan las navajas y ver sangre en ellas. Le gusta casi tanto como respirar. Pero mantengo la compostura.

No le digo lo que pienso. No digo nada. Todavía.

Porque ahora ella se separa de mí y se va corriendo a la cocina. Le veo el trasero en retirada. Lo veo flexionarse y forcejear bajo unos pantalones de pants de color azul claro y casi me pongo triste cuando ella vuelve con una puta servilleta de restaurante de comida rápida y la usa para hacerme presión en la frente, con dulzura, como lo haría una madre, porque me había olvidado de la calidad de ese trasero. Si hubiera competencia olímpica de traseros, ella se clasificaría. No estoy diciendo que ganara una medalla (carajo, ni la de bronce), pero sí que se clasificaría para competir. Un par de rondas las pasaría seguro. Está claro.

Y en ese instante, sé que no tengo ganas de deleitarme.

Tengo ganas de una cosa y solamente una.

La beso con fuerza y me abalanzo sobre el cierre de su brasier, desabrochándoselo de un jalón a ciegas a través de la camiseta, y ella retrocede, haciéndome gestos con las dos manos para que me detenga (pero sin molestarse en volverse a abrochar el brasier, que es un detalle importante), y se pone a decirme:

—¿Qué carajos haces, Toño? ¡Pensé que estabas herido!

Me quedo mirándola un minuto largo. Esta vez sin ojos de corderito.

Esta vez con una mirada distinta. Una mirada que dice: «Sí, estoy herido, pero no pienso decirte cuánto, cielo». Hacer pausas en los momentos adecuados es un arte. Encajarlas en tu conversación es como meter las pausas en la música. Y sin buenas pausas, la música no es más que ruido.

Cuando ya llevo un tiempo callado, parpadeo para quitarme la sangre de los ojos, bueno, la que queda, porque noto que ya se está secando, y echo un vistazo a la tele: dos tipos que corren por la calle en el Canal 7 llevando a cuestas entre los dos una puta tele gigante; a continuación la vuelvo a mirar a ella y le digo:

—Me da la sensación de que se está terminando el mundo y no nos queda mucho tiempo. O sea que vine tan deprisa como pude…

En ese momento hago una pausa (sí, *otra*, porque la primera era de preparación, la crucial es ésta) y dejo que mis palabras floten en el aire mientras la miro fijamente a los ojos de color verde intenso y frunzo un poco los labios y digo con voz grave:

—Sólo podía pensar en venir aquí contigo.

Carajo, soy un as.

Las mentiras son herramientas. Carajo, las *palabras* son una herramienta, no tan distintas a las pistolas. Yo las uso para conseguir lo que quiero. Todo el mundo lo hace.

Y está claro que mi rollo ha funcionado, porque ahora Cecilia pone cara de que le ha detonado una bomba detrás de los ojos y no ha dejado nada en pie dentro de ella.

Me dedico a admirar mi trabajo mientras ella intenta recobrar el aliento. Soy como el puto Warren Beatty. Fue una onda tipo *Bugsy*. Denme mi puto Óscar cuanto antes porque la gorda se me tira encima tan deprisa que ya nos estamos cayendo, ya estamos los dos en el suelo raspándonos los codos contra la alfombra antes de que yo pueda reaccionar.

Su camiseta prácticamente se quita sola, y el pantalón de pants también. Es como magia.

Con la tele encendida de fondo, con esa gente llevando podadoras encima de la cabeza y volviéndose locos delante de las cámaras y así, me la cojo de maravilla, bato.

Es un polvazo de coca de los buenos. Igual que una

pelea de pájaros, ruidosa y salvaje, de esos en que lo sientes todo pero las bofetadas y los arañazos no te duelen.

Solamente te llega lo bueno.

Solamente lo bueno.

Y ella me pide a gritos que se la meta por detrás, se vuelve loca, me agarra las pelotas y así, me pide que le muerda el lóbulo, que le hurgue bien adentro de la entrepierna con los dedos, que le dé bofetadas en la cara, bofetadas *fuertes*. Y yo obedezco. Mierda. Estoy complaciente.

Sólo tenemos que parar una vez para reabastecernos de cocaína. Yo la inhalo en su pezón derecho, que es como una tortita en miniatura, oscuro y ancho. Se lo limpio bien con la lengua y luego ella se hace una raya bien larga sobre mi verga.

Y lo que pasa a continuación... pues imagínense los rollos más locos de sus fantasías. Las cosas que siempre han querido hacer con una vieja de pelo negro y trasero grande, una vieja que baja hasta el suelo y se flexiona del todo. O sea, imagínensela abriéndose de piernas del todo en el suelo y chupándoles el dedo índice como si fuera otra cosa, gimiendo sin parar y con los ojos tan en blanco que les da miedo de que le esté dando un ataque de epilepsia.

Pues así es.

Tan bien lo hace que hasta la tortillera de Payasa se correría.

6

Después es cuando empiezan las preguntas. Veo a Cecilia sentada encima de mí como si fuera una vaquera o algo así, y carajo, vaya aspecto de rabia que tiene. Al principio no oigo lo que me dice. Al principio la verdad es que no oigo nada. Pero cuando me inclino hacia delante y trato de despegar la cabeza de la alfombra, las palabras me llegan por fin y se sincronizan con los movimientos de sus labios, como si alguien me acabara de encender el sonido.

Todo me viene de golpe.

—¿Qué carajos haces, Toño? ¿Te desmayaste? ¿Qué te pasa, tienes conmoción cerebral o qué? ¿Y quién te pegó? ¿Unos saqueadores o algo así? ¿Los mismos que te rajaron? —Y no acaba ahí. La cosa sigue durante un minuto más.

No me acuerdo de haberme desmayado. ¡La morra lo debe de haber hecho todavía mejor de lo que yo pensaba!

No hay nada como una latina loca, batos.

Nada.

Por fin me encuentro la lengua y pruebo a moverla. La tengo completamente seca y pastosa, pero me las arreglo para decir:

—Carajo, no pasa nada. Cierra la puta boca.

Y en cuanto me oye, pone unos ojos como platos. Porque es en ese momento cuando se da cuenta de que cometió el error más grande de su vida al abrir la puerta.

Porque ya estoy dentro de la casa. ¿No hay un dicho que dice que no hay que dejar entrar al lobo en casa o algo parecido? Pues ahora mismo yo soy el lobo.

Y Cecilia quiere escaparse, pero yo le agarro el pelo y la tiro contra el suelo, y ella intenta levantarse, pero yo le doy la vuelta demasiado rápido. Me pongo encima de ella y le encajo las rodillas en los sobacos y le inmovilizo los brazos debajo del cuerpo mientras agarro mis vaqueros, que están en la alfombra a mi lado, y busco en los bolsillos secretos que solamente yo sé que hay cosidos por dentro, esos bolsillos a los que sólo se puede llegar metiendo la mano por detrás del cierre. En uno de esos bolsillos es donde encuentro la jeringa, ya cargada de heroína de no sé cuándo.

Pero al dar unos golpecitos con la uña contra el plástico —plic-plic-plic— veo que sigue estando líquida, y después la agito y veo que se pone un poquito turbia, y eso es bueno, creo.

Bueno para Cecilia, al menos.

Aunque ella no parece estar de acuerdo. Se pone a decir que no con la cabeza mientras yo le clavo las rodillas con más fuerza en los sobacos. El forcejeo hace que se le hinchen las venas del cuello, y a mí me parece bien. Perfecto. Porque así me ahorro tener que encontrártelas en el brazo, nena. Sigue forcejeando. Así me gusta.

La aguja también está en buen estado, no se ha roto ni nada, aunque no tiene mucha punta. No demasiada. Y carajo, creo que sólo se ha usado una vez. Hurgo con la punta en la vena más grande y rabiosa que le veo en el cuello a modo de prueba, pero entra con facilidad, así que le doy al émbolo hasta el fondo.

Ni siquiera ella es lo bastante tonta como para resistirse entonces.

Sabe lo que pasa cuando te rajan una vena. Es malo de verdad.

Llora cuando se la meto, derrama lágrimas en silencio cuando empujo el émbolo hasta el final, y nada más terminar me entran las dudas. O sea, ¿tan grande fue la dosis?

Pienso un segundo pero no llego a nada.

Porque no tengo ni idea.

Ni siquiera sé si cargué la jeringa anoche o esta mañana.

Y se me escapa la risa, porque me arrepiento. Y casi

digo algo sin pensar. Casi digo ¡ay! Y casi lo digo en voz alta, pero no.

Porque ya estoy negando con la cabeza. Necesito concentrarme, pienso. Ver las cosas con claridad.

Vine por dos razones y solamente dos.

1. Vine a buscar el dinero que sé que Momo tiene escondido.

2. Vine a robar todas las putas drogas que pueda agarrar.

El hecho de haberme cogido a Cecilita no es más que la cereza. Una cereza muy dulce. Sobre un glaseado de queso cremoso y dulce de leche. Pero la cereza nada más.

Piensen que Momo lleva años viviendo a expensas de mí y de otros pendejos como yo. Pasándome la mierda mala cuando tiene mierda de la buena en la recámara de al lado. Mandándome a hacer entregas todo el santo día (la semana pasada, por ejemplo, fue un camión de pañales, no es broma, porque el puto vago no es capaz de comprarlos él) y el bato nunca me compensa por tratarme de forma injusta.

Gran Fe siempre te paga por las entregas. De pronto me acuerdo de sus mensajes en el localizador y me entra un escalofrío, aunque enseguida recupero un poco de adrenalina.

Me digo a mí mismo que es imposible que me encuentre ahora. Seguramente él también anda metido en líos. Pero desearía no haberle dicho a ese hijoputa con facha de azteca cuántas balas quedaban dentro de la Glock cuando se la llevé anoche, toda vendada como estaba. Carajo. ¿Me gustaría que me hubiera pagado el cargador entero? ¡Ya lo creo, mierda! Pero no me lo pagó, y así estoy. Así es esta vida. Así va la cosa.

O sea, si te la puedo meter doblada, si te puedo engañar, si te puedo mentir y tú te tragas la mentira, entonces es tu puta culpa por ser tonto.

Si te robo, pues mira, ¡tendrías que habérmelo impedido, bato!

Es culpa tuya, carajo.

Y el cabronazo de Destino se las sabe todas. Es como un general o algo así. El cabrón es todo estrategia. Es imposible engañarlo. Estamos hechos de barros distintos. Nunca se la he podido meter doblada. Ni una vez.

Pero lo que es más importante: él nunca te dice un precio por un trabajo, y cuando ya has arriesgado el puto pellejo para hacérselo, va y se desdice y te dice otro precio más bajo y finge que la primera vez lo entendiste mal.

Con Destino, el precio es sagrado. El bato tiene honor.

Con Momo, en cambio, nunca ha sido así.

Momo es una categoría del todo distinta, dedicada específicamente a los hijos de puta que viven para estafar al personal.

Y por fin le llegó el momento de que lo estafen a él.

Y es culpa suya por no impedírmelo ahora mismo.

En mi barrio a esto lo llamamos desquite. Y a veces es la única razón para seguir vivo. Por ejemplo, en días como hoy.

Días en que por fin tienes chance de joder a los cabrones.

Me levanto de encima de Cecilia muy despacio y me dirijo a la recámara con una sonrisa tan grande como el letrero de Hollywood.

Limpio la recámara entera en menos de una hora. Lo sé porque se ve la hora en la tele, en un relojito que hay en la esquina de la pantalla. Supongo que cuando están pasando cosas malas quieren que sepas todo el tiempo qué hora es.

Tardé diez minutos en encontrar la otra caja fuerte. Estaba debajo de la cama de agua, encajada en el bastidor. Pero la combinación no es lo bastante ingeniosa. La encuentro en treinta segundos. Creo que no deberías dejar recibos del seguro de la casa y pasaportes y mierdas de ésas en el buró, Momo. Esas cosas revelan mucho de ti. Aunque en realidad a mí no me hacían falta, porque la combinación era tu puto cumpleaños, la misma que tenías en la caja fuerte de las armas, pendejo, y ésa ya me la sabía.

Cuando abro la pequeña caja fuerte, la cerradura chasquea como si fuera una piñata para adultos. Como si yo le hubiera dado en el sitio exacto y me hubieran caído encima todos los putos dulces.

Dentro hay seis mil dólares en seis fajos de mil atados con ligas y otros 522 dólares sueltos. Decido al instante que ésa es la cantidad que me debe Momo.

El resto son regalos de Navidad.

Doscientos gramos de marihuana, cuatrocientos de cocaína y cuatrocientos de heroína. Lo veo claro: es su reserva, su guardado por si pierde lo demás. Apesta a eso. ¿Cuál es su valor total en la calle, como dicen en las series de policías?

Buena pregunta. No tengo ni puta idea.

¡Pero muchos baros!

Tantos que hago un bailecito titulado «Jódete, Momo»

en lo que queda de la cama de agua, que rajé con una navaja que encontré en la estantería.

Lo meto todo en una bolsa de basura negra que agarré de la cocina y tomo también la pequeña báscula.

Cuando vuelvo a atravesar la sala, veo que Cecilia se encuentra en la misma postura en que la dejé. Su flequillo parece un abanico roto, tal como le quedó desparramado sobre la alfombra. De hecho, está tan quieta que me preocupo, así que le pongo dos dedos debajo de la nariz, dos dedos que todavía huelen a ella, para ver si sigue respirando, y cuando veo que sí, buf, es un alivio.

Me siento y uso la navaja de Momo para hacer un cortecito minúsculo en forma de párpado en el envoltorio de la cocaína. A continuación, como si fuera un puto científico trabajando con sustancias químicas peligrosas, meto nada más que la uña larga del meñique, le doy la vuelta y la saco llena de un montoncito de polvo blanco en forma de media luna.

Es por esto por lo que le gano a todo el mundo en ese puto juego de mesa, Operando. ¡Tú dame las pinzas y mira cómo saco todo el polvo blanco!

Ésta me la meto directa por la nariz y me escuece antes de dejarme toda la cara entumecida (la nariz, las mejillas y hasta los ojos), y así es como me doy cuenta de que está chida.

Colombiana. Pura.

Toso fuerte unas cuantas veces, pero eso me da energía. Me hace salir corriendo de la casa. Un momento más tarde ya estoy abriendo la puerta de la camioneta y tirando la bolsa negra encima de las cuatro cajas llenas de todos los licores imaginables, pero sobre todo de ron puertorriqueño. Cuarenta y cuatro putas botellas. Las conté.

Uy, mierda, creo que se me olvidó mencionar que había robado esas cajas.

Pues sí. Hasta la última botella.

A Momo le encanta la bebida. Yo, en cambio, la necesito para otra cosa.

Agarro la botella que me queda más cerca de la caja más cercana, le quito el tapón y me pongo a enrollar un trapo que saqué del armario de las sábanas (sí, los putos traficantes de droga tienen armarios para sábanas, carajo, y bien surtidos, porque los que trafican a lo grande siempre lo tienen todo muy limpio); termino de enrollar el trapo con la mano libre, como si estuviera haciendo un porro muy grande de tela, y lo meto tan adentro del cuello de la botella que toca el ron de color té y lo absorbe como si fuera una esponja.

Después le pego fuego a la parte superior del trapo. Primero se va poniendo negro a medida que se consume y luego escupe llamas bajas de color naranja.

Es una norma simple.

Cuando quemes a alguien, lo tienes que quemar bien.

La botella me pesa en la mano mientras siento cómo el calor me va del brazo a la cara. Cuando la llama se acerca a la boca de la botella, me quedo mirándola un instante, toda amarilla, roja y naranja, con puntitos de ceniza negra. Casi no la quiero soltar.

Porque esta mierda la estoy haciendo por mí, pero no solamente.

También es por Ernesto, porque a ese bato le debo más de lo que le puedo pagar.

¿Saben quién fue el que se presentó en el gimnasio donde yo boxeaba por entonces y le dijo al cabrón de Garza que si volvía a molestar a otro niño lo último que vería sería la boca del cañón de una escopeta?

No fueron mis padres. Ni madres. Drogos de la vieja escuela, los dos. Drogos antes de que nadie supiera qué ni cómo era un drogo.

Fue el hermano mayor de Payasa el que se presentó allí en plan caballería, nada menos.

No había tocado un arma en la vida, pero estaba lo bastante encabronado como para decir que lo haría, y decirlo en serio. El bato nunca había estado en ninguna banda ni nada parecido, pero fue y se puso a romperlo todo. Se chingó una vitrina con un bat de beisbol antes de sacar de allí a su hermano pequeño Ray (que tendría trece años), a mí y a dos chavos más.

Terminé quedándome a vivir una temporada con él, con Payasa, con Ray y con su madre. Buena gente. Tenían muchas ganas de creer en mí. Y lo intentaron, hasta que empecé a aficionarme a cosas demasiado serias. Entonces llegó Destino y la madre se fue, y yo ya estaba yendo por el mal camino, así que, bueno, me pasó como a los franceses cuando dicen «se la vi», y me tuve que largar porque esta vida puede ser una locura. Pero en f…

¡Mierda! La botella de cristal me está quemando la puta mano, así que la lanzo por la puerta abierta de la casa de Momo. La veo dar vueltas por el aire como si fuera un tiro corto perfecto al hoyo, como cuando Fuzzy Zoeller la hace rodar suavemente por el green, y cuando por fin se estrella en la alfombra de la sala, ¡saltan las llamas!

Carajo, me encanta el ruido que hace al inflamarse. ¡Guafuuuum!

Podría pasarme días enteros escuchándolo. O…

Un momento.

Espera.

¿Acabo de…?

Mierda.

¡Cecilia sigue ahí dentro!

Pero ya estoy retrocediendo. No lo puedo evitar.

Me digo a mí mismo que no le va a pasar nada. Que se despertará sin problemas. El calor, sí, el calor la despertará y se largará.

O sea, claro, se me ocurre entrar corriendo y sacarla, hacerme el héroe, pero en ese instante aparece un tipo montado en una especie de motoneta de la que sale música punk o algo parecido a todo volúmen de una grabadora amarrada con correas a la parte de atrás, y me da la sensación de que conozco al tipo de algún lado, pero no sé exactamente de dónde, y además no tiene aspecto de ser muy duro (¿a quién se le ocurre ponerse tirantes rojos?). Pero me está mirando muy fijamente, así que me voy por piernas.

Me meto en la camioneta y me largo, bato.

8

En fin, tengo que confesar algo. A veces no sé muy bien qué estoy haciendo. A veces me limito a hacerlo y ya está.

Impulsivo, me llama Listo. O sea, sigo mis impulsos, los rollos que me vienen a la puta cabeza, y luego los músculos se me mueven y actúo siguiendo esos impulsos sin apenas darme cuenta.

Y el resultado es que a veces pasan cosas buenas y a veces pasan cosas malas. Depende.

¿Me arrepiento de algo? Más o menos.

Pero en realidad no.

Como dije, si te tomo el pelo, es culpa tuya por dejarme.

Si Cecilia no se despierta y sale de ahí, será Momo quien se la chingó. Así de claro. O sea, si él no la hubiera dejado a cargo de la casa, todo esto no habría pasado.

Carajo, Momo es un cabrón por ponerme en esta situación.

Le grito eso mismo por la ventanilla a todo el mundo y a nadie, y llego a esa curva que hay en las calles que rodean Ham Park, donde Josephine se convierte en Virginia, y diviso la puta mierda de pared de frontón de madera que hay ahí, y me acuerdo de las astillas que se me clavaban cuando le daba fuerte a la pelota pero la pelota me venía de vuelta con más fuerza y toda llena de cosas clavadas, y yo le volvía a dar pero lo único que conseguía era clavarme astillas a fondo en la palma de la mano (o peor, en la carne de entre los dedos), por no llevar guantes, ¡y de pronto se me ocurre que tengo que echarme esa pared!

Doy un volantazo, me subo a la puta banqueta y avanzo a toda máquina hacia el frontón. Demasiado deprisa, de hecho, porque cuando vas sobre hierba no puedes frenar igual que sobre cemento, y lo descubro cuando doy vuelta en seco para no chocar contra la puta pared y me pongo a derrapar, dejando dos largas hileras de tierra levantada, igual que los patinadores dejan huellas en el hielo con sus cuchillas. Mierda. Estuve a punto de voltearme, carajo.

A punto.

Cuando me paro del todo, agarro una botella, le desenrosco el tapón y empapo otro trapo de ron para meterlo en el cuello. A continuación busco un encendedor por la camioneta y salgo con las manos vacías antes de acordarme de que todavía tengo uno en el bolsillo.

Acerco el trapo al fuego y prende enseguida. Hace un pequeño fuuuum en mi mano.

Ni siquiera lo pienso. Hago mi mejor lanzamiento de beisbol contra la pared.

Le doy en la parte baja y se incendia enseguida.

Se pone naranja y empieza a humear.

Y estoy orgulloso, porque ahora sé que nos van a tener que construir un frontón de los buenos. De cemento o algún rollo de ésos. Algo que dure.

Es una sensación agradable. ¿Cómo la llamarían?

Orgullo.

Sí. Eso mismo. *Orgullo*.

9

Me despierto sobre la hierba y, carajo, tengo un jodido dolor de cabeza. O sea, siento presión en todas partes. Es como cuando tengo una gripa de las feas y me da la impresión de que se me va a hundir la cara entera. Y lo primero que me pregunto es: ¿cómo llegué aquí?

Pero entonces me acuerdo de la camioneta y de la hierba y de que me chingué la casa de Momo, y echo un vistazo y la camioneta sigue en el mismo sitio, al final de los rastros enormes de hierba arrancada que dejaron las llantas.

Ahora el fuego hace mucho ruido. Suena como si un animal salvaje se estuviera comiendo el frontón, masticándolo y resoplando, partiéndolo en pedazos enormes; ya hay un trozo grande de pared todo negro.

Retrocedo hasta la camioneta como si el fuego me quisiera comer también a mí y me levanto despacio.

No deja de pasarme lo mismo todo el rato.

Me faltan pedazos de tiempo, como si fuera una película con cortes.

Saltos temporales, ¿saben?

Cada vez me pasa más. Y eso me hace preguntarme, o sea, ¿debería parar un poco o qué?

Al principio me parece una buena idea, tranquilizarme, ¿saben? Encontrar un hotel con piscina y quedarme dormido en uno de esos camastros que se doblan por la mitad.

Pero luego pienso: qué va.

Tengo que seguir, carajo.

Porque soy una bomba.

Y si me quedo quieto, explotaré.

10

Se me metió en la cabeza meterme a la autopista 105, y eso que todavía no han terminado de construirla, pero a la mierda, ¿por qué no? Voy riéndome mientras paso a toda máquina por debajo de los letreros de EN CONSTRUCCIÓN y subo por una rampa que termina en el cielo, con varias vigas sobresaliendo y sin asfalto. Es un buen estacionamiento, bato. Aquí arriba me da la impresión de que la carretera es mía, de que la construyeron solamente para mí. Cuando miro al norte, veo los puntitos de luz de los incendios y una puta mancha de humo tan grande que ocupa el cielo entero. Todo está negro, como si hubiera anochecido antes de tiempo. No veo las montañas de San Gabriel. No veo Downtown. No veo un carajo.

Pero puedo ver más de lo que he visto durante todo el día. Y me da un poco la sensación de que llevaba horas metido en un submarino, mirando por uno de los *pariscopios* o como se llamen, y de pronto subí a la superficie, abrí la escotilla y me estoy asomando por ella.

Y reina el silencio. Más silencio del que se imaginan. Ni siquiera oigo sirenas.

El tráfico no está tan mal, sin embargo. Desde aquí veo la 710 y está vacía. Todo el mundo está en casa esperando a que pase el desmadre o bien metiéndose en líos. No hay nadie manejando. Y eso significa que el mejor momento para manejar en Los Ángeles es cuando se está quemando hasta los cimientos. ¡La idea me causa un chingo de gracia! Y lo más gracioso de todo es que cada dos décadas llega aquí un día como hoy.

Por ejemplo, todos los mexicanos de esta ciudad conocemos la historia de cuando los marines blancos y los marineros y así se dedicaron a dar madrizas a los pachucos. Todos tenemos abuelos que cuentan historias de aquello. ¿Cuándo fue, en 1944 o algo parecido? Algo así.

Y aquello fue un rollo racial. Fue así de simple: ves un tipo moreno que va elegante, así que te juntas con todos tus amigos blancos y le quitas el brillo de los zapatos a madrazos. Te ensañas con el pobre desgraciado por vestir mejor que tú, así de claro.

Y cuando esas cosas ya pasaron, todo el mundo mira atrás y dice (con mi mejor voz de presentador blanco de noticias): «Uf, fue terrible, espantoso, no tiene que volver a pasar nunca».

Pero luego se olvidan, y hasta se olvidan de que les parecía mal, y durante una temporada no pasa nada pero tampoco se arregla nada, las cosas simplemente se van resecando, preparándose para arder otra vez, y entonces es cuando pasa lo de Watts, que supongo que fue en los sesenta, porque todo el mundo tiene también un bato cincuentón que cuenta esa historia. (Yo no sé mucho de familias…, carajo, no sé *nada* de familias, pero me da la impresión de que los chavos no escuchan nunca. Yo siempre escucho a la gente mayor. Puede que no lo parezca, pero yo siempre escucho. Puede que no haga lo que me dicen, pero lo oigo. Los oigo. Mis oídos no se apagan nunca, batos.)

Y luego, después de lo de Watts, vuelve a pasar lo mismo. Todo el mundo mira atrás y dice: «Uf, fue terrible, no tiene que volver a pasar jamás», y lo más jodido es que esta vez lo dicen en serio, pero es obvio que no se acuerdan de la vez anterior, o sea que tampoco cambia nada.

Y nada ha cambiado desde entonces. ¿Y cuánto tiempo ha pasado? ¿Veinte años entre unos disturbios raciales y otros? Tiempo suficiente para que a todo el mundo se le vuelva a olvidar, ¿no? Porque estamos en el puto 1992, o sea, ¿cuánto tiempo ha pasado? ¿Treinta años? ¿Un poco menos quizá? No importa. A juzgar por cómo estallaron, estos disturbios ya tocaban hacía mucho.

Esta mierda es como un préstamo bancario. *Con intereses.*

Y puede que yo no diga muchas cosas que tengan sentido para nadie que no sea yo mismo, pero asegúrense de apuntar esto. O de subrayarlo. Lo que sea.

Si Los Ángeles se muere alguna vez, si la gente tira la toalla y se va, grábenle esto en la puta lápida…

Los Ángeles tiene memoria de pez. Nunca aprende *nada.*

Y eso es lo que va a matar a esta ciudad. Ya verán. En 2022 volverá a haber disturbios raciales. O antes, no sé.

Mierda.

Un momento.

De pronto se me ocurre que no debería estar manejando mucho por aquí arriba porque podría derrumbarse o algo así. Me doy la vuelta en mi asiento, miro la bolsa del dinero y se me pone una sonrisa enorme. Pienso en la heroína y en la hierba que hay dentro mientras hundo otra uña en la cocaína y me la froto como si fuera un tratamiento para las encías; luego doy media vuelta con la camioneta y me pongo a bajar despacio por la rampa.

Carajo, da un poco de miedo, hace un ruido como si fuera a caerse! Está claro que subir fue más fácil que bajar. Pero en cuanto estoy otra vez en tierra firme, sé que necesito volver al hotel. Tengo que esconder bien esta mierda. El dinero y todo lo demás.

Y luego Los Ángeles tiene otra cosa. Es gigantesco, pero todo el mundo se queda en su pequeña parcela. Hay manzanas enteras donde la gente solamente habla español, o etíope, o lo que sea.

Es como si cada raza fuera un boxeador, y cuando pasa eso, cuando uno adopta esa mentalidad, es fácil ver a todos los demás como oponentes, como alguien a quien derrotar, porque, si no, no te llevas la parte que te corresponde. No obtienes tu premio, ¿saben?

Y quizá ésa sea la clave, en pocas palabras, como dice la gente.

Agarras a un puñado de personas de todas partes del mundo, las pones a cada cual en su parcela sin dejar que se mezclen ni que se comuniquen, y todos se pondrán a competir, porque, carajo, en Los Ángeles todo el mundo anda siempre metido en chanchullos.

Espera, ¿qué estaba diciendo?

Mierda.

Carajo, este puto dolor de cabeza me está matando.

O sea, es tan feo que me noto los latidos del corazón en la cabeza.

Bum-bum. Bum-bum.

Vuelvo a meter la uña en mi cargamento blanco y esta vez me lo froto debajo de la lengua. Me sabe parecido a cuando tengo que tragarme aspirinas sin agua, pero peor. Más amargo. De forma que respiro hondo por la nariz, intentando llenarme del todo los pulmones antes de soltar el aire y quitarme el sabor de la boca.

En fin, bueno, como decía, habrá más mierdas de éstas en 2022. Esperen y verán.

Aunque a mí me parece que ésas ya serán de robots contra personas.

Porque al menos así nos podremos aliar todos y así. Carajo. Me encantaría estar presente también en los siguientes. Seguro que serán directamente de tipo *Terminator 2*. ¡Entonces sí que podremos bajar a toda madre por los canales del río con camionetas y motos!

Sí.

Suena de puta madre, pero quizá sea porque se me está pasando el dolor de cabeza y ahora los dientes me están vibrando en la puta cabeza, bato.

11

Rento otra habitación de hotel con los billetes sueltos, justo delante de la que ya tenía, para cuatro días más. Eso hacen diez. Cuando se acaben, me mudaré a otro hotel donde nadie me haya visto nunca. Tal vez en Hawthorne o un sitio de ésos. Lejos, ya saben.

De momento, sin embargo, la habitación nueva está en el mismo piso que la de antes (la segunda), al otro lado del pasillo, pero nadie sabe que es la mía. Le estoy pagando al cabrón del mostrador para que no diga nada a nadie. Y creo que no voy a tener problemas porque apenas habla inglés, o sea que si alguna vez aparecen Destino o Momo para hacerle preguntas no los podrá ayudar. No sé si es chino o qué. ¿Coreano, quizá?

A la mierda. No distingo una cosa de otra. Lo que cuenta es que no sepa inglés.

Ninguna de las habitaciones está a mi nombre. En una consto como Shane, Shane a secas, y en la otra como Alfredo García. Ya saben, igual que en las pelis antiguas del Oeste.

Me aseguro de que nadie me ve entrar en la habitación nueva. Cuando la puerta se cierra detrás de mí, pongo la llave y cierro completamente las cortinas. Arrastro la silla destartalada hasta el conducto de ventilación que hay encima de la tele y uso la punta de la navaja de Momo para quitarle los tornillos.

¡Cuando abro la tapa hay un polvo de mierda! Me paso dos minutos seguidos tosiendo antes de agarrar un par de toallas de mano y ponerme a quitar pelusas y tirarlas a la basura, diciéndoles:

—¡Váyanse a la mierda, pelusas! Nadie las quiere.

Cuando termino, meto el caballo, la hierba y el resto del dinero. Lo guardo todo bien guardadito.

En el baño, pongo toda la coca que me cabe dentro de una de las bolsitas transparentes para rollos de Kodak que siempre tengo encima para guardar cosas. Inclino la bolsa para vaciar la coca con cuidado de que caiga toda dentro, pero los polvos son escurridizos. Se me caen unos pocos en el lavabo pero me ocupo de ellos. El resto lo envuelvo bien con la bolsa de plástico de la hielera y los guardo también en el conducto de ventilación. Luego vuelvo a atornillar la tapa, cuelgo de la perilla el letrero de NO MOLESTAR y me largo de aquí.

En el estacionamiento, oigo que alguien me llama y

casi me da un puto ataque al corazón. Meto la mano en el bolsillo de la pistola.

—¡Oye, Diabluras! —me dice—. ¿Qué pasa, pendejo?

Me doy la vuelta y es Monigote. El cagón de Monigote.

Veo claro que me tengo que hacer el duro.

—¿A ti qué te pasa? ¿A quién llamas pendejo?

Cuando conocí a este patán, no sabía que yo tenía apodo, pero sabía que nunca hacía nada bueno, así que se le ocurrió esa mamada de Diabluras, como si fuera superingenioso o algo. Como si tuviera clase. Ni siquiera ahora, que sabe que me llaman Bicho, deja de llamarme así. No sé por qué. Por ego, supongo. ¿Quién sabe por qué la gente hace todas las idioteces que hace?

—Uy, lo siento —dice, en tono de no sentirlo—. ¿Llevas?

Monigote quiere saber si tengo drogas encima. ¿Qué les parece que le voy a decir a este mamón, la verdad?

—No —le digo—. Ya hace una hora que no.

—Carajo, ahora estás bien puesto, ¿verdad, bato? Deberías haberlo compartido.

Como si yo fuera a compartir mi droga con Monigote a propósito.

Cuando se me acerca, veo que no necesita meterse más porque ya tiene una cara de estar hasta la madre, pero no solamente quiere saber si llevo droga, también tiene algo en mente y se dispone a contármelo.

Siempre que esto pasa, yo me aseguro de escuchar con mucha atención, de escuchar haciendo como que no escucho, porque las calles lo oyen todo y lo saben todo. Y si creen que no, se equivocan.

—¿Te enteraste de que la banda de Destino se chingó a Joker y a los suyos? Anoche de madrugada se presentó una morra en una fiesta y se agarró a tiros. —Monigote simula una pistola con la mano y señala con el dedo a varios objetivos imaginarios por el estacionamiento. Luego lo piensa mejor y apunta hacia un lado—. En plan: blam, blam, blam. ¡A sangre fría por un tubo, bato!

Una morra, ¿eh? Debe de referirse a Payasa. No puede ser otra. Por alguna razón, eso me impresiona, porque sé que ella nunca había ido tan fuerte. Parece que se desfloró chingándose a esos mamones. Por fin se hizo mujer. Ya no es virgen.

—Sí, lo oí. —Aunque ya saben que no sabía nada.

Aun así, es preferible que Monigote piense que sí, porque es el único pendejo de la Tierra que quiero que me considere más listo que él, para que no se le meta en la cabeza que me la puede meter doblada.

Después de una pausa incómoda de ésas, Monigote dice por fin:

—Te apuesto a que puedo incendiar más cosas que tú. Podemos hacer una competición o algo así. ¿Qué te parece? ¿Eres lo bastante hombre?

Saca un encendedor y se pone a jugar con él como si fuera algo impresionante. Casi me río en la cara del muy pendejo. Pero me contengo y me río por dentro. El muy imbécil no tiene ni idea de que ya le llevo un incendio de ventaja, dos si contamos la pared del frontón, y está claro que yo la cuento. Tampoco sabe que tengo una tonelada de combustible a punto de volar por los aires la camioneta de Garza. Bueno, no literalmente, pero podría volarla, ya saben. De pronto se me ocurre que no es tan mala idea.

O sea, podría provocar en esta ciudad el incendio más grande de toda la historia de América. De la historia mundial. Desde los tiempos de alguna guerra de ésas. Y además, el fuego limpia. Transforma todas las cosas sucias y hace sitio para las limpias. Porque el cloro quema también, ¿verdad? Pues es el mismo principio.

Hago una pausa y me quedo mirando a Monigote antes de fijar la vista sobre un vagabundo que va arrastrando los pies por el estacionamiento, renqueando con un bastón metálico que tiene plumas colgadas pero con la cabeza bien alta, como si fuera el chamán de Los Ángeles o algo parecido. Ni siquiera está mirando en mi dirección, pero hasta de lejos veo que tiene una cicatriz bastante fea en el costado de la nariz. Durante un momento pienso en hacerle una igual a Monigote.

Luego me vuelvo hacia él y le hablo en plan Charles Bronson:

—Eres un puto idiota, Monigote. ¿Por qué iba a hacer esa mierda pueril?

«Pueril» quiere decir infantil, inmaduro, las cosas que hacen los putos niños. Y Monigote se pone a intentar explicarme que no es ninguna idiotez, que no lo es en absoluto, pero ya es demasiado tarde, porque yo ya estoy en la camioneta arrancando el motor y contando las botellas de reojo. Quedan cuarenta y cuatro. No, cuarenta y dos.

¿Les dije que enrollé más trapos y los metí en las botellas? ¿No?

Pues sí.

Y cuando pongo la primera velocidad, lo único en que pienso ya es en convertirme en el incendiario más grande de la historia mundial.

El más grande que ha conocido la humanidad.

Una especie de héroe. Una leyenda.

12

Ahora tengo en el regazo mis dos mejores encendedores (Bics negros, carajo) y ni siquiera me importa una mierda en qué barrio estoy. Lynwood, Compton, el que sea. ¿South Gate? ¿Highland Park? ¿A quién carajos le importa? Lo único que sé es que dejo Imperial girando a la derecha por Western y decido que voy a manejar rumbo al norte hasta que se me acabe la gasolina tirando cocteles molotov todo el tiempo.

Voy a incendiar la ciudad entera yo solo. Quemarla hasta los cimientos para poder reconstruirla con materiales mejores. Para que podamos empezar de nuevo. Algún día alguien me dará las gracias, carajo.

Primero, diseño un método.

Me acerco a un sitio que tenga aspecto de prender bien, por ejemplo un sitio con toldo, o con una puerta o ventana abiertas, y una vez localizado agarro una botella, le prendo fuego y la tiro desde la ventanilla del conductor como si fuera un as del reparto de periódicos. Con la diferencia de que no tiro periódicos. ¡Lo que tiro se rompe y suelta un fuuuuum del carajo!

Creo que me estoy acercando a Inglewood o algo parecido cuando empiezo a ver las palabras «propiedad de negros» o «propietarios negros» pintadas con espray en los costados de las licorerías, las casas de empeños y así. En letras grandes y negras. Todo mayúsculas. Al principio no tengo ni puta idea de qué trata todo eso.

Pero al cabo de un par de manzanas se me ocurre que es porque los negratas necesitan ayuda para saber qué sitios tienen que joder. Eso me mata de la risa. Y cuando termino de reírme:

1. Les tiro también a ésos.

2. Tiro a todos los demás.

Solamente me freno una vez, cuando miro hacia el este por una de las avenidas principales (carajo, no me acuerdo, ¿era Manchester?) y veo una especie de tanque o algo así, todo de color beige y con camuflaje y unos tipos sentados encima con rifles y chalecos antibalas. El estómago me da un salto durante un segundo, pero ni siquiera están mirando en mi dirección. Están sentados ahí, sin hacer nada, en el cruce.

Pero me lo tomo con calma durante unas cuantas manzanas, ya saben, por si acaso, y menos mal, porque mientras estoy parado en un semáforo en rojo se me pone al lado un autobús y yo levanto la vista y veo que está todo abarrotado de soldados, y hay uno de ellos que es moreno o lo que sea y que me está examinando, así que yo sonrío y le saludo con la mano, y él me devuelve el saludo con la cabeza y con la mano, y cuando el semáforo cambia al verde, me lo tomo con calma y me mantengo por debajo del límite de velocidad hasta que el autobús me adelanta y da vuelta. Me paso unas siete manzanas más portándome bien, hasta que veo de nuevo a gente saqueando las tiendas. Lo juro por Dios, ¡en el estacionamiento de un Vons hasta veo tiras estacionados y mirando! O sea, ¿qué carajos es esto? No están intentando detener a nadie. Están ahí plantados. Sin hacer nada. Mirando.

Y entonces decido volver a prender mecha. Me importa todo una mierda. Enciendo y lanzo. Enciendo y lanzo.

Alcanzo más objetivos de los que fallo. Pioneer Chicken, bum. Peces tropicales y mascotas Tong, bum. (Aunque luego de éste me arrepiento.) Pelucas Tina, bum. Una casucha con un letrero en la fachada que dice SE REPARAN

ZAPATOS con letras rojas, alucina, explota en plan fuegos artificiales.

Cuando termino con la segunda caja y ya voy por la mitad de la tercera, enciendo el radio de un puñetazo y ni siquiera me duele. Suena un programa de música de blancos, ya me entienden, todo guitarras y gritos, y no estoy muy de humor para eso, así que le doy un sopapo al botón de la AM y rezo por que suene Art Laboe o algo así. Temas antiguos y elegantes. Algo con buen ritmo.

Y debo de alcanzar lo último que dice Art, porque justamente está mandando su voz por las ondas diciendo a todo el mundo que tenga cuidado y que se quede dentro de su casa y que ahora va a poner algo para distraernos de lo que está pasando ahí fuera.

Se me escapa la risa porque yo estoy «ahí fuera» y entonces ba-bap-bap, llega la batería. La tarola, creo. Y justo después entra el cantante.

Conozco la rola, creo. Es *Rock Around the Clock*. ¿Y qué son los «mejores trapos» de los que habla la rola?

Yo se los diré. Son estas mechas, eso son.

Todos estos trapos que rasgué y embutí en los cuellos de las botellas. Para mí son los mejores, está claro. Y cuando llega el puto solo de guitarra, es como si la rola sonara solamente para mí, a todo volumen, mientras sujeto el volante con las rodillas y con la mano derecha saco una botella de la caja que tengo al lado, enciendo el trapo con la izquierda y la agarro del cuello para agarrarla de nuevo con la izquierda y tirarla con un lanzamiento bajo, y cuando la rola llega a su fin, me pongo triste y sigo manejando.

Ojalá pudiera regresarle y ponerla otra vez y otra y otra.

13

A mi camioneta apenas le queda gasolina cuando llego a la Sexta con Western; no estaría así si no hubiera tenido que esquivar a un montón más de gente con aspecto de militares, irme al este un rato por la 76 antes de subir hasta Hoover y luego bajar despacio por Gage hasta poder meterme otra vez en Western y poner rumbo al norte de nuevo. Vaya desvío.

Nada de todo esto entraba en mis planes, y ya solamente me queda una caja cuando veo un centro comercial en la Sexta y pienso: a la mierda. ¿Por qué no? Es un lugar igual de bueno que cualquier otro para crear mi obra maestra, porque pienso quemarlo entero.

Las dos putas plantas.

Pero es raro porque no me puedo concentrar bien. Ya hace varias manzanas que los sabores me van y me vienen por la boca.

O sea, primero noto sabor a mantequilla de cacahuate, y me intento acordar de cuándo comí por última vez mantequilla de cacahuate. Pero si ni siquiera me gusta.

¿Cuántos años debía de tener? ¿Quince?

Y después, cuando ya estoy seguro de que llevo sin probar esa mierda desde que tenía catorce años, noto sabor a tomates. A tomates crudos. Y hasta los puedo oler.

Mierda. Me metí demasiada coca, bato.

Intento sacarme los tomates de la cabeza tomando la palanca para llantas que ha ido dando tumbos en la parte de atrás desde que empecé a manejar esta mierda de carcacha y empiezo a romper escaparates. Cuando están rotos, enciendo una botella de ron y la tiro dentro. Ya me ocupé de dos tiendas cuando veo una multitud en la banqueta de enfrente.

No los veo bien desde tan lejos pero creo que son negros. En cualquier caso, los cabrones están como locos intentando arrancar los barrotes del escaparate de un supermercado. Hasta los atan con una especie de soga al gancho de remolque de un camión, para arrancar toda la reja entera, y entonces veo por qué.

Intentan atrapar a alguien que está dentro. Creo que es un tendero armado que está dentro gritando, y la gente de la banqueta se dedica a dar brincos de un lado para otro por la abertura y a pegar tiros como si esto fuera Beirut o algo parecido.

Eso hace que me apure.

Rompo un tercer escaparate y luego otro. Solamente rompo los que están a oscuras.

Me salto los que están iluminados. No me quiero encontrar a nadie armado.

Voy por el quinto, un videoclub con pósters que no puedo leer porque están en un puto alfabeto distinto, cuando oigo un chirrido detrás de mí, como de coche derrapando y quemando las ruedas, y estoy convencido de que es el camión, pero entonces alguien grita algo así como: «¡Vamos a disparar, vamos a disparar!». Me vale y no me volteo. Doy por hecho que se lo están gritando a los de la banqueta de enfrente y me chingo otro escaparate. Pero cuando estoy arrojando una botella de ron en llamas por el agujero, oigo: «Alto o disparo», muy fuerte y en inglés, y sospecho que tal vez ahora me lo están diciendo a mí.

Pues si es a mí, pienso, *a la mierda*.

Vuelvo a levantar la palanca y me preparo para chingarme otro escaparate…

Pero antes de arrearle el golpe y chingarme el cristal oigo una detonación y los oídos me empiezan a pitar, o

sea, al instante. Y ahora en el escaparate hay un agujero, muy pequeño, como si alguien le hubiera tirado una
piedrecita.

Toso y la sangre salpica el cristal que tengo delante.

O sea, una rociada.

Y me doy cuenta enseguida de que es mía. Digo: «Mierda». Lo digo en voz alta mientras estiro el brazo para tocar la sangre del escaparate.

Se ve mucho más oscura de lo que yo pensaba que se
veía la sangre.

E intento volver a metérmela en el cuerpo. Lo intento
de verdad.

Qué pendejada, ¿no?

Intento recoger la sangre del cristal y volver a guardár-
mela dentro, pero cuando me toco la mejilla descubro que
la tengo agujereada.

Tengo un agujero del tamaño de la yema del dedo. Lo
sé porque lo siento.

Y me lo intento tapar.

Pero cuando lo intento, el dedo me traspasa hasta el
otro lado y me noto la barba de la mejilla.

De *fuera* de la mejilla.

Y entonces me doy cuenta de que casi me estoy tocando la oreja.

Con la mitad de la mano *dentro* de la boca.

Mierda.

Esto no está bien.

Empiezo a no sentir nada.

En la cabeza. O sea, dentro del cráneo. No siento nada.

Ya no.

Y es raro. Porque no me duele la cabeza.

No hay…

Nada.

Solamente negrura que viene del suelo.
Y me agarra como unas manos.

KIM BYUNG-HUN, ALIAS JOHN KIM
30 DE ABRIL DE 1992
18.33 H

1

Sería una noche normal de entre semana, y yo estaría en casa si no se hubieran propagado los disturbios. Se ha informado de saqueos en Hollywood, en algunos lugares del valle de San Fernando y hasta en Beverly Hills, según el radio. Están en todas partes, pero parece que donde hay más es aquí: en Koreatown, donde vive mi familia, donde vivo yo. Estoy seguro de que en esos otros barrios no hay nadie sentado en el asiento de atrás de un coche con el radio a todo volumen, apretado entre su padre y su viejo vecino que huele a *bonjuk*, intentando mantener una pistola bien sujeta entre los pies mientras otra se le clava en la cadera.

Las dos me están haciendo daño. Siento el metal rígido magullándome el puente de los pies, traspasándome el cuero de los Jordan, pero la pistola de mi padre es peor: la lleva como si fuera un pistolero, en una cartuchera sujeta al costado. Y cada vez que se mueve, su peso se me hunde en la cadera y un dolor agudo me baja por la pierna.

Con todo lo que está pasando, mi padre se ha convertido en otra persona, ya no es el tipo que deja que mi madre hable más fuerte que él cuando estamos cenando, ni el que ve jugar a los Dodgers en silencio y con los brazos cruzados. Cada vez que el coche se ladea a la izquierda mi padre se me viene encima y otra punzada de dolor me sube y me baja por la pierna. Contengo una mueca de dolor. Lo último que necesito es que me acuse de ser un blandengue, y encima delante de toda esta gente.

Va al volante el señor Park. También vive en nuestro edificio, pero no lo conocía hasta hace una hora, en el lobby. El coche es suyo. Tiene un lunar grande en la mejilla izquierda y lleva el cuello de la camiseta subido para intentar tapárselo. En el asiento del copiloto va su hermano, con camisa de franela y gorra de los Lakers. Lleva lentes como yo. A mi izquierda, el señor Rhee, que tiene el pelo gris y una sudadera todavía más gris, con los pantalones a cuadros muy subidos. Como soy el más joven y también el más pequeño, me toca ir sentado en medio. Es penoso e incómodo. Ni siquiera puedo ver por las ventanillas. Pero sé que hay humo, y mucho. Ahora mismo no puedo oler nada más. Es como si tuviera las narices llenas de carboncillo. También sé que el señor Park pita mucho, y que mientras maneja va insultando a la gente en coreano, a la gente de la calle, supongo.

Cuando decidí que mi redacción para la clase de Historia Moderna de California sería sobre Los Ángeles, descubrí que dentro de sus confines hay representadas 146 naciones y se hablan noventa idiomas. Tendré que mirar en la enciclopedia de la biblioteca para ver cuántos países hay actualmente en el mundo. Antes sabía cuántos países había, pero el año pasado se rompió la Unión Soviética y este año Yugoslavia, así que podría haber hasta veinte más ahora que se independizaron Croacia y otros por el estilo.

—Ya. —Mi padre me da un codazo—. *Jib-joong hae.*
Quiere que preste atención a lo que están diciendo en
Korean Radio USA, en el 1580 de AM. Sabe que estoy intentando no escuchar porque es deprimente. Todas las
historias son exactamente iguales. Por todo Los Ángeles,
tanto la policía como los bomberos están abandonando a
su suerte los negocios de los coreanos. De hecho, por eso
estamos aquí, en el asiento de detrás del Toyota Tourister
del señor Park, yendo por Wilshire, patrullando nuestro
vecindario porque nadie más quiere hacerlo. Y es por eso
por lo que llevo pistola.

—Ya escucho —le contesto en inglés, pero él me mira
como si le estuviera mintiendo.

—Uno protege lo de uno —me dice en inglés, sin aver-
gonzarse de lo incorrecto que le sale—. Esto América.

Asiento con la cabeza. El señor Tuttle, mi profesor de
Historia en los cursos preuniversitarios, dice que nada sucede en un vacío. Que todo tiene contexto. Si entiendes el
contexto, entiendes las causas, y también los efectos de éstas. Así pues, si los disturbios son un efecto, ¿qué los ha
causado? Rodney King y su video, claro, pero también algo
más: una chica llamada Latasha Harlins. Yo hice mi trabajo de justicia social del semestre pasado sobre ella. De
hecho, me tocó hacer de abogado del diablo y ponerme
en la piel de un afroamericano.

En marzo de 1991, menos de dos semanas tras la madriza a Rodney King, Latasha Harlins, de quince años,
murió después de que le disparara una tendera coreana
llamada Soon Ja Du. También existe un video de esto.
Soon, una señora que se parece a todas las viejitas de mi
edificio aunque solamente tiene cincuenta y un años, le
disparó a Latasha por la espalda. Fue declarada culpable
de homicidio y condenada a pagar una multa y a cumplir

cinco años de libertad condicional, a pesar de que el crimen del que había sido declarada culpable conllevaba una sentencia máxima de dieciséis años de cárcel. Como es comprensible, la comunidad negra percibió esto como una injusticia y se enfureció. Sin embargo, aquel veredicto no tuvo consecuencias.

El señor Rhee me hace perder el hilo de mis pensamientos cuando saca una pistola con el cañón largo y plateado. Comprueba una vez más que esté cargada. Las bases doradas de las balas se ven enormes en su recámara, tan gruesas como mi meñique. En el centro de cada base hay un punto negro rodeado de un reborde plateado. Tienen un parecido extraño con ojos: seis ojos que me miran desde dentro del cartucho cilíndrico antes de que el señor Rhee lo vuelva a cerrar de golpe. No me imagino qué podrían hacerle a un cuerpo humano; quizá podrían volarle la cabeza entera.

Entonces se me ocurre que técnicamente somos una banda de justicieros, y no sé qué opinión hacerme al respecto. El término tiene connotaciones negativas, pero en realidad sólo quiere decir un grupo de ciudadanos voluntarios que llenan el vacío cuando no hay fuerza policial. La policía nos ha dicho que evacuemos todo, que dejemos nuestras casas y negocios. Al principio el radio nos dijo lo mismo, pero luego un abogado llamó a la emisora y dijo que no teníamos que hacerlo. Afirmó que nos amparaba la Segunda Enmienda. Que teníamos derecho a protegernos a nosotros mismos y nuestras propiedades. Cuando mi padre oyó eso, me pidió que se lo explicara. Yo le dije que estaba en la Constitución: que teníamos derecho a poseer armas y a usarlas. Después de que se lo dije, todo cambió. A mi padre se le puso la cara roja y asintió con la cabeza. Y cuando abrió el armario y sacó las armas, me dio la impresión de que lo que fuera a pasar sería culpa mía. Yo había visto algunas cuando me había llevado al campo de tiro para hacer prácticas y aprender el manejo seguro de armas hacía un año. Pero la mayoría no las había visto nunca. Me dio miedo verlas todas en fila en el suelo. Parecían juguetes pero más voluminosos y relucientes, y yo me quedé mirándolas mientras mi padre tomaba el teléfono y llamaba al señor Rhee.

El señor Park da un frenón brusco que me hace salir despedido hacia delante y darme con la barbilla contra la esquina del asiento del copiloto. A continuación le suelta una palabrota a alguien que hay delante del coche y su hermano baja la ventanilla y apunta con un arma afuera. Sea quien sea el que se nos puso enfrente debe de haberse escabullido rápidamente, porque enseguida arrancamos otra vez.

Llegado este punto, me pregunto si yo también soy un justiciero. Al principio la idea me asusta, pero luego me produce una sensación agradable, porque me imagino lo que pensaría Susie Cvitanich. Seguramente no me creería. Susie va a mi preparatoria. Su familia es croata. Ella cree que soy un tipo recto. «Señor aburrido amarillo», me llama cuando estamos en la biblioteca estudiando español para los cursos preuniversitarios. Parece un apodo racista pero no lo es. Simplemente las tres palabras en español suenan graciosas juntas.

Cojo la pistola que tengo entre los pies. Todavía está dentro de una funda de cuero gastada que mi padre debió de comprar en los años setenta. Nadie te advierte lo mucho que pesan las pistolas. Supongo que es algo que uno tiene que descubrir por sí mismo. Mientras la sopeso con la mano y calculo que debe de pesar unos tres cuartos de kilo, o quizá un kilo, no me cabe duda de que Susie dejaría de llamarme aburrido si supiera que soy un justiciero.

Cuanto más pienso en ese término, sin embargo, menos me gusta. Prefiero considerarnos más bien una patrulla. En realidad sólo somos un grupo de ciudadanos preocupados que vivimos en esta ciudad y contribuimos a su vida cotidiana y a su comercio. El señor Park y su hermano tienen una tintorería. El señor Rhee está jubilado, pero antes de venderla tenía una licorería. Mi padre es el único que no trabaja en el barrio. Es ingeniero. Trabaja para la TRW. Pueden parecer tipos comunes y corrientes, pero lo que la gente quizá no sepa —la gente que quiere robarnos a mano armada, hacernos daño y quemar nuestras casas— es que todos los hombres que van en este coche, menos yo, tienen por lo menos tres años de experiencia militar. Y es porque en Corea del Sur el servicio militar es obligatorio. Todos saben manejar armas. Si Koreatown se salva, será porque los hombres como mi padre tienen esa formación.

Históricamente, las patrullas ciudadanas estaban formadas por rancheros y tenderos respetuosos de las leyes. Eran civiles, no sheriffs, pero cuando se los necesitaba se ponían la insignia para cumplir con su obligación. Defendían la ley cuando surgía la necesidad, como por ejemplo cuando el sheriff necesitaba ayuda, pero ¿qué pasa cuando te abandona la policía?

En las películas del Oeste, los sheriffs nunca abandonan el pueblo. Sería antiamericano. Pero aquí está pasando. La Guardia Nacional está en South Central, pero aquí no. Nosotros no tenemos insignias, pero deberíamos. El señor Tuttle dice que no hay nada más americano que defenderse cuando intentan intimidarte. Prácticamente es la ética que fundó este país. Los británicos estaban abusando de nosotros, así que los derrotamos. No hay nada más americano que defenderte a ti mismo y a quienes te rodean.

El señor Park despega una mano del volante para subir el volumen del radio.

—Nos enteramos de que hay una mujer en apuros. —El locutor parece presa del pánico a juzgar por su voz—. Ésta es la dirección: South Western Avenue quinientos sesenta y cinco. ¡Ayúdenla, por favor!

—¿Dónde queda eso? —pregunta el señor Park, nuestro conductor.

Su hermano, el otro señor Park, tiene un mapa sobre el regazo y una linterna en la mano que ahora enciende de un sopapo. Se pone a pasar páginas y por fin dice:

—Está en Western con la Sexta. Por ahí y a la izquierda.

—Cuando tengas una pistola en la mano, no pienses demasiado —me dice mi padre en coreano. Ha desenfundado la suya. Mueve el cartucho tan hacia atrás que puedo ver el interior estrecho y redondo del cañón, pero sólo está comprobando la recámara. Solamente veo una fracción del casquillo antes de que el cartucho salte hacia delante otra vez haciendo un fuerte clic. Luego me hace un gesto a medias con la mano para que desenfunde también la mía—. Quiero recordarte lo que dice el Eclesiastés.

Creo que se refiere a Eclesiastés 3:3; no los buenos tiempos sino los malos: un tiempo para matar y un tiempo para derribar. Respiro muy hondo, lo más hondo que puedo con los hombros tan apretujados. El señor Rhee me da una palmadita en la rodilla.

—*Gwen chan ah* —me dice. «No pasa nada»—. Esos tipos no son hombres, son animales.

Mis padres siempre me han dicho que la escuela me prepararía para todo, que la escuela es lo más importante del mundo entero, pero la escuela no me ha preparado para nada parecido a esto. No podría. El estómago me da un salto cuando el señor Park da vuelta al volante para tomar Western y acelera mientras se adentra en ella. Por sexagésima vez al menos, mi padre me enseña dónde está el seguro de la pistola que tengo en la mano, con una diferencia importante: esta vez lo quita.

2

Todo pasa demasiado deprisa. Es algo que he leído siempre en los relatos y que siempre me ha parecido una estupidez, pero ahora descubro que es verdad. Cuando la situación es caótica, cuando hay demasiadas cosas a las que prestar atención y el corazón te late a mil por hora, es cierto que todo pasa demasiado deprisa. No hay forma de prestar atención a todo. Solamente puedes hacer lo que te permitan las circunstancias.

A través del parabrisas veo que nos estamos acercando a un camión. Parece que hay cuatro personas congregadas a su alrededor. Dos de ellos llevan pistolas. Cuando los veo, se me seca la boca. Todos son negros.

El señor Park frena con un rechinar de llantas junto a la banqueta, creo que para asustarlos. Pero da igual si es o no su intención, porque funciona. Los cuatro se apartan de un salto.

Los dos señores Park bajan las ventanillas y abren sus portezuelas como si fueran policías de una serie de la tele y a continuación sacan medio cuerpo del coche, apuntando con las pistolas por el espacio donde antes estaba el cristal y usando las puertas como escudo. Los dos gritan:

—¡Váyanse o disparamos!

Lo gritan por lo menos dos veces, quizá tres, mientras mi padre y el señor Rhee abren también sus portezuelas y salen y apuntan con sus pistolas, pero ellos apoyando los brazos en la parte superior de las puertas, lo cual me obliga a salir como puedo con el radio a todo volumen detrás de mí.

—Estoy hablando con la mujer —está diciendo el locutor en coreano—. Dice que los tiros se terminaron y que parece que llegó ayuda. Sean quienes sean, ¡gracias!

El camión de los saqueadores se echa en reversa, intentando salir de allí, pero sigue enganchado al edificio con una cuerda. Los hermanos Park les gritan a los saqueadores que lo desenganchen, y por increíble que parezca, uno de los tipos que se tiraron en la parte de atrás del camión se levanta de un salto y se pone a deshacer el nudo, intentando soltar la cuerda.

A unas cuantas calles, oigo una sirena. Plantado un momento en medio de la calle, me pregunto si estará viniendo o yéndose. Noto los pulmones cargados solamente de respirar el aire lleno de humo. Delante de nosotros, los saqueadores están aterrados de verdad. Está claro que no esperaban que les presentáramos batalla.

Oigo un ruido de cristales rotos y miro hacia atrás, en dirección a la otra banqueta, donde hay un centro comercial de dos plantas y una figura negra que ahora levanta el brazo y lo deja caer sobre un escaparate a oscuras. Varios de los escaparates de la planta baja se ven de color naranja. Al principio no entiendo por qué, pero enseguida me doy cuenta: ¡fuego! Dios bendito, pienso: ¡ese tipo es un incendiario!

No hay tiempo para pensar, y yo lo necesito. Necesito tiempo para pensar. Pasa un par de segundos, pero sigo igual que al principio. Necesito detener a ese tipo como sea.

—Alto o disparo. —Es lo único que se me ocurre decirle. Decírselo me hace sentir idiota, pero rezo por que sea suficiente.

No lo es. El tipo no para. Cuando me acerco corriendo a él, veo que tiene una palanca en la mano y que está tomando impulso para romper otro escaparate, así que me paro y levanto el arma. Mi padre me dijo que solamente haga disparos de advertencia, que dispare al aire. Que los asuste, me dijo. Que los asuste nada más. Apunto, convencido de que voy a fallar el tiro. Se me ocurre que, si puedo acercarme a él, lo asustaré más.

Alineo la figura negra con la mira metálica que hay en la punta de la pistola y luego le apunto a la derecha de la cabeza, a un póster de una película coreana que reconozco en el escaparate del videoclub: *Canto fúnebre*. En el póster hay un camafeo con una estampa femenina, casi redondo, rodeado de un espacio en blanco. Es un objetivo perfecto en medio de la oscuridad. Jalo el gatillo despacio, tal como me han enseñado, y la pistola del 22 retumba y experimenta una sacudida en mis manos.

La figura, que debe de estar a veinte metros, se detiene y luego se bambolea. Deja caer la palanca, que se estrella en el cemento con un ruido metálico. Y entonces se me ocurre: le di. ¡Le di!

Detrás de mi espalda, oigo que el camión se aleja a toda velocidad y que los dos señores Park le dicen a la tendera que sigue dentro del supermercado que ya está a salvo. No se me ocurre acercarme corriendo al hombre al que disparé hasta que lo hace el señor Rhee.

Ni siquiera me da la sensación de estar corriendo. Estoy en la banqueta de enfrente y un momento más tarde estoy en el estacionamiento, mirando al tipo tendido en el suelo y respirando con dificultad, contemplando cómo la sangre le brota de la cara y se extiende por las grietas del cemento, mientras el señor Rhee se quita la sudadera gris y la aprieta contra la mejilla del hombre. Hay muchísima sangre, más de la que he visto nunca.

La sirena que había oído antes ahora suena más cerca. ¡Viene hacia nosotros! El señor Rhee me dice que salga corriendo a la calzada y que le haga señales para intentar pararla, y yo obedezco. A cinco manzanas de distancia, no puedo ver si es un camión de bomberos. Alabado sea Dios, pienso mientras levanto las manos y les hago señales frenéticas.

El conductor me tiene que estar viendo, pienso. *Seguro*. Las cinco manzanas se convierten en cuatro, tres y dos, y está claro que el conductor me ve, pero no aminora la velocidad. Al contrario: ¡acelera! ¡Cuando llega a nuestra manzana, tengo que salir corriendo de la calzada para que no me atropelle!

Cuando le cuento al señor Rhee lo que ha pasado, mi padre consigue hacer un trato con los hermanos Park.

—Ellos lo llevarán al hospital —me dice en coreano—. No quieren verte involucrado.

Y no hay más discusión. Los dos señores Park recogen el cuerpo, lo llevan caminando con dificultad hasta la cajuela abierta del coche y lo dejan dentro, a ese tipo que tanto miedo daba desde lejos pero que de cerca se ve flaco y frágil, y no sólo eso: también parece joven, quizá un poco mayor que yo. La puerta de la cajuela se cierra, ocultándomelo, y las ruedas se ponen a girar y el Toyota se aleja a toda velocidad por la Sexta hacia Downtown, en la misma dirección en que se fue el camión.

Yo estoy sudando mientras observo cómo se va. Le

pregunto a mi padre si está muerto, ese hombre al que disparé.

—Todavía no —dice mi padre en coreano.

Me pone una mano en el hombro y le veo una expresión nueva en la cara, no de furia sino de orgullo. O al menos eso me parece. Es la primera vez que la veo, pero solamente puedo experimentarla un momento, porque enseguida echa a correr hasta el hidrante más cercano y se pone a pedir a gritos ayuda para abrirla.

No sé cuánto tiempo tarda. ¿Dos minutos? ¿Más? Pero por fin el hidrante se abre y suelta un chorro sobre la calle, llenando la alcantarilla en cuestión de segundos antes de alcanzar el asfalto.

Ahora que el camión se fue, aparece gente de la nada. Coreanos con pañuelos atados sobre la cara para protegerse del humo. Todos se ponen a intentar apagar el incendio. La gente trae agua usando cualquier cosa: regaderas metálicas, cubos rojos de juguete: lo que sea. Los viejos y las madres recogen el agua acumulada en la alcantarilla, que refleja sus movimientos apresurados frente a las llamas de color naranja brillante y al humo negro y espeso que sale a raudales de los escaparates del centro comercial. No sé por qué se me ocurre este detalle intrascendente, pero se me ocurre: un incendio doméstico medio alcanza una temperatura media de seiscientos grados centígrados, y eso me produce una sensación de desaliento horrible. Toda esta agua que están trayendo no va a salvar nada.

Y entonces oigo otra sirena, muy lejana al principio pero después más fuerte. Esta vez vienen hacia nosotros: aparecen dando vuelta por la Quinta y toman Western a toda velocidad para detenerse junto a nuestra banqueta.

Cuando veo los coches blancos y negros de la policía con las luces del techo encendidas, digo:

—¡Alabado sea Dios!

Corro hacia ellos, lleno de alivio, pero cuando llego, uno le está repitiendo en voz muy alta a mi padre, como si fuera sordo:

—No puede usted defender estos negocios si los propietarios no están presentes.

Apenas oigo la conversación por culpa del ruido del incendio. Está prácticamente bramando, y de pronto una viga de un techo se hunde detrás de nosotros con un estruendo tremendo. Mi padre se agacha instintivamente y cuando se vuelve a incorporar tiene cara de no creer lo que le está diciendo el agente. Lo veo señalar el incendio. El señor Rhee también se adelanta un paso, y es entonces cuando veo que tengo al lado a otro policía. Que me está señalando la mano.

—¿Tienes permiso para esa arma? —me pregunta.

Tengo ganas de decirle: «No, sólo tengo diecisiete años», pero no se lo digo. Lo que hago es tartamudear un intento de respuesta negativa, pero apenas consigo mover la lengua porque no puedo apartar la mirada de las ventanas que ya se están poniendo negras por arriba. En la jerarquía de emergencias, seguramente el incendio de un edificio tan grande, en cuyo interior tal vez haya gente, debe de estar por encima del hecho de tomar prestada un arma para proteger a nuestros vecinos, sobre todo cuando reina el caos total…

El policía me dobla el brazo por detrás de la espalda, me desarma y me tira encima de la cajuela de su coche. Mis lentes salen volando y caen repiqueteando sobre el asfalto, el agente me esposa las muñecas y yo suelto un grito de dolor. Mi mundo queda borroso mientras mi padre grita y oigo a la gente protestar detrás de mí en coreano, pero son protestas sin aplomo. Están divididos entre ayudarme a mí y combatir el incendio.

—Señor —me dice el agente—, está usted detenido por posesión ilegal de un arma de fuego.

—Pero… ¡El incendio! —Aunque debo de estar a quince metros del fuego, estoy seguro de que podría asar malvaviscos aquí donde estoy. Así de brutal es el calor. Intento incorporarme. Intento hacer algo (¡lo que sea!) para ayudar a todos esos abuelos y abuelas compungidos—. ¡Agente, tenemos que apagar el fuego!

Un codo me aplasta el cuello sudoroso contra la cajuela. Mientras tuerzo el cuello para mirar a la izquierda, me da la sensación de que la presión que siento en la órbita del ojo izquierdo me lo va a aplastar. A través del parabrisas trasero de la patrulla veo la silueta distorsionada de mi padre y cómo alguien le empuja la cabeza, y a continuación, reflejada en el cristal, una llamarada tan grande que parece salida de un lanzallamas de película. Ahora veo que también arde el contorno borroso del segundo piso. Noto una oleada de asco por dentro, mezclada con algo más: rabia.

Y entonces tengo mi primer pensamiento sereno desde que el señor Park dio vuelta para tomar Western: este edificio se va a quemar hasta los cimientos, y lo que es peor, ellos van a dejar que se queme. Estos empleados públicos que cobran por protegernos y servirnos van a dejar…

Me viene otro pensamiento a la velocidad del rayo. Pienso: así es como te hace sentir la injusticia. Esta sensación de asco, rabia e impotencia, este anhelo de que llegue alguien sensato, esta *plegaria* para que este agente, este policía, se dé cuenta de lo descabelladamente idiota que está siendo y me quite las esposas para que podamos combatir todos juntos el incendio, para que podamos ayudar a la gente, para que podamos salvar algo.

Sin previo aviso, el codo se me despega del cuello y unas manos me levantan a la fuerza de la cajuela para llevarme hasta la puerta de la patrulla. Me tropiezo pero el policía me obliga a levantarme. Luego me tiene que dar la vuelta para meterme en el coche al lado de mi padre, y cuando lo hace me inclino hacia delante y toso.

No es teatro, en serio. De verdad tengo los pulmones secos. De verdad siento que se me van a convertir en cenizas. Pero cuando toso, intento reunir la flema que me queda. Y cuando lo consigo, sé que no voy a tener palabras para convencerlo de que lo que está haciendo está mal, estará mal siempre, así que en menos de un segundo me incorporo, y el policía da un paso atrás instintivamente, quizá para ver si va a tener que pegarme para que lo obedezca, pero su momento de recelo es lo único que necesito, porque me da la oportunidad de mirarlo a la cara imberbe y *apuntar*.

Y cuando escupo, hasta la última cosa espantosa que tengo dentro le da en medio de la cara.

DÍA 3

VIERNES

«¿PODEMOS LLEVARNOS TODOS BIEN? ¿PODEMOS PARAR DE HACER QUE LA VIDA SEA HORRIBLE PARA LOS ANCIANOS Y LOS NIÑOS?»

RODNEY KING

ENFERMERA GLORIA RUBIO
1 DE MAYO DE 1992
3.17 H

1

Llevo sin dormir desde que empezaron los disturbios. No me puedo sacar de la mente a Ernesto Vera. Lo tengo grabado como a fuego, permanentemente, en el cerebro. Su nombre, la expresión de su cara, no me los quito de la cabeza, y eso que he visto más muerte de la que debería ver nadie. En parte me lo busqué, lo sé. Es mi trabajo. Pero en parte también es culpa de mi barrio.

Pero lo de Ernesto fue distinto. Fue personal. Ni siquiera me reconoció cuando estaba intentando ayudarlo, pero, por muy destrozado que estuviera, yo sí que lo reconocí. Me acordé de que habíamos ido juntos al Lynwood High, de que hasta llegamos a salir en primero y de que era amable. Nos besamos un poco en la sala de ensayos de la orquesta, pero nunca llegamos a nada. Él nunca lo supo, porque yo nunca se lo conté, pero fue el primer chico con el que me besé.

Años más tarde, lo veía a veces en el camión de Tacos El Único o en la taquería de la esquina de Atlantic con Rosecrans, y siempre le daba a mi abuela un taco más del que pedíamos, con extra de cebolla porque así era como le gustaban a mi abuela y él siempre se acordaba. Así era Ernesto, supongo. Se acordaba de los detalles. Poco después me enteré por mi primo Termita de que Ernesto tenía que pagar aquellos tacos de más de su bolsillo. A nosotros no nos lo dijo nunca. Nunca nos los reclamó. Supongo que así era también Ernesto.

Pero la otra noche llegué a mi casa y Ernesto estaba tirado en mi callejón y con toda mi formación de enfermera no pude salvarlo. Se me murió entre los dedos, y luego se quedó allí toda la noche, hasta el día siguiente. Se quedó allí, bloqueando el camino que normalmente tomo para ir a trabajar, y los insectos y los pájaros empezaron a rondarlo, así que llamé al 911 cinco veces y sólo conseguí que me contestaran el teléfono una vez, pero luego me pusieron en espera y no me lo volvieron a contestar. Así que a continuación llamé al novio de mi tía, que trabaja en la oficina del forense del condado, pero me dijo que lo sentía mucho y así pero que ni de broma iba a venir hasta aquí, con lo peligrosa que era la situación, y además, me dijo, contaba con cero recursos. Tenía a su gente desperdigada por toda la ciudad, con varias horas de retraso en las recogidas de cuerpos, incluso en las zonas seguras.

Aquello me hizo perder los estribos. Me puse a gritarle sin poder controlarme, a preguntarle cómo pensaba que me sentía teniendo que vivir en medio de todo esto y con el cadáver del primer chico al que había besado en mi vida delante de mi garaje durante más de un día, y a preguntarle si sabía que llevaba todo este tiempo con las ventanas cerradas pero aun así ya estaba empezando a olerlo, y si tenía alguna idea de lo espantoso que era no poder alejarse de él.

Cuando terminé, no esperé a que me dijera nada. Colgué y llamé a una empresa privada de ambulancias que conozco a través del hospital y les supliqué que vinieran, pero no empezaron a escucharme hasta que les dije que les pagaría un extra a los conductores. También tuve que mentir. Les dije que era la hermana del muerto y que, por favor, me lo trataran bien. Yo no conocía al tipo con el que hablé por teléfono, pero me dijo que sabía de un sitio adonde llevar el cadáver, y luego empezó a inventarse una mentira él también, a decirme que le iba a tener que decir a la policía que no había escena del crimen, que alguien había llevado el cadáver allí y que ellos estaban haciendo una recogida y se lo habían encontrado por accidente y que la familia les había suplicado que se lo llevaran.

—En fin, no sé —recuerdo que me dijo—. Ya se me ocurrirá algo. Pero nos tendrá que pagar en efectivo.

Vi cómo dos tipos recogían a Ernesto y lo metían en su ambulancia por 228 dólares. Once billetes de veinte, uno de cinco y tres de uno. Todos los bancos llevan cerrados desde que empezaron los disturbios, o sea que sólo les pude dar lo que tenía en casa, hasta el último centavo que tenía ahorrado en caso de emergencia. Con ese dinero me iba a comprar una tele nueva, pero ahora eso me parece una estupidez. Ya ni siquiera quiero ver lo que está pasando en la ciudad. No quiero ver las noticias. Solamente quiero paz.

Lo que más me asquea de la forma en que se lo llevaron es que ni le quitaron de la cara la camisa de franela de su hermana, la camisa blanca y negra que yo vi que ella le ponía especialmente. Se limitaron a echarle una sábana blanca por encima, de la cabeza a los pies, y a intentar no tocar nada del cuerpo. Por si acaso tenía pruebas, me dijeron. Después los vi cerrar las portezuelas y llevarse a Ernesto. Alguien tenía que hacerlo. Llevo siendo enfermera el tiempo suficiente como para saber que no se puede ayudar a todo el mundo. A veces solamente hay que estar presente, hacer de testigo, para que no se mueran solos. Confío en haber desempeñado ese papel para él, pero no lo sé. Sigo pensando que fracasé. Me quedé en el callejón mucho rato después de que se fuera, y cuando por fin me fui a trabajar, ya no regresé a casa.

Así que sigo en el hospital, el Harbor Medical UCLA. No tengo valor para volver a casa, o sea, que simplemente estoy aquí y me dedico a pensar en Ernesto y a preocuparme por mi hermano. Mi hermano está por ahí con todos los demás, armando desmadre y saqueando. Lo sé. Con la que él llama su banda de fiesta. Yo no sabía qué significaba eso, así que le pedí que me lo explicara, pero no lo hizo. Sólo me contó que una vez un grupo de ellos se fueron de pinta de la escuela y se montaron una fiesta de escaqueo. Fue una de esas fiestas en las que todos se pasan el día tomando drogas y cogiendo en el jardín. No paraba de decirme que había sido genial. El Woodstock gánster, lo llamó. Me gustaría que me lo hubiera dicho en broma. Aurelio es muchas cosas, pero no es mentiroso.

Stacy debe de verme aquí echada en el pasillo, porque se me acerca desde el mostrador de las enfermeras.

—¿Estás bien, amiga?

—Tuve un día duro —le digo sin pensarlo.

Esto suele significar que una no quiere hablar del tema o bien que los problemas todavía no se han terminado. Para mí y para las demás enfermeras, es una especie de mensaje en clave. Esta noche hubo toque de queda en toda la ciudad. Empezó al ponerse el sol, según las noticias, pero el único efecto que tuvo para quienes estamos en el hospital fue ralentizar el flujo de llegadas, que pasó de ser incesante a una serie de oleadas esporádicas, porque cuando nos llega la gente, nos llega a rachas. Ahora estamos en un momento de calma, pero se terminará pronto.

—Un día duro —me responde Stacy, sonríe y se aleja, pero mientras se está yendo me guiña el ojo y me señala por detrás de su portapapeles en dirección a un hombre que se acerca por el pasillo.

Sigo su dedo hasta el hombre al que llamamos señor Fulano de Tal, y es entonces cuando mi corazón decide ponerse a palpitar como si estuviera saltando la cuerda y de pronto se le hubieran enredado los pies en ella.

El hombre no se llama así de verdad, claro. Solamente lo llamamos así las demás enfermeras y yo. Empezó porque María la Filipina —hay dos Marías, Abulog y Zaragoza—, pues bueno, María Abulog lo vio por primera vez hace dieciséis meses y lo encontró guapo, aunque está casada y tiene tres hijos, pero supongo que le pareció importante hablarles de él a todas las enfermeras solteras, porque así son las enfermeras: o quieren arreglarte la vida o quieren joderte. Según mi experiencia, casi no hay nada en medio.

En cualquier caso, cuando María la Filipina vio la credencial del señor Fulano de Tal, leyó un apellido que empezaba con ese pero que ella no podía pronunciar ni en sueños, y por eso empezó a llamarlo señor Fulano de Tal, y luego todas las demás hicimos lo mismo. Pronto agarramos la costumbre de estar alertas por si aparecía aquel bombero tan alto, más de metro ochenta y cinco, con su bigote negro y su hoyuelo en la barbilla, ojos castaños y cejas bonitas como si se las depilara o algo así, aunque yo sé que no lo hace. Muchas de las chicas le han entrado, pero él no parece interesado, o por lo menos no está interesado en Stacy, y eso que es rubia y exjugadora de voleibol, así que no sé cuál es su tipo. Todas las enfermeras mayores de la planta dicen que le gusto yo, pero yo no les creo. Tal vez soy demasiado bajita para él. Tal vez soy demasiado morena.

Esto es lo que sé del señor Fulano de Tal: su nombre de pila es Anthony, tiene treinta y seis años pero no sé cuándo es su cumpleaños, y es una lástima porque me iría bien para los horóscopos; tiene una cicatriz en la mejilla izquierda que parece una uve minúscula pero no sé cómo se la hizo, y debajo de esa cicatriz se le forma un hoyuelo cuando sonríe, pero en el lado derecho no tiene ninguno; vive en San Pedro y creció ahí, su familia es croata y lo sé porque Teresa la de facturación también es de San Pedro y conoce a su familia porque sólo hay una preparatoria pública, así que todo el mundo conoce a todo el mundo, y lo bueno es que Teresa también sabe que la familia de él es católica, lo cual es una magnífica noticia para mi madre si algún día, ya saben, lo conociera o algo así. Probablemente debería decir que no estoy obsesionada para nada. Sólo me gusta un poco.

Bueno, o mucho, quizá. Y es raro, porque normalmente no se me da bien prestar mucha atención a nada que no sea mi trabajo, pero en este caso no lo puedo evitar. O sea, cada vez que termina de hablar conmigo, justo antes de irse, siempre inclina la cabeza un poco, como si me estuviera reconociendo mi valía, como si nuestras conversaciones también significaran algo para él. Y sus manos tampoco son de tamaño normal. Las tiene enormes, de esas que pueden levantarte en el aire, de esas que abrazan fuerte a las mujeres en las portadas de las novelas románticas anticuadas que lee mi tía Luz, y lo mejor de todo es que no lleva anillo en la izquierda. Le pregunté a Teresa y me dijo que nunca se ha casado, solamente se comprometió una vez pero la cosa no salió bien. Ahora intento no quedarme mirándolo cuando me ve y comienza a caminar hacia mí.

De niña hice ballet porque mi madre me dijo que necesitaba cultura y ahora lo único que recuerdo de aquellas clases era que las piruetas me dejaban toda mareada y rara por dentro. Así es como me siento cuando se me acerca el señor Fulano de Tal.

Lo he visto por aquí unas cuantas veces, siempre con otros bomberos. Él es el que maneja. Aunque supongo que lo llaman maquinista, como en los trenes. Él los lleva a los incendios y si hay algún herido nos lo trae aquí. La mirada de ahora me dice que es por eso por lo que vino, y se me cae el alma a los pies.

—Buenos días, enfermera Gloria —me dice en voz muy baja.

Siempre hace eso, me llama enfermera y mi nombre de pila. No entiendo por qué ni cómo empezó. Pero me gusta. Se ha convertido en algo nuestro, en nuestra forma de saludarnos, así que yo siempre le contesto:

—Buenos días, bombero Anthony.

Pero hoy no me sonríe, de forma que no puedo verle el hoyuelo como de costumbre. Tiene la cabeza un poco ladeada. Sé que es por todo lo que está pasando, pero por muy mal que estén las cosas —y cuando uno trabaja donde trabajamos nosotros y se encuentra como nos encontramos nosotros, siempre hay *algo* que va mal—, él siempre tiene una sonrisa para mí, por pequeña que sea, o bien un chiste macabro sobre algo que vio u oyó. Normalmente intenta hacerme sonreír, pero hoy no. Hoy se mete las manos en los bolsillos.

Así pues, como veo que tengo que ser yo quien inicie la conversación, le digo:

—A juzgar por lo que está llegando, lo de ahí fuera no tiene buen aspecto. ¿Qué está pasando?

Le toco suavemente el tríceps y aparto la mano deprisa. Quiero que sepa que me importa, pero al mismo tiempo no quiero que lo sepa. Mi corazón está un poco agitado, como si se acordara de haberse tropezado saltando a la cuerda y ahora prefiriera mostrar cautela. Le echo un vistazo para asegurarme de que no esté herido ni nada, ni aunque sea un poco.

—Hum. —Es lo único que dice. Nada más.

Sé que no tengo que insistir. En el hospital se oyen cosas. Se ven cosas. Anoche tratamos a once bomberos que yo sepa; y créanme, cuando llegaron comprobé hasta el último nombre. A uno de ellos le habían disparado, pero aguantó la operación y sobrevivió. Puede que haya más. Parece que el primer día los bomberos se llevaron la peor parte. Todo estaba completamente desorganizado y no había policía para protegerlos, así que la gente les disparaba. Ahora parece que la situación está mejor, pero sigue sin ser magnífica. Hasta oí que había habido ataques de francotiradores contra las estaciones de bomberos 9, 16 y 41. En cuanto los camiones salían de la estación, la gente empezaba a disparar.

Así pues, si me estoy portando raro, o si estoy nerviosa, perdónenme, porque no sabía si el señor Fulano de Tal estaba a salvo ni si lo volvería a ver otra vez, y en ocasiones las mujeres hacemos cosas extrañas cuando no sabemos si volveremos a ver a alguien que puede terminar siendo especial para nosotras. O en todo caso, eso decía mi abuela, y ella era experta en todo, pero más que nada en ser mujer.

—Asegúrense de ocuparse de él —dice por fin el señor Fulano de Tal.

No sé de quién me está hablando exactamente, pero entiendo que tenemos a otro bombero del que ocuparnos. Le preguntaré a Stacy luego, cuando él se vaya. El señor

Fulano de Tal inclina la cabeza un poco, y antes de que eche un vistazo al pasillo por el que vino —porque siempre hace eso justo después de inclinar la cabeza—, yo le digo:

—Tiene que irse ya.

Él se me queda mirando como si no estuviera seguro de cómo lo sé, pero yo me limito a dedicarle una pequeña sonrisa, confiando en que me la devuelva. Pero no.

—Tenga cuidado ahí fuera —le digo.

Él me saluda con la barbilla y se va. No se vuelve para mirarme. Yo intento no tomármelo mal, pero me causa escozor un poco por dentro. Cuando ya se alejó unos pasos, le veo sangre seca en la nuca y me entra un impulso de estirar el brazo y agarrarlo, examinarlo, asegurarme de que está bien y de que la sangre no es suya, pero sé que no puedo hacerlo, que sería raro, así que suelto un suspiro frustrado, agitado y preocupado y me voy.

2

Para distraerme de cómo me siento, me dirijo hacia donde estaba yendo antes, a la habitación de un paciente de la UTI de neurología para hacerle un control postoperatorio de signos vitales. Es un paciente que nos llegó con un agujero de bala en la mejilla y un análisis toxicológico por las nubes. Escuchen esto: le dispararon desde atrás, en ángulo, de tal manera que la bala le entró por la mejilla y le salió por la boca, por eso no había orificio de salida, pero cuando nos llegó no estaba respondiendo y nadie entendía por qué. Hasta que le hicimos una resonancia magnética y le encontramos un tumor cerebral.

—Un milagro. —Así lo llamó el auxiliar—. Este hijo de puta tiene un tumor del tamaño de una pelota de golf en el lóbulo frontal y la cocaína suficiente en el cuerpo como para matar a un caballo, pero sigue vivo y paseándose por ahí. Si no le hubieran disparado en la cabeza, tal vez no lo habríamos descubierto nunca. Cosas veredes, enfermera Rubio.

No sé qué quiere decir eso último, pero sé que su operación fue perfectamente. El tumor estaba superpuesto a la superficie y salió completamente rodeado de una zona de tejido normal, y ahora lo tengo ocupando una cama de mi planta, de forma que mi misión es ser la mala de la película y mandarlo a casa en cuanto pueda, porque tenemos a pacientes ingresados en sillas del lobby. En circunstancias normales estaría aquí dos o tres días, pero los disturbios y la ley marcial no son circunstancias normales.

Cuando abro la puerta corrediza, me lo encuentro despierto. Tiene gasas y tela adhesiva en la cara, cubriéndole la mejilla entera, y costras de color rojo oscuro de los puntos recientes en el cráneo. Su ficha decía Sin Nombre, pero alguien que vino antes que yo lo tachó y escribió Antonio Delgado. Es tierno de forma desvalida, al menos mientras no abre la boca. Hay chicas a las que les gusta eso. A mí no. Ya no.

—Hola, enfermera —me dice, estropeando la estampa—. Enfermera, hola. Me llamo Antonio. Aaan-too-niii-ooo. Pero quienes me conocen me llaman Bicho.

Y suelta una risita. Se dobla de la risa, de hecho. Eso es bueno, supongo, porque quiere decir que el suero de morfina le está funcionando.

Patología mandó su informe y dijo que el tumor era un astrocitoma de grado bajo, maligno definitivamente. Suerte que lo hemos detectado a tiempo, porque, si no, podría haber estado muerto en doce meses o menos. O sea, que en cierto modo, el que le dispararan le salvó la vida. Increíble. ¿Cómo es que siempre son las cucarachas las que tienen suerte pero la buena gente como Ernesto no? No lo entenderé nunca.

Le checo primero la presión intracraneal, que es normal teniendo en cuenta las circunstancias, y luego la presión sanguínea. Está a 139/90, un poco alta, pero eso es perfecto, porque significa que sigue bombeando nutrientes al cerebro a pesar de la inflamación.

—Es posible que el corazón me lata deprisa porque la tengo a usted cerca. Quizá debería mirármelo otra vez.

Sí, claro. Le desinflo el manómetro, se lo quito y le ilumino los ojos con mi linternita. Las pupilas reaccionan, se contraen perfecta y simétricamente. Si se contrajeran más o menos en uno de los dos ojos podría significar un problema, pero de momento está lo bastante bien como para trasladarlo a planta en cuanto haya pasado veinticuatro horas estable y, de acuerdo con mi criterio, eso será dentro de diez horas. Estoy apuntándolo todo cuando me viene una sensación desagradable. Porque conozco a este paciente.

Es el drogo de poca monta que el año pasado la señora Nantakarn estaba segura de que le había robado toda la vajilla de porcelana sin razón alguna, porque no es que se pudiera vender por mucho dinero, con lo cual se la tuvo que comprar otra vez en el tianguis a la semana siguiente. Era de la misma generación en la escuela que mi hermano. Estoy segura de que se conocen. Por supuesto, no necesito prestar atención a este dato.

—Espera —dice Antonio. Entorna los ojos como si estuviera pensando—. Yo te conozco.

Estupendo, genial. Noto que está a punto de salirme esa parte de mí que siempre soy capaz de esconder en el trabajo. El simple hecho de estar cerca de este patán ya me saca el barrio de dentro. Así que en vez de esperar a que el muchacho saque cuentas de dónde me conoce, decido pasar a la ofensiva.

—¿Ah, sí? Pues yo también te conozco. ¿Por qué robaste el año pasado aquella vajilla tan buena?

Él sonríe como si lo hubiera descubierto, pero también es astuto. Se escabulle sin problemas.

—Yo nunca robaría nada, hermana mayor preferida de Dormilón. Jamás. Me insultas diciendo esas cosas.

Le lanzo una mirada que dice «te conozco perfectamente, o sea que ve a burlarte de otra que no sepa quién eres».

Él lo ve y le cambia la cara, se le pone casi más triste y vulnerable, y eso me detiene un segundo antes de que diga:

—Bueno, hay una cosa que sí robaría.

Es un truco. Veo su zorrería a un kilómetro de distancia. Y ustedes también podrían si hubieran crecido en mi barrio y hubieran cometido tantas equivocaciones con tipos espantosos. No fue fácil, pero tuve que aprender. Lo que une a todos los tipos que me trataron mal es lo buenos que eran para mentirme, y lo tonta que era yo y cómo me lo tragaba todo. Así que con este personajillo me limito a poner los brazos en la cintura en plan ándale pues, que no tengo todo el día. Porque no lo tengo para tipos así, ni lo volveré a tener nunca.

Él hace una pausa demasiado larga porque se cree muy listo, y yo ya estoy dándome la vuelta cuando me dice:

—Te robaría el corazón a ti.

La risa me sale tan deprisa y tan aguda que me sorprende un poco. Parece casi un ladrido. Este chavo no podría robarme el corazón ni aunque me lo extirpara con un cuchillo. Mi corazón ya tiene otra meta, un buen hombre por una vez, el problema es que quizá ese hombre todavía no lo sepa, o si lo sabe, quizá no le importa, pero yo espero que sí. Tengo esperanza.

Supongo que me quedo un momento callada, un momento nada más, y el chavo, como es lo que es, diecinueve años más o menos, lo malinterpreta completamente. ¡Cree que el silencio es por él!

—Vamos —me anima Antonio, lleno de confianza—. ¡Te llevaré a Sam's y todo! Tengo dinero. Te dejaré pedir bistec y camarones porque yo soy así. Te trataré bien.

Como si este tarado supiera lo que quiere decir tratar bien a una chica. Si yo no hubiera salido nunca de mi calle, tal vez me lo podría creer. Además, ninguna chica en su sano juicio y que tenga un poco de dignidad quiere ir al Sam's Hofbrau. Es un local que parece cabaret para adultos pero en realidad es un club apestoso de striptease donde venden pizza y comida frita y donde chavas del gueto menean sus traseros tan gordos que están a punto de contraer diabetes. Es donde los gánsters y los que aspiran a serlo se dedican a hacer ostentación de dinero como si fueran alguien, o eso dice mi hermano.

—No, gracias —le digo.

—Está bien —me dice—, ¡pero tú te lo pierdes!

Dejo caer su ficha en la bandeja que hay al pie de la cama y se da cuenta de que ya me ha perdido, así que se pone a darme la serenata con *Rock Around the Clock*, pero en vez de decir «clock» dice otra palabra que mi abuela me enseñó que no dijera nunca, pero que es una forma vulgar de decir «pene».

Cuando has conocido a tantos tipos como yo, aprecias a los buenos, por lo escasos que son. O sea, a veces hay tan pocos que te da por pensar que sólo vas a cono-

cer en la vida a cuatro o cinco, y de ésos quizá haya dos
con los que tienes alguna posibilidad razonable. Yo tuve
la mía con Ernesto, y él fue bueno —y no bueno a secas,
sino bueno *conmigo*—, incluso a una edad en que todo el
mundo es idiota. Tal vez el señor Fulano de Tal pueda
ser mi siguiente buen tipo. Eso espero, porque ya ha pasado mucho tiempo entre un hombre bueno y el siguiente, demasiado.

Soplo para quitarme un pelo que se me pegó a la mejilla pero no lo consigo. Se queda pegado. Me miro el reloj
de pulsera. Llevo despierta ya veintidós, no, veintitrés horas, y empiezo a notarme ese sudor de agotamiento que
viene de estar dando vueltas demasiado tiempo por el mismo sitio, o sea que me recojo el pelo de la frente con los
dedos índices y me lo ato detrás de la cabeza con una liga
para el pelo pequeña y negra que siempre llevo en la muñeca por si me hace falta. Me hago una coleta, y luego vuelvo a pasar la punta por dentro de la liga, de forma que me
queda una especie de chongo en la coronilla.

Cuando ya me alejé unos pasos por el pasillo, decido
rezar una pequeña plegaria. Echo un vistazo por encima
del hombro para asegurarme de que no venga nadie a
toda prisa por detrás con una camilla o una silla de ruedas, a continuación me detengo y agacho la cabeza.
Tomo entre los dedos mi cadena con la cruz de plata. Se
me hace raro decir «mi» cadena. Me la dio mi abuela antes de fallecer. Sólo tengo un puñado de cosas suyas, algunos vestidos porque únicamente me van bien a mí —todos de encaje y largos y azules como dicta la tradición,
porque ella jamás quiso llevar otro color—, pero ésta es
la única de sus joyas que tengo. Mis hermanas pequeñas
y mis primas se quedaron con las turquesas, los anillos y
los demás collares. Pero esta cruz era la favorita de mi

abuela, y por eso es tan especial. No la uso para rezar todo el tiempo, solamente cuando me hace mucha falta.

Oigo los tubos fluorescentes zumbando sobre mi cabeza y el chirrido de los zapatos a lo lejos y me pongo a rezar en silencio para que mi hermano no termine como Ernesto Vera, en el callejón de detrás de nuestra casa, y luego rezo por el alma de Ernesto, por todo el tiempo que se pasó allí tirado, más tiempo del que debería pasarse nadie. Y como ya estoy lanzada, elevo otra pequeña plegaria para que el bombero Anthony Fulano de Tal no resulte herido y regrese sano y salvo una vez más para que pueda volver a ser amable conmigo y yo pueda hacerlo sonreír y verle el hoyuelo de nuevo. No quiero que ésta sea la última vez que nos veamos, y si lo vuelvo a ver, quizá tendré valor para dejarle claro que si quiere invitarme un café, no me importará tomarme uno con él, ya saben, cuando sea.

Me guardo la cruz por debajo del cuello del uniforme y me siento un poco avergonzada, así que miro de un lado a otro para asegurarme de que nadie me haya visto.

MAQUINISTA ANTHONY SMILJANIC,
DEPARTAMENTO DE BOMBEROS DE LOS ÁNGELES
1 DE MAYO DE 1992
2.41 H

1

Tengo un mal presentimiento cuando entramos en el callejón sin salida y al final vemos nuestro destino iluminado como si fuera un castillo de fuegos artificiales. La luz del incendio tiñe de naranja las casuchas adyacentes. En este preciso momento se me ocurre que no puede haber sitio más adecuado para una emboscada. Mientras avanzamos por la calle del incendio no paro de voltear en todas direcciones. Debe de haber dos o tres mirones en cada jardín, jóvenes negros con las capuchas puestas y esos pañuelos de idiotas en las cabezas.

Suzuki y Gutierrez van detrás de mí, en los asientos abatibles. Mi capitán va sentado a mi lado, el capitán Wilts. Él también es negro, pero eso no quiere decir que le guste el aspecto de esta gente. Le digo que no me gusta lo que estoy viendo y él llama por radio al jefe del equipo de intervención para decirle que hay demasiada gente acechando y fingiendo que no nos presta atención cuando pasamos. A los gritos ya me acostumbré, y también a que me lancen piedras, pero no a este silencio. Debe de haber unas treinta personas mirándonos como si les estuviéramos trayendo la cena de la beneficencia, pero el jefe del equipo de intervención dice que confiemos en nuestra escolta, o sea que el capitán asiente con la cabeza y yo continúo adelante. Sigo órdenes —ése es mi trabajo, manejar el camión y la bomba—, pero no tienen por qué gustarme, mi única obligación es mantener las mangueras cargadas.

La Policía de Caminos de California nos mandó dos patrullas, las dos del condado de Ventura transferidos por el programa de Ayuda Mutua. Buenos tipos. No están acostumbrados a lo que hacemos nosotros, pero son buenos tipos. No les hizo ninguna gracia enterarse de que estábamos recibiendo fuego de civiles hasta en los momentos de calma, ni de que tenemos los camiones llenos de agujeros de balas y de ventanillas rotas. En una situación de emergencia común y corriente, mandamos a un bombero al hidrante, él lo abre y nosotros rociamos. Pero en las treinta y tantas horas que llevamos de disturbios, hemos estado viendo clara una cosa por todo Southland: si mandas a un solo bombero al hidrante, lo atacan, así que mandas a dos juntos, pero a dos también los atacan, o sea que llega un punto en que ni siquiera te molestas en abrir un hidrante sin una escolta de dos coches, cada uno de ellos bloqueando un lado de la calle. Entonces todo va bien, pero va todavía mejor cuando los policías de caminos tienen las pistolas desenfundadas.

Pero ahora estamos en un callejón sin salida de un vecindario de casuchas destartaladas, construidas sin dejar apenas espacio entre ellas. Se trata de una manzana antigua, un vecindario de los cincuenta que seguramente se construyó para albergar a trabajadores de las plantas aeronáuticas, como la Lockheed y las demás que aparecieron después de la Segunda Guerra Mundial. Ahora todo se está cayendo a pedazos: todo es pintura descascarillada, cubiertas de estacionamiento hundidas y coches apoyados en bloques de cemento. Queda al norte de mi distrito, el de la estación 57, así que no sé si esto es territorio de los Bloods o de los Crips, pero es de alguno de los dos. La gente nos presta demasiada atención como para que no lo sea, y lo que es peor, los vemos acercarse lentamente al incendio, y a nosotros, como si fueran polillas. Pero ahora mismo nada de todo eso es mi problema.

Ahora mismo, mi problema es el callejón sin salida. Si yo quisiera atraer a unos bomberos a una situación de la que no pudieran escapar, pondría mi incendio aquí. En términos operativos, lo único que se puede hacer con los callejones sin salida es bloquear la entrada. El problema en este caso es que también es nuestra única salida. Y es tarea mía conocer nuestras salidas y estacionarme con el motor hacia fuera para poder arrancar e irnos sin perder mucho tiempo. Aquí no se puede cambiar de sentido haciendo la ele, entrar y salir limpiamente. Aquí no podemos, y me pone nervioso el hecho de que nuestra única salida sea volver por donde entramos, pero el jefe del equipo de intervención dijo que apaguemos estos fuegos, o sea que conecto y despliego dos mangueras antes de abrir la válvula para reducir presión. Solamente me quedan dos mangueras de suministro, la de dos pulgadas y media y otra de una y media. La de tres y media ya no la tengo porque tuvimos que cortarla y salir corriendo después de una posible situación de multitud hostil junto a Slauson hace un par de horas. Pero en cuanto nos ponemos manos a la obra, todo va deprisa y bien.

Tenemos cinco camiones, o sea que lo apagamos rápido. Cuando todavía está humeando, empezamos a retirarnos. En una situación estándar nos quedaríamos hasta que no hubiera más que ceniza, porque si se reaviva el fuego te juegas el pellejo y el de todo tu equipo. Pero en plena ley marcial es distinto. Ahora nos limitamos a desplegar las mangueras, rociar, apagar el fuego, recoger y largarnos porque en todo momento hay cinco o diez incendios pendientes. En cuanto agarras el ritmo, es bastante divertido.

Para empezar, esta noche no nos llaman del servicio de emergencias médicas, ni nos han llamado desde que esto comenzó. Eso en sí ya es casi una recompensa. Esta noche no hay partidas de búsqueda y salvamento, sólo trabajo de mangueras. Por eso todos los camiones están en las estaciones y los retrasados engreídos de los operadores de ambulancias tienen que trabajar de verdad por una vez en su vida.

Yo no quito la vista de encima al gentío mientras el jefe de intervención nos ordena que salgamos. Se congregaron todos en una sola muchedumbre cerca de la entrada del callejón, y eso no es bueno. Compruebo tan deprisa como puedo que tengo el tanque lleno de agua del hidrante antes de desconectar la manguera del suministro y llevarme conmigo a Gutierrez. Los dos cargamos la manguera de pulgada y media en la tarima transversal. Normalmente la cargaríamos perfectamente enrolladita, pero no hay tiempo para ponerse en plan inspección. Ahora mismo se trata de acabar el trabajo y hacer otro a dos calles de aquí, o a tres, o lo que sea. La prioridad es la velocidad, no tener las cosas ordenadas. Va en contra de todo lo que nos enseñaron y es precioso. Es la libertad, ni más ni menos. Aunque me sentiría mejor si la multitud estuviera más lejos. Cada vez que volteo la cabeza me da la impresión de que es más grande y está más cerca.

Le hago un gesto a Gutierrez y él entiende que tenemos que ir a toda velocidad. Cargamos a toda prisa la manguera de dos y medio y la levantamos entre los dos. La dejamos un momento en la plataforma trasera antes de subirla al compartimento de las mangueras mientras los agentes de carreteras regresan a sus coches y nos abren la salida para que podamos sacar todos los camiones, y es entonces cuando me doy cuenta de que algo va mal. En cuanto la segunda patrulla cierra las puertas nos cae encima una lluvia de escombros y, detrás de ella, varios cuerpos se lanzan sobre nosotros desde la oscuridad.

¿Quién sabe por qué? ¿Es un rollo racial? ¿Un problema con la autoridad? Perdónenme si no me detengo a plantearme las motivaciones de los putos pandilleros, pero estoy demasiado ocupado desplegando mangueras y esquivando la piedra del tamaño de una pelota de beisbol que me acaban de tirar. La piedra abolla la parte de atrás del camión antes de golpear el asfalto. Para cuando levanto la cabeza otra vez, ya hay alguien encima de Gutierrez, que tiene una pierna atrapada debajo de la manguera y está forcejeando para salir de ahí. Me abalanzo sobre el hijo de puta para derribarlo pero no llego a tiempo. El puto negro gigantesco, que tiene cuerpo de defensa ofensivo de futbol americano, le estrella en toda la cara a Gutierrez medio bloque de cemento roto con la punta por delante.

Veo la expresión en la cara del muchacho, su seriedad y su asqueroso regocijo; veo el bloque descender a cámara lenta y siento su ruido en todo el estómago cuando lo oigo impactar contra el mentón de mi compañero y atravesarlo, el crujido espantoso que hace la mandíbula al

partirse bajo su peso. Gutierrez suelta un grito borbo-
teante y yo me tiro encima del negro cabrón y lo aviento
rebotando por el borde de la banqueta hasta que se cae de
cara en la hierba. No soy el tipo más corpulento del mundo, pero puse todas mis fuerzas en el empujón. No me
hace falta decidir qué más hacer porque en ese momento
los agentes de carreteras aparecen detrás de mí con las
pistolas desenfundadas y disparan un tiro de advertencia
que hace que el muchacho se aleje corriendo como un
galgo. Mientras se está alejando, le veo una cicatriz reluciente en el hombro, como si lo hubieran operado o algo
parecido.

—Dispárenle —les digo—. ¡Hirió a Guti! ¡*Dispárenle!*

Pero no lo hacen. Lo dejan escapar saltando una reja.
Eso me revienta, pero ahora mismo no puedo malgastar
energía.

Bajo la vista y valoro la herida que tengo delante. Es
grave, y mucho. El capitán está a mi lado y la ve también.
Y Suzuki.

—Mierda —dice Suzuki—. ¡Aguanta, Guti!

Veo menearse la lengua de Gutierrez a través de una
abertura nueva en su cara, como si estuviera intentando
levantarse y salir corriendo. El resto es peor, porque además veo su mandíbula colgando, completamente arrancada de su articulación izquierda, tan desprendida que le
puedo ver la superficie blanca de las muelas.

El corazón me da un vuelco cuando lo veo. Me quito
la chamarra y me arranco la camisa del uniforme, porque
en el botiquín no hay nada que parezca lo suficientemente
grande, después lo arrugo todo lo mejor que puedo para
hacer una bola, se la encajo entre el hombro y la mandíbula y le giro la mejilla en esa dirección para mantenerle la
mandíbula en su sitio por lo pronto.

—Sigue haciendo presión ahí como puedas —le digo a Suzuki—. Un minuto nada más.

El capitán va corriendo hasta el radio mientras nosotros levantamos a Gutierrez y le pasamos los brazos por encima de nuestros hombros para llevarlo a rastras hasta la cabina. No tenemos tiempo para aplicarle la inmovilización cervical. Lo mejor que podemos hacer es que Suzuki no le quite las manos del cuello y se lo aguante hasta que podamos largarnos de aquí. Yo no paro de jadear y de balbucear, disculpándome de todas las formas que se me ocurren y diciéndole a Guti lo muchísimo que siento que ese cretino del policía de caminos no se haya chingado ahí mismo al muchacho, lo mucho que siento no haber confiado en mi instinto y haber dejado la manguera de dos y medio, y diciendo que, si no hubiéramos abandonado la de tres y medio en la última salida, ahora le habría podido decir que la dejara ahí en la hierba, que no la cargara, pero que no quería quedarme sin mi última manguera de suministro para la salida siguiente; y ahora todo eso me parece una estupidez, nada de eso valía la pena. Nada.

Suzuki y yo colocamos a Gutierrez en el asiento del copiloto de mi camión. Lo apoyamos contra el respaldo con todo el cuidado que podemos y enseguida me bajo de un salto y doy la vuelta corriendo por delante del camión hasta mi portezuela. Suzuki hace lo mismo, corre a sentarse en su asiento abatible de atrás y abre más la mampara divisoria para poder seguir sosteniéndole el cuello a Gutierrez. Ahora el capitán también está en la parte de atrás, con el cable del radio extendido hasta allí.

Y dice por el micrófono:

—El bombero Gutierrez resultó herido.

—Repita —dice el asistente del jefe del equipo de intervención.

Yo me pongo a gritar sin ser consciente de ello:

—¡Que un pandillero le reventó a Gutierrez un ladrillo en la cara!

El capitán pasa por alto mi intervención y repite lo que dijo antes. Los agentes de caminos ya dispersaron a toda la gente. Están los cuatro peinando los jardines y las banquetas en busca de rezagados, pero yo no tengo tiempo para esperarlos. Arranco el motor.

—¿Qué tan grave es? —pregunta ahora el jefe en persona.

Ahora soy el camión en cabeza del equipo, y tendría que esperar a que se me pusiera delante una de las patrullas, pero no espero. Voy sosteniendo lo que le queda a Gutierrez de mandíbula en su lugar con la mano derecha porque ha conseguido que se le salga mi camisa de sitio, mientras Suzuki le sostiene el cuello y yo enciendo las luces y las sirenas con la izquierda a la vez que piso el acelerador y salgo a toda velocidad del callejón.

—Extremadamente grave —dice el capitán.

Lo que no dice es que Guti tiene un agujero nuevo en la cara, varios dientes del revés y… no puedo ni explicar el resto.

Gutierrez es de la 57, uno de los nuestros, y el peor cocinero que uno pueda imaginar, y ahora el cuerpo entero le tiembla mientras intento sostenerle la cara toda junta; más que temblores son convulsiones. Es el shock. Me está balbuceando que tengo que llamar a su mujer para decirle que está bien, que no me preocupe y que es culpa suya por haberse quedado con la pierna atrapada. Cuando habla siento el costado de su lengua temblándome contra la palma de la mano a través del agujero que tiene en la cara.

—Deja de hablar —le digo—. Para.

—Al Harbor UCLA —dice por fin el jefe.

Por toda la ciudad los convoyes de camiones han estado informando de civiles que tratan de entorpecer su avance y detenerlos para poder tirarles lluvias de botellas, piedras, latas, lo que sea. Hacen cadenas juntando las manos, como si estuvieran jugando a la víbora de la mar, para obligarte a frenar.

Cuando Gutierrez suelta un gemido, siento una vibración en el hueso de la muñeca. En ese instante respiro todo lo hondo que puedo.

—Sólo para que lo sepa, capitán —le digo a Wilts, que está detrás de mí—, si alguien se me pone delante, pienso atropellarlo y no me interesa.

Por un momento no recibo respuesta, solamente los aullidos direccionales de las sirenas que empiezan a sonar detrás de mí a medida que el resto de los camiones se nos une. Están conmigo. Todos.

—Haga lo que tenga que hacer —me dice el capitán.

2

Pero nadie intenta cerrarme el paso, por suerte para ellos. Yo me alegro, todo lo que me puedo alegrar dadas las circunstancias, porque realmente no necesito a nadie más sobre mi conciencia. Ahora mismo Suzuki sigue sujetándole el cuello a Gutierrez, pero Guti gime un poco cada vez que respira. Conseguí ponerle de nuevo la camisa a presión para que la mandíbula se le mantenga un poco en su sitio. Eso me deja la mano derecha libre para manejar, pero también me está quedando el volante todo pegajoso de sangre, y la sensación que me produce me hace odiarme a mí mismo. El odio se incrementa cuando oigo al capitán contarle los detalles de la herida por el radio al jefe de equipo.

Vermont es la primera calle grande con la que me encuentro, así que giro a la izquierda pero voy un poco deprisa y la rueda derecha de atrás da un brinco al girar y aterriza con un golpe chirriante que hace temblar el camión entero. Suzuki suelta un gruñido y Gutierrez no reacciona, pero aun así decido no volver a hacerlo.

—Más despacio, que vamos con prisa.

Es lo que me digo a mí mismo. De hecho, lo digo en voz alta. Es algo que solía decirme mi ex. Es lo único bueno que me dejó, un recordatorio de que durante las tormentas hay que mantener la calma.

—Lo está haciendo usted bien —me dice el capitán desde atrás.

Pasamos junto a unos miembros de la Guardia Nacional que están levantando barricadas con sacos de arena en una esquina, en el margen de un estacionamiento de supermercado, y no puedo evitar pensar que resultarían más útiles en el lugar del que venimos nosotros, pero bueno, carajo, sé que gran parte de su tarea consiste en disuadir y evitar el enfrentamiento. Aun así, habría estado bien poder evitar que un vecindario se quemara hasta los cimientos sin que nos atacaran sus residentes, la misma gente a la que estamos intentando ayudar. Pero eso sería demasiado pedir, ¿verdad? Putos animales.

Ahora la patrulla de la policía de caminos se me pone al lado. Supongo que deben de estar pensando que ésta es mi ciudad y que sé adónde carajos voy, lo cual está bien, porque es verdad. También es su forma de decirme que me siguen, y la buena noticia es que las calles están lo suficientemente despejadas como para permitírselo, lo cual me sorprende, porque yo estaba convencido de que el toque de queda no iba a funcionar, tal como están las cosas en esta ciudad.

Giro a la izquierda por Gage pero esta vez lo bastante despacio como para que no se me levanten las ruedas. Subo por la rampa de acceso y tomo la Harbor Freeway a toda prisa. Mi salida es Carson y estoy yendo a noventa y cinco por hora, pero sin pasar de cien. No es aconsejable pasarse mucho de esa velocidad cuando llevas un tanque con dos mil litros de agua y otro con doscientos de combustible, da igual qué tan llenos estén. Llegaremos dentro de cinco minutos. Pararemos y todo irá bien. El personal del hospital nos rodeará con sus uniformes como un enjambre de avispas, se lo llevarán y lo curarán.

Más despacio, pienso, que vamos con prisa.

La idea no me hace ir más despacio, pero sí me ayuda a controlar lo que siento. Quiero hacer daño al muchacho que hizo esto. Quiero encontrar a ese pandillero de la cicatriz en el hombro y meterle una bala en cada rodilla. Quiero acordarme de qué aspecto tenía, el problema es que cada pocos segundos le tengo que echar un vistazo a Gutierrez para asegurarme de que está manteniendo la presión. No quiero ni imaginarme el dolor que debe de provocar aplicar cualquier presión ahí. Qué aguante tiene el cabrón. Se lo pienso decir a todo el mundo cuando se cure. A todo el mundo. Algún día esto no será más que una anécdota, pienso. Una anécdota de guerra.

Y puede que la situación no fuera tan grave si nuestro becario del servicio de emergencias médicas no se hubiera ido con los de la 46 en vez de con nuestra unidad. Me habría venido bien su ayuda. Los médicos de la Fuerza de Operaciones Especiales de la Marina llevan años haciendo sus prácticas no oficiales con nosotros porque la Marina cree que es la forma más eficaz de aprender sobre heridas de combate: traumatismos, fracturas de brazos y piernas, heridas de arma blanca, heridas de arma de fuego, lesiones diversas por explosión… Supongo que hay más de todo eso en Los Ángeles que en ningún otro lugar de América. Es nuestra zona privada de guerra, y se acaba de cobrar una puta víctima inocente.

Ahora mismo, Gutierrez está notando los efectos de la pérdida de sangre. Va cerrando los ojos de forma intermitente, como si fueran limpiaparabrisas a cámara lenta. No sé si puede oírme pero intento hablar con él de todos modos.

—Vaya manera de acabar tu turno, pedazo de héroe —le digo lo bastante fuerte para que pueda oírme a pesar de la sirena—. Está claro que vas a tener historias que contar cuando vuelvas a Hawái.

Me ruborizo solamente de decirlo, y me siento un verdadero enano, porque ¿qué tiene de heroico intentar hacer tu trabajo y que te asalte un pandillero del tamaño de una nevera? ¿Qué puede tener de heroico intentar defenderte y no conseguirlo? Pues nada, la verdad.

Niego con la cabeza y le checo el pulso. Está lento pero se lo siento.

Llegaremos dentro de tres minutos, pienso.

La autopista está casi vacía. No hay nada que hacer más que mirar las nuevas pintas de color rojo, azul o negro que dicen: «Puta policía», «Puta guardia nacional» y «Mata blancos» e intentar no tomármelas personalmente mientras mantengo la dirección y la velocidad del camión. Nos cruzamos con dos patrullas de la Policía de Los Ángeles que van con las sirenas encendidas en dirección contraria pero con nadie más. Nunca vi nada parecido.

Gutierrez es uno de los bomberos de nuestra unidad que viven fuera. Durante tu período de prueba, tienes que vivir dentro de los límites de la ciudad, pero después te puedes mudar adonde te dé la gana. Si quieres negociar tus turnos, y a tu capitán le parece bien, puedes hacer los que se acoplen mejor a tus necesidades. El único obstáculo posible es la moral de la compañía, porque el hecho de estar lejos todo el tiempo puede afectar la continuidad y el trabajo en equipo, pero eso es decisión del capitán Wilts. Que es un capitán de los buenos. Tenemos bomberos que viven en San Francisco, en San Diego y en Las Vegas, que yo sepa, pero el que está más apartado de todos es Gutierrez. Vive en Maui, en una casita de Napili, con su mujer y un niño que va a segundo grado, y viene en avión a hacer sus turnos.

Mierda, ¿saben que a veces, en pleno fragor del momento, se olvida uno de cosas y cuando las recuerda más tarde se siente uno mal por haberlas olvidado? Pues eso es lo que me pasa cuando me acuerdo de la mujer y el hijo de Gutierrez. Kehaulani y Junior, se llaman. Bueno, Junior es un apodo. El chico se llama igual que su padre. Es el siguiente de la estirpe. Es un niño guapo, con los ojos castaños de su madre. Lo conocí este año antes de que se fuera de viaje a Disneyland por primera vez en su vida. En la estación de bomberos, Junior me preguntó si quería ver lo que tenía pensado regalarle al ratoncito de los dientes, y cuando le dije que sí se señaló el interior de la boca y me enseñó un dientecito blanco y diminuto que se le movía. Lo movió hacia delante y hacia atrás como si fuera un interruptor para que yo lo viera. Después soltó una risita y me preguntó si yo creía que Mickey también querría verlo.

Le vuelvo a checar el pulso al padre de Junior. Está igual.

—Más te vale estar bien —le digo.

Ahora mismo estoy encabronadísimo con ese jurado. Estoy encabronado con todo el mundo, pero creo que debo estarlo especialmente con ellos. Si hubieran declarado culpable a uno solo de los dos, no habría pasado nada de esto. Podrían habernos dado al menos un chivo expiatorio, pero no. Y ahora la ciudad entera está pagando por ello, y Guti está pagando más de lo que le corresponde.

El padre de Junior negocia sus turnos para poder trabajar un mes y descansar al siguiente. Y trabajó en abril, o sea que en mayo le tocaba descansar. Si no se hubieran producido estos disturbios, si la ciudad no hubiera estallado, no habría estado haciendo salidas de emergencia, sino durmiendo en la estación de bomberos y luego tomando el primer avión de la mañana. Lo sé porque yo lo he llevado en coche muchas veces al aeropuerto. Todos los bomberos tienen otro trabajo, es el resultado de tener tantos días libres. En sus meses libres, Gutierrez se dedica al negocio inmobiliario. Y, por lo que sé, le va bastante bien. Lo que más me jode de todo es que técnicamente tendría que haber estado ya fuera de servicio cuando le dieron el ladrillazo.

Mierda. Esa idea me trastorna. Se transforma rápidamente en culpa y yo la acepto. Soy el rey de castigarme a mí mismo. Nadie lo hace mejor. A excepción quizá de mi madre, esa experta en torturarse a sí misma. Es prácticamente nuestro derecho de nacimiento, como católicos croatas que somos. Pero esta culpa en concreto me arranca en el estómago en forma de punzada de dolor. Luego se me extiende en oleadas ardientes que me llegan hasta los dedos de las manos y los pies y luego vuelven. Y ese ardor me está diciendo que todo esto es culpa mía, que no deberíamos haber hecho ni siquiera una misión rápida, que si yo hubiera confiado en mi instinto, a Gutierrez no le habría pasado nada. Habría llegado entero a su hogar y a su familia. Y ahora ya no podrá. Ya no.

3

El jefe del equipo de intervención dio aviso por radio para que salieran a recibirnos a la entrada de urgencias, así que cuando paro el camión ya hay cuatro tipos con batas blancas empujando una camilla con ruedas. Me hago a un lado, haciendo más presión con mi camisa en su cara, mientras ellos abren muy despacio la portezuela del copiloto y tres pares de manos entran por la abertura y lo sujetan con cuidado antes de abrir la puerta del todo y bajarlo.

—Ya lo tenemos —me dicen.

No quiero soltarlo, pero ellos me lo repiten. Así que lo tengo que soltar.

Me quedo sentado un segundo, mirando cómo lo dejan en la camilla, le colocan un collarín y luego intentan ponerle una mascarilla de oxígeno pero se dan cuenta de que no va a serles tan fácil como se esperaban. Cuando por fin lo tienen listo y lo meten por las puertas, tengo la sensación de que me están arrancando una pequeña parte de mí.

Saco la chamarra de la cabina porque no me parece apropiado ir por ahí enseñando la camiseta toda sudada y llena de sangre, y cuando atravieso las puertas me siento ridículo por llevar la chamarra dentro del hospital, pero ya es demasiado tarde y me la dejo puesta.

Antes de que pueda ni pestañear, ya tengo al lado al capitán Wilts.

—Ellos se harán cargo —me dice—. Ya no podemos hacer nada más. Escuche, el jefe del equipo de intervención nos quiere otra vez de servicio, así que nos están mandando a un bombero de la 79. Lo están trayendo aquí en el coche de transporte del departamento.

No podemos llevar un camión con tres personas, o sea que van a sustituir a Gutierrez para que podamos seguir trabajando. Sé que es el procedimiento, pero aun así me duele.

—Necesito ir a mear —le digo, y pido permiso.

—Por supuesto —responde el capitán. Tiene voz de no poder más. Me da la impresión de que está como yo.

En el baño me lavo las manos dos veces. Me las lavo con el agua demasiado caliente y solamente uso el espejo para asegurarme de que no estoy sucio de sangre. Pero sí lo estoy. Tengo una gota pegajosa apelmazada en los pelos de la ceja izquierda que parece miel roja y rancia, unas gotitas más sobre la oreja y hasta dentro de ella. Nunca sabré cómo llegaron ahí. Me las lavo todas. Después de usar una docena de toallas de papel para secarme bien las manos, me abotono la casaca hasta arriba para que, si la veo, ella no me vea la sangre de la camiseta.

La UTI no queda lejos. Sé dónde está y cómo llegar. Calculo que debo de tener unos minutos antes de que llegue el reemplazo, y necesito verla, aunque sólo sea para ver algo bueno hoy. No es que vaya a mejorar mucho las cosas, pero tal vez me salve de hundirme. No lo sé. Suena estúpido. Pero quizá sea verdad. Paso junto a un conserje asiático y calvo que está trapeando el suelo con el walk-man demasiado fuerte y demasiado lleno de agudos. Reconozco la rola, *To Be with You*, y niego con la cabeza porque es bastante anticuada y me hace sentir un poco de vergüenza, porque cuando la oí en el radio la semana pasada pensé en Gloria y tuve que contenerme con aquella asociación, porque tal vez ella no siente lo mismo que yo.

Cuando doblo la esquina y la veo plantada justo delante de su mostrador, me tropiezo y me veo obligado a disimular. Esa mujer no es como las demás. Cuesta explicar, pero su forma de caminar y su porte indican que le encanta su trabajo y que es seria, alguien en quien confiar. Eso me gusta. No es como las chicas con las que crecí, a quienes no les interesaba para nada la universidad y ahora ya llevan años casadas. Da la impresión de que todas las que siguen solteras están trabajando como obreras o bien son chicas sin rumbo de San Pedro diez años más jóvenes que yo, que crecieron sin esperar nada más de la vida después de la preparatoria que ser meseras en el Grinder hasta pescarse a algún tipo con la credencial del sindicato de estibadores y poder dejar el trabajo, sentarse en casa, tener hijos, ver telenovelas e irse de vacaciones dos veces al año a isla Catalina, el Hawái de los eslavos, como la llama mi madre.

Es la idea de Hawái la que me tiende una emboscada y me recuerda de nuevo a Gutierrez y lo que pasó y el hecho de que yo podría haberlo evitado. Entierro el recuerdo. Pienso en encontrar al pandillero que lo hizo, agarrarlo por sorpresa y hacérselo pagar.

Pero también entierro ese deseo, porque ahora mismo la enfermera Gloria está hablando con la enfermera alta y rubia, ¿cómo se llama? No me acuerdo, pero esa chica es como el botón de avance rápido de una videocasetera. La segunda vez que la vi en mi vida me pidió salir, y no es que no me sintiera halagado, ni que no sea atractiva, pero su actitud me quitó un poco las ganas. Supongo que soy un poco más tradicional. Me gusta ser yo quien lo pide. Así me criaron.

En fin, que ahora la rubia me ve venir y le hace una especie de señal secreta con la cabeza a la enfermera Gloria, que se voltea para mirarme y... A veces me mira de tal forma que no sé si está pensando que soy lo que ella busca o bien que no doy la talla. Es una especie de mirada intermedia que no puedo descifrar. Intento poner algo parecido a una sonrisa, pero no puedo parar de pensar en lo pegajoso que estaba el volante en mis manos.

—Buenos días, enfermera Gloria —le digo, y me sale en voz más baja de lo que quiero.

Tal vez sea una tontería usar su título cuando la saludo, pero no lo puedo evitar. En mi trabajo todos nos llamamos por el apellido, y supongo que aquí también se hace, porque en las credenciales de los uniformes solamente veo apellidos. Y la primera vez que la vi y le miré la credencial y la llamé enfermera Rubio, ella me dijo inmediatamente que la llamara Gloria, y casi sin pensarlo le solté «enfermera Gloria», y ella se rio y me llamó «bombero Anthony», y así se quedó la cosa.

—Buenos días, bombero Anthony —me dice.

Me gusta que me diga eso, transmite familiaridad. Como ella no sonríe, yo tampoco. No parece descontenta de verme, pero tampoco parece que se alegre. Noto que le está pasando algo por la cabeza, aunque no sé qué, pero lo quiero averiguar. Se le da tan bien poner cara de póquer que a veces me pregunto si habrá crecido en un sitio problemático, porque me da la sensación de que es capaz de adoptar esa pose de mujer dura y despojarse de ella a voluntad. Me miro las manos y veo que no me he quitado bien la sangre de alrededor de las uñas, de forma que me las escondo en los bolsillos y entonces ella me dice:

—A juzgar por lo que está llegando, lo de ahí afuera no tiene buen aspecto. ¿Qué está pasando?

Me toca el brazo con las yemas de los dedos y aparta enseguida la mano. Es algo tan tenue que supongo que podría ser una equivocación, aunque espero que no lo sea. Porque ahora mismo tengo ganas de contarle con la mayor brevedad posible lo que le pasó a Gutierrez en el callejón sin salida, pero no me salen las frases, ni siquiera las palabras, de modo que termino diciendo:

—Hum.

Como que estoy en punto muerto, y lo peor es que intento arrancar el motor, intento poner primera, pero el cerebro no me funciona. Vaya idiota que soy.

Ella debe de estar pensando exactamente lo mismo, porque me está mirando, no exactamente con mirada calculadora, pero sí intentando averiguar qué me ocurre. Es casi como si me estuviera haciendo un diagnóstico. Pasamos así un momento incómodo, durante el cual le miro los zapatos blancos de enfermera y me fijo en que sólo están gastados por dentro, como si se los frotara el uno contra el otro sin darse cuenta, y ninguno de los dos dice nada. Ella se limita a mirarme, y es cuando sé que tengo que romper de alguna forma el silencio, decir lo que sea, inmediatamente.

—Asegúrense de ocuparse de él —le digo por fin.

En cuanto me sale de la boca hago una pequeña mueca. ¡Idiota! Para qué le digo esto, si ni siquiera le he mencionado a Gutierrez ni le he dicho dónde está, y eso me recuerda que ya llevo demasiado rato aquí, pero no puedo juntar las palabras para decirle lo agradable que ha sido el mero hecho de verla, así que no le digo nada. Todo el mundo me está esperando.

Tengo que irme ya, pienso.

—Tiene que irse ya —me pide, como si me estuviera leyendo el pensamiento.

Y con eso basta. No pienso jugar nunca a las cartas con esta mujer, aunque admito que no me importaría tenerla en mi equipo. Debo de ladear la cabeza mientras lo pienso, porque ella me dedica una pequeña sonrisa que frena cualquier respuesta que yo le pudiera dar.

—Tenga cuidado ahí fuera —me dice.

Su tono es muy educado pero también es casi una orden, una orden educada, y yo no sé qué decir, así que me despido mecánicamente con la cabeza y me voy. Estoy tan frustrado y avergonzado por cómo ha ido nuestra conversación que ni siquiera miro atrás. Me limito a sacar las manos de los bolsillos y vuelvo a mirarme las uñas otra vez, a ver la sangre que sigo teniendo debajo de las uñas del índice y del anular, y vuelvo a pensar en Gutierrez, y en Junior, y en la llamada telefónica que su madre y él van a recibir muy pronto para contarles lo que pasó, y aprieto el paso.

4

Siempre separo las cosas en compartimentos. Lo admito. Ahora mismo guardo todo lo que acaba de suceder en una caja dentro de mí y trato de no abrirla. Salimos de nuevo con las sirenas apagadas y esta vez no voy yo al frente, sino que el camión del jefe del equipo de intervención vuelve a ir donde debe, y me alegro porque no estoy al cien por ciento. Voy en la mitad del convoy, cuidado por delante y por detrás. Tenemos a un tipo nuevo en el lugar de Guti, McPherson, y estamos volviendo al norte, convertidos en una pequeña columna de luces que avanzan por la autopista. El jefe del equipo ya está transmitiéndonos una dirección por el radio, la nueva ganadora de nuestra pequeña participación en la lotería del Departamento de Bomberos de Los Ángeles, pero la verdad es que no presto atención. Estoy intentando con todas mis fuerzas no echar mano a la caja llena de recuerdos de Gutierrez y su familia, y de lo mal que me fue con la enfermera Gloria, y de lo que me gustaría hacerle a la cara de ese pandillero con un martillo, así que me limito a mantenerme en la formación. Intento pensar en otras cosas. Me pregunto cuántas estructuras van a arder hasta los cimientos porque no hay suficientes camiones de bomberos.

¿Saben qué es para doblarse de risa? Lo que piensan las noticias de todos estos incendios. Por la televisión no dejan de repetir que no pueden creer que la gente esté incendiando sus propios barrios. Les parece triste, creen que es una especie de rabia primitiva e irracional. No lo es. Casi todo es planeado, y obedece a tres razones principales: riñas, tumultos y seguros. Por cierto, esto no es ninguna clasificación oficial ni nada. Es simplemente lo que pienso. Es una riña si a un tipo le cae mal otro por lo que sea y se aprovecha del caos para hacerle algo, de forma que aquí entran también los rollos raciales, como los ataques de negros a coreanos. Es tumulto si le estás pegando fuego a algo para divertirte o porque intentas encubrir un crimen o bien lo usas como distracción para atraer a los servicios de emergencia y así poder cometer un crimen en otro lugar, y es obvio que las bandas están haciendo justamente eso. Ya lo hacían antes de los disturbios, lo siguen haciendo ahora y lo volverán a hacer después. De hecho, puedo decirles ahora mismo que le tengo bastante miedo a este verano. Todas las mierdas que están pasando ahora van a ser vengadas, y si no lo son en los próximos días lo serán más tarde, incluso una vez empezado el verano. La última razón, y la más habitual, es el seguro: si tienes un negocio en una parte deprimida de la ciudad y no estás ganando tanto dinero como quieres pero tienes seguro antiincendios y te has pasado una eternidad pagando primas altísimas por tu póliza, y luego un día unos policías racistas son absueltos y de pronto te surge la oportunidad de quemar tu local y salirte con la tuya... Solamente tienes que echarles la culpa a las bandas o a los saqueadores. Así pues, ¿por qué no hacerlo?

Cuando oí por primera vez el veredicto, estaba sentado al lado de Charlie Carrillo en las gradas del Peck Park de San Pedro. Carrillo es de la 53, pero fuimos a la preparatoria juntos y ahora jugamos los dos en un equipo local de beisbol. Yo juego de receptor. En mi opinión, es la posición más importante del campo entero. Se puede jugar un partido improvisado sin el torpedero, si de verdad no queda más remedio, ya saben, ocho contra ocho, pero ¿sin el receptor? Ni de broma. El receptor es la constante. Sin él, no hay partido. En cualquier caso, acabábamos de terminar los entrenamientos y teníamos un radio encendido entre los dos.

Así que estaba sentado al lado de Carrillo mientras el locutor leía los detalles de cómo el jurado había absuelto a Briseno, Wind y Koon, y por cierto, no me digan que no es mala suerte que un policía procesado por violencia racial tenga como apellido un insulto racista como «Koon». También se mencionaba que el jurado no había conseguido alcanzar un veredicto sobre Powell, pero a mí había otra cosa que me tenía molesto.

Mientras me desabrochaba las protecciones de las piernas, me volteé hacia Carrillo y le dije:

—¿Cómo es que las noticias no paran de decir que todos esos policías son blancos? Briseno no suena blanco, ¿verdad?

—Estoy bastante seguro de que se llama Briseño —dijo Carrillo—, que es un apellido español.

Y Carrillo también es hispano, o sea que sabía de qué hablaba.

—Pues no es del todo justo decir que es blanco si no lo es —le dije.

—Encaja con su versión, supongo. Blancos contra negros.

—Sí, pero distorsiona los hechos.

—¿Y qué? —me dijo Carrillo—. Lo hacen todo el tiempo. En esa profesión no tienen que rendir cuentas a nadie. El día que alguien de la tele tenga que escribir un informe de incidencia sobre una cagada y admitir su responsabilidad igual que hacemos nosotros, ese día ya nadie querrá trabajar en las noticias.

—Es verdad —le dije—. Aunque supongo que ya no importa. Se va a armar la de Dios.

Justo después llamé al trabajo para preguntar si me necesitaban en la estación, pero ellos me dijeron que, como me tocaba ir al día siguiente, que simplemente fuera entonces.

Y así lo hice, después de que efectivamente se armara la de Dios, más de lo que nadie podía imaginarse. Por supuesto, yo no me había enterado de que nuestro amado alcalde negro, el señor Tom Bradley, apareció en televisión para decir que había llegado el momento de sacar la lucha a las calles o algo por el estilo. Los bomberos de mi estación no dejaban de hablar de aquello. No se lo podían creer. Se sentían traicionados, como si al decir eso nos hubiera empujado bajo las ruedas del autobús, nos hubiera expuesto a un peligro mucho mayor. Y no es que no entendiera a mis compañeros, yo también me sentía traicionado, pero soy realista. La cosa habría estallado de todos modos. ¿De verdad creen que la gente estaba sentada en sus casas esperando a ver qué decía el alcalde antes de decidirse a montar una batalla campal? Yo tampoco. Los Crips ya estaban en Florence con Normandie antes de que Bradley saliera por televisión.

Y ahora tengo desplegadas ante mí las consecuencias, mientras intento prepararme para regresar al ojo de la tormenta. Desde donde voy sentado, parece que Los Ángeles sufrió un bombardeo. Parece que estallaron bombas. A ambos lados de la 110 hay bolsas de resplandor naranja, algunas dentro de fosos negros, porque el fuego dejó esos barrios sin electricidad, y pienso —y no por primera vez— que éste es el aspecto que debe de tener el infierno. No hay estrellas en el cielo y hace dos noches seguidas que no las hay. El dosel de humo negro que flota sobre la cuenca es demasiado espeso para que se vea nada.

Compruebo el estado del camión e informo al capitán que me queda menos de un cuarto de la pipa, y si yo estoy así, no hace falta decir que los demás estarán igual. El capitán transmite esto. Llega ahora el momento crucial en que el jefe del equipo de intervención tiene que decidir si llenamos todas las pipas donde podamos y así seguir fuera otras seis horas, o bien vamos a hacerlo a un puesto de reabastecimiento y así reponemos las mangueras. Pero el jefe se limita a darle las gracias al capitán, lo cual no me ayuda a saber por cuál de las dos cosas se decanta. Esto también tiene un mensaje implícito: cállense y hagan su trabajo.

5

No tenemos que ir tan lejos como creíamos, porque enseguida nos cancelan un incendio en Slauson y nos mandan salir antes de tiempo de la autopista porque estamos más cerca de otro. Hay un edificio ardiendo en Manchester con Vermont, a media manzana al sur. Hago mi trabajo y manejo hasta allí. Los policías de carreteras hacen el suyo también, bloqueando la manzana por ambos lados, dándonos la calle entera para trabajar y, lo que es más importante, dos salidas. Me estaciono en Vermont con la reversa puesta y dejo el motor apuntando a Manchester, porque es la ruta de escape más viable.

Estamos en la manzana del número 8600, Vermont Knolls. Tiene todo el aspecto de ser un incendio provocado por una rencilla, pero también podría ser por el seguro. Alguien incendió una tienda de muebles de unos coreanos que hay en la puerta de al lado y el incendio se propagó al edificio contiguo, una tienda de bocadillos — el letrero dice VERMONT SANDWICH SHOP, COMIDA PARA LLEVAR, seguido de un número de teléfono que ya se está poniendo negro—, y a continuación el Universal College of Beauty. Ninguno de los dos establecimientos parece recuperable. Ya estaban demasiado quemados cuando llegamos. No hay posibilidad real de repararlos, pero sí podemos sofocar el fuego.

No apago el motor. Una pipa de doscientos litros te dura unas seis horas más o menos si está lleno al principio. McPherson despliega una manguera de pulgada y media y yo compruebo la presión de la bomba, pero no me hace falta vigilarla todo el rato. Las mangueras bombean quinientos litros por minuto, lo cual nos daría unos cuatro minutos con una sola manguera si solamente dependiéramos de la pipa, que no es el caso. Y tengo una sola manguera, y la está manejando Suzuki, mandando un chorro arqueado sobre el techo mientras un par de mangueras de otro camión rocían lo que queda de la vitrina. Subo la presión a diez mil milibares y el fuego ya prácticamente está apagado, sólo hay humo gris y vapor saliendo de todas las aberturas. Antes de largarnos jalo una manguera de suministro del hidrante hasta mí para rellenar el tanque del agua.

Mi trabajo consiste entre otras cosas en ver el conjunto de la situación y reaccionar antes de que haga falta. Le fallé a Gutierrez, y por eso ahora me muestro superalerta con los civiles que tenemos aquí mirando. Examino las caras con atención, pero no parecen pandilleros. Parecen padres y madres, familias. De hecho, al otro lado de la calle hay un grupo disperso de ancianos, observándonos. Se dedican a hacernos fotos y hasta a grabarnos en vídeo, como si fuéramos un espectáculo.

Hay uno en concreto con pantalones cortos y alpargatas y sin camisa que tiene una videocámara grande apoyada en el hombro izquierdo y el ojo pegado al ocular. La piel le reluce de sudor; de lejos casi se le ve de color negro azulado. Y eso no es todo: en la mano que le queda libre tiene un bocadillo y se lo está comiendo. Yo no soy policía, pero si tuviera que hacer una detención por incendio provocado de una tienda de bocadillos que está ardiendo ahora mismo, empezaría por interrogar al listo que se está comiendo un bocadillo de jamón y queso justo delante a las tantas de la madrugada… Me miro el reloj: las 4:02 de la madrugada.

Todavía no son las 4:08 cuando los agentes de nuestra escolta extienden el perímetro una calle más, casi hasta donde está ubicada una unidad de la Guardia Nacional, y el jefe del equipo manda dos camiones hacia allá para apagar otro incendio que está empezando. Nosotros, sin embargo, no nos movemos de lo que queda de la tienda de muebles, aunque a través del humo ya se ve el esqueleto del techo. La cosa está clara. El edificio está para ser demolido.

Hay un helicóptero en el cielo —parece del Channel 7— iluminándonos con un foco como si estuviéramos en el fondo de un foso profundo y oscuro. La gente que vive por aquí sabe cómo es vivir en un foso. Saben lo fea que puede ponerse la vida. El resto de la población, los que están sentados en sus casas, viendo todo esto por televisión, no tienen ni idea. Les escandalizan los disturbios. No los pueden entender porque no entienden el otro lado. No entienden lo que le pasa a la gente que no tiene dinero y vive en un barrio donde el crimen es una salida profesional viable a falta de otras, y que conste que no estoy justificando esta situación ni aprobándola ni diciendo que sea inevitable, sólo estoy diciendo que la cosa es así.

Y déjenme que les diga algo más: esa gente que está en sus casas tampoco tiene ni idea de cómo es llevar en el camión a un técnico de emergencias médicas novato por mi distrito, que es una de las zonas con más actividad de bandas de la capital mundial de las bandas. Es imposible prepararlo para llegar antes que nadie a la escena de un crimen y ver a un pequeño pandillero de diez años con heridas múltiples de arma blanca, nueve en el tórax superior y cinco en el abdomen, incluyendo una rajada enorme que le cortó el ombligo por la mitad, como si alguien hubiera intentado destriparlo como a un pez. Y ahí está ese niño, llorando, soltando mocos por las mejillas y desangrándose delante de tus narices, incapaz de hacer algo más que jadear porque tiene un pulmón perforado. Por supuesto, no piensas nada; te limitas a hacer tu trabajo. Está bien, si sobrevive, tendrá que pasarse el resto de su vida llevando a cuestas una bolsa de colostomía, pero en ese instante ni te planteas esto, simplemente haces eso para lo que te formaron. Le haces un agarre rápido para que siga vivo y lo mandas a un hospital del condado, y más tarde, cuando llamas para ver qué pasó, te enteras de que conseguiste salvarle la vida y durante un momento te parece que tu trabajo vale la pena, y hasta es valioso. Carajo, hasta puedes señalarlo con orgullo y decir: «miren, estoy mejorando las cosas».

Un mes y pico más tarde, sin embargo, vuelves a esas mismas calles para ayudar al forense a recoger un cadáver —porque Dios los libre de tener que asignar una partida presupuestaria para hacerlo ellos solos—, y cuando te acercas al difunto que tienes que transportar y que está en el fondo de una zanja de desagüe, te encuentras con que todavía no lo han tapado con la sábana, y con un horror que te invade lentamente descubres que reconoces las heridas, las cicatrices y su distribución sobre las costillas y el abdomen, la más larga en el vientre, donde apenas le queda ombligo, en su lugar hay una cicatriz morada que refleja en la oscuridad, y reconoces las cicatrices antes que la cara. Todavía tenía diez años. Y nunca cumplirá más porque esta vez no se molestaron en acuchillarlo. Esta vez simplemente lo ejecutaron, le pegaron un tiro en la nuca. ¿Y entonces para qué lo recogiste y le hiciste los primeros auxilios, hace tanto tiempo? ¿Para alterar el rumbo de su vida, para cambiarla a mejor? No. Lo único que hiciste fue conseguirle unos días más en el infierno. Y nada más. Lo único que hiciste fue prolongar su muerte. ¿Qué te parece?

En todo esto hay una lección, que tal vez sea la siguiente: hay una América oculta detrás de la que le enseñamos al mundo, y sólo la ha visto un grupo pequeño de personas. Hay quien está encerrado en ella por una cuestión geográfica o de nacimiento, pero los demás simplemente trabajamos ahí. Los médicos, las enfermeras, los bomberos y la policía la conocemos. La vemos. Tratamos con la muerte en nuestro lugar de trabajo porque forma parte de él. Vemos sus estratos, su injusticia y su inevitabilidad. Y aun así, libramos esa batalla perdida. Intentamos eludirla, a veces incluso le ganamos. Y cuando te encuentras con otra persona que parece conocerla igual que tú, en fin, no puedes evitar preguntarte un momento cómo sería estar con alguien capaz de entenderte.

La enfermera Gloria me atrae tanto porque está claro que entiende todo este mundo, no solamente la mitad. No me hace falta explicarle nada, porque quizá ni siquiera necesito explicarme. Ella ha visto ese mundo oculto igual que yo. Sabe qué aspecto tiene la muerte y ha experimentado la inutilidad. Carga con eso. Lo veo en su forma de moverse, de hablar...

—Eh, Yanic —me dice Suzuki—. Mira esto.

Se me acerca con la mano extendida y me hace un gesto para que yo abra la mía, o sea que la abro. Levanto la vista y veo que la manguera de Suzuki la lleva ahora McPherson, mientras Suzuki me pone en la palma de la mano una bala de color gris metálico, con la punta aplastada y sin casquillo, todavía un poco caliente. Debo de mirarlo con cara de «¿cómo fregados es posible?», porque él hace el gesto de disparar al cielo con una pistola, imita el ruido de un disparo con la boca y luego traza la trayectoria de la bala con el dedo, acompañándola de un pequeño silbido, subiendo hasta arriba del todo antes de bajar y bajar y por fin darle en el casco con un golpecito de la uña. Yo le doy la vuelta en la palma de la mano, aunque no es la primera vez que veo una munición.

Cada año por Año Nuevo y el Cuatro de Julio barremos el techo de la estación de bomberos y encontramos tantas balas de pequeño calibre que uno no se la cree, pero es que ahora mismo es ridículo. Creo que esta noche he visto más perdigones en las calles que líneas pintadas. Es el volumen lo que me impresiona. ¿Cuántas armas de fuego hay en Los Ángeles, siendo conservadores? ¿360.000? Eso sería aproximadamente un uno por ciento de la población, o sea, menos de un arma por cada cien residentes. Créanme, es imposible que haya tan pocos propietarios de armas, tanto legales como ilegales, pero estamos siendo conservadores. Supongamos también que en las últimas cuarenta y ocho horas se han usado el diez por ciento de ellas, una cifra escandalosamente alta. Eso sería suponer que 36.000 armas de fuego han disparado una sola vez durante la peor batalla campal que ha visto alguna vez Los Ángeles, peor todavía que los disturbios de Watts. ¿Y qué más? ¿Creen que un pandillero que tenga pistola va a disparar una sola vez? Aun así, ya serían 36.000 balas. *Treinta y seis mil.* Se obtendría la misma cifra calculando que el cinco por ciento de esas armas han disparado dos balas. O que el dos por ciento han disparado cinco. Una parte de mí quiere descartar todo esto, considerarlo una simple locura, pero la verdad es que no puedo. Incluso así, la cifra total es demasiado baja, pero lo más escalofriante es que aún no hemos salido de este desastre.

—Devuélvemela —me dice Suzuki—. Se la voy a regalar a mi hijo.

—¿Para qué quieres que tu hijo tenga una bala? —le pregunto.

—No sé. Para hacerle un agujero, pasarle una cadeni-
lla y llevarla colgada. O le diré que su padre paró esta bala
igual que Superman.

Todavía está caliente cuando se la devuelvo. No sé si
es por el calor de su mano o porque la han disparado hace
poco. Aunque la verdad es que tampoco sé si quiero saberlo.

6

Una vez apagado el fuego de la calle de al lado, el jefe
del equipo de intervención nos comunica que vamos a
reabastecernos a una terminal de autobuses del Distrito Regional de Transporte que hay en Chinatown, porque el cuartel provisional de la Cincuenta y cuatro con
Arlington está colapsado por otros vehículos de emergencia, así que recogemos todo deprisa y tomamos Vermont hasta Manchester, luego Manchester hasta la Harbor Freeway y ponemos rumbo al norte. Vamos en
formación de convoy hasta Downtown y en vez de tomar
la 101 agarramos la salida de la calle Cuatro, la tomamos
hasta Alameda y damos vuelta a la izquierda. No me parece la mejor ruta, en términos generales, pero supongo
que quien la trazó sabe algo que yo no sé, así que no me
quejo.

—Downtown no se ve tan mal —dice Suzuki desde la
parte de atrás.

El capitán pone una sonrisita. Vuelve a ir en el asiento
del copiloto. Hay que reconocerle que no ha dicho ni pío
sobre la sangre.

—Sí —le digo—. Pensaba que estaría peor, pero supongo que aquí no hay tanto que saquear.

Llevan demoliendo Downtown desde los años setenta, cuando los propietarios de los edificios se rindieron, los vendieron por cuatro duros y se llevaron su dinero al Westside o a Valley. Al mismo tiempo, los caseros de los cuchitriles de la zona se dedicaron a convertirla en el lugar menos habitable de Los Ángeles. Skid Row ya no era ninguna maravilla antes, pero en los setenta pasó de alcantarilla a celda de prisión. La era de los temporeros y los vagabundos se terminó cuando el ayuntamiento empezó a derribar las viviendas baratas; los mercados de fruta y verdura se redujeron o bien se trasladaron a otra parte a medida que se iban instalando las cadenas de supermercados, y Skid Row pasó de ser un lugar de trabajadores agrícolas inmigrantes a una especie de parada técnica para enfermos mentales, drogadictos o ambas cosas a la vez. Para cuando llegaron los ochenta, el crack convirtió todo eso en situación permanente. Hoy en día ya no queda gran cosa más que el tribunal, los hoteles de la era del cine mudo, que necesitarían más que una simple mano de pintura para recuperar el glamour, los cabarets abandonados de Main y un puñado de almacenes vacíos.

Cuando estamos cruzando la calle Tres, veo a dos mujeres empujando cochecitos de bebé que en vez de niños llevan montones de juguetes, cajas y más cajas, como si vinieran de comprar en Macy's o algo parecido. Una de ellas tiene una cicatriz en la cara que le sale de la oreja y le baja por la mejilla. Se le ha hecho queloide y casi parece un colmillo de elefante. No es lo mismo, pero me recuerda la cicatriz en el hombro del pandillero, y eso empieza a derribarme las fichas de dominó de mi interior. Me regresa el odio. Quiero darle con un ladrillo en la cara, a ver qué le parece. La idea me arranca una sonrisa maligna, pero entonces me acuerdo de Guti. De cuánto sangraba en los minutos siguientes al ataque. Del aspecto que tenía su lengua al moverse. Y lo único que puedo hacer es mirar fijamente los edificios frente a los que pasamos.

Vuelvo a tener en la cabeza las imágenes a cámara lenta. El descenso del ladrillo de hormigón, el ruido que ha hecho al impactar... Me acuerdo de que ha hecho dos ruidos: primero un crujido al dar en la mandíbula y luego un golpe sordo al caer contra el suelo, y me estremezco. Lo peor ha sido la cara que ha puesto el pandillero. Hasta ese momento no me parecía posible soltar un bufido y sonreír al mismo tiempo, y eso que en mi vida he visto el resultado de muchas cosas desesperadas que ha hecho mucha gente desesperada, pero esto ha sido distinto. Me lo prometo a mí mismo: pagará lo que ha hecho. Lo encontraré. Un pandillero así tiene antecedentes seguro. Uno no se levanta de la cama un buen día y decide darle un ladrillazo a un bombero. Es algo a lo que se llega de forma gradual.

McPherson interrumpe mis pensamientos diciendo:
—¿Qué debe de haber pasado ahí?

Cuando cruzamos la 101 veo a qué se refiere y de pronto entiendo por qué no la hemos tomado para ir a nuestro destino. Detrás de nosotros hay un vehículo en llamas. Un jeep humeando sin más, sin razón aparente para estar ahí. Pero el fuego está bajo control. Leo el número del camión que lo está rociando. Son de la 4.

Suzuki señala que no hay nadie estacionado en el parque de Union, ni tampoco en el mercado de la calle Olvera. Cuando pasamos por Ord y por el Philippe's de la esquina, mi estómago me avisa de que tengo hambre. El bocadillo de rosbif en baguette se inventó en Los Ángeles. No hay mucha gente que lo sepa. Se inventó en el Cole's, supuestamente para un cliente con dentadura postiza que no se podía comer la corteza de un bocadillo, de forma que un camarero le dio un cuenquito de grasa de ternera para que empapara el pan y lo reblandeciera, un sistema que acabó denominándose «*au jus*». Por aquí todo el mundo elige un bando: a mí por ejemplo me gusta mojar yo mismo el pan en el *jus*, lo cual quiere decir que soy partidario del Cole's, pero parece que todo el mundo de la 57 prefiere el estilo de Philippe's, donde preparan el *jus* en la cocina y lo untan ellos en la carne, casi como si fuera salsa.

Nuestro destino es una terminal de autobuses que está en la calle North Spring, entre Mesnagers y Wilhardt. Es uno de los escasos lugares seguros de la ciudad donde podemos llenar la pipa. Cuando no está activado el protocolo de emergencia, es una simple terminal del DRT, pero ahora mismo sirve de cuartel provisional del Departamento de Bomberos, y para nosotros, de sitio donde hacer reabastecimiento: reponer combustible y materiales, usar el cuarto de baño, llamar a casa y comer algo. Como es zona segura, lo normal sería que estuviera relativamente bien protegida, pero casi parece salida de *Mad Max*, la película esa en que todo el mundo necesita gasolina para sus coches y están dispuestos a matar para conseguirla. Hay algo en esa premisa que encaja demasiado bien en una ciudad tan obsesionada con los coches como Los Ángeles, así que lo comento y el capitán asiente con la cabeza, pero ni Suzuki ni McPherson la han visto, así que no me molesto en explicarla, me limito a decirles a los tipos de los asientos abatibles que tendrán que verla ellos. Cuando se abre la puerta corrediza rematada de alambre de púas, entro pasando por delante de un grupo de tipos con uniformes verdes y fusiles M-16.

7

Es más tarde, mientras estamos despidiéndonos de los policías de nuestra escolta, que vuelven al centro de mando que tienen en Vermont con la 101, cuando un tipo llamado Taurino llama «tortugas ninja» a los de la puerta.

Y no está mal visto, porque van vestidos de la cabeza a los pies con uniformes verdes del ejército. Llevan protectores acolchados en los muslos y unos cascos militares de aspecto gracioso cubiertos de la misma tela verde y unos visores oscuros que les cubren los ojos. De lejos es verdad que parecen tortugas de tamaño humano. Taurino no sabe si son del FBI o del Departamento de Justicia, pero cree que son federales porque los vio aterrizar en la base de la Guardia Nacional en Los Alamitos cuando llegaron a la ciudad.

—Parece que se están preparando para irse, Dios sabe adónde —dice Taurino—. Lo único que sé es que me alegro de que no me vengan a visitar a mí.

Miro al otro lado del estacionamiento, en la misma dirección que él, y veo a las tortugas ninja subirse a un vehículo negro que parece un cruce entre un tanque y un jeep gigante con el motor plano. No tiene siglas que lo identifiquen. Es simplemente negro, como una sombra metálica. Debe de haber como mínimo doce de esos vehículos, todos equipados como si fueran de las Fuerzas Especiales. Hay un tipo que incluso lleva una cartuchera cruzada, como si fuera un bandido mexicano de una película del Oeste. Dan miedo. No se puede negar.

Me despido de Taurino y me doy la vuelta, pero él me dice:

—Eh, espera un segundo.

Me vuelvo de nuevo y me dice en voz baja que tengo

sangre seca en la nuca. No necesita decir más. Sé que es de Gutierrez.

Me obligo a sonreírle, le doy las gracias y me voy a mi camión.

No les echo la culpa a los policías de carreteras de lo que le pasó a Gutierrez, pero tampoco los exculpo. Es complicado. Cuando haya tenido unos cuantos días para asimilar lo que pasó y repase toda la escena interiormente, podré intentar averiguar a quién tengo que responsabilizar y en qué medida, porque cuando llegue el momento de escribir mi informe necesitaré echarle la culpa a alguien.

Le doy un trapazo al camión con un producto de limpieza que está aquí para quien lo necesite, concentrando mis esfuerzos en el tablero, el volante y el asiento del capitán, donde estuvo Gutierrez. Lo hago sin problemas. Mantengo todo en sus cajas correspondientes y nada se sale de su sitio.

Ni siquiera ha amanecido todavía y el capitán ya fue a empezar el papeleo, pero yo me dirijo al comedor, consigo algo de comida y desayuno antes de tiempo con Suzuki, McPherson, algunos de la 57 y un par más de nuestra fuerza ligera, además de unos cuantos miembros de otros equipos que están aquí reabasteciéndose también. La comida es soportable. Se nota que no la cocinó un bombero, porque de ser así sería mejor. Hay hojuelas de avena, tocino, huevos, salchichas, nachos, salsa picante y unas papas que llevan ya un tiempo hechas. Elijo la avena, la lleno de pasas y le pongo dos sobrecitos de azúcar.

Con tantos bomberos en un solo lugar, ocupando cinco mesas de picnic en medio del asfalto de la terminal, sin nada más que hacer que comer y mirarnos entre nosotros, es inevitable que terminemos intercambiando anécdotas de guerra. Y no falla: empieza un tipo de la 58 al que no conozco.

—¿Han encontrado problemas con la gente que bloquea las calles?

La mayoría estamos masticando, pero yo y los demás maquinistas asentimos con la cabeza, porque claro que nos hemos encontrado a gente que se nos pone delante en medio de la calle, y en el mejor de los casos intenta impedirnos que hagamos nuestro trabajo, y en el peor, convertirnos en blancos fáciles de los proyectiles. Uno de los maquinistas cuenta brevemente que su camión fue apedreado y que los dos tipos que iban sentados en los asientos abatibles de atrás estaban claramente expuestos, pero que llevaban los cascos y agacharon las cabezas y nadie salió herido. Suzuki me mira. McPherson no. Pero está claro que los dos están pensando en Gutierrez. No estoy preparado para hablar del tema, sin embargo, así que le hago una señal con la cabeza al tipo que ha empezado la conversación porque quiero que siga.

—Pues yo estaba anoche en Koreatown, ¿de acuerdo? Acabábamos de dejar seco un incendio en unos grandes almacenes de Beverly Hills y estábamos regresando hacia atrás porque nos habían dicho que teníamos un trabajo grande en West Adams con Crenshaw. —Se detiene para comprobar que lo estemos escuchando, y como ve que sí, sigue—. Así que estoy yendo a toda prisa hacia el este por la Sexta y nada apenas pasando el cruce con Western me aparece corriendo en medio de la calle un muchacho blandiendo una pistola en la mano.

—¿Apuntándote a ti? —le digo.

—No, más bien apuntando al aire, porque estaba agitando las manos frenéticamente e intentando hacerme parar. Ahora que lo pienso, ni siquiera estoy seguro de que supiera que la tenía en la mano.

Alguien le pregunta qué clase de muchacho.

—Coreano. Con lentes. Llevaba chamarra de una escuela de secundaria.

Esto provoca una pausa pensativa entre los presentes, porque resulta inesperado. No es la imagen que ninguno de nosotros tiene en la cabeza cuando alguien se pone a hablar de un adolescente con una pistola.

—¿Y qué hiciste tú? —le digo.

—¿Qué podía hacer? Me fui directo para él, aceleré y me puse a rezar para que el cabrón se quitara.

—No tenías más opción —le digo.

—¿Y lo hizo? —pregunta Suzuki—. ¿Se quitó?

—Ya lo creo —dice el tipo, sonriendo.

Justo después, otro tipo de la 58 dice que les informaron de que un pandillero mexicano ha provocado diversos incendios por toda la ciudad y se ha dedicado a reivindicarlos todos a base de gritar el número y luego su nombre, como si estuviera llevando la cuenta y quisiera que se enterara todo el mundo.

—Número veintiuno —dice el tipo, con acento hispano exagerado—. ¡Fue Monigote! ¡Número veintiséis! ¡Fue Monigote!

El apellido que tiene en su uniforme es Rodriguez, así que se le permite la burla.

Después de unos cuantos suspiros de incredulidad, Suzuki dice:

—¡Oye, todas las bandas de pandilleros mexicanos tienen a un par de Monigotes! ¿No les gustaría que tuviera un apodo más fácil de encontrar? Como, por ejemplo, Espagueti. ¿Cuántos pandilleros en el mundo se pueden llamar Espagueti?

Casi todos nos reímos porque sabemos que es verdad.

A continuación la atmósfera se ensombrece porque un maquinista de la 94 nos pregunta si nos hemos enterado de lo de Miller. Los de la 94, a todo esto, ni siquiera han podido salir de su estación porque estaban siendo tiroteados sin parar desde su propio barrio, y se habrían quedado allí toda la noche si no hubieran venido los SWAT y se hubieran agarrado a tiros por la calle.

—Yo oí que Miller recibió un disparo, pero no sé gran cosa más —dice McPherson.

Los detalles todavía son vagos, pero nos cuentan lo que se sabe de momento. Miller estaba manejando un camión cuando recibió un balazo en el cuello que le provocó un derrame cerebral. El tirador se le puso al lado con el coche y le disparó por el simple hecho de que llevaba uniforme e iba sentado en un camión, supongo. Lo operaron y está estable, pero no sabemos nada más.

Yo he coincidido con Miller en un par de ocasiones y me cae bien. No es el típico operador de camión, que suele ser un personaje engreído; básicamente es como un motociclista de la Policía de Los Ángeles, pero en vez de llevar una moto lleva escaleras. Pero Miller no es así, es un tipo de modales amables. Lo peor del caso es que se acababa de salir de la 58 hace como un par de meses para irse al Westside, a un sitio menos salvaje, y ahora va y le pasa esto.

—Siento enterarme —dice Suzuki.

Es algo unánime. Todos lo sentimos, pero nadie dice nada. No decimos que todos esperamos que se recupere, porque es obvio. Simplemente no hace falta decirlo. Mientras me termino mi avena, la conversación pasa a las balas que caen del cielo.

Ahora le toca a Suzuki pasar su bala de mano en mano

para que la vea todo el mundo, pero yo dejo que me pase de largo y me levanto. Dejo mi plato y mi cuchara en la bandeja que hay en el comedor para dejar los platos sucios y me voy al baño a lavarme la sangre del cuello a conciencia; cuando acabo, me acerco al cuartel provisional del Departamento de Policía que hay al otro lado de la terminal, con la parte de detrás del cuello del uniforme mojada y pegada a la piel.

8

En el cuartel provisional les pregunto si me pueden prestar su teléfono celular y un agente de policía joven me lo da. Tiene una antena negra extensible, una pantallita, la carcasa gris, botoncitos blancos para los números con lucecitas verdes debajo que los iluminan, unos cuantos botones más que no sé del todo para qué sirven y un micrófono cuadrado que cubriría todos los botones si no estuviera en una parte articulada y abierta. Es un aparato extraordinario, sin cables de ninguna clase. Marco el número de nuestra estación de bomberos y pulso el botón verde que pone SND, que supongo que significa enviar llamada, y debo de acertar, porque el teléfono empieza a sonar.

Cuando Rogowski me contesta, le pregunto:

—¿Sabes algo de Gutierrez?

—Acaba de salir del quirófano —me dice—. Tiene la columna y el cuello bien, pero le cerraron la mandíbula con alambres y le pusieron una placa metálica. Resulta que la tenía dislocada y rota por dos sitios.

—Pero ¿se recuperará? —Contengo la respiración.

—Sí —dice Rogowski—. Va a estar comiendo por un popote durante los meses que haga falta, pero se recuperará. Oí que hiciste bien. No te dejaste apantallar. Cuentan que saliste disparado de allí tan rápido que el jefe del equipo no tuvo más remedio que ordenar a todo el mundo que te siguiera al hospital.

—Eso no lo sé —le digo, pero cuando suelto el aire siento un cambio por dentro, porque la gravedad se acaba de aligerar. Me pregunto de dónde sacó esa información Rogowski y se me ocurre que mi capitán debe de haber llamado primero, seguramente mientras yo estaba limpiando.

—Y escucha: su familia ya está avisada y viene de camino. —Ahora Rogowski está intentando tranquilizarme—. No es una situación estupenda, pero es todo lo estupenda que puede ser dadas las circunstancias. Hiciste bien.

Creo que después de eso ya no necesito oír nada más, pero Rogowski se ríe y cambia de tema para comunicarme algo que he estado temiendo en secreto. Mi madre ha estado llamando a todas las horas en punto para ver si estoy bien. Le doy las gracias a Rogowski, cuelgo y la llamo. Ella contesta el teléfono después de un solo timbrazo, como si hubiera estado esperando sentada al lado del teléfono. Que seguramente es el caso.

—¿Qué estás *hasiendo, dušo*? —me dice.

Allí donde todo el mundo dice ces y zetas, mi madre dice eses. No lo puede evitar. Es la única forma en que le funciona la lengua. «*Dušo*» es una simple expresión de cariño, como cuando alguien añade «cielo» al final de algo que le dice a un ser querido. Por cierto, ésta es la primera pregunta que me hace siempre, en cualquier momento y para lo que sea. Siempre la misma. Para ella significa muchas cosas, todas al mismo tiempo, como por ejemplo dónde estás, cómo estás y si ya comiste.

—Estoy bien, madre. Estoy en un centro de comunicación de Chinatown. Acabo de comer.

—¿Qué comiste?

—Avena.

—Eso no es comer —me dice.

Para mi madre, una comida solamente lo es cuando tiene dos platos y uno de ellos es pasta. En su mundo, si no he comido pasta, no he comido lo suficiente. Es una batalla que no vale la pena pelear, así que cambio de tema. Le pregunto cómo le va.

—Estoy en el casa. Lavando el ropa.

Mi madre miente sobre muchas cosas: cuánto *kruškovac* ha comprado, cuántos cuchillos tiene escondidos en casa y cuánto no odia a sus queridísimas amigas, pero nunca miente sobre las tareas de la casa. Es cierto que está haciendo las cosas que dice que está haciendo, pero también está viendo la televisión mientras las hace, lo cual significa que está viendo las noticias, lo cual significa que se está preocupando por mí, y cuando se preocupa por mí, llama a la estación para preguntar por mí.

Sólo para salir de dudas, le pregunto:

—¿En qué casa?

Vivo a tres casas de mi madre y de la casa en la que crecí, que está en la Veintiuno Oeste, entre Cabrillo y Alma, en el lado norte de la calle, desde donde se puede ver hasta el puerto. Aun así, mi madre cree que estamos muy lejos el uno del otro. Mi padre falleció este invierno de un ataque al corazón, así que ahora mismo para mi madre cualquier distancia es demasiada.

—La tuya —me dice—. Es más bonita.

No lo dice de verdad. Ella no cree que mi casa sea más bonita. A menudo me arrepiento de haberle dado una llave. Ella sabe que no me gusta que vaya sola a mi casa cuando yo no estoy —para leer mi correspondencia, buscar en el botiquín y abrir cajones, que es a lo que se dedica—, pero ahora no puedo hacer nada al respecto. Ya le gritaré más tarde. Creo que lo hace porque la ayuda a sentirse más cerca de mí y también porque le hace bien salir de la casa que compartió con mi padre durante treinta y siete años y pico. Una vez más, se trata de una batalla que no vale la pena pelear. Aun así, hay algo que sí hace falta decir.

—Madre —le digo—. No vuelvas a llamar a la estación.

—Si pienso en ti, llamo.

—Madre —repito, intentando mantener un tono tranquilo aunque me saca de quicio por completo—, durante una situación de emergencia necesitamos esas líneas libres para que puedan avisarnos de emergencias de verdad.

—Cuando no sé dónde eres —me dice—, para mí es *emergensia*.

—Adiós, madre —me despido, rechinando los dientes.

—*Dušo, ves* a comer. Y *este ves* come comida de verdad. Por mí. Por favor. Y también…

Pulso el botón rojo del teléfono que dice END y se lo devuelvo al agente. Él no me dice nada pero pone una cara de «Madres, no se puede vivir con ellas pero tampoco sin ellas». Najarian, se llama, que creo que es un apellido armenio, y si lo es realmente, sospecho que me debe de entender. Lleva el uniforme al estilo del Departamento de Los Ángeles, con un triángulo de la ridícula camiseta blanca visible entre los bordes del cuello de la camisa. Es joven, de unos veintipocos, y tiene el pelo negro y con abundante gel encima. Me pregunto qué clase de trabajo debe de tener en el departamento para que le toque esta destinación durante los disturbios.

Me fijo en que al lado de Najarian hay un barril lleno

de escopetas, con las culatas hacia arriba, como si fuera un jarrón de flores hechas de tallos sin la flor. Debe de haber unas treinta. Vuelvo a pensar en todas las balas, y supongo que no es más que curiosidad macabra, pero le pregunto cuánta gente ha muerto ya durante los disturbios, si tiene alguna idea.

—Ah —me dice—. Tiene que ver esto. Venga.

Salgo con él del edificio y vamos a un remolque de camión enorme que está alejado de la hilera de ambulancias y también de todo lo demás. Está ahí solo, sin cabina, lo cual supongo que no debe de ser raro en una terminal de autobuses, pero me doy cuenta de que es un remolque refrigerado, y además tiene algo raro. Está zumbando.

—Ábralo —me dice Najarian.

Empiezo a tener la sensación de estar entrando en algo en lo que no quiero entrar.

—Es igual —le digo.

—No, en serio —niega Najarian con una sonrisa—. Ábralo.

Najarian señala la escalerilla metálica con tres escalones de reja, indicándome que es la mejor forma de subir y abrir las puertas.

Está amaneciendo por detrás del techo en punta de la terminal, bueno, casi amaneciendo. Una tenue luz anaranjada traspasa la masa negra de humo y nubes que tenemos encima, arrancando destellos del costado del remolque.

—Tiene que quitar primero eso —dice Najarian, y con el dedo me señala una barra metálica que tengo que sacar de su traba para poder abrir las puertas.

Me acerco y tiro de la traba, y cuando lo hago la puerta derecha se abre dejando escapar una ráfaga de niebla y una ráfaga de aire frío me golpea. No es hasta que me bajo de un salto y miro dentro que me doy cuenta de que estoy mirando el interior de una morgue portátil. Hay nueve —no, diez— cuerpos colocados en estantes de acero inoxidable empotrados en las paredes del remolque como si fueran literas, todos cubiertos con sábanas blancas.

Najarian sube la escalerilla y entra. Abre la puerta izquierda.

—Mire esto —me dice, y se acerca al cadáver más cercano.

Me viene una idea a la cabeza: los tiras se están fregando sin más a la gente. Y si es verdad, no puedo recriminárselo, no después de lo que vi esta noche. Por un segundo deseo que el pandillero que atacó a Guti esté aquí también. Pero solamente por un segundo.

—A este de aquí —señala Najarian apartando la sábana del cadáver— lo abandonaron ayer por la tarde, ahí mismo, en Spring, justo ahí. —Señala la reja que nos separa de la calle—. Y es sospechoso, porque no estaba ahí antes del cambio de turno, pero sí después, así que debieron de dejarlo ahí durante el cambio o bien muy poco antes o después, y eso quiere decir que o bien estaban al tanto o bien tuvieron suerte. En cualquier caso, fue una maniobra astuta.

Y termina de retirar la sábana, pero lo que veo entonces no es lo que esperaba ver. En lugar de una cara, veo una camisa de franela, a rayas negras y blancas.

Najarian la señala con la cabeza.

—Raro, ¿verdad? ¿Por qué le iban a cubrir la cara así, a menos que se la hubieran volado a tiros o algo parecido, no? Pero miré y sigue teniendo cara, solamente le falta una oreja y tiene la mejilla un poco hundida, pero no murió de eso. Lo apuñalaron.

Pero a mí no me parece tan raro. Para mí solamente

significa que no le puso la camisa la misma persona que lo hirió. Porque a quien se la puso le importaba este tipo. Parece casi como si no quisiera que pasara frío. Y hay algo más. Me llama la atención cómo lo han envuelto con las mangas, y al principio no sé por qué; de hecho, tiene las mangas de la camisa casi petrificadas por debajo de la cabeza, pero se las doblaron así, casi a modo de almohada, casi como lo que yo le hice a Gutierrez pero distinto, porque yo sé —sin saber cómo lo sé— que se la pusieron después de que se muriera. Lo veo como una despedida, como cuando la gente mete cosas en los ataúdes para el viaje.

No, pienso. No es raro. Es simplemente que a alguien le importaba mucho este tipo, fuera quien fuera.

Cuando Najarian lo vuelve a cubrir con la sábana, no puedo evitar tocarme la cadena donde llevo la medalla de san Antonio, el santo por el que me pusieron mi nombre, y rezar una pequeña oración para mis adentros por el hombre de la camisa de franela, fuera quien fuera, por quien lo trajo aquí y por que su cuerpo regrese sin problemas a su casa y su familia obtenga el consuelo que pueda.

ABEJUNDIO ORELLANA,
ALIAS MOMO
1 DE MAYO DE 1992
16.22 H

1

¡Mierda! Nunca debería haber confiado en Cecilia. Mientras contemplo los restos de mi casa calcinada, sé que estoy entre una espada, otra espada y la pared. No hay más salida que bajar a la tumba o bien elevarse por encima de todo, porque lo que está claro es que de lado no voy a ir. Tengo que mantener la sangre más fría que el hielo. Pero, para ser sinceros, estoy sudando *a lo bestia*. Estos jodidos disturbios no podían ser más inoportunos.

Espada n.º 1: tengo amontonados detrás de mí en la banqueta al cabrón que llaman Peligro y a una veintena de miembros furiosos de su banda, todos armados y buscando una excusa para hacerle algo a alguien, y principalmente a mí. No les gusta lo que he encontrado aquí, y si no consigo redimirme ante sus ojos, me matarán.

Espada n.º 2: hace siete semanas me detuvieron los sheriffs por posesión de drogas cuando iba transportando mercancía por Hawaiian Gardens, pero un sargento detective de homicidios de la oficina del sheriff del condado de Los Ángeles apareció y me lanzó un salvavidas diciéndome que a él las drogas le importaban un carajo si yo le hablaba de asesinatos y podía señalar con el dedo a los responsables, y así fue como me convertí en Informador Confidencial Fiable para el Sheriff del Condado. Si Peligro se enterara de *esto*, joder, si se enterara algún pandillero, incluso de mi propia banda, ya tendría un agujero nuevo en la nuca. Pero de momento estoy bien. Todavía respiro…

… Y pateo cenizas. Ésa es la pared contra la que estoy: el sitio por donde camino en este momento, ensuciándome las botas buenas hasta arriba, las de piel de víbora, mientras intento encontrar lo que queda de mi recámara en medio de la puta parcela donde estaba mi única casa respetable, porque lo que esto significa principalmente es que ahora me voy a tener que vengar de alguien, justo cuando estaba planeando salir de aquí y aceptarle al sargento su oferta de reubicación.

Ahora ya no puedo irme. Lo que me toca ahora es salir del primer atolladero: demostrarle a Peligro que yo no tuve nada que ver con el arma, para lo cual tengo que encontrar la caja fuerte. Y llegado este punto, lo único que puedo hacer son conjeturas sobre la distribución de las habitaciones, porque sólo queda un puñado de tuberías y también restos de azulejos donde antes estaba el lavabo, pero ya no hay ni paredes, es el problema de las putas construcciones baratas. Entro más o menos por donde estaba la puerta de la casa, aunque ya solamente queda la reja de seguridad fundida. Calculo mentalmente que estoy a diez pasos de la recámara, así que los doy, y estoy girando a la derecha cuando veo que mi caja fuerte de los grandes golpes está abierta y en el suelo. Bato, por fin me relajo un poco. Respiro, porque esto me acaba de salvar el puto pellejo.

Le doy las gracias a los ladrones al menos por eso, porque al dejar la caja abierta, esos cabrones han demostrado que yo decía la verdad. De esta forma, una caja abierta es una caja robada. Y, sin embargo, la caja de las armas sigue bien cerrada, así que creo que ya sé lo que ha pasado aquí.

Los tipos que han hecho esto vinieron el miércoles. Cecilia los dejó entrar. Ellos la drogaron o se la quitaron de en medio o bien estaban colidados con ella y asaltaron la caja fuerte de las armas. Le llevaron el botín a Destino y cobraron el trabajo, y después seguramente vigilaron la casa, y como vieron que yo no venía corriendo supusieron que se habían salido con la suya. Así pues, regresaron, Cecilia los volvió a dejar entrar y entonces sucedió la segunda parte. Me abrieron la caja fuerte de los grandes golpes y quemaron la puta casa hasta los cimientos, en plan exhaustivo.

Pero ahora mismo, el detalle importante de cara a Peligro es que puede que la caja fuerte de las armas esté cerrada, pero la otra está abierta. Y como lo está, Peligro se convence de que alguien me ha dado baje con mis cosas y ha quemado la casa para encubrir el robo, porque ahora el bato hace como que es el puto Sherlock Pandillero. No sabe que ese título ya pertenece al colega de Destino, Listo. Ese cabrón sí que tiene el nombre bien puesto. El más listo de todos.

—Parece que sí te incendiaron —dice Peligro mientras mira a su alrededor, como si estuviera examinando pruebas judiciales. En serio, este cabrón mamado con letras tatuadas en vez de cejas está intentando hacerse el duro y decirme a mí qué tengo que pensar. A ver si me entienden: es un cabrón duro, pero no al nivel de Gran Destino. Le gusta que su morra le rasure la cabeza todos los días y le almidone la camisa y los pantalones. Se lo cuenta a todo el mundo, hasta a quien no le importa. Peligro es esa clase de tipo. Es duro, pero le gusta representar ese papel casi tanto como serlo realmente.

—Supongo que sí decías la verdad —dice—. Me alegro por ti.

A los batos de su banda que lo oyen se les escapa una sonrisita, pero intentan esconderla dándose la vuelta. Puede que yo esté entre dos espadas, pero aun así, pobre del que se meta conmigo. Si quedara algo de normalidad, Peligro me estaría tratando con respeto. Me pediría ayuda como Dios manda y yo se la otorgaría. Pero ahora no. Su hermano está muerto. La ciudad está ardiendo. En este momento, le suda la verga pedir las cosas como Dios manda. Se limita a agarrar lo que quiere. Sabe que ahora es una cuestión de números.

Cuento con un equipo de ocho hombres para llevar mi negocio y con protección de arriba, pero no es protección de la inmediata, no la tengo montando guardia en mi puerta y asustando a la gente, y ahora mismo Peligro tiene una banda de casi cien personas detrás. Si no juego esto bien, me borra del mapa. Está lo bastante loco. Pero también me necesita. Necesita lo que yo le puedo conseguir. Y está jugando la única carta que tiene: decir que Destino estaba intentando inculparme a mí cuando hizo que sus hombres me robaran el arma y la usaran para matar a Joker y a los demás de la fiesta. Según su lógica, Destino mandó robar mi pistola a propósito para que Peligro pensara que yo los estaba ayudando y luego viniera y me matara en pleno ataque de furia.

Lo gracioso es que, si fue así como pasó, estuvo a punto de funcionar. La tal Payasa tiró la pistola en el jardín de la fiesta. Uno de los amigos drogos de Peligro reconoció que era mía por la venda blanca de la empuñadura, así que cuando terminaron de llevar a los heridos a los hospitales y de reunir a todos sus efectivos, se pusieron a buscarme. Resulta que no me encontraron en el localizador y eso les pareció sospechoso, pero lo que yo pensé fue: ¿cómo podía saber que estaban intentando robarme o inculparme?

Tardaron bastante en encontrarme en mi almacén principal porque es una dirección que no voy anunciando por ahí, pero, cuando me encontraron, entraron por las malas y me dijeron que me llevaban. No fue un secuestro porque era yo quien iba al volante, pero sí lo fue en realidad. Tuve que usar mucha persuasión solamente para llegar adonde estoy ahora. Parado delante de la primera casa que compré en mi vida. Adonde quería traer a mis tías de El Salvador. Y ahora lo único que queda en pie es la chimenea. Hay que chingarse.

Pero no puedo mentir. Me enteré del incendio en cuanto pasó, pero pensé: ¿por qué molestarme en ir hasta allá? Si se quemó, se quemó. No tiene sentido coger un puñetero coche y manejar hasta allí sólo para verla convertida en cenizas. Además, ¿cómo sé que no es alguien que intenta hacerme salir de mi almacén principal para asaltarlo a continuación? No podía saberlo. Así que me quedé. Aunque estaba que echaba humo.

Lo primero que pensé al enterarme fue: más le vale a Cecilia ser un esqueleto en las ruinas o la voy a cortar. Porque si resulta que no está muerta, y que la puerta de casa no fue arrancada con una palanca o una escopeta o lo que sea, entonces todo esto es culpa suya. Y quien tiene la culpa, paga.

—Te chingaron bien, bato —me dice Peligro—. ¿Eso no te encabrona?

Yo ya tenía un pie fuera de esta vida, así que, para ser sincero, la verdad es que no. Punto uno: la furia no sirve de nada. Y punto dos: siento admiración. Es una jugada culeramente inteligente. Tanto si se enteraban de que la pistola era mía como si no, era una jugada inteligente. Supongo que hicieron correr la voz de que necesitaban un arma y uno de mis drogos desesperados que sabía que yo estaba en otra parte dio el golpe.

—Yo no me encabrono —le digo—. Yo ajusto cuentas.

A Peligro le gusta oírlo.

—¡Pues de eso mismo te hablo, bato!

Lo que Peligro no sabe es que llegado este punto estoy dispuesto a decirles a él y a su banda cualquier cosa que quieran oír. El secreto está en que no se den cuenta. El secreto está en que crean que estoy con ellos, aunque no tengo la menor intención de estarlo. Si llegué a la edad que tengo fue gracias a que no tomo partido por una banda sobre otra, a menos que me reporte alguna ventaja. Pero es posible que esa época se haya terminado. Tal como se está poniendo Peligro, puede que tenga que elegir bando bastante pronto.

Pero ¿saben qué es lo que me encabrona? Pues cómo fue toda esta mierda. Peligro está pirado desde que se enteró de que fue mi pistola la que mató a Joker, a dos tipos de su banda y a una chava. Y luego, cuando otros dos de su banda salieron a perseguir a los atacantes, fueron recibidos a golpe de escopeta. Uno sobrevivió. El otro no. Así que el precio final de que Joker se chingara a alguien no implicado fueron cinco cadáveres. En mi opinión, se lo merecían, pero a mí nadie me preguntó. Y lo que es más, si no lo dejan en paz, la próxima vez puede ser peor, pero esto ni siquiera les pasa por la cabeza.

Peligro ha estado diciendo en todos lados que se

reabastecieron, saquearon una casa de empeños y consiguieron un par de pistolas, pero necesitan más antes de ejecutar su venganza. Para eso me necesitan, les está diciendo a los miembros de su banda. Contactos. Y todos sonríen y asienten con la cabeza.

Pero están siendo unos estúpidos. Ninguno está pensando en cómo se chingaron a Joker. Fue la ejecución de pandilleros más eficaz que se ha visto jamás, algo que sólo puede hacer alguien que sabe de verdad cómo reacciona la gente a las circunstancias. Fue prácticamente una onda militar. Cuando me enteré, lo primero que pensé fue que sólo podía haberlo hecho Destino, y resulta que no me equivoqué.

Pero el verdadero problema aquí es la razón por la cual Peligro no está usando la cabeza en absoluto: cuando estaba vivo, Joker era su hermano pequeño. Sangre de su sangre. Y los dos eran hermanos de la chica a la que Mosquito disparó en el estacionamiento de aquel antro. Ahora Peligro se quedó de hijo único, y en su opinión todo es culpa de la banda de Destino, así que piensa desquitarse con ellos. Y estas chingaderas personales son las peores de todas. Te nublan el entendimiento. Pero también te vuelven peligroso. A Peligro ya no le importa nada el futuro, solamente el presente inmediato, y va a hacer lo necesario para vengarse por lo que le hicieron.

A ver si me entienden. Peligro está loco y motivado, pero eso no es todo. Ese cabrón juega al gato, pero Destino juega al Risk. Ha estado reuniendo cabrones para defenderse, dispuesto a lo que sea que vaya a venir, eso no lo dudo, y no pienso meterme en un duelo a tiros con él, pero está más claro que el agua que necesito que Peligro piense que estoy de su lado, y ahora mismo este imbécil se está haciendo el macho conmigo.

Con él va una chava de dientes grandes y pelo recogido. Y ella también está en plan imbécil, porque esa mierda es como una gripa, se contagia, y hay gente que es más propensa a contagiarse que otra. No sé por qué la trajo. Esto es un asunto de hombres.

Ella me dice, como si tuviera permitido hablar:

—¿Y cómo abrieron la caja fuerte, eh?

¿Cómo abre cualquiera una caja fuerte? Pues es obvio, carajo. O bien saben la combinación, o bien la averiguan o bien fuerzan la caja. Y ya está. No hace falta ser un genio para entenderlo. Pero no se lo digo. Tengo ganas, pero no se lo digo. Lo que hago es no dignarme a contestar. Ni siquiera la miro.

—Tengo que hacer llamadas —digo, y comienzo a caminar hacia mi coche—. Hacer recados. Recoger cosas.

Peligro me agarra del brazo. Yo me sacudo su mano de encima y le planto cara. En la acera, mi colega Jeffersón se acerca y yo fantaseo, por un segundo nada más, en decapitar a Peligro con un puto machete, de un solo golpe, igual que hacían los escuadrones de la muerte en mi país, los mismos que me dejaron huérfano e hicieron que me mandaran aquí a los tres años a vivir con el tío George antes de que enfermara y se muriera. Llevo mandando en estas calles desde antes de que Peligro llevara pañales. Cudahy, Huntington Park, South Gate y Lynwood. Tarde o temprano necesita mostrar respeto a un gánster de la vieja escuela, antes de que yo se lo muestre a él.

—De acuerdo —dice Peligro, en un tono que sugiere que no lo está—. Pero voy contigo. Ahora estamos juntos en esto, ya sabes. Nosotros contra ellos.

—Obvio —le digo yo, y sonrío como si hubiera estado esperando que él me dijera eso, aunque en realidad siento como si alguien me acabara de clavar el estómago en la garganta de una patada, porque vuelvo a estar donde empecé: atrapado entre una espada, otra espada y la pared, con la diferencia de que ahora la pared es la banda de Destino. Todavía me queda menos margen. Lo noto. Pero sonrío, porque las peores situaciones siempre sacan lo mejor de mí.

2

Esa caja fuerte abierta me compró un poco de tiempo. El suficiente como para bajar a explorar por la calle en busca de alguien que sepa cómo se incendió mi casa. En realidad solamente estoy buscando a un tipo, a un pandillero veterano llamado Miguel, porque conoce bien el barrio y entenderá toda esta situación sin que yo se la tenga que explicar. Así que voy para su casa. Sigue viviendo en esta calle.

Peligro va sentado atrás con su morra dentuda como si yo fuera *El chofer de la Señora Daisy*. Sí. Pero no pasa nada. No pasa nada. De esto me acordaré. Jeffersón va sentado delante conmigo. Tiene ganas de pegarle un tiro a Peligro. Yo lo noto, pero me limito a mirarlo y a asentir con la cabeza, ¿saben? En plan: no pasa nada, Jeffersón. Ya le llegará lo suyo a su debido tiempo, que no es ahora.

Y menos mal, porque justo entonces noto que me siguen dos coches más llenos de tipos de la banda de Peligro. Peligro ve que los he visto, me hace una señal con la cabeza por el retrovisor y me pone una sonrisa de oreja a oreja. Va acomodado como si el asiento de mi Caddy fuera su puto sillón, y le mete la mano entre las piernas a su morra. Yo sonrío, porque no pasa nada, cabrón, ¿saben? De esta chingadera *me acordaré*. Tomo nota mentalmente de todo, y ahora mismo él está sumando a la cuenta pendiente.

Hubo un tiempo en que todo esto me habría desquiciado, toda esta mierda que está haciendo Peligro. Todo es cuestión de ego. Todo es cuestión de ser el más duro. ¿Pero yo? Tengo tres hijos y dos mujeres. Se conocen entre ellas, así que no pasa nada. He visto lo suficiente como para saber que no soy el más duro ni quiero serlo. Lo que sí quiero es largarme de aquí. Y bien lejos. Irme a vivir a los barrios residenciales de San Diego o algo así. Aprender a surfear, ¿y por qué no?

—Oye —me dice Peligro desde el asiento de atrás—. Hace calor aquí dentro. ¿Tienes aire acondicionado en esta carcacha de mierda?

Manejo un Cadillac del 57. Todavía no se había inventado el aire acondicionado. Llevo un aparato de aire lavado en la cajuela y a veces lo saco, pero no se lo digo. A la mierda. Que sude.

—Pues no —le suelto.

—¡Pues deberías! —Como Peligro ve que no le contesto, cambia de tema—. Me estaba preguntando por qué cojones te llaman Momo.

Este cabrón no sabe cómo aparecí yo en los moteles, yendo de uno a otro, traficando, chuleando putas, cualquier cosa que diera dinero. Largándome de un motel cuando aparecían los propietarios o la tira e instalándome en otro. Empezando todo de nuevo. Mi vida eran los moteles, y la gente siempre sabía dónde encontrarme: alojado en un puto momo, que es como llamamos por aquí a los moteles. Le preguntabas a cualquiera y te decía en cuál. No tardó mucho en convertirse en mi apodo. Y siempre era más fácil decir Momo que Abejundio, o sea que eso acabó siendo: un nombre que la gente conocía. Un nombre que la gente temía. Pero una cosa les digo: si uno vive esa vida durante el tiempo suficiente, esa vida de no echar nunca raíces, al final ya no te resulta tan duro empezar todo de nuevo. El tío George me decía siempre que no tienes que dejar atrás nada que no estés dispuesto a perder. Aunque esas cosas siempre suenan mejor en español.

—No sé —le digo—. Me lo puso uno de los gánsters de antaño.

—Y un cuerno —contesta Peligro.

Me encojo de hombros. No me apetece jugar a esto. Todos los jóvenes quieren ser conocidos. Hacen lo que haga falta para serlo. Es como esos rollos del parque Medieval Times. Una vez llevé a mis hijas allí, a Buena Park. Había el caballero rojo y el azul y el verde y el amarillo y todos se ponían de pie y decían de dónde eran y cosas como lo valientes que eran y lo que habían hecho, y mis crías se lo tragaron todo, pero yo me quedé allí sentado pensando: a ver, ¿en qué se distingue esto de la vida en las calles? Todo el mundo es de algún sitio. Todos tienen apodos y a veces títulos. Y también todos han hecho cosas. Viene a ser lo mismo casi exactamente.

Antes de ir a casa de Miguel veo a un vagabundo que camina por el vecindario con la capucha de la sudadera puesta, así que manejo despacio a su lado. Los vagabundos saben muchas cosas y, si no están demasiado locos, normalmente están dispuestos a hablar. Les sorprendería la información que tienen si te molestas en preguntarles. Así que me acerco a él y paro, y antes de que Peligro pueda abrir la bocaza para cuestionar lo que estoy haciendo, digo:

—Oye, bato, te enteraste de que se quemó una casa en esta manzana? ¿Sabes algo?

El tipo se vuelve y resulta que es negro pero con los ojos azules, unos ojos vidriosos del carajo, y me dice:

—He visto a esta ciudad mandarse al otro mundo a pedazos.

Bah, bato, al carajo con estas ondas. Piso el acelerador. El cabrón está demasiado loco para entenderlo, y todos los que estamos en mi coche lo vemos claro, así que sigo manejando hasta la casa de Miguel, que está en la siguiente manzana. Cuando estaciono y salgo, veo la pequeña motoneta europea de su hijo Mikey estacionada en la entrada. No me hace falta tocar el timbre, porque Mikey sale y me recibe a medio camino, con sus tirantes rojos, unas botas negras enormes y una especie de polo abotonado hasta arriba. No tengo ni idea de qué le hace pensar que es normal vestirse así, sobre todo teniendo un padre como Miguel. En otras circunstancias le diría algo, pero ahora no tengo tiempo.

—¿Está tu padre? —le pregunto.

Su viejo era un pistolero chingón en los viejos tiempos, pero ya está retirado. Cuentan que trabajó mucho en East Los Ángeles. Yo solamente tengo respeto por Miguel porque dedicó su vida a lo nuestro y luego lo dejó. Después se arrancó un tatuaje de la mano, uno que tenía entre el índice y el pulgar, para que la mayoría de la gente no llegara a saber nunca que había estado implicado. Pero yo le pregunté una vez por aquella cicatriz y él me contó que había usado un cuchillo al rojo. Ahora es una cicatriz abultada, con pinta de oruga, de tres dedos de largo casi. Como dije, el tipo era de la línea dura.

—No —dice Mikey—. Mi padre no está.

Eso me destantea un poco, pero no mucho, porque sé que Mikey se entera de todo lo que pasa en la calle, gracias a que siempre está de un lado para otro en la motoneta. Y además es listo.

Así pues, le pregunto:

—¿Viste qué le pasó a mi casa?

—Sí —me dice él.

Sonrío y le echo una mirada como diciéndole: «De acuerdo, pues suéltalo ya».

—Vi a un bato esmirriado que tiraba un coctel molotov por la puerta de delante.

—¿Qué tan esmirriado? —digo—. ¿Qué ropa usaba?

Y Mikey me describe con pelos y señales a Bicho: su forma de vestir, su forma de moverse y hasta esa impresión que da siempre de estar hablando solo. Me hago a mí mismo la promesa sin más de matar a ese cabrón o de mandar a alguien que lo mate lo antes posible.

Pero estoy intentando reconstruir mentalmente la escena, así que rebobino un poco:

—¿La puerta del frente estaba abierta?

Porque eso querría decir que Cecilia estaba seguramente coludida, o bien que era una idiota de la chingada, que es otra posibilidad que no me había planteado.

—Sí —me dice.

—¿Y el tipo estaba con una chica?

—No. Ella estaba dentro cuando él tiró el coctel.

Eso me deja un poco atarantado, así que le digo:

—¿Cómo lo sabes?

—Porque cuando el bato se fue, yo asomé la cabeza y la vi tirada en la alfombra.

—¿Muerta? —exclamo—. ¿O desmayada, o algo así?

—Yo no lo sabía, así que la saqué. Me quemé todos los pelos del brazo.

Levanta los brazos y es verdad, tiene el derecho todo liso y el izquierdo todo peludo.

Sólo quiero saber una cosa más, así que le digo:

—¿Y dónde está ella ahora?

—No lo sé —reconoce—. Se fue anoche. Y me robó treinta y un dólares.

Eso encaja con Cecilia. No le puedes dejar una billetera cerca sin que se la robe.

—Saluda a tu padre de mi parte —le digo a Mikey mientras doy media vuelta para irme.

Regreso al coche y arranco enérgicamente.

3

Dejamos atrás Ham Park de camino a Imperial, veo que hay un manchón negro y enorme donde antes estaba el frontón y pienso: ¿por qué carajos iba alguien a quemarlo? Pero Peligro contesta a mi pregunta antes incluso de que yo la pueda formular en voz alta.

—¡*Bien*, joder! —dice Peligro—. Las astillas de esa puta pared eran lo peor, colega. Ahora a lo mejor nos construyen una buena.

Veo una pandilla de zopencos al final del parque, así que voy hacia ellos. Son casi todos chavitos y pirados. Uno de los chavos, que tiene una cicatriz encima del ojo izquierdo, me reconoce y se me acerca con la cabeza un poco gacha, como debe ser. Repaso mi lista a toda prisa: para su información, les digo que se ha abierto la veda contra los saqueadores, y que si no me creen, da igual, porque ya se convencerán en cuanto los encierren. También les digo que no fastidien a los bomberos. Nosotros no hacemos las cosas como las bandas de negros, y que está más que claro que no tendemos trampas en forma de incendios porque nosotros tenemos negocios y no queremos perjudicarlos. Si me entero de que alguien está armando incendios para hacer venir a la tira y a los bomberos aquí, lo encontraré y me lo chingaré al estilo jamaicano, igual que hacen en Harbor City: ya saben, les echas cloro por la garganta bien despacio con un embudo y los dejas morir en las vías del tren, quemándose por dentro.

—Ahí te pasaste un poco —dice Peligro, mientras me alejo manejando—. Tengo que acordarme de ésa.

Tampoco contesto a esto, pero sonrío para que vea que lo he oído porque es la clase de persona que no soporta que no le hagan caso.

Nos paramos en el Cork'n Bottle porque necesito pasar por la teléfono público que hay enfrente. Técnicamente está en el muro de la tienda de llantas, pero al lado.

Y claro, Peligro me pregunta por qué, así que le digo que necesito hacer llamadas para organizar las cosas. Que la clase de gente con la que nos conviene hablar no se toma a bien que te presentes sin avisar. Es mentira. Pero Peligro se lo cree. En realidad llevan un negocio de lo más profesional. Yo me he presentado muchas veces sin avisar cuando necesito algo y ellos siempre me lo solucionan.

Estaciono en la parte de atrás y le hago un gesto con la cabeza a Jeffersón para que sepa que debe quedarse en el coche y vigilar a los tortolitos para que no cojan sobre mi tapicería.

Cuando estoy saliendo, la chava dentuda me dice:

—Oye, tráeme uno de esos tés helados con limón.

Peligro y su chica se doblan de risa mientras los dos coches llenos de gente de su banda se paran detrás y bloquean el callejón. Calculo que tengo dos minutos antes de que les entre el ansia por largarse otra vez.

Marco un número que me sé de memoria pero suena y suena sin que nadie conteste. Lleva así dos días. Me está sacando de quicio.

Así que cuelgo y llamo a Gloria. Suena el tono.

He estado intentando pensar en un mensaje que dejar, de hecho llevo preparándolo unos tres meses. Pero es jodido. O sea, cómo le dices a una chica que es la única a la que has querido jamás, la única que te ha mantenido a raya y a quien le ha ido de maravilla desde que te dejó y se metió de enfermera y así, y que necesitas oír su voz una vez más, y que necesitas decirle que estás listo para volver a ver a tu hijo, porque también es tuyo, y...

—¿Diga? —Es Gloria. Parece agotada.

La cabeza me late a mil por el mero hecho de que haya contestado el teléfono, así que lo único que se me ocurre es:

—¿Ho-hola? ¿Eres Gloria?

Muy hábil. Me queda claro que la cagué cuando ella se da cuenta de que soy yo y se queda sin aliento, y es que me dijo que no la volviera a llamar nunca, jamás.

—Treinta segundos, Abejundio. Te estoy cronometrando. Empieza.

Es la única persona en mi vida que me ha llamado así, aparte de mi familia.

—Te llamo —hago una pausa para mirar hacia atrás y hacia un lado, en dirección al estacionamiento, para asegurarme de que nadie puede oírme—, te llamo porque voy a abandonar esta vida.

Ella suelta un bufido. No la culpo.

—Veinte.

Cuando me dice eso me entran el pánico y los nervios, así que sigo:

—Me apañaron los sheriffs. No puedo hablar del tema. Pero los he estado ayudando y ellos me van a ayudar a salir. Nos van a ayudar.

Ella se limita a decir:

—Diez.

—O sea, podemos irnos juntos. Tú y yo y nuestro hombrecito. A algún sitio muy lejos de aquí. Sé que hace mucho que no veo a mi hijo, pero he hablado con los sheriffs y dicen que nos pueden llevar a los tres. Lo llaman, hum, lo llaman reubi…

El teléfono hace un clic al cortarse la comunicación. Me quedo mirando un segundo el auricular. Yo soy consciente de que me ha colgado pero mi corazón todavía no: sigue acelerado, sigue desbocado de felicidad por oír su voz, sigue intentando dar explicaciones, pero entonces mi cerebro le dice que se calle la puta boca porque ya quemé este puente y mi corazón se estrella contra una pared de ladrillo mientras cuelgo y le meto otra moneda al teléfono.

Me queda otra llamada por hacer.

4

Antes de marcar el número echo otro vistazo por la esquina, y a continuación al otro lado, para asegurarme de que nadie ha rodeado el Cork'n Bottle. Marco el primer número que marqué, pero tengo el presentimiento de que no hay nadie en el escritorio del detective sargento Erickson, en Homicidios del Condado. También tiene un despacho en Commerce, en las inmediaciones de Eastern, donde solamente estuve en una ocasión para hacer papeleo después de cambiar de coche dos veces para estar seguro de que no me seguía nadie. En cuanto entré en el sistema, ya me quedé dentro.

No suelo llamar casi nunca. Sí, ser un soplón te obliga a estar en contacto, pero en realidad casi nunca es por teléfono. Casi siempre me interrogan en un coche que da vueltas por ahí. O sea, salgo a pie de mi barrio, me aseguro de que no me sigue nadie y entro en un coche de la policía sin distintivos y con las ventanillas polarizadas y ellos encienden la grabadora y me hacen preguntas y yo les cuento lo que sé. No voy a testificar hasta que tengan preparadas todas las acusaciones, pero eso tarda una eternidad.

Salta el contestador y me dice lo que ya sé: que estoy llamando al escritorio de Erickson y que deje un mensaje.

—Soy el informador confidencial. —Y a continuación tengo que dar mi número de identificación, y lo doy, para que vean que estoy en la base de datos, y después me pongo a susurrar a toda madre—: Llevo dos días llamando y ya sabes que no dejo mensajes. Si esto fueran putas circunstancias normales, no haría esto, pero tengo broncas muy gachas encima y necesito que me recojan y me saquen de aquí, porque cuando esto explote va a dejar un montón de muertos. Creo que va a ser en Duncan. En la avenida Duncan. Esta misma tarde o esta noche. Cuando lo sepa, llamaré, pero dentro de dos horas estaré de vuelta en mi almacén. *Tienen* que venir a recogerme.

Vuelvo a mirar atrás y a los lados. No hay nadie mirando, o sea que respiro.

Al principio Erickson me presionó mucho sobre el tema de las bandas, así que le conté cuatro cosas para tenerlos pendientes. Les di sobras, ya saben, pero sobras verdaderas. Les dije que se rumoraba que Mosquito se había agarrado a tiros en el antro y se había chingado a la hermana de Joker, y que tarde o temprano iba a haber una venganza, pero la venganza no les interesaba tanto como resolver el asesinato en sí. Así fue como me enteré de que llevaban desde entonces intentando echarle el guante a Mosquito, pero que andaba desaparecido porque Destino es demasiado listo para tenerlo dando vueltas por ahí.

Por supuesto, no les conté que yo había estado presente, que Cecilia me estaba comiendo la verga en el estacionamiento cuando Mosquito se acercó a aquellos dos y disparó. También oí el principio de la discusión, cuando Mosquito se estaba alejando y el novio de la hermana de Joker se puso a gritarle que iba a violar a su hermana Payasa, con un cuchillo y todo eso. A ver, a mí me gustan los cuchillos, como a cualquiera, no hay nada mejor para hacer hablar a alguien, pero la frasecita era culera, y el bato se la soltó bien alto y fuerte, y se sintió muy orgulloso. ¿Tanto le sorprendió después que Mosquito volviera a por él?

Después de comprobar que mi información era cierta y de clasificarme como fiable, Erickson me contó que estaban mediando, así lo dijo, «mediando», con el FBI para intentar cazar a algunos pandilleros de peso. A punto estuve de reírme en su cara. Claro que no conozco a pandilleros de peso, le dije, pero sí sé quién manda en las calles. Luego le dije que, si quería a pandilleros de peso, más le valía ponerme en el puto programa de protección de testigos porque no le pensaba decir ni pío sin antes cambiarme el nombre por Theodore Hernandez y mudarme a Argentina. Lo que pensaba hacer después para demostrarles que no les estaba tomando el pelo, sin embargo, era entregarles a varios jamaicanos de Harbor City. Eso les interesó mucho.

Según tengo entendido, esos casos están a punto para hacer detenciones y formular cargos, y por eso ya casi es hora de largarme. La semana pasada me dijeron que hiciera las maletas y las hice. Tengo una bolsa en la cajuela. Ya estoy listo para irme, pero ahora no encuentro a nadie y, si quieren que les diga la verdad, da un poco de miedo.

—Oye —me dice Peligro cuando sale de la tienda con algo en la mano que debe de ser el último té helado de toda la tienda saqueada—, ¿has terminado o qué? Vámonos.

Y se vuelve para irse, pero al cabo de un momento se da la vuelta, se busca en el bolsillo y me dice:

—Qué malos modales tengo. ¿Quieres un chicle de arándanos?

Y por primera vez desde que lo vi hoy, Peligro se queda muy callado.

—A mi hermano le encantaba esta mierda —dice—. Le encantaba *de verdad*.

5

De camino a Harbor City pienso que es una lástima que la tienda de armas se quemara, porque habría sido un sitio ideal para ir a robar, y ahora yo no tendría que pagar precios de emergencia por las putas pistolas para avituallar a Peligro y a su banda. Voy a tener que pagar unos ocho mil pavos para salir de ésta.

Vamos a ver a un tipo que conozco en Harbor City llamado Rohan. Es el tipo que me enseñó lo del cloro. En unas instalaciones de oficinas de ladrillo rojo al norte de la Pacific Coast Highway, donde Frampton da vuelta y se convierte en la Doscientos cuarenta, tiene un pequeño almacén bastante bien escondido de la calle, y hasta con árboles alrededor, lo cual es agradable. El almacén tiene una puerta de garaje en el costado que se abre para recibir las entregas, y es ahí donde nos está esperando.

Es un tipo alto, medio metro más alto que yo, jamaicano pero mestizo, parte blanco, parte negro y parte oriental, creo. Esto último se le nota en la forma de los ojos. En el almacén tiene una tienda de suministros de plomería, completamente legal. El interior está repleto de toda clase de tuberías y accesorios. También ha estado practicando español.

—¿Qué pasa, hermano? —me dice Rohan en español.

Oigo que Peligro le susurra a uno de su banda detrás de mí:

—¡Qué onda, bato! ¡Este cabrón jamaicano habla salvadoreño!

No sé si Rohan lo ha oído, pero no dice ni pío. Lo que hace es preguntar también en español si tenemos dinero:

—¿Tienen feria?

Asiento con la cabeza y él nos acompaña a su despacho, donde tiene música puesta.

Andando con jamaicanos se aprende de reggae. O sea, ahora me doy cuenta de que por una vez no está sonando Shabba Ranks. Lo que suena de fondo es Toots and the Maytals interpretando uno de sus álbumes en vivo, concretamente la rola que trata de un número de presidiario, *54-46*, y es raro lo apropiado que resulta. La grabación es de un concierto de los ochenta, en el Palais de Hammersmith. Yo sé estas cosas porque para Rohan es importante que las sepa, y que respete su cultura, como dice él. Yo no he estado nunca en Inglaterra, pero lo más loco de todo es lo fuerte que canta el público en el disco cuando Jeffersón, Peligro y yo nos sentamos en el despacho de Rohan.

Rohan ya conoce a Jeffersón, y ahora le presento a Peligro, y Peligro se las arregla para no hacer más idioteces, lo cual resulta útil. La venta es rápida e indolora, o por lo menos todo lo indolora que puede ser si no te importa pagar dos mil dólares extras, y es que ahora Rohan decide redondear el precio de seis escopetas y quince pistolas semiautomáticas de marcas diversas, todas sin registrar, a diez mil dólares, porque, tal como me pregunta, ¿acaso no veo que la ciudad entera está buscando armas?

—Y si tenemos buenas vergas —dice Peligro, ansioso por poner las manos sobre las armas—, podemos cogernos lo que sea.

No sirve de nada discutir. Llevo nueve mil en efectivo, que ahora Jeffersón va a buscar al compartimento de la puerta del pasajero, y cuando Rohan los pasa por los contadores de billetes me dice que sabe que puede confiar en mí y sabe que le pagaré el resto, y que es un placer hacer negocios conmigo, y me pregunta si sé qué es lo que está sonando por los altavoces. Cuando le digo que es Toots, se ríe y luego sonríe, orgulloso de mí. Me pregunto si llegará a saber que fui yo quien lo entregó a los sheriffs cuando entren en su casa dentro de poco. Se lo merecerá por subirme el precio de esta manera, puto chupasangre. Yo le devuelvo la sonrisa desde mi lado de la mesa. Me muestro de lo más afable y le doy las gracias antes de salir.

Me quedo de pie en el estacionamiento, donde sólo están nuestros coches, mirando cómo cargan las armas metidas en unas cajas de tuberías de aspecto común y corriente dentro de las cajuelas de los coches de la banda de Peligro, y pienso: gracias a Dios que me puedo lavar las manos de esta mierda. He cubierto de sobra lo que me pedía la banda de Peligro dándoles todo este respaldo, pero para mí no ha sido más que una jugada para librarme de ellos, porque tengo la premonición bastante fea de que los peces gordos no van a estar contentos cuando se enteren de que las bandas de Destino y de Peligro se están enfrentando, y mucho menos si saben que yo he intervenido, pero ahora ya no hay vuelta atrás. Es inevitable y no tengo ni idea de cómo va a acabar. Casi no quiero ni saberlo, pero, a juzgar por cómo está el ambiente en este momento, tiene aspecto de que va a ser un auténtico *Due-*

lo de titanes, en el que ganará el último que quede de pie, porque estos cabrones no van a estar bromeando.

Los veo terminar de cargar y cerrar las cajuelas de sus coches. Estoy a punto de dedicarles una despedida de pandilleros, pero Peligro me mira de reojo:

—Ya no hay nadie en la reserva, colega. Tú te vienes con nosotros a trabajar. Nos has respaldado y ahora estás con nosotros.

Sonrío porque al oír esto me da la impresión de que se me arruga la parte de abajo de los pulmones. Intento respirar con normalidad y no puedo, pero al carajo, sé representar un papel cuando tengo que representarlo.

Le dedico otra sonrisita mientras le enseño la nueve milímetros que llevo en la cintura, también con la empuñadura envuelta en venda adhesiva porque odio que me sude la mano cuando estoy empuñando una, y le digo:

—A toda madre, bato, estaba esperando que me lo dijeras. Trazaremos un plan y…

—¿Un plan? —Peligro se ríe—. Vamos ahora. Ataque sorpresa. Onda guerrillera, hermano.

Hasta ahora le he seguido la corriente, pero esta mierda es directamente un suicidio, y de pronto lo entiendo. Lo que Peligro tiene planeado es justamente una misión suicida. El estómago se me convierte en una dona sólo de pensarlo, de ninguna forma puedo participar en eso.

—Me temo que no —le digo—. Destino tiene el bastón de mando de Lynwood.

Si cometen alguna estupidez como asaltar una casa o algo así conmigo a rastras, estamos todos acabados. Da igual que sobrevivamos, estamos acabados. Pondrán precio a nuestras cabezas. Mi estómago ya no es una dona, ahora es un agujero negro que intenta tragarse mi cuerpo entero desde dentro.

—Carajo, Momo —se queja Peligro—. Yo creía que tú leías libros y mierdas de ésas. El bastón de mando es una simple cosa, y está para *robarlo*, bato. Lo puede tener cualquiera. Cuando se muere un rey, tiene que venir otro, ¿verdad? El rey ha muerto. ¡Viva el rey!

Los tipos de su banda se ponen a asentir con la cabeza.

—Y además —me dice—. No recuerdo haberte dado a elegir.

Noto que la sonrisa se me endurece en la cara mientras asiento con la cabeza y empiezo a sudar, porque de verdad no me puedo creer lo idiota que es este bato, y sé que no hay forma de escaparme de esto, así que le hago un gesto con la cabeza a Jeffersón para que entre en el coche, y yo entro también, y rezo porque Erickson haya recibido mis putos mensajes cuando regresamos por donde llegamos, pero ahora los coches que nos siguen llevan mucho más peso en los ejes porque van cargados con un arsenal capaz de aniquilar un barrio entero.

DÍA 4
SÁBADO

«AQUELLO ERA EL SALVAJE OESTE PERO CON LAS CALLES
ASFALTADAS.»

RONALD ROEMER, EXJEFE DE ESCUADRÓN DEL DEPARTAMENTO
DE BOMBEROS DE LOS ÁNGELES, HABLANDO DEL TIEMPO
QUE PASÓ TRABAJANDO EN SOUTH CENTRAL

BENNETT GALVEZ, ALIAS PELIGRO, ALIAS PELIGRO G.

2 DE MAYO DE 1992
1.09 H

1

Cuando estoy a punto de hacer algo malo no tiemblo, pero sí sudo. Se me recalienta el pescuezo, como si me hubiera quemado el sol o algo así, y también me suda mucho. No lo puedo evitar. No lo puedo parar. Estoy hecho así. Es lo que hay. Por eso ahora mismo estoy usando el cuello de mi camisa para secarme, para recoger el sudor con la tela, porque vamos en dos coches a esta misión y yo ya solamente vivo para dejar tirada a esa morra de Payasa en medio de un charco de su propia sangre por lo que hizo, porque en mi barrio no se puede atacar a mi familia de esa manera sin pagarlo. Quiero que sienta lo mismo que yo llevo sintiendo estos dos últimos días. Lo *necesito*. Porque no puedes chingarte a la única hermana y al único hermano que he tenido y esperar otra cosa.

No se lo he contado a nadie, pero llevo ardiendo desde que vi morir delante de mí a Ramiro. Tengo el cuerpo raro. A veces noto un poco de calor en los pies, en las plantas, y también en la parte de atrás de las rodillas, y otras veces es el cuerpo entero que me da la sensación de que va a arder, y no puedo pararlo. A veces el calor varía dependiendo de lo que pienso, o sea, de las cosas en que estoy pensando. Y aumenta cuando me viene cierta escena a la cabeza. No lo puedo evitar.

Yo estaba en la sala de estar, esperando la cerveza que mi morra me iba a traer de la cocina, y recuerdo que pensé en lo feliz que estaba por habernos chingado a uno de los suyos, al tal Ernesto. ¡Por fin!, pensé. Era agradable, ¿saben? Tuvimos que esperar un mes para vengar a mi hermana pequeña. Mis padres salieron en las noticias y todo. Tuvimos que hacer el funeral en la casa con el ataúd al lado de la tele apagada, y a la funeraria no le hizo mucha gracia, pero lo hicieron porque yo les pagué, y yo les pagué porque mi madre se habría suicidado si su niña no hubiera venido a casa aunque fuera una última vez. Después tuvimos que ir en caravana al panteón para enterrarla. Tuve que ver cómo metían a mi hermanita bajo tierra, en un hoyo con unos bordes muy gruesos de pasto artificial. Tuve que estar justo al lado y oír los engranajes de la grúa que la bajó al fondo. Hacía un ruido como de perro mordisqueando una cadena de metal. Creo que no podré olvidar nunca ese ruido, ni aunque quisiera. Tuve que ser el primero que tiró una palada de tierra porque mi padre no fue capaz. No es que no quisiera, es que no fue capaz. Estaba sentado en su silla de ruedas, con el sombrero en las manos, así que Joker y yo tuvimos que adelantarnos para echar la tierra sobre el ataúd de nuestra hermanita. De nuestra Yesenia. Y cuando la tierra golpeó la madera, mi madre se puso a gemir. Con unos berridos superagudos. Ese ruido no se olvida. Se te queda en los oídos. A veces te despierta por las noches.

De forma que sí, en cuanto me enteré de que el tipo que trabajaba en el camión de Tacos El Único era familia del mismo Mosquito que había matado a nuestra Yesenia, y que de hecho era su hermano mayor, cosa que yo no sabía porque no estaba implicado ni nada, la cosa se puso en marcha. Hasta entonces aquel tipo no tenía nombre. Cuando por fin lo descubrí, empecé a llamarlo el hermano cadáver de Mosquito. Así lo estuve llamando delante de toda mi banda, y al principio ellos se reían porque quizá no se daban cuenta de que lo decía completamente en serio.

Tengo que ser sincero, me importa un carajo si estaba implicado o no. Por lo que a mí respecta, Mosquito lo puso sobre la mesa. Si Mosquito mata a mi hermana y desaparece, pues mira, es lo que pasa. Básicamente fue Mosquito quien mató a su hermano mayor cuando se escapó como una rata cobarde en vez de encarar lo que se merecía como un hombre. Así pues, cuando esta ciudad decidió entrar en guerra por todo ese rollo de Rodney King, se me ocurrió que había llegado el momento de decirle a Joker que se pusiera a seguir a ese cabrón y tratar de recuperar un poco al menos de lo que nos habían robado al matarnos a Yesenia. No conseguimos al que queríamos, a Mosquito, pero nos chingamos a uno de los suyos y la cosa quedó pareja. Mi hermana pequeña por tu hermano mayor. Me pareció justo. Ya está, pensé.

Y aquella misma noche me quedé de pie en aquella misma sala, mirando la carpeta con canarios que hay encima de la tele y que mi madre dobla tres veces para que no cuelgue demasiado, y también los cirios votivos altos y relucientes que había colocados encima de todo, con sus santos pintados y un Cristo con un corazón grande y rojo flotando en el pecho. Delante de los cirios, una foto de mi hermanita de hace tres años, sonriendo con sus frenos en la boca, que no paraban de hacerle heridas, y Ramiro y yo también los necesitábamos, pero por entonces mi padre cobraba su pensión de invalidez y solamente tenía ahorros para ponérselos a ella; y a la izquierda de todo esto quedaba el espacio vacío donde había estado el ataúd de mi hermana durante el funeral, y recuerdo que la noche en que murió Ernesto me quedé mirando aquella zona de la alfombra y pensé que de pronto el espacio donde había estado su cuerpo ya no se veía tan vacío, ¿saben? No estaba lleno, pero tampoco vacío del todo. Estaba vengado. Estaba pagado.

Y lo que pasó a continuación sigue volviéndome loco. No paro ni un momento de ver la escena en mi cabeza. Una y otra vez, sin parar. Empieza cuando mi chava me trae la cerveza en uno de esos vasos de plástico rojos y relucientes, toda sonriente como si estuviera orgullosa de mí, apartándose el pelo por detrás de la oreja con la otra mano, y de pronto: pum. Fuera. Un disparo. Y mi morra dio un brinco de la sorpresa y la cerveza salió disparada del vaso y me llegó volando por el aire, y cuando me cayó encima me dejó completamente empapados los bajos de la camisa y la cintura de los pantalones militares.

Supe que era el retumbar de una pistola. Ya lo sabía mientras me daba vuelta hacia las puertas de cristal del patio. Y por encima de las cabezas de la gente vi que Joker caía y que le brotaba sangre de la oreja, o del cuello, o de no sé dónde, y al verlo, lo último bueno que yo tenía dentro, lo último bueno que me quedaba, se rompió en un millón de pedazos, aunque por entonces no lo supe porque estaba demasiado ocupado mirando a la chica de los guantes de encaje y la pistola en alto, que a continuación apuntó a Fox y le reventó el pecho hasta la misma espalda, y aquello dejó tanta sangre que pareció que alguien hubiera hecho estallar una botella de cátsup contra la pared de concreto de detrás, y...

Ahora Momo me dice desde el asiento de atrás:

—¿Estás bien o qué?

Pero no es una pregunta de verdad. Su tono es de superioridad, como si fuera mejor que yo. Pero si no me hubiera dicho nada, no me habría enterado de que estoy agarrándome el cuello de la camisa y restregándomelo de un lado a otro por el cuello mojado como si fuera una toalla o algo así. Debo de haber estado haciéndolo sin darme cuenta.

—Tú no te preocupes por mí —le digo—. Preocúpate por *ti*.

Pero suelto el cuello de la camisa. Me pongo las manos en el regazo. Ya casi hemos llegado. Ya casi estamos en el andador de cemento que tanto les gusta a esos cabrones. Ya casi es hora de acabar con esto.

Últimamente he estado así, como perdido por dentro, sin darme cuenta de las cosas y perdiendo la noción del tiempo. Ya empezó a pasarme al morir mi hermana pero entonces no era tan grave porque no se murió delante de mí. No vi su sangre. Pero la de Joker... Sí. Y demasiada.

Me acuerdo de que me puse a correr hacia las puertas y que la gente se alejaba de ellas, y de que hubo más disparos, y yo no podía ver nada porque tenía delante a demasiada gente, y me puse a gritarles que se apartaran, carajo, mientras las puertas corredizas del patio se abrían, y entonces oí un estruendo tremendo, como de una 357, o de una 44, un arma grande. Pero no me importaba de dónde viniera, porque yo seguía abriéndome paso hacia la puerta, apartando a imbéciles a patadas, a trancazos, me importaba todo un carajo, porque estaba intentando llegar hasta Ramiro, y cuando salí por la puerta me olvidé de que había un par de peldaños de cemento y me caí, me raspé de mala manera la rodilla izquierda y las palmas de las manos, pero no sentí nada, me levanté y llegué donde estaba mi hermano, y él todavía respiraba y se me quedó mirando mientras le temblaba todo el cuerpo e intentaba… ¿qué? ¿Hablar? Y la única palabra que me vino entonces a la cabeza fue «no», y me dediqué a repetirla una puta vez y otra, tantas y tan deprisa que la palabra perdió el significado. Solamente era un ruido que me salía de dentro cuando Ramiro dejó de respirar, aquel fregado niño al que enseñé a andar en bicicleta porque mi padre no podía por culpa de su silla de ruedas. Me quedé con aquel fregado renacuajo en brazos, aquel renacuajo que siempre había querido ser como yo, y pensé, bah, se está quedando conmigo. Ya volverá a respirar. Me está tomando el pelo. Así que me reí, en plan «tal vez sea lo que está esperando, que me ría para volver a respirar»… Pero no respiraba. Los pulmones no se le inflaban, al contrario, se le estaban desinflando del todo. Y le salió un borboteo del cuello, así que se lo intenté tapar con las manos. No lo pude evitar. Le intenté tapar el orificio de la bala, que era del tamaño de una moneda de diez centavos. Lo apreté con las dos manos. Fuerte. Lo apreté y lo apreté pero noté que el corazón ya no le latía. Y seguí diciendo que no. En voz baja. No en plan fuerte y dramático, simplemente no. No. No. No. Y justo entonces retumbó el estruendo más grande de todos. La escopeta.

Seguramente debe de ser por esto por lo que llevo sin dormir desde que pasó, sin dormir de verdad. Bebo para dejar de ver la cara de mi hermano en aquellos momentos. Tomo drogas para dejar de ver su cuello reventado.

Es lo único que puedo hacer. Lo único que me permite dormir es perder el conocimiento, pero cuando abro los ojos después de varias horas, todo es lo mismo. Todo sigue ahí, dentro de mi cabeza, y me duele todo y sigo ardiendo. Es lo que pasa.

Estoy superserio cuando me hago una raya de coca bien grande sobre el pulgar, después de que nos juntamos los dos coches y estacionamos en Virginia. La raya también me hace arder. Después me guardo bien adentro todos los recuerdos que tengo de Joker, porque es hora de trabajar. Como si pudiera abrirme las costillas y guardármelos todos y volver a cerrarlas y coserme bien. Así es como me lo guardo dentro. Muy cerca. Al cabo de poco me siento como si tuviera relámpagos dentro, dándome energía. Y está bien porque ahora mismo ya no puedo ser yo. Ya no puedo ser Bennett con todas sus putas preocupaciones. Tengo que ser Peligro. Tengo que ser ese que todo el mundo sabe que está listo para la batalla pase lo que pase.

En la calle no hay nadie más que nosotros y un cabrón negro con facha de vagabundo que está buscando en los botes de basura de la manzana. Hace días que nadie recoge la basura pero la gente la sigue sacando. Subnormales. No me hace falta mirarlo con atención para saber que es el mismo chiflado al que Momo preguntó si sabía algo del incendio de su casita y el tipo le contestó con galimatías de loco, no sé qué de irse al otro mundo a pedazos.

Aparte del loco que arrastra los pies, esto es una ciudad fantasma. La manzana entera tiene las luces apagadas y las cortinas echadas, no brillan más que los faroles. Lo bonito es que por aquí huele a flores, no sé de qué clase, y solamente una pizca a humo. Ya hemos cruzado la frontera, estamos justo al lado de ese camino que llaman el andador. Me habló de él mi hermano pequeño. Sé que Destino y su banda lo usan de ruta de escape de los sheriffs y de lo que haga falta, pero para mí ahora mismo es un camino que lleva directo al corazón de su territorio.

2

La puta coca me está subiendo y ya me siento mejor. Más fuerte. Siento que es hora de reunir a los nuestros y sacar nuestras putas cartas. Hemos venido nueve de la banda, sólo el núcleo duro de veteranos, porque en esta misión no podemos permitirnos cagadas de ningún mocoso que esté intentando hacer méritos. Todos saben que es una misión suicida, pero están dispuestos porque lo estoy yo. Llevo mucho tiempo haciendo esto y ya soy intocable. Nadie espera que asaltes una casa y te chingues a la gente en su sillón, en plan banda de locos. Pero yo lo sigo haciendo y aún estoy vivo. Y ahora mismo, mi carta que nadie se espera es que nada me importa. Me da todo igual. Antes, este tipo de misiones las hacía yo solo. Nunca he tenido que montar una operación así de grande. El mero hecho de traer a todo el mundo a Atlantic ya fue una chinga. Por aquí hay más Guardia Nacional patrullando, o apostada en los cruces, así que no pudimos juntar un convoy de coches. Tuvimos que ser listos y evitarlos repartiéndonos en dos coches distintos, cuatro en uno y cinco en el otro, tomando dos rutas diferentes y por fin reuniéndonos para estacionarnos.

Porque no íbamos a molestar a la Guardia Nacional. Tenemos a gente dentro, reclutada y desplegada en Inglewood. ¿Creen que no hay gánsters dentro de la Guardia? Carajo, pues a ver si se enteran. Nosotros tenemos a tres. Pero no les voy a decir sus nombres. Estoy seguro de que otras bandas también tienen miembros dentro. Resulta que es una forma excelente de aprender sobre armas, tácticas y esas cosas. Todo para el barrio, ya saben.

Le dije a Momo que atacaríamos a Destino y a los suyos por la tarde, justo después de ir a ver al jamaichino al que le chingamos toda la artillería pesada, pero no fue así, no era el plan en absoluto. Le mentí. Que se chingue. Nunca habríamos hecho algo así a plena luz del día. Además, teníamos cosas que hacer antes. Teníamos que asaltar a un supervisor de libertad condicional y hacer una fogata bien buena con ciertos expedientes para que ciertas personas no tengan que ir a la cárcel.

Fue tan divertido que tuvimos que drogarnos para celebrarlo. Bueno, voy a repetirlo pero esta vez correctamente: fue Momo quien nos invitó la droga a todos porque tiene un corazón de oro, porque es un tipo generoso y está claro que no está intentando salvar su pellejo como si fuera una víbora. Me refiero a una de esas víboras que te muerden en cuanto te distraes.

Momo lleva semanas raro. No soy el único que lo nota. No contesta el localizador ni a las preguntas que le haces cuando lo tienes delante. Ha estado desapareciendo, ¿saben? Si no lo conociera, diría que se está preparando para delatar a alguien, porque cuando yo lo conocí, cuando lo conocí *de verdad*, no era así. No hablaba mucho, pero era un bato auténtico, y desde que noté que no me estaba diciendo la verdad acerca de por qué no me contestaba el localizador, cuando ya sabíamos que la pistola que se chingó a Ramiro era suya, desde entonces tengo razones para sospechar, y no pienso ser sincero con él.

Mi morra también me dijo algo inteligente, que no

debo dejar que Momo se acerque a ningún teléfono por si acaso intenta llamar a alguien para quejarse de que no lo estamos tratando con respeto, así que hice eso y también algo más: mandé a su casa a su muchacho, Jeffersón, apuntándole con mi escopeta nueva. No le ha gustado ni un pelo verse encañonado así, pero ¿qué iba a hacer? Pues dejar de hacerse el duro y largarse, caminando hacia atrás porque no quería quitarme la vista de encima. Qué otra cosa podía hacer.

Mientras su muchacho se estaba yendo, le dije a Momo que no necesita más protección que la mía. Y por eso ese cagón está a mi ladito en este momento, con aspecto de estar muerto de miedo, agarrado a esa fusca suya que parece rota de tanta venda que lleva porque la mano le suda, porque nunca la dispara, ni más ni menos.

Lo miro y le digo:

—Te quedaste sin preguntas ingeniosas que hacerme, ¿verdad?

—Hay un momento para hablar —me dice—, y un momento para actuar.

Se hace el duro, pero se le nota que no quiere hacer esto, solamente está aquí porque sabe que si se niega le arrancaré la cabeza de los hombros desde un metro de distancia. Eso es lo bonito de haberme quedado una de las escopetas. Me lo podría haber cargado antes pero es mucho más divertido obligarlo a desfilar conmigo.

Les digo a los dos conductores que esperen y que no apaguen los motores porque en cuanto estemos listos para salir de aquí vamos a tener que largarnos en chinga. Luego le digo a Momo que salga él primero y vaya delante de mí. Por si me hace falta un escudo, ¿saben? Momo y los otros seis salimos en plan ejército, somos puro sigilo mientras cruzamos ese andador de cemento donde no se oyen más que nuestros pasos y las ramas y las hojas que vamos apartando. El saber que no nos van a ver venir me arranca una sonrisa. Somos el puto Vietcong. Por Ramiro, por Fox, por Blanquito, el que murió junto a la reja, y por todos los demás que pagaron el pato en la fiesta.

Cruzamos por un callejón que tiene garajes a los lados y luego volvemos a coger el andador y salimos por Pope, formando una hilera como de hormigas larga y veloz. Miramos en una y otra dirección pero tampoco hay nadie, así que cruzamos por otro callejón hasta la avenida Duncan. Momo va primero y yo después. Enseguida diviso la casa donde viven Destino y esa tortillera de Payasa y los demás y recorro al trote la puta manzana.

Resulta que al final Momo sí ha servido para algo, porque la información de dónde viven nos la dio él. Yo le pregunté cómo estaba tan seguro y él me contó que cuando sus drogos están viajados lo cantan todo, y que hay un cabrón que se llama Bicho que cuando anda loco no deja de hablar, así que Momo a veces lo interroga acerca de la banda de Destino para enterarse de lo que está pasando. Y cuando me contó eso, yo asentí con la cabeza, porque es buena estrategia pero también es típico de una víbora.

En este momento la casa nos queda al otro lado de una alambrada alta hasta la cintura, y yo la sigo con la vista hasta los tres buzones que hay delante de un camino de entrada compartido que llega hasta la parte de atrás. A la derecha de ese camino de cemento está la casa. Es un bloque cuadrado de estucado de color arena, con un tejado que hace pendiente hacia la calle como si fuera una gorra de beisbol bien calada, y sostenido por seis postes espaciados. Entre los dos postes de en medio está la puerta de entrada, y a los lados hay ventanas con vista al jardín más patético que he visto nunca.

Todas las persianas están cerradas a cal y canto pero en la ventana de la izquierda se ve una rendija de luz procedente de dentro, de una lámpara o algo. También se vislumbran los colores de una tele. *Bien.*

En ese momento levanto la mano y me adelanto para tomar el camino de entrada de la casa, que lleva directamente a la puerta. Sin vacilar. Por Ramiro. Por nuestra Yesenia. Cuando estoy bien situado, planto los pies y los demás hacen lo mismo. Cuando abro fuego, los demás hacen lo mismo. Nos ponemos en plan Al Capone, una hilera de gánsters vaciando los cargadores.

Los barrotes de la ventana no nos detienen pero de algo deben de servir porque no paro de oír ping-ping-ping, y me parece raro pero no le doy demasiada importancia porque reventamos los cristales por completo. Salen despedidos por todas partes, por el porche y por el césped.

Me río mientras le pego un tiro a la reja de la puerta, en plan yeepaa, porque me siento invencible, y a juzgar por cómo se dobla y se ondula cuando le disparo con la escopeta, se nota que no es de hierro, a continuación recargo y vuelvo a disparar, y cuando ya está colgando, camino hasta ella porque estoy de subidón y la arranco a patadas de los goznes y tiro de la manija, y como el mango está todo dañado por las balas me quedo con él en la mano, y suelto:

—¡Sí, señor!

Tomo todo el impulso que puedo y le doy una patada a la puerta, con todas mis fuerzas, y es una puerta de madera sin manija ni cerrojo, o sea que debería reventarla de la patada.

Pero no. ¡El pie me rebota, carajo!

Y se me queda el talón dolorido. Y la rodilla.

Así que le doy otra patada. Pero sucede lo mismo. Ni se mueve.

Detrás de mí, alguien dice:

—¿Qué carajos pasa?

Echo un vistazo al agujero que hay donde estaba la manija, pero resulta que no hay agujero. O sea, sí que hay agujero pero detrás hay algo más. Hierro.

Lo empujo con fuerza con la boca del cañón pero no se mueve. Debe de ser tan grueso como una tapa de coladera. Está abollado por las balas le paso los dedos por encima y está tan caliente que me los quema, y los aparto de golpe, ¿qué carajos es esto?

Y en ese instante me doy cuenta y es como si me tiraran un chorro de agua caliente en la espalda. Y me vuelve a arder todo el cuerpo. Y me da vergüenza y me pongo triste y furioso, todo a la vez. No. No, no.

Esta mierda es una trampa. La trampa más culera de la puta historia. No.

Y soy yo quien nos ha metido de cabeza. Yo. *¡Carajo!*

Me noto la boca seca cuando intento gritarle a mi banda que se ponga a salvo, pero en ese momento se encienden las luces. No, no...

Unas luces cegadoras de color blanco amarillento, detrás de mí y a un lado, que me hacen parpadear cuando me doy vuelta y me obligan a cerrar los ojos del todo y a levantar la escopeta hasta las cejas para bloquear la luz y a agachar la cabeza y es entonces cuando oigo el primer disparo procedente de lejos y oigo correr a la banda.

Y pienso: ¿qué?, cuando me agacho tanto como puedo y pego la espalda a la casa y me deslizo por el estucado, que se me clava en la espalda, arañándome mientras me muevo deprisa y de costado, hacia la esquina de la casa, para poder zafarme por detrás.

Y grito:

—¡Fuera todos de aquí, carajo! —Pero me sale una voz estrangulada.

Oigo más estampidos, ahora más rápidos y más cerca. En plan blam-blam-blam…

No.

Las balas pasan silbando y una da en la casa por encima de mí y el estucado me estalla sobre la cabeza, haciendo un ruido como ¡crac-pum!, y tirándome una lluvia de polvo y piedrecitas a la cara, y un segundo después oigo el peor ruido que he oído nunca, un brrrrat-braaaat…

Y eso ya son palabras mayores, porque es el ruido que hace un AK-47 al escupir sus balas. No sé cuán lejos está ni hacia dónde está apuntando, pero noto el ruido en el pecho, zarandeándome el corazón, y soy consciente de que nos están matando, aquí y ahora. No, no.

Oigo gritos a mi alrededor, por todas partes. El corazón me late muy fuerte y deprisa en los oídos, provocándome un dolor de cabeza febril.

No. Hay demasiado ruido. Todo va demasiado deprisa.

—No —digo, y es lo único que se me ocurre.

Esta mierda es culpa mía. Pero no hay tiempo para cargar con la culpa. Tenemos que hacer lo único que podemos, que es salir de aquí a tiros.

Me pongo prácticamente a pasar lista de toda mi gente a la que he fallado. Lo mejor que puedo hacer ahora por Ramiro, y por nuestra Yesenia, y por Blanquito, y, y…

Por Fox, y Looney, y…

—¡Disparen contra las luces! —grito, y amartillo la escopeta y me levanto mientras disparo a las siluetas oscuras que se mueven por delante del resplandor.

Amartillo, disparo y me chingo una de las luces entre chispazos y un ruido en plan kssssssss; a continuación amartillo y vuelvo a disparar, y es justo cuando me quedo sin balas y soy consciente de ello, pero amartillo y aprieto el gatillo de todas formas. Y no pasa nada.

Es lo que tiene.

—¡Cabrones, más les vale matarme! —digo—. Más les vale…

Pero sea lo que sea que voy a decir, no me salen las palabras. Estoy tirado de costado en el suelo y ni siquiera recuerdo haberme caído.

Los oídos me pitan como si tuviera sirenas dentro. Y estoy tosiendo. Y oigo cuatro disparos rápidos, en plan pop-pop-pop-pop.

Y entonces alguien me cae encima, en todo el hombro. Con fuerza.

Y quiero ver qué está pasando pero no consigo mantener los ojos abiertos, me pesan tanto los párpados.

ROBERT ALÀN RIVERA,
ALIAS LISTO, ALIAS SHERLOCK PANDILLERO
2 DE MAYO DE 1992
00.58 H

1

Teniendo en cuenta cómo nos cargamos a Joker y a los demás, ya sabíamos que vendrían por nosotros, simplemente no sabíamos cuándo, así que Destino nos hizo atrincherarnos tanto como pudimos. A Lu al principio no le hacía gracia el plan, porque el cebo iba a ser su casa, pero al final cedió. Le gustaba más vivir que la otra alternativa.

Así pues, hace dos noches fuimos de puerta en puerta para desalojar la manzana en un radio de tres casas a la redonda. Lo hicimos principalmente Destino, Apache y yo, a menos que viviera en ellas alguien de nuestra banda; en ese caso era ese alguien el que hablaba con su familia. En todos los casos, les explicamos que sería un momento maravilloso para ir a visitar a parientes o amigos. A algunos hasta los ayudamos a cargar los coches para que estuvieran listos. Apache incluso llevó en brazos a un abuelo que no podía andar por sí mismo. Al principio puede que no les gustara la idea, pero hicieron lo que les pedíamos y se fueron, lo cual estuvo bien, porque Destino no quería ser responsable si empezaban a volar las balas como él pensaba que iban a volar.

Lu no se vino con nosotros. Acababa de pelearse con su chica, Lorraine, justo cuando nos estábamos preparando para salir. La cosa empezó en su recámara y se fue volviendo más y más escandalosa hasta que la puerta se abrió de golpe y terminaron las dos en la sala. Lorraine estuvo gritando y llorando y a través de la puerta vi que Lu hacía una maleta con toda su ropa de mujer y todo lo demás, y a continuación le dijo que dejara de ser una vieja tan idiota y dramática. Justo después, Lorraine le tiró un frasco de barniz de uñas, y bien fuerte. Lu intentó esquivarlo pero el frasco le dio en todo el ojo izquierdo y se lo dejó morado casi al instante. Me sorprendió que no le diera una paliza después de aquello, pero se contuvo, y fue entonces cuando me di cuenta de que estaba intentando ayudarla, sacándola de allí, porque era demasiado peligroso quedarse. La estaba echando porque se preocupaba por ella, pero hay gente a quien es imposible hacerle entender esas cosas y Lorraine no lo entendió. Se largó llorando en el coche.

De cierta manera, la cosa le salió bien a Lu porque poco después pasó por casa Elena Sanchez para dar las gracias por habernos cargado a Joker, y las dos entraron en la recámara de Lu y cerraron la puerta. Al principio pensé que solamente era para explicarle cómo había sido, aunque sé que a Lu no le gusta hablar de esas cosas. No sabía si estaba intentando hacerla cambiar de bando, pero tampoco me asombraría. Es una chava hábil. Si quisiera, podría. Supongo que depende de si a Elena le gustan esas cosas, pero para nada estoy seguro de si acabó pasando o no. Estuvieron mucho rato allí dentro, eso sí.

Y además, yo me fui antes que Elena porque Destino me necesitaba al otro lado de la calle. Un par de gánsters veteranos habían conseguido el botín de su vida al robar un camión oficial del ayuntamiento durante la primera noche de los disturbios, uno de esos altos y blancos que tienen el sello del ayuntamiento en las puertas y una plataforma de carga trasera grande y de casi un metro y medio de altura. Desde que lo robaron, han podido ir adonde les ha dado la gana, con los chalecos naranja puestos, y la tira y la Guardia Nacional los dejan pasar allí adonde quieran ir, de forma que se han dedicado a manejar a todas partes para saquear, sobre todo zonas de obras. Ahora tienen montones de herramientas y materiales que se quedaron abandonados cuando estalló todo esto. Y se los están vendiendo a la gente del barrio.

También robaron un montón de placas metálicas; reclutaron un pequeño equipo para que las recogiera de las calles y las cargara en la plataforma de su camión. Son esas placas que el ayuntamiento usa como base para asfaltar o para cubrir los baches que todavía no pueden arreglar, o que tal vez nunca puedan. Son de acero de un dedo y medio de grosor y algunas pueden llegar a pesar ciento cincuenta kilos, dependiendo de las dimensiones. Nos las quedamos todas y las usamos para proteger la casa.

Hicimos que los nuestros las metieran dentro y las desplegaran por toda la pared delantera. Para mover cada placa hicieron falta seis de nuestros hombres más fuertes. El metal pesaba tanto que la pared de yeso crujió cuando tuvo que soportar su peso a la derecha y a la izquierda de la ventana delantera. Lo cubrimos todo para proteger el interior de la casa, de forma que si alguien quería disparar a través de la pared, tuviera que apuntar a los veinticinco centímetros que quedaban en la parte de arriba para que entrara algo. Al principio quedó todo cubierto de placas, pero yo le eché un vistazo y me di cuenta de que no funcionaría, así que les hice moverlas para que se pudiera ver una rendija de luz entre ellas y luego corrí la cortina para que no se viera el metal desde fuera. Para mí, ésa era la clave de toda la trampa. No funcionaría a menos que pensaran que había gente dentro, así que encendí también la tele y me aseguré de que podía verse desde el jardín y desde la calle.

—Si no enciendes una llama —le dije a Apache cuando me preguntó por qué lo había hecho—, no atraerás ninguna polilla.

2

Cuando terminamos, nos pusimos a hacer turnos en la acera de enfrente, esperando en la casa de nuestro compadre Mago. Mago tiene un pequeño casino en su casa, pero ahora no está aquí, se ha ido con su mujer a un departamento que todavía conservan de cuando vivían en la avenida Louise, en Little Tijuana, porque es un poco rústico, pero de los buenos, de confianza, aunque sea un poco palurdo.

Ahora la casa está completamente vacía salvo por nosotros. No tiene precisamente una sala, al menos no una con sillones rodeando una tele y esas cosas. Lo que tiene son tragamonedas en todas las paredes con unas sillitas de color café delante, de esas baratas que hay en los bares, de esas que se rompen fácilmente.

El juego es un buen extra. Les sorprendería cuánto dinero sacamos al mes. La manzana entera está enganchada. Hasta viene gente de otros vecindarios para ver qué tal porque han oído hablar del sitio. Hay doce máquinas en total. Diez son tragamonedas y dos son de cartas. Lo llamamos Mini Vegas. En la esquina del fondo hay una máquina que da cambio, al lado de una plancha y una tabla de planchar con una caja de papel encerado porque la máquina de cambiar es culera. A veces hay que planchar bien los billetes metidos entre dos hojas de papel encerado. Cuando el billete ya está como nuevo, lo metes y la máquina te escupe monedas de cuarto de dólar para que puedas jugar al Gold Rush, con sus mineritos con bateas en las manos, o al Star-Spangled Winner, o a cualquiera de los otros.

No hay nadie jugando con las tragamonedas porque desalojamos el local ayer, pero las máquinas siguen en su sitio, centelleando. Estamos todos sentados en esta habitación: Lu, Destino, Apache, Oso, yo y un par de soldados de aquí y de allá. Esta noche no está permitido fumar PCP por orden de Destino. Nos quiere bien despiertos, o sea que nada de drogas. Suena de fondo un caset de Cypress Hill, a un volumen tan bajo que solamente oigo los sampleados de guitarrazos o de tambores de batería que salen de los altavoces de la grabadora.

Y es así como esperamos, como hemos estado esperando. Lu está callada, mirando por la ventana, con una pequeña arma recortada en el regazo. Tiene un ojo considerablemente morado. En la otra punta de la sala, Destino está leyendo un libro titulado *The Concrete River* de Luis J. Rodriguez, y sólo deja de leer para pasar la página o para dar un trago de una cerveza que deja entre su silla y un AK-47 apoyado contra la pared. Oso se dedica a caminar de un lado a otro, pero con cuidado de esquivar a Apache, que está tumbado boca arriba en mitad de la sala, echándose un sueñito. Así de tranquilo es el tipo.

Los otros dos están simplemente apostados en sus sillas, mirando sus armas. Todos tenemos gafas del sol colgadas alrededor del cuello, incluso Apache, que duerme, porque las vamos a necesitar más tarde.

Normalmente no somos gente tan callada, pero hay mucha preocupación en esta sala. No sólo nos estamos preguntando cuándo le va a dar a Peligro por hacer alguna idiotez, sino que a estas alturas ya estamos todos bastante seguros de que Mosquito no va a volver nunca, y eso es algo de lo que nadie quiere hablar. Los días después de una desaparición así siempre reina el silencio. Nadie tiene una conversación a corazón abierto para averiguar qué ha pasado exactamente, hasta que el responsable se disculpa y todo el mundo llora y se muestra comprensivo como en la tele. Por aquí a veces hay que callarse las cosas si quieres seguir vivo.

A mí no me ha preguntado nadie, pero ya me parece bien que Mosquito no vuelva. No digo que me alegre, pero tampoco me importa. Estaba demasiado fuera de control, hasta el punto de que no siempre se podía contar con él, pero, aun así, sé que lo único que podría explicar esta situación sería una maniobra del tipo «él o nosotros», casi un trueque, como en el beisbol. Mandas a un tipo y recoges a otro. Destino entrega a Mosquito a los mandamases y los demás podemos quedarnos con Destino, o bien nosotros les entregamos a Mosquito y la banda entera puede vivir. Estoy casi seguro de que ha sido una de esas dos opciones, así que me convenzo a mí mismo de que es eso lo que ha ocurrido, porque este momento hay cosas más importantes que resolver.

—Peligro no va a venir —dice Oso—. Tampoco vinieron anoche, y es porque no hay nadie lo bastante idiota como para entrar aquí y tratar de tirotearnos. O sea...

Pero se calla cuando Destino lo mira y hace un gesto en dirección a Apache, recordándole a Oso que sea un poco más considerado. Pero es demasiado tarde: Apache ya está parpadeando y despertándose. Bostezando.

—Perdona, Patch —dice Oso. Es la única persona del planeta a quien se le permite llamar así a Apache. Por ser familia, supongo.

Apache se encoge de hombros. No se lo toma mal. Oso, nuestro oso grandulón y tontón, es su primo, y solamente está aquí para cargar cosas pesadas si el plan sale bien. Todos sabemos que está nervioso. Todos lo estamos, cada cual a su manera. Oso nunca ha tenido que montar guardia de esta forma, y esperar para matar o morir puede dejarte agotado. También cansa estar vigilando la manzana durante horas. Y eso me hace pensar en algo: ¿se han dado cuenta de que siempre parece que los ruidos son más fuertes cuando se están esforzando mucho para no hacer ruido? Creo que es porque uno está alerta. Escuchando con atención. Muy consciente. Pues así es la cosa en este momento en Mini Vegas. Y supongo que es eso lo que está poniendo nervioso a Oso, porque empieza a hablar por hablar, solamente para oír algo que no sea silencio.

—Oye, Patch —dice Oso—. Cuéntanos otra vez cómo le arrancaste la cabellera a aquel bato.

Apache niega con la cabeza. Ni madres piensa contar eso ahora. Y no me extraña.

—Está bien, pues… —Oso sigue intentando evitar el silencio hablando sin parar—. ¿Oyeron la historia de un pandillero de hace ya tiempo que se arrancó la cruz de su banda de la mano con un cuchillo? Debió de ser algo… —Oso estira dos dedos de la mano derecha y los hunde en la carne entre el pulgar y el índice de la izquierda—. Aaaah.

Está claro que a Oso le gustan demasiado las historias. Yo miro a Destino y Destino me mira a mí. Sabemos que esa historia lleva circulando toda la vida. A mí me persigue, y quizá está bien que sea así, porque es sobre mi padre. No lo sabe nadie más que Destino, sin embargo. La mayoría de la gente cree que trata de un pandillero anónimo, pero mi madre me contó que cuando mi padre se fue de su banda de East Los Ángeles y nos abandonó a nosotros, también se arrancó la cruz de la mano para que nadie supiera que había estado implicado. Y se fue de su banda de forma amistosa, porque había hecho su trabajo y había mantenido la boca cerrada. Toda esa mierda de que uno tiene que morirse para salir de esta vida es pura patraña. Por alguna razón, sin embargo, la historia de cómo mi padre se arrancó el tatuaje acabó convirtiéndose en la historia de un bato que tenía tantas ganas de salir de su banda que se lo arrancó delante de todo el mundo en una fiesta para demostrar que iba en serio. Pero eso no fue lo que pasó. Mi madre dice que lo hizo en el garaje con un cuchillo de cocina que primero calentó en la estufa.

Destino sabe todo esto. Y solamente le hace falta echarme un vistazo para ver que no tengo ganas de volver a oír la historia, la versión de Oso, así que dice:

—Oye, Oso, ¿por qué no nos cuentas lo de la vez en que te agarraste a tiros con todos aquellos Crips cuando el coche se te trabó?

Oso sonríe y se pone a contar que una vez estaba por ahí manejando y de repente, en un semáforo en rojo de Imperial, se le paró al lado un coche con cinco negros dentro y los negros se quedaron mirándolo y él se les quedó mirando a ellos y el puto grandulón que iba al volante se puso a relamerse como un lobo de caricaturas y Oso intentó largarse de allí pitando pero el coche se le trabó, y en aquel momento dramático de su historia, justo cuando él está en plena pausa dramática, estornudo. No a propósito. Se me escapa. Últimamente el humo me ha irritado bastante los senos nasales.

Oso se queja:

—Carajo, ¿sigues estornudando? Más te vale no contagiarme.

—Ni está enfermo ni te lo va a contagiar —dice Lu, acudiendo en mi defensa sin moverse en su silla—. Tiene alergias y el humo le ha estado molestando la nariz desde que empezó a arder la ciudad.

—Ah. —Es lo único que dice Oso antes de concluir su historia en tono un poco triste—: Pues bueno, me engargué de ellos.

Lu se pone a negar con la cabeza. Nunca le ha caído bien Oso.

—Puto novato de la chingada —dice entre dientes.

Conozco a los Vera, y en concreto a Lu, desde antes de que estuvieran implicados, o sea, desde hace casi doce años, cuando vivían en la casa de al lado en la avenida Louise, delante de Lugo Park. Bueno, hará doce años en agosto, porque mi madre nos trajo de East Los Ángeles en 1980. Lu es la persona que me conoce desde hace más tiempo del mundo entero. Nos llevamos bien desde el principio y hemos seguido siendo amigos íntimos todos estos años. Cuando yo me alisté, ella también.

Estoy bastante convencido de que no soy como la mayoría de la gente. Cuando no están los batos, no los extraño, a pesar de que pasamos mucho tiempo juntos. Para mí, cuando no están, simplemente no están. Ni siquiera pienso en ello. No sé si eso quiere decir que tengo un problema, pero seguramente sí. En este momento, por ejemplo, sé que Lu está pasando por algo feo pero ni siquiera me lo puedo imaginar. Ernesto también era como un hermano mayor para mí, pero en realidad no lo era, al menos no de sangre. Yo siempre he sido hijo único, pero es que ella ha pasado de ser la hermana pequeña a ser hija única en un par de días. Tiene que ser jodido.

He estado pensando mucho en el tema y mi conclusión es que Lu sabe que Mosquito no volverá. Ya lo sabía hace unos días cuando le pegó un tiro a aquel coche por la calle. Iba sentada a mi lado en el asiento trasero y yo me quedé mirando cómo cogía aire, lo retenía en los pulmones y se mordía el labio de abajo. La he visto poner esa misma cara varias veces en su vida: al morirse su padre, cuando Destino le dijo que la casa era demasiado peligrosa y que tenía que sacar de ella a su madre, y también después de que un día la atracaran mientras regresaba a la casa por la calle Wright. Solamente pone esa cara cuando está aceptando algo que no le gusta, algo que no puede cambiar, así que cuando la vi aguantar la respiración y morderse el labio, antes de tener que soltar el aire, debió de ser cuando entendió por fin lo de Mosquito, porque dijo: «Carajo». Lo dijo en voz muy baja, como si por fin lo estuviera aceptando. Creo que nadie más la oyó.

Y en este momento preciso, Lu pone la espalda muy recta en su silla junto a la ventana, como si acabara de ver algo. Se inclina hacia delante, hasta casi pegar la nariz al cristal, y el espinazo se le paraliza como si fuera un depredador al que le acaba de entrar una presa en su territorio.

—Están aquí —dice, y lo dice como si fuera la niña rubia siniestra de *Poltergeist*: «aquí-iii…», y el corazón me da un salto en el pecho.

Cojo mi Beretta 32, listo para lo que sea, porque,

aunque sé que nos hemos preparado para todo lo que nos podíamos preparar, también llevo el tiempo suficiente en esto como para saber que puede pasar cualquier cosa.

Las cosas que planeas no siempre salen como crees.

3

Destino ya está en acción, tirando su libro al otro lado de la alfombra como si fuera un frisbee, poniéndose guantes, metiendo las mangas por dentro y cogiendo su AK-47. Apache está justo detrás de él, cortando la electricidad de la casa entera. La rola que sonaba en la grabadora, *Hand on the Pump*, se apaga al empezar. Las tragamonedas se apagan de golpe al mismo tiempo y nos quedamos a oscuras. Oigo a Oso amartillar la Glock que le hemos prestado como si estuviera en una película o algo así, tirando el cartucho hacia atrás del todo, aunque ya tenía una bala en la recámara, de forma que ahora la bala sale volando, cae en la alfombra y rueda hasta dar contra el zoclo con un golpe sordo.

—Carajo —dice, y se agacha hasta el suelo para buscarla.

—Muy bien, idiota —dice Lu.

Yo estoy junto a la ventana, tras la espalda de Lu. El corazón no se me altera demasiado cuando vemos a una hilera de siete culeros deslizarse por las sombras con armamento bastante pesado. Y lo mejor es que están en la acera de enfrente y están tan concentrados que no ven los alargadores de cables eléctricos que hemos desplegado desde esta casa hasta la acera y hasta la plataforma de carga del camión del ayuntamiento, que en este momento está estacionado justo delante de la casa de Lu y tiene en la plataforma trasera dos lámparas enormes de luces de obra robadas, de esas que dan luz en serio, enchufadas. De momento todo está yendo bien, y me alegro, porque cuento cuatro escopetas. Y Lu también.

Ella se inclina hacia atrás y da un golpecito suave en el cristal más o menos al mismo tiempo que Oso renuncia a encontrar su bala.

—Espera —dice—. ¿Ese de ahí no es Momo? ¿Qué carajos está haciendo con ellos en una misión?

Eso no me gusta nada. Puede que a los peces gordos no les parezca bien que lo matemos, porque los tipos como Momo pagan sus impuestos, aunque si vino con ellos tampoco nos está dejando otra opción. Pero si lo de Mosquito salió como yo creo que ha ido con los peces gordos, estoy seguro de que Destino tendrá margen de maniobra para compensarlos después de que hagamos lo que tenemos que hacer.

—Sólo hay una forma de averiguarlo —dice Destino, mientras descorre el cerrojo y abre la puerta muy despacio, sale de la casa y levanta la vista. Le hace una pequeña señal con la mano al tipo que tenemos en el tejado con un rifle de francotirador. Ranger, se llama, porque estaba en el ejército hasta que lo licenciaron deshonrosamente por pelearse con unos pandilleros de su unidad. Eran de Detroit. Dejó a uno en coma, y lo encerraron un año en la cárcel de una base militar en Colorado, pero ya está fuera. Es el mejor tirador que tenemos y sabe que no tiene que disparar hasta que se enciendan las luces.

Nunca he visto de cerca a Peligro, no he tenido razón para verlo, pero sí he oído hablar de él. Todo el mundo ha oído hablar de él. Es famoso por todas las misiones suicidas que hizo cuando estaba subiendo. Se le conocía por entrar corriendo en las casas y chingarse a los soplones en sus sillones, en la cocina o donde fuera. Una vez hasta mató a un pandillero mientras estaba haciendo sus necesidades en el baño, sentado en el retrete y así. Lo que se cuenta es que se ganó su apodo antes de que nadie supiera siquiera quién estaba ejecutando aquellas misiones. La gente decía: «¿Te enteraste de lo que le pasó a tal y cual?». Y la respuesta era: «Sí, el bato que se lo chingó es un puto peligro». Y muy pronto, ése se convirtió en su apodo, con pe mayúscula.

Ya llegaron al jardín del frente, los siete, y están levantando las armas, convencidos de que hay gente dentro de la casa, y en ese momento me invade una oleada de orgullo porque sé que la trampa funcionó. Y Destino también lo sabe, porque me da un golpecito suave en el hombro. Es nuestro último instante de calma antes de que estalle la noche.

Cuando empiezan a disparar a la casa, aquello se parece al Cuatro de Julio pero más estruendoso todavía. Lo que se oye aquí, sin embargo, no son explosiones escopeteando en el aire, sino algo que empieza con un estampido y termina con el ruido sordo y rápido de las balas incrustándose en las paredes y las molduras de las ventanas. Y termina con tintineos y chasquidos cuando esas mismas balas impactan en los barrotes que protegen la puerta o en el metal que hay al otro lado de las ventanas, que revientan en un segundo y arrojan cristales por todas partes.

Avanzamos todos juntos en fila y con las cabezas gachas en dirección al camión. El chavito que está dentro asoma la cabeza cuando nos ve. El destello de los disparos le ilumina los ojos y veo que está aterrorizado, pero no pasa nada, lo único que tiene que hacer es encender las luces cuando Destino le haga la señal. Y todavía no la hace.

El chavito no quita la vista de encima de Destino mientras uno de los atacantes que llevan escopetas deja de disparar y va corriendo hasta la puerta. Tiene que ser Peligro, porque todo el mundo lo está siguiendo.

Cuando llega a la puerta de la casa, dice:

—¡Sí, señor!

Le da una patada bien fuerte a la puerta y sale rebotando, y lo único que me viene a la cabeza es el daño que debe de hacer intentar darle una patada a una puerta respaldada por cien kilos. Debe de ser peor que darle una patada a una roca. Aun así, le da otra patada, porque salta a la vista que no se da cuenta a la primera. Y es entonces cuando Destino coge las gafas que lleva colgadas al cuello y se las pone, así que todos hacemos lo mismo.

Otro de los que están en el jardín dice:

—¿Qué carajos pasa?

Y debe de ser cuando Peligro ve el metal, porque primero empuja la puerta con el cañón de la escopeta y luego mete los dedos por el agujero y los retira rápidamente, como si quemara. A continuación se incorpora.

Y en ese momento Destino le hace una señal al chavito que está dentro de la plataforma del camión y la lámpara de luces de obra de dos metros se enciende haciendo puf detrás de nosotros. Casi de inmediato se encienden también las luces de las dos casas contiguas. A continuación Ranger es el más rápido. Le atraviesa limpiamente de un balazo la ceja izquierda al que está más cerca de nosotros y yo veo la nubecilla de sangre que le sale de la nuca y se queda flotando en el aire como si alguien acabara de rociar con un limpiacristales. Y se desploma como una marioneta con todos los hilos cortados.

Ahora Peligro se agacha, intentando cubrirse los ojos. Intenta gritarle a su pequeño equipo que salga de allí, pero la voz le sale quedito, y además ya es demasiado tarde. Lu y yo ya estamos apoyados sobre una rodilla al otro lado de la reja y apuntando con las armas a través de ella, con los cañones apoyados en la parte de debajo de los agujeros de la alambrada.

Abrimos fuego contra los atacantes a la altura de las caderas. Lu hace trizas unas cuantas rodillas, amartilla y vuelve a disparar. Yo apunto a Peligro y me sale el tiro demasiado alto, pero ya tengo detrás a Destino, que ahora va hacia allá caminando y vaciando el AK. Aunque lo tengo a unos metros de distancia, se me agita el cuerpo entero cuando suelta una ráfaga y rocía de balas toda la fachada de la casa, llevándose todo lo que tiene por delante. Es entonces cuando los que todavía pueden se ponen a gritar, y eso debe de despertar algo en Peligro, porque se incorpora y empieza a caminar directo hacia nosotros.

—Disparen contra la luces —grita, amartilla la escopeta y la levanta para disparar.

4

El camión que tengo detrás queda todo incrustado de balas y siento que algo caliente me muerde el pescuezo, pero cuando me paso la mano por ahí no encuentro sangre, así que sé inmediatamente que no es nada. Me preocupa más ver que Peligro amartilla otra vez, dispara a lo alto y se chinga una de las luces de obra del camión. Vuelve a amartillar pero no pasa nada. A Peligro se le ha acabado la munición y lo sabe.

—¡Venga, cabrones! ¡Más les vale matarme! —dice—. Más les vale…

En ese momento el tipo que está detrás de él se le acerca, le pone la pistola debajo de la oreja, en la mancha negra de uno de los tatuajes del cuello, y dispara. La bala le sale a Peligro por el otro lado del cuello y durante un segundo largo hay una pausa porque nadie se esperaba algo así, ni siquiera Destino, y Peligro se desploma en el porche.

—¡El puto Momo lo acaba de chingar! —exclama Lu.

Uno de los tipos de la banda de Peligro al que yo le disparé en el costado lo ve todo y justo después le mete cuatro balas en el pecho a Momo. Lo último que hace Momo en este mundo es gruñirle al cuerpo tirado de Peligro, como si se lo hubiera querido chingar desde siempre; a continuación sonríe mientras le fallan las piernas y se desploma encima de Peligro. Ranger le atraviesa el cuello de un balazo al tipo que acaba de disparar.

Las heridas en el cuello son la forma más fea de morirse. Cuando te meten una bala ahí, ya solamente puedes toser y borbotear y desangrarte. El tipo se tropieza y muerde el polvo cuando una segunda bala de Ranger impacta en la casa, justo donde hace un segundo estaba su cabeza.

—Carajo —dice Apache.

Se acerca al tipo, le apoya el arma contra el cráneo y le mete una bala en el cerebro con un crujido.

Al tipo le da un salto el cráneo y deja de respirar, pero durante un momento reina un silencio tal que hasta se oye la sangre que le brota del cuello con un chapoteo intermitente. Los otros dos soldados caminan con mucho cuidado de cuerpo en cuerpo, quitándoles las armas. Hay unos cuantos que todavía respiran, lo suficiente como para que los chavitos se les acerquen y se ganen sus galones rematándolos de un tiro en la cabeza, pero yo ya me estoy moviendo porque no tenemos mucho tiempo.

Los sheriffs no tardarán en llegar. Seguramente, Vikings. Y tal vez también la Guardia Nacional. Aunque hayamos vaciado un radio de tres casas a la redonda, alguien llamará a las autoridades. Para contrarrestarlo, en cuanto empezó esto, hicimos que unos chavitos se fueran zumbando a Montgomery Wards para tratar de atravesar una de las rejas de entrada con un viejo Chrysler. También hicimos seis llamadas falsas al 911 en seis lugares distintos a varios kilómetros de aquí.

Es bastante prudente suponer que tenemos diez minutos como mucho para limpiar todo, tres como mínimo.

5

Uno de los gánsters veteranos que robó el camión del ayuntamiento se sube a él de un salto y se echa en reversa hasta quedar frente a la casa, toda llena de agujeros. Cuando el camión deja de pitar, yo tiro mi arma a la plataforma, un poco triste por tener que decirle adiós, pero no lo bastante triste como para dejar que me atrapen con ella. Todos los demás que dispararon hacen lo mismo. Son mis normas. La de Lu es la siguiente, luego la de Oso, la de Apache, las de los soldados y hasta el rifle de Ranger y el AK. Después de unos cuantos disparos más, cuando los supervivientes ya están rematados, esas otras pistolas van al camión también, junto con todas las armas de la banda de Peligro.

Dejamos las luces en el camión, junto con el cuerpo del chavito que las encendió. Peligro le arrancó media cara con su último disparo, el que también apagó algunas luces. Yo ni siquiera supe cómo se llamaba. A Lu no le gustó ver cómo quedó, medio sentado, apoyado en la pared del fondo de la plataforma del camión, como si estuviera jugando al escondite y siguiera esperando que lo encontraran.

Ha escupido y ha dicho:

—Al imbécil mocoso le gustaba mirar. Tendría que haber agachado la puta cabeza, ¿no? Así todavía la tendría.

Pero hay otra cosa en el camión que la tiene mosqueada, y que también me ha estado mosqueando a mí. La pistola que usó Momo, la que tiene la venda, se ve idéntica a la que Destino le compró a Bicho para que la usara ella.

—¿Crees que la que usé con Joker vino del mismo lugar? —pregunta Lu—. ¿Que también era de Momo?

—Bicho me parece bastante capaz de robarle a Momo —le digo, y me sorbo la nariz—. Pero eso no quiere decir que Peligro lo supiera. Eso explicaría por qué Momo vino con ellos, y tal vez incluso por qué se chingó a Peligro en cuanto pudo. Puede que pensaran que antes nos había ayudado a nosotros y por eso lo obligaron a venir.

—Pues ya no importa —sentencia ella—. Ya murió.

Tiene razón, así que me encojo de hombros y los dos nos hacemos a un lado para que puedan cargar en la plataforma del camión los cuerpos de Momo, Peligro y su banda. Oso, Destino y los soldados mueven los cuerpos con facilidad y los tiran a la plataforma como si fueran sacos de arroz grandes y ensangrentados. Ahora la casa de Lu ya no es más que la escena de un tiroteo. No quedan cadáveres ni armas.

Apache, Lu y yo traemos a rastras unos botes de basura de la banqueta que está detrás del camión del ayuntamiento y los abrimos. Al principio el olor casi nos tira, pero entre los tres sacamos tres juegos de sábanas que se pasaron varios días marinándose en gasolina y los subimos a la plataforma para que uno de los chavitos las extienda sobre los cuerpos. El chavito lo hace conteniendo la respiración, pero no le ayuda demasiado. Cuando se baja de un salto, completamente mareado, Oso, Destino y los soldados se ponen a echar leña a la parte de atrás de una camioneta que estacionamos anoche al lado del camión del ayuntamiento, y luego Lu lanza otro juego de sábanas encima de todo.

A continuación todos se desnudan y tiran su ropa y sus zapatos dentro de una bolsa de basura grande y negra que Apache sostiene abierta. Lo único que se les permite conservar son los calzones si no están sucios de sangre. Si lo están, también se van a la bolsa. Cuando ya están en pelotas, cogen una cobija de la zona de carga de la camioneta y se dispersan cada uno en una dirección distinta antes de que lleguen los sheriffs. Si los atrapan, tienen que mentir y decir que los han asaltado y les han quitado todo lo que tenían. Si alguien les pregunta por qué tienen una cobija, deben decir que se apiadó de ellos una señora del barrio. No será la primera vez que pasa una de esas dos cosas por aquí. De todas maneras, nadie va muy lejos, a tres manzanas como mucho.

En cambio, Destino, Lu, Apache y yo tenemos ropa limpia para cambiarnos. Primero se cambia Lu y después Apache. En cuanto está vestido, coge la bolsa negra llena de ropa y se sube a la plataforma del camión del ayuntamiento. El camión parte hacia el bulevar Martin Luther King, seguido del Cutlass. El Cutlass lo maneja Lu. Todavía no oigo sirenas. Puede que nos queden dos minutos.

Me pongo unos pantalones militares limpios. Me alegro de ver que los cuatro chavitos a los que entrené antes están acabando el trabajo en el pasto, con tapas de cajas de zapatos atadas a los pies y guantes de plástico de hospital en las manos. Sin dejar huellas dactilares, recogen todos los casquillos que pueden encontrar en un minuto y después desparraman otros antiguos procedentes de toda clase de armas distintas, armas que no corresponden con las balas que los sheriffs van a sacar de la casa.

Los chavitos caminan por la escena del crimen dejando marcas rectangulares pero nada identificable, ni una sola pisada. Fue gente del barrio, pero de esta forma el sheriff no sacará nada en claro. Las pisadas han desaparecido, igual que los zapatos que las dejaron. Después los chavitos calzados con cajas encienden la manguera que hay en el costado de la casa y empapan bien el césped para destruir los rastros de sangre, y casi me da pena el pobre tipo al que le toque investigar esta escena.

Tengo un profesor, Sturm, que antes estaba en el ejército y todo el tiempo dice las siglas I.D.T.J. Le tuve que preguntar qué significaban y él me dijo que «Irreconocible De Tan Jodido». La primera vez que lo oí, pensé que sería un buen apodo para un pandillero, pero cuando lo usa Sturm es para explicar que los fenómenos naturales, como la lluvia o el viento, pueden echar por tierra de forma imprevista las evidencias de una escena. No creo que le pasara nunca por la cabeza que yo estaba prestando mucha atención durante aquellas clases para poder ser algún día uno de esos fenómenos.

6

Fue idea de Destino esperar a los sheriffs en la banqueta, así que me toca a mí asegurarme de que no tenga nada que lo incrimine cuando lleguen. Lo hace porque no quiere que vayan haciendo preguntas de casa en casa.

Sabe que lo buscarán y que querrán hablar con él, porque seguramente verán por la dirección que el objetivo era él, y no le apetece darse a la fuga cuando simplemente puede quitárselos de encima. Tampoco es la primera vez que lo interrogan.

La verdad es que confiamos en que aparezca primero la Guardia Nacional. Nos sentimos más seguros con ellos que con los Vikings. Nunca se sabe qué van a intentar hacerte los Vikings. Y lo peor es que nunca sabes quiénes lo son y quiénes no. Van tatuados, pero nunca lo he visto. Tampoco es que se lo podamos ver, entre los calcetines y el uniforme. Básicamente sólo puedes reconocerlos por sus actos, y para cuando los reconoces puede que ya sea demasiado tarde.

Y es por todo esto por lo que queremos que Destino espere al descubierto, rodeado de testigos. Sigue sin haber garantía alguna de que no le vayan a hacer daño, pero al menos hay que admirar el valor del plan. Antes de mandarlo para allá, sin embargo, tengo que asegurarme muy bien de que no tenga residuos de disparos en las manos.

En la casa casino ya solamente quedamos Destino y yo. Hice que se fueran todos los demás para impedir que lo contaminaran antes del test que le voy a hacer en las manos. Es poco probable que haya residuos presentes, pero, en caso de que quede alguno, yo lo encontraré.

Cada vez que una pistola dispara una bala, expulsa dos tipos distintos de potasio en sus partículas diminutas de pólvora: nitratos y nitritos. Bueno, en realidad esa explicación es demasiado simple. Los elementos químicos que puede haber presentes en los residuos de disparos dependen del tipo de munición. Hay tres elementos básicos: plomo (Pb), bario (Ba) y antimonio (Sb), que se encuentran prácticamente siempre. Para acordarme de éstos, me dije simplemente: Pasta blanda en Buenos Aires sabe bien. ¿Tiene sentido que la pasta demasiado hecha sepa bien en Argentina? Ninguno, pero me ayuda a acordarme, o sea que alguna utilidad debe de tener.

Las combinaciones de elementos menos comunes dependen del tamaño de la bala (calibre) y de su fabricante (y a veces, de la región en que se fabricó, porque hay ciertas sustancias que abundan más o son más baratas en ciertas partes del mundo), de forma que puede haber cualquiera de las siguientes: calcio (Ca), cobre (Cu), potasio (K), cloro (Cl), aluminio (Al) —Cuatro animales corren un kilómetro con las ancas lisiadas— y azufre (S), estaño (Sn), silicio (Si) y titanio (Ti) —Seis sierras nevadas sufren inviernos terribles e inciertos— y zinc (Zn) y estroncio (Sr) —Zapatos normales, suelas regulares.

En la cocina vacía, caliento un poco de cera en uno de los fogones a fuego bajo y se la aplico en las manos. Destino gruñe pero no se queja. Conoce el proceso. Cuando la cera se enfría lo suficiente la despego, llevándome con ella cualquier residuo que pudiera quedar. Esto se llama mecanismo de recolección adhesiva, pero en realidad es parafina. Si le queda algo en las manos, cualquier cosa que haya traspasado los guantes, ahora yo debería estar recogiendo todas las sustancias que a ellos les encantaría usar como pruebas para demostrar que estuvo en la escena y disparó.

En los viejos tiempos, la policía recogía las sustancias así, y luego echaban encima de la cera un poco de difenilamina y ácido sulfúrico. Y eso mismo hago yo ahora. Si se pone azul, quiere decir que hay nitratos y que a Destino lo habrían detenido. Hoy en día, la mayoría de las fuerzas policiales la mojan con una solución de ácido nítrico al cinco por ciento y mandan las muestras al laboratorio criminal, pero incluso Sturm admite que en el mejor de los casos el laboratorio está hasta arriba de trabajo o incluso desbordado. No me puedo ni imaginar cómo debe de estar ahora con todo este caos.

—Oye —le digo a Destino, dándome la vuelta y enseñándole la espalda—. ¿Tengo un corte o algo parecido en el cuello? Me da la sensación de que algo me dio hace un rato.

—Tienes una marca roja, una pequeña quemadura. No hay herida.

Asiento con la cabeza, sostengo la cera debajo de la luz que hay encima del fregadero de la cocina y busco el color azul que señalaría una cantidad de nitratos indicativa de haber disparado recientemente un arma mortal, pero el resultado es extremadamente tenue. En mi opinión no es indicativo, y si no lo es para mí, tampoco lo será para nadie más.

—Limpio —le digo.

Destino se despide de mí con la cabeza antes de salir a la banqueta para esperar lo que tenga que venir.

7

Y no podría haber elegido mejor momento. Al cabo de menos de un minuto, nuestra calle se ve invadida por la Guardia Nacional, dos vehículos militares llenos y seis soldados. Con ellos nunca hemos tenido problemas. Me quedo mirando cómo cierran la calle. Estoy sentado junto a la ventana de la casa casino, con todas las luces todavía apagadas, pero ahora abro un poco para oír lo que pasa.

—Con una chingada —dice uno de los soldados cuando ve lo destruida ha quedado la casa de Lu—. Aquí ha habido una batalla campal del carajo.

En cuanto ven a Destino y se dan vuelta todos hacia él, le mandan que se acerque con los brazos extendidos hacia arriba y a los lados para poder cachearlo. Cuando por fin determinan que no va armado, le preguntan qué está haciendo ahí, sentado en la banqueta de enfrente de la escena de un crimen.

—Esperar —dice Destino.

—¿A qué? —pregunta uno de los guardias nacionales, un tipo bajito y negro con bigote.

—A los sheriffs —aclara Destino.

—Ah, eres un tipo duro, ¿no? ¿Eres veterano? —El guardia se encara con Destino—. ¿Cuánto llevas en tu banda?

—No sé de qué me está hablando, señor. Yo vivo aquí, simplemente.

—Claro. —El guardia tiene pinta de estar a punto de hacer algo, pero se contiene—. Pues vamos, siéntate ahí hasta que llegue la policía. Estoy seguro de que te van a soltar una buena.

Como Destino no se muestra rebelde ni tampoco va armado, no pueden encontrar razón alguna para arrestarlo, pero aun así no se alejan de él mientras los vecinos van saliendo poco a poco a la calle y les dan las gracias a los agentes de la Guardia Nacional por venir tan deprisa. Están haciendo lo que les mandamos nosotros, pero aun así se ven bastante sinceros, lo cual siempre va bien.

Los sheriffs llegan en menos de un minuto. Vienen haciendo ruido con las sirenas y las luces, abren las puertas y salen en tromba a la calle. Cuando ya hay tres o cuatro patrullas blancas y negras de la oficina del sheriff, los agentes de la Guardia Nacional contestan a otra llamada y sus vehículos se alejan uno detrás de otro hacia la noche. A estas alturas ya debe de haber al menos veinte personas en la calle. Los sheriffs están estableciendo un perímetro alrededor de la casa y haciendo retroceder a la gente cuando para delante un coche blanco sin distintivos y de él sale un tipo rubio.

Lo reconozco porque lo hemos visto por aquí. Se llama Erickson y es sheriff de Homicidios. A Destino se lo han llevado a la comisaría para interrogarlo muchas veces. Ya lo conocen. Una vez hasta lo arrestaron. Lo máximo que consiguieron fue que el fiscal del distrito aceptara presentar cargos contra él por complicidad en asesinato, pero después el juez los desestimó por falta de pruebas. Se mueren de ganas de atraparlo. Hace años que lo intentan. Erickson se acerca a la reja de la casa para mirar lo que hizo Peligro y veo que Destino se pone de pie al verlo.

Es muy extraño que haya venido Erickson, porque va contra el protocolo. Normalmente sólo aparecería si hubiera un cadáver confirmado. Seguro que la policía ha recibido aviso del tiroteo de esta noche, pero si los agentes presentes en la escena no han determinado al menos una muerte, no hay razón para que venga un detective de Homicidios. Ya tienen suficiente trabajo, sobre todo en South Central. Pero ahora que veo aquí a Erickson, me da la impresión de que sabe algo. Ha llegado aquí demasiado deprisa como para no saber nada, y veo por la forma en que Destino ladea la cabeza que él también lo está pensando.

No sabemos seguro si Erickson es un Viking, aunque su apellido al menos suena bastante a vikingo. Se ve bastante jodido, sin embargo, como si hubiera estado encadenando turnos desde que todo esto empezó y no hubiera tenido ni un minuto para dormir. Se ve fatigado, entorna los ojos y se lame mucho los labios, como si estuviera deshidratado por pasarse las veinticuatro horas del día bebiendo café. Tiene el pelo alborotado y la chamarra y los jeans arrugados, como si llevara ya un par de días con la misma ropa y no se hubiera bañado.

Los Vikings te mienten sobre lo que tienen, testigos o pruebas o lo que sea. Es bastante habitual. A la policía se le permite engañar para obtener confesiones o más pruebas, pero es que estos cabrones neonazis van mucho más allá. Muchos de ellos todavía se acuerdan de cuando Lynwood era un barrio mayoritariamente blanco, y si pudieran salir impunes nos matarían. Algunos ya lo han hecho. Los Vikings ya se han chingado a seis de nuestra banda. Estamos organizando a algunas familias para que presenten una demanda colectiva contra la oficina del sheriff por hostilidad basada en la raza, entre otras cosas. Algún día pagarán por lo que han hecho. No sé cuándo, pero algún día.

Pero una cosa les puedo decir ya: nadie puede hacerle eso a Destino con tantos testigos presentes, y lo que es mejor: nadie le va a tender tampoco ninguna trampa. Lo instruí bien. Sabe que, si le quieren hacer la prueba de detonación de armas, él tiene que pedirle a su abogado un recuento de partículas. Si tratan de mentir y decir que la prueba salió positiva —y ya les puedo decir ahora mismo que es imposible—, sabe que debe contarle a su abogado que estuvo trabajando en su coche, en los forros de los frenos, porque algunas de las partículas que se analizan al buscar residuos de disparos también pueden venir de ahí. Sabe que a menos que le metan las manos en bolsas, tenemos razones para alegar contaminación de otras fuentes. En este caso, las partículas pueden venir de los policías presentes en la escena o del entorno mismo.

Erickson ve a Destino con el rabillo del ojo, se da vuelta de golpe y se le acerca con paso ligero. A juzgar por su forma de caminar va echando espuma por la boca y, aunque Destino es varios centímetros más alto que él, Erickson se jala el cinturón hacia arriba y señala a la cara de Destino con el puto dedo, faltándole al respeto.

—Tú me vas a decir qué cojones ha pasado aquí, José, y me lo vas a decir en chinga.

No es muy buena idea tratar así a un tipo en su propio barrio, humillarlo de esa forma. Pero Destino ni se inmuta.

—Abogado —dice, y no dice nada más, una sola palabra que te garantiza el encabronamiento de cualquier agente de policía de cualquier parte, pero sobre todo de South Central. Hasta puede hacer que se pasen tus derechos por alto. Pero a nosotros no nos lo harán. Nosotros sabemos que hay un sistema que nos protege.

—Oh, escucha a este tipo —dice un sheriff imbécil de los que están en el perímetro—. ¡Ya quiere un abogado! Más culpable, imposible.

Erickson le echa una mirada al tipo que lo hace callarse la boca y darse la vuelta.

—Mira, yo sé quién ha estado aquí y por qué —le dice Erickson a Destino—. Lo más seguro es que esto pueda acabar como defensa propia para ti y para tu banda, pero ¿me vas a obligar a detenerte por proximidad? ¿Por sospechoso de participación? A ver, solamente quiero saber qué pasó.

—Abogado —se limita a decir Destino. Y es la última vez que lo va a decir.

Erickson se da vuelta, asqueado.

—Que alguien le ponga las esposas a este genio del mal.

Y se las ponen, pero entonces es cuando la cagan, porque no le meten las manos en bolsas. Si quieren una prueba de residuo de disparos que se sostenga en los tribunales, tienen que asegurarse de que no haya contaminación. La única forma de evitarlo es ponerle bolsas, pero no se las ponen, los muy pendejos. Se limitan a meterlo en el asiento de atrás del coche de civil de Erickson y a largarse.

Pasan veintitrés minutos hasta que otro detective llega y va a la casa. Los cronometro. Me quedo mirando cómo primero examina el pasto, después la casa y por fin niega con la cabeza. Se nota que ni siquiera quiere tomarse la molestia, y eso me hace sentir bien. Sabe que lo único que puede hacer es sacar de la casa los casquillos, lo que sea que haya quedado incrustado, pero es consciente de que no le va a servir de nada.

No saben ni cuánta gente estuvo aquí, ni cuántas armas se dispararon, ni cuánta gente resultó herida, mucho menos quiénes son los heridos ni dónde estaban ni si han muerto. Es una escena echada a perder, y sin los cadáveres, si es que los hay, no tienen nada. Ni siquiera hay nada que permita presentar cargos, y el detective está perdiendo el tiempo, pero aun así se dedica a caminar por el pasto enfangado, poniéndoles números a los casquillos, que ni siquiera coincidirán con la munición de la casa, fotografiando los agujeros de bala que hay en el estucado y etcétera. Con esta falta total de pruebas, ni siquiera van a poder retener a Destino. Solamente podrían si tuvieran la declaración de algún testigo, que es algo que no tienen ni tendrán nunca.

Saldrá libre en cuestión de horas.

8

Espero una hora a que se vayan los sheriffs antes de tomar la pistolita 22 que Mago guarda en la estantería de su armario y salir con sigilo al callejón por la puerta de atrás. La necesito por si acaso. Estoy seguro de que han quedado al menos un par de conductores de la banda de Peligro. Con un poco de suerte se largaron al oír el AK y ver que nadie de su banda volvía. Pero nunca se sabe, así que no pienso correr riesgos.

En el callejón de atrás de Mini Vegas no hay más que un perro callejero que olisquea la base de un poste de teléfono situado al final de la manzana. Las siluetas negras de las palmeras se mecen despacio por encima de los garajes. No hay mucho viento, pero un poco sí. Mi intención es ir a casa de mi novia, Irene, para esperar a que la cosa se tranquilice y Destino venga a buscarme. Me sorbo la nariz y escupo sobre el asfalto mientras empiezo a caminar. Durante un segundo, antes de llegar al andador, huelo a magnolias, dulces y limpias, con un matiz de aroma a limón, pero luego se me vuelve a tapar la nariz y ya no huelo nada. El olor agradable solamente estuvo conmigo un segundo y se fue.

Decido dar un rodeo. Tengo que pasar por el callejón donde murió Ernesto para asegurarme de que lo hayan recogido. He estado demasiado ocupado desde que empezamos a planear lo de Peligro, así que ni siquiera le he pedido a uno de nuestros chavitos si podía acercarse corriendo a comprobarlo, y desde que mentí a Lu en su cara y le dije que se habían llevado a Ernesto, el asunto me ha estado agobiando. Cuando sacamos a rastras al gerente de una gasolinera de la cama de su novia para que nos abriera un surtidor Unocal de la MLK y así poder robar una buena cantidad de gasolina para empapar las sábanas, me acordé de Ernesto tirado en el asfalto. Me ha pasado un puñado de veces durante nuestros preparativos: por ejemplo, estaba buscando en el camión del ayuntamiento en busca de un adaptador de enchufe de encaje giratorio a tres varillas, para asegurarnos de que podríamos enchufar las luces de obra en la casa porque la toma de corriente de allí era distinta, cuando me acordé de Ernesto y sentí una punzada en el estómago, y quise saber si seguía allí, pero luego aparecieron seis cosas más por hacer y se me fue de la cabeza. Es algo extraño para mí. Como he dicho, no estoy a acostumbrado a echar de menos a la gente, ni siquiera a echarlos de menos cuando ya no están, pero esto es distinto. Necesito saber qué pasó. Mientras doy vuelta para tomar el callejón, los pulmones se me agarrotan y me preparo para verlo todavía tirado ahí, con la cabeza envuelta en la camisa de franela blanca y negra de Lu, como si llevara capucha.

Pero no está.

Me sorbo la nariz al verlo. Asiento con la cabeza, aliviado, y los pulmones se me relajan. Camino hacia el sitio donde Joker y sus amigos seguramente lo atraparon, donde empezaron a apuñalarlo, y me detengo cerca. Algún día, cuando esté lista, Lu va a querer saberlo todo. Querrá saber cuántas veces lo apuñalaron. Según mis cálculos, quince o diecisiete. La forma irregular que tenían dos de las heridas y la poca luz no me dejaron ver con claridad si el cuchillo había entrado y luego salido en un ángulo distinto o bien si lo habían apuñalado dos veces en los mismos dos sitios. Ella querrá saber qué más le hicieron y yo le tendré que hablar del objeto contundente, seguramente un bat de beisbol.

A veinte metros de distancia, en la entrada de un garaje abierto pero con la luz apagada que hay tres puertas a la derecha, un punto de color naranja se enciende y se apaga. Me paro. Hay alguien apoyado en la cajuela de un coche, fumando un cigarrillo. Me meto la mano en el bolsillo, la pongo sobre el arma de Mago y me acerco unos pasos, pero enseguida veo que no tengo nada de qué preocuparme, así que saco la mano y la dejo en el costado.

Al principio ella no me ve, pero yo sí la reconozco: es la enfermera que intentó ayudar a Ernesto, la que le contó a Lu lo que había visto. Se llama Gloria. Lo sé porque el sueño de mi novia es ser enfermera como ella. Irene es amiga de la hermana pequeña de Gloria, Lydia, y ahora las dos van juntas a clases nocturnas para sacar el título de enfermeras. A Irene le falta un año más o menos.

Por lo que noto en la postura de Gloria, por cómo está apoyada, sigue viéndolo todavía, porque también tiene la vista clavada en la calzada del callejón. Está acordándose del miércoles por la noche, lo sé. Está mirando el espacio donde Ernesto acabó tirado, el lugar donde lo encontramos después de que lo arrastraran y le cortaran el cable que le ataba los tobillos. La enfermera está mirando lo mismo que yo miraba hace un momento. El espacio donde estuvo una persona. El lugar donde ya no hay nadie. Pero ella sigue viendo a Ernesto, ve su recuerdo.

Hago un ruidito, le doy una patada a un par de piedrecitas, mientras me acerco arrastrando los pies por el lado del callejón opuesto al suyo, pero no demasiado. No quiero asustarla, pero aun así ella se sobresalta al verme, y el coche en el que está apoyada da un pequeño brinco sobre su eje antes de volver a hundirse bajo su peso. No parece que Gloria se dé cuenta de que soy uno de los que estuvimos aquí el otro día. Aun así, cruzamos una mirada, una mirada que no estoy seguro de que vaya en ambas direcciones, aunque quizá sí. Es una mirada de entendimiento, una mirada de «lo sé, yo también lo vi», y no estoy seguro de a qué se refiere exactamente, ni de lo que significa si es que significa algo, pero puede que sea una forma de comunicarle al otro que no es el único que está viviendo algo malo.

La saludo con la cabeza. Ella no me devuelve el saludo. Se limita a llevarse el cigarrillo encendido a la boca y el punto de color naranja se ilumina cuando inhala. Para demostrarle que no soy una amenaza, dejo de mirarla a los ojos y aparto la vista. Miro hacia arriba.

Esta noche el cielo es más bien de color violeta oscuro, no tan negro por culpa del humo como las dos últimas noches, lo cual quiere decir que cada vez hay menos incendios. Ya casi se ha acabado, pienso, los disturbios, estos días de libertad. Por encima de nosotros, veo el parpadeo de las luces rojas de un avión. Está descendiendo, bajando al Aeropuerto Internacional de Los Ángeles. Me da por pensar que es el primer avión que veo en varios días y echo a caminar de nuevo. No miro a la enfermera mientras me voy. Ya hemos compartido lo que fuera que teníamos que compartir.

9

Necesito llegar a casa de Irene, así que aprieto el paso. No puedo pasar mucho más rato fuera. Me sorbo la nariz y vuelvo a mirar al avión, justo antes de que desaparezca de mi vista. Me pregunto quiénes van a bordo, y por qué quieren ir a Los Ángeles en un momento como éste. Tal vez sea gente que ya tenía programadas sus vacaciones y no puede cambiarlas. Yo ni siquiera sabía que existía esa clase de gente hasta que fui al L. A. Southwest College para los cursos de escenas del crimen. Antes solamente había visto gente así por la tele. De verdad, la universidad es otro mundo.

Y el hecho de ver todo eso, y de abrirme paso en ese mundo durante el suficiente tiempo como para adquirir competencias sociales nuevas que ni siquiera sabía que necesitaba, me hace pensar que ahora soy dos personas distintas. Está mi yo pandillero, Listo, dispuesto a todo, y está mi yo estudiante, Robert Rivera. El señor Rivera, como me llama Sturm. Y entre esos dos lados de mí se levanta un muro. Es un poco como tener una doble vida.

En cierta forma me llegó sin buscarlo. Me crie en el barrio, ansioso por demostrar mi valor y llegar a ser alguien, daba igual quién. Dejé los estudios a los trece años porque Lu los había dejado. La escuela me parecía lenta y aburrida. Aprendía las cosas deprisa y luego tenía que quedarme sentado esperando a que lo entendieran los demás. Mi madre no estaba nunca en casa, pero en realidad eso no es excusa, es un simple hecho. Así que para no estar solo iba siempre con Lu y juntos hacíamos toda clase de burradas.

Y puede que hubiera seguido así si Destino no hubiera visto algo en nosotros dos, si no me hubiera dicho que yo era demasiado listo para dedicarme a hacer el bestia como los demás pandilleros. Me dijo que tenía que usar el cerebro porque era un arma más peligrosa. Arregló las cosas para que pudiera obtener el título de secundaria, y eso que antes de que me lo dijera él yo ni siquiera sabía que existía un examen de regularización para sacar el título.

Hasta me consiguió una profesora particular para ayudarme a ponerme al día. Y esa profesora era Irene. Estuvo trabajando conmigo cuatro días por semana hasta que empecé a leer mejor y a hacer redacciones, y descubrí entonces que no era lo mismo el inglés oral que el escrito, que no podía simplemente escribir como me viniera en gana y hacerme entender, que había reglas. Hasta consiguió que aprendiera álgebra en un abrir y cerrar de ojos. Si no hubiera sido por ella y por Destino, seguiría corriendo por las calles sin hacer nada más. Me cambiaron la vida. Se lo debo a los dos. Se lo debo todo.

Empecé en el Southwest el año pasado, porque era lo que quería Destino y él me adelantó el dinero. Al principio me daba miedo, porque nunca había salido del barrio, pero descubrí que me gusta mucho. Descubrí que se me da bien. Y tal vez sea peligroso, porque ahora me pregunto a menudo cómo sería vivir fuera de aquí, o hasta qué estaría dispuesto a hacer para salir, pero eso no se lo he contado nunca a Destino, ni tampoco a Lu.

El otro día me sorprendí a mí mismo pensando en buscar un apartamento con Irene y quizá hasta tener hijos. Puede que con dieciocho años todavía sea muy joven para pensar en esas cosas, pero conozco a banda que tuvo hijos con quince y hasta antes. Pero no sé si Irene querría. No es la típica que pide la ayuda del gobierno. Además, estoy casi seguro de que tendríamos que casarnos. Su familia es bastante tradicional. Emigraron a Lynwood desde Tailandia en 1973, cuando ella tenía dos años. Irene no habla mucho tailandés porque sus padres quisieron que fuera americana y solamente americana. No querían que la frenara ninguna barrera idiomática. Es tres años mayor que yo y la chica más lista que he conocido jamás. Se graduó un año antes de tiempo en el Lynwood High y entró en la Cal State de Los Ángeles, pero le negaron la beca y no lo pudo pagar.

Cuando ya estoy muy cerca de su casa, me meto por la parte de atrás, corto por el garaje que hay al final de la calle, salto una reja y me subo a la cornisa de ladrillo del sótano que hay delante de la habitación de Irene. Doy varios golpecitos suaves en el cristal hasta que ella se despierta y se me queda mirando y parpadeando con sus ojazos desde la cama. Mide metro sesenta, tiene los ojos de color castaño claro y un pelo largo y negro que a veces le gusta recogerse y sujetar con un lápiz. Hace aeróbics con jazz todos los días en su habitación con una cinta de video, así que está toda esbelta y musculosa y se le nota cuando me abre la ventana lo suficiente como para dejarme entrar.

—¿Estás bien? —me pregunta—. Escuché disparos.

Yo nunca lo admitiría, pero es guapa como un retrato. Cada vez que la miro me siento atraído, pero también un poco aterrorizado, con miedo a no ser nunca capaz de entenderla del todo.

—Yo también los escuché —le digo.

En ese momento decido no contarle que he visto a Gloria esta noche. Habría demasiado que explicar.

Irene suspira porque sabe que he estado haciendo cosas malas y se aparta para dejarme entrar en su habitación. Me pongo a horcajadas sobre la repisa de su ventana y entro agachando la cabeza. Me quito los zapatos en cuanto entro. Dentro huele a jazmín, aunque apenas tengo olfato. Ella todavía tiene pósters de Janet Jackson y de Boyz II Men en una pared, mientras que en otra hay uno del disco de Ice Cube *AmeriKKKa's Most Wanted*. Le he dicho mil veces que es muy raro que le guste la música negra, pero entonces ella me sale con que a mí me encanta la Motown y me pregunta por qué tengo dos criterios distintos. No tengo respuesta para eso, así que se niega a descolgarlos, pero tampoco creo que los descolgara ni aunque yo la tuviera. Así es Irene. Es leal.

Hasta el año pasado compartía departamento propio con Lydia, pero cuando a su padre lo deportaron por trabajar en un taller de hojalatería y pintura, regresó con su madre y su hermana mayor. Ahora las dos hijas trabajan de cajeras en Ralph's de día y por las noches hacen masajes tailandeses en un local de Carson donde pueden trabajar por horas. A Irene no le gusta mucho, pero no se queja. Su madre tiene cáncer de pulmón y no puede trabajar, así que las hijas la mantienen y tratan de ahorrar para ir a la universidad y para traer a su padre de regreso como puedan.

—¿Cómo está tu madre? —le digo—. ¿Mejor?

Irene niega con la cabeza pero sonríe.

—Ha empezado a tomar una cosa que se llama Taxol. Es un fármaco nuevo, a base de corteza de árbol. Dice que le da dolor de articulaciones.

—¿Le comentaste que vendría esta noche?

Antes, la señora Nantakarn odiaba que yo me presentara aquí de madrugada, y más todavía que me quedara a dormir, pero ya no le importa tanto porque tiene cáncer y yo he empezado mi licenciatura. Hace un par de meses hasta le oí preguntarle a Irene cuándo sería nuestra boda. Le dijo que quería ver casarse a una de sus hijas antes de morirse, pero Irene le contestó que lo dejara estar, que ya se casaría cuando le llegara el momento.

—Le dije que tal vez vendrías esta noche e hizo que te cocinara curry verde por si acaso —dice Irene—. Y hablando de madres, llamó la tuya, buscándote. Creo que está preocupada.

Irene todavía tiene un buen concepto de mi madre. No la conoce igual que yo. La verdad es que mi madre se preocupa más por conseguir una dosis que por mí, y si llamó es porque necesitaba dinero o un contacto para robar, aunque sabe que yo no le daría ni una cosa ni otra.

Mi madre es una veterana de las calles. Creció en East Los Ángeles. Estaba en una banda de los viejos tiempos, igual que mi padre. Se casaron jóvenes y se divorciaron también jóvenes. Así que el hecho de que yo esté en una banda, aunque no sea la misma, es una especie de legado. A mi madre le gustaría que yo no estuviera implicado. «Si juegas a ese juego, acabas pagando», me ha dicho desde que era pequeño. Lo sabe por experiencia. «Puede que no sea como te lo esperas —solía decirme—, pero de una forma u otra acabas pagando.»

—¿Tienes hambre? Si no quieres curry verde, te puedo cocinar otra cosa. —Irene bosteza y después me mira con una de esas expresiones de cariño de las que sé que no me hartaré jamás—. ¿Necesitas algo?

Llevo dos días durmiendo en el suelo de Mini Vegas y estoy todo adolorido, así que le digo:

—¿Me puedes hacer un masaje?

10

Irene no dice nada. Se me acerca tanto que su coronilla me queda delante de las narices. Es de esa clase de mujeres. Está cansada y se acaba de despertar, pero aun así me cuida. Me pregunto cómo es que he tenido tanta suerte. Me sorbo la nariz mientras ella me ayuda a quitarme la sudadera, que dejo en la sillita ocupada por un perro de peluche que tiene junto a la ventana. Me da un pañuelo de papel y yo me sueno la nariz y le digo que no se acerque para nada al bolsillo izquierdo, y no digo más, porque ahí está la pistolita de Mago y sé que a ella no le va a gustar saber que la llevo. Tiro el pañuelo a la basura. Noto su aroma a canela y a sábanas limpias cuando me ayuda a quitarme la camisa, extiende una toalla sobre la alfombra y me hace acostarme en ella.

—Mi corazón —me dice en español, y sabe que me vuelve loco por completo cuando me habla en español—, ¿no es hora ya de dejar esa vida? ¿Dejarla del todo?

Lleva tan poco rato despierta que la voz todavía le suena un poco ronca. Por un momento me siento culpable por haberla despertado y haberle pedido que se ponga a trabajar, pero cuando empieza, toda la culpa se disuelve.

Desde los quince años, soy incapaz de levantar el brazo izquierdo a más de noventa grados, porque en aquella época nos metimos en una pelea con una pandilla de Bloods en Ham Park después de que ellos vinieron con espráis de pintura para tachar nuestros grafitis delante de nuestras narices, como si fueran unos tipos duros. Fue una estupidez. En la reyerta que se armó, un tipo con un pelo afro pequeño y redondo y una cara que parecía una piña me derribó y me acuchilló seis veces con una botella rota. Me cortó todo el hombro izquierdo y me jodió completamente el músculo dorsal ancho. Fue Lu quien me lo quitó de encima. Ella también tenía una botella rota y se dedicó a clavársela en el cuero cabelludo una y otra vez. Cada vez que ella le cortaba la cabeza y salía sangre, el pelo se la absorbía. No es broma. Y además hacía un ruidito, algo tipo fuuup.

No se me olvidará nunca. No se puede olvidar algo así. Sobrevivió, por lo que he oído, pero no me gustaría verle la cabeza si alguna vez se la tiene que rasurar entera, eso está claro. Para cuando estuve curado, el dorsal ancho izquierdo me había quedado tres dedos más corto que el derecho, y también tengo menos fuerza en ese lado. Por eso Destino nunca me pide que cargue cosas demasiado pesadas, como por ejemplo cadáveres. Tendrían que verme las cicatrices. Parecen pequeñas constelaciones de color café sobresaliendo en mi piel. «Galaxias», las llamó Pint cuando me tatuó en el pecho un pequeño búho negro y gris, ya hace tiempo. Siempre me ha gustado esa descripción. Hace que mis cicatrices no parezcan simples heridas curadas, sino algo más grande y mejor.

Irene me manda que me ponga boca abajo y empieza a masajearme los pies. Me dobla la pierna izquierda por la rodilla y apoya su peso en mí, estirándome la pierna entera, la pantorrilla, el muslo y el tendón de la corva. El masaje tailandés es distinto al normal. Tardé un poco en acostumbrarme, pero ahora que lo conozco ya no quiero ningún otro. Se parece más a estirar y empujar, que supongo que es una de las verdades de nuestra relación. Ella siempre está tirando de mí y empujando en distintas direcciones. Incluso ahora.

—Podríamos ir a donde fuera —me dice—. No tengo por qué estudiar enfermería aquí, ya sabes. Quizá pueda pedir un traslado de universidad.

—Para eso hace falta dinero. ¿Y qué harías con tu madre y tu hermana?

—Podrían venirse con nosotros, y para conseguir dinero siempre podríamos ganarnos la vida.

—Podríamos hacer de Bonnie and Clyde —le digo, y me río—. Yo sería Clyde.

—Yo haría bien de Bonnie, pero me sobran las armas. Date la vuelta —me ordena, y la obedezco.

Me coloco boca arriba, mirando fijamente el techo, y ella me apoya la planta del pie derecho contra el sobaco izquierdo. A continuación se pone a estirar lentamente mi hombro malo hacia ella. Siento que se me tensa todo hasta el espinazo y luego hasta la cadera derecha. Duele un poco.

—No puedo dejar a Destino —le digo—. Nunca. Me necesita.

—Pero ¿y si algo sale mal? No todo el mundo es tan listo como tú, cielo. ¿Y si alguien hiciera algo que te señalara a ti, o fuera a la policía? ¿Y si te encerraran?

Pienso en Apache. Puede que no sea muy listo, pero hace lo que le dicen y nunca le pasa nada. Pienso en el hecho de que su único trabajo es manejar el camión hasta un paso subterráneo y quemarlo. Por un segundo, sin embargo, las palabras de Irene me persuaden, y me aterra que Apache pueda tener problemas; si los tuviera, me pregunto qué nos pasaría a los demás.

—Lo único que estoy diciendo es que ya le has dedicado mucho tiempo —dice Irene—. Sabes que no puedes estar dando golpes toda la vida, ¿verdad? Pronto tendrás un título. Puedes conseguir un trabajo. Quizá hasta podrías tener hijos algún día.

—Nunca podría trabajar para la policía —le digo—. Ni hablar.

—No tiene por qué ser eso. Piénsalo —me pide—. Es como dar clases particulares, ¿no? No te estoy diciendo qué tienes que hacer, solamente te pido que lo pienses y decidas por ti mismo.

—¿Me estás diciendo que salga de la banda igual que salió mi padre? —Y no soy consciente de la rabia con que lo suelto hasta que ya lo he hecho—. ¿Cuando abandonó a su mujer y a su hijo y se largó? ¿Y empezó una familia nueva en otra parte?

Irene se queda callada un segundo, pero no interrumpe su masaje. Me doy cuenta de que se está acordando de otras conversaciones que hemos tenido, de sus detalles. De que no me gusta hablar de que mi madre se volvió una drogadicta perdida después de que mi padre la abandonara cuando yo no tenía ni dos años. De que no me acuerdo de qué cara tenía porque mi madre estaba tan furiosa que quemó todas sus puñeteras fotos y, sin embargo, en cuanto se enteró de que él vivía por Lynwood o por Compton, les pidió dinero prestado a sus padres y nos trajo aquí, convirtiéndome en el niño nuevo en un sitio donde eso no es precisamente fácil, y de hecho significó que me estuvieron madreando casi todos los días hasta que le di pena a Ernesto y se puso a hacer de hermano mayor y a asegurarse de que fuera a la escuela con los Vera, y además mi madre estaba tan hundida en la fosa que se había cavado con su droga que jamás se molestó en buscar a mi padre, simplemente se limitó a intentar mitigar el dolor todos los días. De todo esto. Aun así, no interrumpe su masaje.

—Tú no eres tu padre. —Y lo dice como si la conversación acabara de tocar a su fin. Para siempre. Su tono es severo, como si estuviera dispuesta a pelearse conmigo si yo no me mostrara de acuerdo.

Suelto un gruñido, pero no por lo que me está diciendo. Si gruño es porque Irene está estirándome más de lo que me ha estirado nunca, y me da la sensación de que la presión me va a arrancar el coxis. Ella sabe que llevo mucho tiempo en la banda, pero no conoce los detalles y tampoco se los voy a contar nunca. No es material para conversaciones íntimas en la cama. En realidad, los únicos momentos en que ella ve a Destino y a los demás es para comer, si hacemos alguna parrillada o algo así, y en esos momentos nadie habla de trabajo, solamente comemos.

Seguimos de la misma forma. Ella empuja. Ella estira. Y en los estiramientos pone sus sesenta kilos de peso. Duele, para ser sincero. A continuación me dice que el control de mi vida lo tengo yo. Que puedo ser quien elija ser. Su padre nunca tuvo ese control y al mío se le fue de las manos, pero yo sí puedo hacer lo que me venga en gana. A veces es duro oírla hablar así. Ella no sabe todo lo que he hecho. No se imagina hasta dónde llega la cosa. Viene de una buena familia. Yo no.

Yo era un niño rabioso de esos que se crían solos y se meten en peleas para demostrar lo duros que son y lo poco que les importa todo. Estaba solo. Si he llegado a ser otra cosa es gracias a Destino, y lo que Irene no entiende es que para mí la partida empezó hace muchísimo tiempo. Ahora ya no me puedo levantar e irme de la mesa. Me repartieron mis cartas cuando me dieron mi apodo, cuando me pusieron Listo. Y sí, hay tipos que se han salido de esta vida. Que se han ido del barrio y han tenido hijos, pero eso fue antes de que murieran Joker, Peligro y Momo. En este momento ya no quedan más pandillas en Lynwood, sólo nosotros y algunos Crips, pero con ellos estamos bien. Tenemos buena relación. Y no sé mucho de cartas, pero sé que tienes que jugar con las que te han repartido.

A veces, sin embargo, parece que las manos de Irene no aceptan un no por respuesta. Tiene las manos más fuertes que nadie que yo haya conocido. Cuanto más trabajan, más me dice ella que también soy Robert y Listo, que soy las dos personas. Y quizá sea ése el problema ahora, porque me estoy empezando a abrir a la idea de que tal vez la vida pueda ser distinta para mí. Y le echo la culpa a la universidad. Y también a ella. Y ella sigue empujando y estirando, obligándome a ver las cosas buenas, y en medio de todo el proceso, crezco. Siempre ha sido así entre nosotros. Fue así como me saqué el título de secundaria. Fue así como entré en el Southwest. Y será así como quizá haga algo algún día. Si acaba pasando, solamente podrá ser así. Y después de todas las cosas malas que he hecho, no estoy muy seguro de que mi vida merezca un final feliz, pero Irene siempre quiere conseguirme uno, ya sea empujando o estirando.

GABRIEL MORENO, ALIAS APACHE
2 DE MAYO DE 1992
1.22 H

1

Una ventaja que tiene el rollo de la reputación es que solamente hay que hacer algo una vez, y que lo vea alguien, y luego ya corre la voz. Es verdad que le arranqué la cabellera a un bato, pero no fue tan bestia como piensa la gente. O sea, el bato ya estaba muerto, porque se la arranqué pero antes le metí una fusca 22 por la nariz y apreté el gatillo.

Todo estuvo bien menos el hecho de que el disparo le quemó todos los pelos del agujero izquierdo de la nariz. El resto, o sea, el recorrido posterior de la bala y el pasar a mejor vida, en realidad fue casi instantáneo, porque la bala era de un calibre lo bastante corto como para quedársele dentro del cráneo y no salir. Simplemente le convirtió los sesos en papilla, o sea que ni sufrió ni nada. Fue rápido.

Era el tercer trabajo que hacía para Destino; sí, deben de haber pasado unos cuatro años, en verano. Era un tipo negricano del barrio, o sea, medio negro y medio mexicano, que se hacía llamar Millonario, y había estado robando a la banda, transando con el dinero de Mini Vegas y creyendo que nadie se daba cuenta. Resulta que la casa casino no siempre la ha llevado Mago, antes la llevaba Millonario. De hecho, fue idea suya. Pero más tarde salió a la luz que estaba haciendo lo que hacía porque tenía dos morras y le encantaba comprarles regalos. Le gustaba llevarlas de compras al centro comercial de Baldwin Hills. Y, tal como quizá hayan notado por su apodo, Millonario quería que todo el mundo lo considerara importante, pero en realidad no era nadie. Lo solíamos llamar Pobretón a la cara. Me acuerdo también de que siempre estaba preocupado por su aspecto. En cuanto me enteré por una de sus ex de que Millonario era uno de esos tipos del Programa Antialopecia de Regaine, porque aunque era joven se estaba quedando calvo e intentaba solucionarlo, tuve claro qué era lo que tenía que hacer. Así que un día volvió a su departamento y yo lo estaba esperando allí con mi primo Grillo (en paz descanse), y también con Listo, porque habíamos forzado la cerradura, y todos se quedaron mirando cómo yo retiraba la cortina de la ducha y le pedía con mucha educación a Millonario que se metiera en la bañera para que yo pudiera hacer lo que tenía que hacer, y él me obedeció, y yo lo hice, o sea que todo bien. Pero no avisé a nadie que le iba a arrancar la cabellera. A Listo y a Grillo solamente les dije que llevaba mi cuchillo encima y que había tenido un impulso, pero no era verdad. Lo había planeado de antemano. En cualquier caso, acabó funcionando, porque así me hice conocido. También conseguí que la gente me tuviera miedo, porque Grillo y Listo eran los únicos que sabían que se la había arrancado después de muerto y no antes. Nadie más lo sabe. La gente ha estado inventando toda clase de leyendas sobre aquel día. Pero fue Listo quien inventó el apodo de Apache. Y desde entonces me han llamado así.

Les cuento esta historia para que sepan que no me engaño a mí mismo. Sé que soy el valiente, no el jefe. Hago lo que me dicen. Tengo un rol y lo desempeño. Como ahora, por ejemplo.

El gánster veterano que está saliendo con el camión del bulevar MLK para tomar Wright Road se llama Sinatra. No sé por qué lo llaman así. Es más viejo que la chingada, debe de tener cuarenta o cuarenta y cinco años, y va fumando un puro con la etiqueta todavía puesta, como si fuera un anillito amarillo. Es uno de esos puros finos, una panetela, y bueno, porque le gusta mucho, ¿no?

Es un tipo superflaco, pero no en plan palillo como Listo, distinto. El Sinatra este es flaco en plan enfermo. Sí. Tiene unos ojos muy grandes y desproporcionados con su nariz, uno verde y el otro castaño, y un poco de barba de tres días hecha de pelos bien nítidos, que casi parecen caligrafía. La barba le crece rala por toda la cara, desigual, y desaparece completamente antes de llegarle a la altura de las orejas. Ni siquiera se le junta con el pelo.

Lo estoy memorizando todo para poder dibujarlo después. Un lápiz del número 2 para el boceto y luego quizá le añada una capa de bolígrafo negro antes de borrar el lápiz, y luego entintar el resto, salvo las marquitas que quedan al apretar. A veces me gusta que se vean cuando miras de cerca.

La bolsa de ropa que Listo quiere que queme junto con todo lo demás está tirada entre Sinatra y yo. Tengo el brazo encima y voy apretándola hacia abajo para no quitarle ojo a mi conductor.

—¿Tengo algo en la cara? —dice Sinatra sin volverse para mirarme, con la vista clavada al frente.

—No —le respondo—, pero me alegro de no manejar yo. Nunca he manejado nada tan grande. O sea, ¿cómo puedes ver bien con todos esos espejos raros?

Los retrovisores de los lados tienen dos pisos, uno encima del otro. El de encima es redondeado y sobresale, y se ven más cosas en él, pero distorsionadas. El de abajo es plano y me deja ver lo que hay justo atrás, pero nada más. En los dos se ve a Payasa manejando mi coche a cierta distancia detrás de nosotros.

—Te acostumbras —me dice Sinatra.

Él y un tipo llamado Azulejo le robaron este camión el miércoles a un operario municipal de Florence, más o menos media hora después de que empezaran los disturbios. Supongo que el operario estaba haciendo algún trabajo y escuchando una cinta de Hall & Oates en vez de la radio, porque no se enteró de lo que estaba pasando en las calles. Estaba todavía por ahí intentando hacer su trabajo cuando Sinatra y Azulejo lo interceptaron a punta de pistola y lo sacaron a la fuerza del camión. Le arrancaron el chaleco, le arrearon una patada en los dientes y se largaron. Sinatra ya estaba con la banda antes que yo y creo que también antes que Destino. La verdad es que ya no hace gran cosa, pero, con la locura que está reinando ahora mismo, las oportunidades juntan a la gente.

Apenas van más coches que el nuestro por Wright Road, solamente vemos uno yendo en dirección contraria y luego ya nada más que un vagabundo que camina en sentido prohibido por el otro lado de la calle. En Wright no hay nada que valga la pena proteger, ni centros comerciales ni nada, así que Listo ha supuesto que por aquí no habría ni Vikings ni guardias ni nadie.

Cuando llegamos a Cortland, me busco en los bolsillos y saco las cerillas que me ha dado Listo. Seis cajas distintas, por si acaso. Esta zona siempre me hace pensar en Millonario. Dejé su cabellera en el lavabo para que la encontrara una de sus morras, pero el cuerpo lo tiré cerca de aquí, en un sitio que todo el mundo llama el Pequeño Texas y que está justo al lado de Cortland, por donde los almacenes abandonados. Pero en este momento, para esto que tengo que hacer, ni siquiera el Pequeño Texas es lo suficientemente grande. Listo dice que lo tenemos que quemar todo, y que la única forma de asegurarse de que un fuego tenga tiempo de hacer su trabajo es estacionarlo debajo de un paso elevado para que nadie pueda ver el humo hasta que sea demasiado tarde. Y desde donde estamos, puedo ver la 105.

Me acuerdo un momento de Bicho, porque antes siempre fumábamos mota y decíamos que cogeríamos la 105 con el coche antes de que la terminaran, solamente para ser los primeros, ya saben. Solamente para desvirgarla y ver qué aspecto tenía todo cuando estuviéramos los dos solos allí arriba, un paisaje para nosotros. Sí. A ver si me entienden, el bato está chiflado, pero a veces hace gracia, es justamente la clase de persona con la cual se puede ir por una autopista elevada sin terminar.

Ya casi hemos llegado adonde Listo quiere que vayamos, y Sinatra mete el camión por debajo del puente y maneja hasta una pequeña franja de arcén que queda debajo de los andamios, que tienen un poco el aspecto de un esqueleto de animal hecho de madera, como si nos estuviéramos metiendo en su boca.

Una vez tuve una gata. La llamé *Teeny* porque era muy pequeñita cuando la adopté. Me pasé años dibujándola mientras crecía. Tengo un libro entero sólo de dibujos de ella. Era una gata atigrada de color naranja, con buenos músculos. Podía saltar superalto. Y unos ojos verdes que parecían piedras mojadas. Vocecilla de pajarito. La gata más dulce del mundo. A veces la llamaba gata-perra porque hasta jugaba conmigo a atrapar cosas que yo le tiraba. Le gustaba perseguir pelotas de papel de aluminio arrugado, por el ruido que hacían, y traérmelas cuando se las tiraba. También le gustaba morderlas. Pues un día, en medio de una de aquellas sesiones de lanzar cosas y recogerlas, se puso a escupir sangre y a maullar como si se estuviera muriendo. Tardé más de una hora en conseguir que la viera el veterinario, y para entonces ya simplemente me dijeron que no la podían salvar porque se había tragado una bola de papel de aluminio que le había hecho heridas por dentro, se había pasado todo el trayecto hasta la clínica veterinaria gimiendo y temblando y escupiendo sangre, hasta que el veterinario le puso una inyección. Fue un detalle bonito de su parte, ¿saben? No hacía falta que *Teeny* sufriera. Eso no se lo merece nadie. Se murió tranquila en mis brazos, con los ojos cerrados, como si durmiera. Como debería ser.

Odio ver sufrimiento. Bajo cualquier forma. Si hay que hacer un trabajo, vale, es trabajo, pero ni hace falta alargarlo ni regodearse ni nada de eso. Como por ejemplo el bato ese del jardín de Payasa. Ranger le había atravesado el cuello, vale, había que hacerlo y el disparo era desde lejos, así que no me enojé, pero es que el tipo se quedó tirado en el suelo y estaba sufriendo. Nadie necesitaba verlo morirse como un pez fuera del agua, delante de todos, retorciéndose con las branquias abiertas. Solamente había que rematarlo, así que lo hice. La rapidez es compasión. No sé a quién le oí eso, quizá a Listo, pero me gusta. Para mí tiene sentido. Pasan cosas malas, sí, pero cuando pasan se puede hacer que pasen rápido y es mejor para todos.

Por eso cuando Sinatra gira las llaves en el contacto y el camión se detiene con un traqueteo y él se inclina para sacar la cinta del equipo de sonido en medio de una rola que decía que el crimen tiene sus recompensas, le pego el cañón del arma a la sien y aprieto el gatillo.

El estampido retumba tan fuerte en la cabina que me pitan los oídos, y la puerta de detrás de su cabeza queda toda roja y agujereada. Despúes Sinatra experimenta una pequeña sacudida, pero es una respuesta refleja. Está muerto.

Abro mi puerta, me bajo del camión y le cambio a Payasa dos cajas de cerillas por una botella enorme del vodka más barato del mundo. Le quito el tapón y rocío todo el interior del camión. Echo el alcohol por todas partes, sobre todo por la guantera, el volante y la alfombrilla donde ha caído la panetela, que se inflama de golpe, pero también por encima de Sinatra y de su barba rala, y ahora ya estoy seguro de cómo se la voy a dibujar. Con un rotulador negro, sin boceto previo. Rayas cortas y rápidas.

Había que hacerlo. Lo dijo Destino. A Sinatra lo han estado viendo por toda la ciudad. Estos camiones tienen números. Están registrados, y en algún momento alguien va a denunciar el robo de este camión, si es que no lo han hecho ya, y entonces se pondrán a buscarlo, cuando la gente se tranquilice lo suficiente como para empezar a preocuparse no solamente por los disturbios sino también por cosas como un camión robado, y el tipo al que Sinatra se lo robó lo identificará porque no llevaba máscara, y eso no es bueno para nosotros, porque Sinatra nos conocía y sabía lo que hicimos esta noche. También hay algo más, y es que ha corrido la voz sobre Sinatra, ha salido a la luz que el jueves por la noche tuvo una riña doméstica con su exmujer. Le pegó un tiro en la espalda pero ella sobrevivió. Está en el hospital Saint Francis.

Puede que él no supiera que nos habíamos enterado, pero resulta que sí. Nosotros nos enteramos de todo y actuamos cuando tenemos que actuar. Las autoridades lo habrían detenido, y nosotros debíamos asegurarnos de que no tuviera nada para negociar cuando lo atraparan. Había que chingarse a Sinatra y lo hicimos.

Como el suelo ya está ardiendo bastante, enciendo una cerilla y la tiro rápidamente al asiento. El plástico negro de la bolsa de la ropa se inflama y se encoge por el calor. Bajo la ventanilla un par de dedos para que el fuego tenga oxígeno, cierro la portezuela y me subo un poco a la baranda de la plataforma del camión para ver su interior, donde Payasa ha encendido un buen fuego. Arrojo dentro mi pistola y mis guantes y enciendo otra cerilla por si acaso antes de bajarme de un salto, con los puños cerrados y con cuidado de no tocar nada con los dedos. Luego entramos en mi Cutlass, esta vez me pongo al volante, doy un giro de ciento ochenta grados y manejo en dirección al MLK, estaciono en el arcén y nos quedamos mirando por el retrovisor cómo arde el camión.

Cuando yo estaba subiendo, uno de mis trabajos era vigilar mientras los veteranos quemaban coches robados. Casi siempre me hacían quedarme hasta que se caían los bloques del motor, pero si podíamos, si no venía nadie, nos quedábamos hasta que explotaban. Los coches nunca explotan como en las películas. O sea, puede que exploten así si tiras algo dentro del depósito de la gasolina, pero si sólo estás incendiando el interior, tienes que esperar mucho rato. Creo que siempre pasaba más o menos un cuarto de hora hasta que el fuego llegaba a la gasolina y la detonaba, y el tamaño de la explosión siempre depende de cuánta gasolina haya dentro. Esta noche no he visto cuánta había en el depósito del camión.

Incluso con la situación que hay, no es buena idea que Payasa y yo nos quedemos aquí tanto rato. O sea, Listo ha mandado gente a asaltar Montgomery Wards, y ha hecho llamadas de emergencia desde todas partes, pero también nos ha dicho que no esperemos más que al final de los fuegos artificiales.

Hasta entonces me dedico a estudiar los contornos de las llamas. Supongo que se puede decir que parpadean. Sí, veo cómo el resplandor naranja trepa por las luces metálicas de obra como si fueran una enredadera viva o algo así. Primero revientan las ventanillas de la cabina, rociándolo todo de cristales. Justo después, el cláxon empieza a sonar sin pausa, y por fin, cuando todo se calienta bastante, explotan las bombillas de cristal de las luces de obra. Para entonces el fuego ya está vomitando humo negro contra el vientre del puente y el cemento se pone negro, casi como si lo estuvieran pintando con hollín.

—¿Y cuándo nos...? —dice Payasa.

¡Pam! Oímos un estampido detrás de otro, muy fuertes, y es en ese momento cuando pongo primera y piso el acelerador con total tranquilidad, y mientras salimos de allí nos parece oír a nuestra espalda dos petardos más, dos estallidos y dos tintineos procedentes de la plataforma del camión, porque ahora el fuego produce tanto calor que está disparando las balas sobrantes de las armas, las que nos quedaron.

2

Mi coche sigue oliendo a la carne cruda que trajimos y que todavía no hemos terminado de cocinar. Los chavitos que Destino puso a limpiar la cajuela no lo hicieron demasiado bien. Se pasaron tres horas trabajando en ello, y la llanta de refacción ya no tiene manchas, pero la alfombrilla ha quedado toda descolorida y empiezo a pensar que no se limpiará nunca, que ya siempre voy a estar oliendo a carne de hamburguesa podrida. Justo entonces decido que necesito un coche nuevo. Es hora de venderle éste a algún pendejo que no se entere de nada. Pero en este momento eso no me soluciona el problema, así que bajo la ventanilla hasta la mitad para que entre un poco de aire de la noche.

Payasa voltea a verme:

—¿Tienes PCP?

El PCP es justo lo que Destino no quiere que tomemos esta noche. Pero tengo poco. Simplemente no lo he usado.

—Destino dijo que no —le digo.

—Sí, pero se refería a antes, no a después.

—Después no sirve —le digo—. Solamente antes.

Ella se queda un momento largo mirando a lo lejos. Nunca he probado a hacer nada con acuarelas, pero, viendo este cielo nocturno que parece mojado aunque no lo esté, me dan ganas de intentarlo, porque queda superbién que todo se vea borroso alrededor de la cara de Payasa y que los amarillos de los faroles le iluminen la nariz de perfil. Es guapa, ¿saben? Y no lo digo de una forma sexual, sino más bien como si fuera mi hermana pequeña y, teniendo en cuenta que ya no le quedan hermanos mayores, eso es justo lo que vamos a tener que ser ahora. Sí. Destino, Listo y yo, y todos los demás.

Y ahora rompe el silencio del coche para decirme:

—Destino me obliga a mudarme con mi madre para alejarme una temporada. No entiendo por qué me tiene que castigar así. O sea, ¿no hice bien lo de Joker?

Me quedo un momento callado. Me limito a dejar reposar sus palabras mientras manejo. Payasa hace lo mismo. Estamos yendo a casa de mi primo Oso, a esperar a que nos lleguen noticias de Destino o de Listo.

Al final, sin embargo, le tengo que decir:

—A lo mejor no es tan mala jugada.

Ella salta al instante:

—¿Qué quieres decir?

Y se me queda mirando con cara de mala onda.

—Lo hiciste mejor que bien —la felicito—. La mejor ejecución que he visto, prácticamente. Ya sabes que la mayoría de la gente no puede disparar ni a madrazos cuando le sube la adrenalina. O sea, ya viste cuántos disparos se fallaron delante de tu casa, ¿no? Una tonelada. Pero tú no eres tu hermano, ¿sabes?

—¿Cuál? —pregunta en tono agobiado, como si se diera pena a ella misma. Carajo. No es que no tenga derecho a dársela, pero aun así.

—Ya sabes cuál —le digo—. Mosquito. Tú te pareces más a Ernesto.

Si tengo que ser sincero, me incomoda un poco que ella se dedique a lo mismo que yo. No es un trabajo para mujeres, ¿saben? Seguramente soy sexista, o lo que sea, pero yo creo que la mayoría de la gente estaría de acuerdo conmigo.

—Estuviste más que a la altura —le digo—. Hiciste lo que debías. Hiciste justicia.

—¿Tú crees?

—Sí. Pero también creo que no eres yo.

Ella parece enojada, como si le estuviera faltando al respeto o algo así, y me replica:

—¿Y eso qué se supone que quiere decir?

—Quiere decir lo que he dicho. Que no eres yo. En el sentido de que ahora que has empezado a hacer esto no tienes por qué seguir haciéndolo. No tienes por qué dedicarte a lo que yo, Payasita.

Ella infla el pecho combativamente y me dice:

—¿Me estas prohibiendo que lo haga?

Me quedo mirando el cielo un minuto a través del parabrisas, con toda su negrura de carbón. Niego con la cabeza, agarrando el volante con fuerza, igual que agarraría el bat si estuviera en la caja de bateo y necesitara un hit como fuera.

—Déjame que te cuente una cosa, Lil Clown Girl —le digo.

La llamo Lil Clown Girl porque es la traducción literal de Payasita al inglés. Sólo lo uso cuando estamos solos. Es como un apodo cariñoso. Sí. Nadie más la llama así, y si alguien lo intentara, yo no lo dejaría. Es nuestro apodo. Pero ahora mismo necesito que esta boba de dieciséis años me escuche, así que lo uso.

—Me acuerdo de que una vez estaba en Josephine, ¿vale? —le digo—. Por el lado de Park. Debía de tener un año menos que tú ahora, como mucho. Pero ya tenía fusca desde hacía un tiempo. Había hecho algunos trabajos y me creía un tipo duro porque los pandilleros mayores me decían que era duro y que estaba aprendiendo bien. Así que me hacían encargos de vez en cuando, cosas que vigilar y así, ya sabes. Pues aquel día, un soplón llamado Booger salió de la casa donde se estaba escondiendo, en la acera de enfrente del parque, y yo llevaba un tiempo esperando que saliera porque me habían mandado que me encargara de él. Así que nada más verlo me emocioné tanto que eché a correr, ¿de acuerdo? Fui corriendo hasta la banqueta, a toda velocidad, y me subí a ella porque no quería correr por en medio de la calle, y luego le grité: «¡Booger, oye, Booger!», y él me miró; yo vi que me miraba y apunté. Yo tenía una fusca que me había dado Destino, me encantaba, creo que era una nueve milímetros, una Smith and Wesson seis cinco nueve, que en realidad es una pistola bastante grande para un chamaco; pero por entonces a mí eso no me importaba. En cuanto vi a Booger me saqué el arma de la sudadera a lo loco y le disparé: pam, pam, pam, pero el problema fue que, justo cuando estaba abriendo fuego, se metió un coche entre él y yo. —Oigo que Payasa suelta un gemido de tipo «oh, carajo», pero sigo con mi historia—. Estaba tan excitado que ni siquiera puse atención, no lo vi venir, de tan deprisa que pasó todo. Lo único que recuerdo es que reventaron al mismo tiempo las dos ventanillas de atrás de un auto compacto, porque mi bala entró por una y salió por la otra. Había atravesado el coche.

Llegado este punto hago una pausa, no en plan efectista ni nada, sino porque tengo que hacerla.

La pausa debe de alargarse demasiado, porque Payasa me dice:

—¿Y qué pasó?

—Pues que había una sillita en la parte de atrás —le digo—. Una de esas de bebés, ya sabes, ¿no?

—Carajo —dice Payasa—. ¿Y qué pasó?

—Pues pasó que no acerté a darle a Booger. Se escapó, el bato.

—¡Al carajo Booger! ¿Qué le pasó al bebé?

—No lo sé.

—¡Cómo que no lo sabes!

—O sea, solamente oí que lloraba, o sea, que lloraba y gritaba muy fuerte en el asiento de atrás, y vi que el coche daba un par de volantazos y salía disparado, y no me quito de la cabeza todos esos cristales en el asiento de atrás, ¿sabes? —Niego con la cabeza al acordarme—. Todos esos cristales...

Ahora Payasa está un poco furiosa.

—¿Y te llegaste a enterar? O sea, ¿salió alguien herido?

—No —le digo—. No me llegué a enterar. Lo intenté, pero nadie había oído nada de un bebé herido, y tampoco volví a ver aquel coche, ni junto al parque ni en ningún otro lugar.

—No manches. ¿En serio? ¿*Nunca*?

—A veces sueño con bebés —le confieso—, llenos de cortes.

—Qué putada —me dice.

—Pues sí. Pero lo que hice yo también fue una putada. Y solamente te cuento esta historia para decirte que esta mierda no te la quitas de encima. Porque no quiero que me mires y pienses que a uno todo le resbala. Es lo único que te digo, Lil Clown Girl. Y ya está.

Ella se queda callada y yo no sé qué decir, ni tampoco sé si le he hecho entender lo que quería, así que espero un poco antes de añadir:

—Si de verdad Destino te está sacando de aquí, quizá no sea tan malo, ¿sabes? Pasar una temporada fuera del barrio... O sea, ¿qué harías si estuvieras fuera? ¿Lo has pensado alguna vez?

Ella reclina la cabeza hacia atrás sobre el reposacabezas y se queda mirando el techo. Al cabo de un momento largo le aparece una sonrisa en la cara, pequeña pero visible, así que le pregunto:

—¿Qué?

—Nada —me dice—. Es una tontería.

No es una tontería, tengo ganas de decirle, porque es la primera sonrisa que te veo desde que Ernesto apareció tirado en aquel callejón. Pero me limito a esperar. Le doy tiempo. Intento memorizar cómo le queda la sonrisa. Es más grande que la de la Mona Lisa. Le arruga un poco la parte de arriba de la nariz, entre las cejas.

—Me apetece un poco la idea de ver a Elena —me dice.

—Espera —le digo, para asegurarme de que lo entiendo—. ¿La que quería que nos cargáramos a Joker y le dijéramos que nos mandaba ella? ¿Esa Elena?

—Ésa exactamente —dice ella, y se relame un poco, como si estuviera pensando en algo distinto que hacer con los labios, algo bueno.

—Mírate —le digo—. Amor loco.

Ella chasquea la lengua haciendo un ruido fuerte y brusco.

—Un momento, yo no he dicho que sea amor.

—Lo que tú digas. Está loca pero también está buenísima. Con ese trasero… —empiezo, pero me quedo a medias porque me pongo a pensar en lo buena que estaba Elena con los jeans y en lo tremendo que sería ponerle las manos encima, y me pierdo unos segundos en esa fantasía y no puedo acabar lo que estaba diciendo, así que simplemente digo—: Coger…

Sólo lo digo para darme énfasis, ¿saben? Pero Payasa sabe exactamente de qué estoy hablando y se ríe de mí. Me da igual por qué se ríe. Es agradable oírla reír. Una de las ventajas de Payasa es que nunca tienes que preocuparte de hablarle como a una chava. Puedes decir lo que te salga de los huevos, como haces de costumbre, y no pasa nada. Es una más de nuestra banda.

—Sí —dice Payasa—. «Coger» es la palabra. Estoy trabajándomela.

Eso me provoca una imagen mental instantánea y me paso varias manzanas dándole vueltas.

—Carajo. —Es lo único que se me ocurre decir, pero sospecho que tengo que hacer que Payasa siga hablando de Elena porque parece que le quita de la cabeza otras cosas más feas—. ¿Crees que a ella van a dejar de gustarle los tipos? ¿Por qué?

—Siempre hay una posibilidad —me dice—, sobre todo si puedo conseguir que ahora me vea como su protectora.

—¿Cómo? ¿En plan caballero de armadura resplandeciente? —Miro a Payasa y ella asiente un poco con la cabeza y se le vuelve a poner la misma sonrisa secreta, aunque esta vez parece sugerir que ella sabe cosas de las mujeres que yo ni siquiera sabía que existían, y se ve con tanta confianza que ni me planteo ponerlo en duda—. ¿Defender su honor y todo eso?

—A las mujeres les importan esas ondas —me dice—. Necesitan sentirse seguras.

—Lo dices como si tú no fueras una —le suelto.

Estaciono en la calle de Louise, justo delante de la casa de Oso. Dentro hay una luz encendida y veo a mi tía yendo y viniendo al otro lado de la ventana de la cocina, inclinada sobre el fregadero como si estuviera lavando verduras o algo parecido. Me basta verla así, con el pelo recogido como si hubiera estado durmiendo, para saber que Oso la ha sacado de la cama. Lo tiene malcriado, sobre todo desde que murió Grillo, y lo deja comer a todas horas del día o de la noche, cada vez que tiene hambre. Da igual cuándo; si él se lo pide, ella se levanta y le cocina algo.

—No soy una mujer de la misma forma que Elena —dice Payasa cuando apago el motor—. Las chicas como ella necesitan que alguien las cuide. Alguien como yo necesita cuidar de otra persona. Funciona así. Es la naturaleza. Los roles no cambian demasiado porque las dos seamos viejas. Esas cosas son de nacimiento. Son *humanas*.

Me encojo de hombros porque qué sé yo de esas cosas y abro mi portezuela, pero, cuando se enciende la luz del techo por encima de nuestras cabezas, Payasa me toma del brazo y noto que tiene algo más que decirme, así que cierro la puerta y la luz se apaga.

—¿Esto se acabó? —me pregunta—. ¿Se acabó *de verdad*? ¿Se va a tranquilizar todo ahora que ya no están Joker ni Peligro ni Momo?

—No lo sé —le digo, y es verdad.

Ella agacha la cabeza y frunce el ceño, y así es como compruebo que yo tenía razón antes. Payasa quiere que se acabe ya. Mosquito nunca se habría comportado así. Él habría querido seguir la guerra durante mucho tiempo y aprovechar cualquier oportunidad para hacer el bestia. Le habría encantado. A Payasa, en cambio, no. Ella simplemente fue e hizo lo que tenía que hacer cuando le tocaba hacerlo.

—Siempre hay alguien que es pariente de alguien, ¿verdad? —Lo dice en tono agotado, como si fuera una abuela—. O de la banda de alguien…

—No te falta razón —le digo—. Pero si no te gustan las consecuencias, no juegues.

Puede parecer insensible decirle eso a alguien que acaba de perder a sus dos hermanos y toda la parte de delante de su casa, pero ella sabe que es cierto, y alguien se lo tiene que decir. Y yo puedo ser ese alguien. La veo mecerse un poco en el asiento y abro mi puerta lo justo para que vuelva a encenderse la luz del techo y pienso que puedo intentar hacerle un retrato en negros y grises. O sea, usar un pincelito y pinturas para maquetas, de esas que siguen reluciendo hasta después de secarse.

Y le digo a mi Lil Clown Girl:

—¿Tienes hambre? Parece que mi tía está cocinando, y confía en mí: si está haciendo enchiladas, no te conviene perdértelas.

—Estaría bien —me dice—. Pero después, ¿te importaría llevarme a casa de mi madre?

Yo no soy el jefe, soy el valiente, pero supongo que puedo hacer una excepción, solamente por ella. Solamente esta vez.

DÍA 5
DOMINGO

«LA POLICÍA TAMBIÉN SE DEDICÓ A DECIR A LOS PANDILLEROS
QUE EN LA PRÁCTICA LA GUARDIA NACIONAL ERA UNA BANDA
MUCHÍSIMO MÁS GRANDE. PENSARON QUE ÉSE ERA EL
VOCABULARIO QUE ELLOS ENTENDERÍAN.»

GENERAL DE DIVISIÓN JAMES D. DELK, COMANDANTE
DE LAS FUERZAS DE LA GUARDIA NACIONAL

ANÓNIMO
3 DE MAYO DE 1992
15.22 H

1

A ver si entienden una cosa: soy el Lobo Feroz, y de cara a cualquiera que necesite una mordida, no existo. Esta noche me han asignado la misión de asaltar una serie de viviendas asociadas con bandas y les puedo asegurar que personalmente me lo voy a pasar bien. Debido a la naturaleza extralegal de esta operación, no les puedo decir quién soy ni dónde trabajo. Técnicamente tampoco puedo decirles a qué me dedico, me refiero a mi otro trabajo, pero ahora mismo las circunstancias son extraordinarias, así que puedo ir explicando lo que hago sobre la marcha y el resto lo pueden deducir. Primero, sin embargo, se requieren ciertos antecedentes.

En la actualidad estoy al mando de dos vehículos de transporte que ahora están llevando a dieciséis hombres por el lecho seco de cemento del río Los Ángeles. Hemos entrado en el canal por un túnel de entrada situado por debajo del puente de la calle Seis. Canalizada con cemento por el Cuerpo de Ingenieros del Ejército durante un período de varios años a partir de 1935, la cuenca del río ya es más carretera que río, y hoy nos va a servir tanto de puente como de puerta trasera para acceder a South Central. Estamos de camino a una vivienda en la que residen y llevan a cabo negocios ilegales múltiples miembros conocidos de una banda. Antes de esta misión, mi equipo se ha visto atrapado en la típica situación de «ir corriendo para ponerse a esperar», porque en mi opinión nadie de arriba tenía agallas para dejarnos entrar en acción hasta hace una hora. Hasta ese punto nos habían tenido en espera, sentados en un cuartel provisional de la Policía de Los Ángeles y del resto de los servicios de emergencia.

Esto nos resultó particularmente frustrante a mi equipo y a mí mismo, porque por todo Los Ángeles la policía y los contingentes de la Guardia Nacional han estado enzarzados en enfrentamientos y escaramuzas con unos enemigos internos mucho más avezados en guerrilla urbana que la mayoría de los combatientes extranjeros. Es poco probable que oigan a nadie defender esta perspectiva en público, pero es la correcta. Estas situaciones ocurren porque en la práctica esta ciudad se encuentra balcanizada. Lo que existe en Los Ángeles es una mezcla particularmente tóxica de ciudadanos con orígenes culturales y sistemas de creencias distintos, pero lo que hay por encima de todo es una población de bandas muy fragmentada con casi 102.000 miembros. (Cuando me informaron por primera vez esta cifra, dije: «Señor, eso no es una estadística, es un ejército».) Sólo en 1991, ese contingente fue responsable de 771 asesinatos en la ciudad, más de dos diarios.

Y la cosa es peor todavía: al empezar los disturbios, el Departamento de Policía de Los Ángeles tenía orden de proteger todas las tiendas de armas de la ciudad. Y fracasaron. En los dos primeros días se robaron más de 3.000 armas de fuego (casi todas semiautomáticas, pero también algunos rifles completamente automáticos). Aunque esta cifra se verificó, no se ha hecho pública; ni tampoco la siguiente: casi todas las armas robadas están en paradero desconocido. Así pues, resulta necesario a nivel operativo saber que las bandas de negros y de latinos en esta zona están fuertemente armadas.

Para que sepan de dónde vengo: cuando uso la palabra «negro», sé de qué hablo. Tal como me decía a menudo mi padre, que se crio en el sur: «Naciste negro y negro morirás». Crecí en Watts, antes y después de los disturbios de 1965, y Los Ángeles de hoy en día es muy distinto del de entonces. Nací en el hospital Saint Francis de Lynwood en abril de 1956, porque por aquella época no había hospital en Watts. A los nueve años, mi barrio se rebeló en respuesta a la detención y la paliza de «el chico de los Frye», como lo llamaba mi madre, porque ella conocía a su madre, Rena, de la iglesia. Por aquel entonces, los blancos todavía consideraban Lynwood un lugar agradable para vivir, y mi madre iba allí en autobús para limpiar casas. Me parece innecesario dar más detalles de mi infancia y mi juventud, así que diré únicamente que me destinaron a Vietnam en 1974 y pasé allí cuatro años. Después me convertí en militar de carrera y me retiré anticipadamente para aceptar cierto trabajo con cierta agencia del Gobierno americano que no puedo mencionar. Es lo único que les puedo decir de mí, pero me parecía de importancia vital dejar claro que tengo un compromiso personal con esta misión. Tiene lugar en mi territorio, por así decirlo.

Sin embargo, ésta no es una situación que haya surgido de la noche a la mañana. Les puedo decir por propia experiencia que después de Watts no se solucionó nada, ni económicamente ni en ningún otro sentido, y, sin embargo, no exagero si digo que esto es un polvorín significativamente mayor que el de antes. Sólo hay 7.900 agentes de policía y sheriffs para una ciudad de casi 3,6 millones de habitantes y un condado de 9,15 millones. (Piensen en los casi 102.000 miembros en activo de bandas en comparación con este número de agentes.) Así pues, se trata de la peor proporción de todas las áreas urbanas importantes del país, y no obstante, la situación es todavía peor si uno considera el tamaño de la zona que hay que patrullar. El condado de Los Ángeles es como una enorme manta. Es llano y se extiende de norte a sur desde el puerto que abarca San Pedro y Long Beach hasta el pie de las colinas de Pasadena y del valle de San Fernando, y en dirección oeste a este desde las playas de Santa Mónica hasta el desierto del valle de San Gabriel.

Para hacer una comparación: los disturbios de Watts tuvieron lugar en seis manzanas de mi antiguo barrio. Y se contuvieron en ese espacio. Sin embargo, en la primera noche de la actual situación de agitación social los incendios se propagaron por una superficie de 270 kilómetros cuadrados de ciudad y condado en South Central. En consecuencia, el toque de queda se respetó igual de bien que la Ley Seca, porque patrullar una zona de ese tamaño, con una población de bandas tan grande, incluso en épocas de calma, resulta extremadamente arduo. Pero durante una situación de desorden ciudadano de un calibre que este país no ha visto nunca... En fin, es simplemente imposible. Hasta aquí las malas noticias, pero aquí vienen las buenas: todo va a cambiar esta noche.

En el cuartel provisional, he hablado con algunos veteranos de Vietnam como yo, casi todos miembros de la Guardia Nacional, algunos agentes de carreteras y también policías. Casi todos me contaron lo mucho que se pare-

364

cen sus emociones ahora a cuando estuvieron «sobre el terreno» hace más de dos décadas. Me han confesado que tienen dificultades para reconocer al enemigo. Entiendo ambas cosas, pero a mi equipo no le han asignado la tarea de defender centros comerciales. Tenemos objetivos claros y nos guía un enlace del Departamento de Homicidios del Sheriff de Los Ángeles dotado de un conocimiento excepcional y de informadores fiables dentro del mundo de las bandas de South Central. Él elige nuestros objetivos y nosotros hacemos nuestro trabajo. En pocas palabras, nosotros somos la venganza.

—No se preocupen —les he dicho a los veteranos de la cola del comedor organizado por la buena gente del Servicio Forestal—. Yo sí sé quién es el enemigo, y no solamente le voy a romper las costillas en su nombre: también lo voy a mirar a los putos ojos cuando lo haga.

Tengo que decir que me han agradecido mucho mis palabras. Todos los días y todas las noches desde que esto empezó, los matones de las bandas han estado amenazando a la policía y a la Guardia Nacional por toda esta ciudad. Todavía no he hablado con un solo miembro de la Guardia que no cuente una variante de la misma historia: los pandilleros pasan a su lado despacio con el coche, exhibiendo sus armas, encañonando a los agentes de uniforme y diciéndoles: «En cuanto se haga de noche volveremos y los mataremos».

En mi línea de trabajo, eso se considera una amenaza terrorista y exige una respuesta inmediata. Ésa es la estrategia que debemos aplicar a esta situación, porque las épocas desesperadas exigen medidas desesperadas. Dentro del Centro de Operaciones de Emergencia ya corre el rumor de que la situación en el conjunto de la ciudad está contenida a un nivel que permitiría levantar el toque de queda mañana, así que nuestra misión se halla circunscrita estrictamente a esta noche. Tenemos menos de veinticuatro horas para mandar un mensaje muy potente.

Lo único bueno del caos de los cinco últimos días es lo siguiente: no hay posibilidad alguna de que lo que estamos a punto de hacer nos traiga consecuencias. Salimos, les damos una lección a esos matones para que aprendan quién es el más fuerte y el más malo y nos vamos. Es muy primitivo, sí, pero también es el único idioma que entienden todas las bandas.

Nuestra intervención sigue un parámetro doble: en primer lugar, no tenemos que pasar más de seis minutos en cada propiedad, y en segundo lugar, podemos actuar como nos parezca apropiado, siempre y cuando no disparemos a menos que nos disparen. Yo acepté ambos parámetros en el COE, pero soy realista. Si de algo puedes estar seguro cuando te encuentras sobre el terreno es de que las circunstancias cambian. Aun así, durante los preparativos de la misión no me pude callar la boca cuando un comandante de los marines, calientasillas y recién llegado y con más galones en la manga que sesos me dijo que no disparar a menos que te disparen es lo único que nos distingue de las bandas.

—¿Nos distingue, señor? —le dije a su cara superseria—. Nosotros *somos* una banda.

Tendrían que haber visto la expresión de pasmo que se le quedó. No es mi comandante y no respondo ante él. Sólo se le informó de la misión por una cuestión de cortesía profesional. A mí el paralelismo con las bandas me parece completamente evidente, pero supongo que no lo es.

En este vehículo llevo a un equipo de hombres altamente capacitados y elegidos por mí. Todos llevamos uniformes tácticos idénticos con cascos y ropa verde. Tenemos la meta en común de «asaltar» (como se dice de manera coloquial) a otra banda y recordarles de la forma más contundente posible dónde está la línea que no pueden cruzar. Esto es algo que las bandas tienen que hacer de vez en cuando. Siempre hay una línea que no se puede cruzar, ya sea sobre el terreno o en materia de conducta, incluso entre los criminales, y en una situación de agitación social, repito, como no se ha visto otra en este país, los seres humanos suelen olvidarse de dónde está esa línea.

Hasta ahora, claro. Ahora hay que volver a trazarla. Ahora somos más peligrosos que nunca porque no nos supervisa nadie y tampoco necesitamos hacer papeleo por la mañana, que es lo mejor de todo. Nada de rellenar formatos. No hay historia que contar. Nada de informes por triplicado. No puede haber operación dirigida por el gobierno más perfecta que ésta, porque es absolutamente simple y técnicamente no quedará constancia alguna de ella.

No llevamos los nombres cosidos en los uniformes. Somos igual de anónimos que el viento. Lo que hagamos sólo existirá en forma de historias contadas en voz baja. Los únicos que sabrán que hicimos esto serán los villanos, y ellos no cuentan.

He emitido una orden y solamente una: disparen para incapacitar a sus objetivos, y cuando lo hagan, incapacítenlos para siempre. Se lo digo a mis hombres y también enmiendo el primer parámetro de nuestra misión:

—No esperen, repito, no esperen a que les disparen —les digo mientras nuestro vehículo pisa un bache y continúa—. Si alguien les apunta con un arma, le cancelan su puta fiesta del Cinco de Mayo.

2

Así pues, teniendo bien claro lo que ya he revelado hasta ahora, quiero pedirles una cosa. Necesito que se preparen para lo que se avecina. Respiren hondo si les hace falta. Y cuando cumplamos con nuestro deber, les aconsejo que no se pongan sensibleros. No vean a nuestros objetivos potenciales como víctimas ni como personas, sino como criminales impunes que van a recibir una dosis de la única medicina que entienden. Les recomiendo encarecidamente que no los compadezcan. Los criminales que estamos poniendo en nuestro punto de mira se lo merecen y llevan mucho tiempo mereciéndoselo. Y lo que es más importante, sepan que esto se lo buscaron ellos mismos.

Pasada la confluencia entre el río Hondo y el río Los Ángeles hay una salida para vehículos que lleva a la Imperial Highway. Salimos del canal por ella, usamos la vía de acceso, abrimos la reja y accedemos a la calle. Compruebo otra vez con nuestros conductores tácticos la dirección de la avenida Duncan que nos ha dado nuestro enlace con Homicidios de Los Ángeles. Yo pedí específicamente que nuestro enlace estuviera asignado a nuestra unidad, pero me rechazaron la petición. Él me dijo que le encantaría estar con nosotros, sobre todo para ver la cara que se les quedaba a esos «cabroncitos mexicanos» cuando les llegara la justicia, pero no se puede arriesgar a que alguien lo reconozca. Él estuvo anoche en esta misma dirección e interrogó a uno de los pandilleros. Nosotros estamos aquí «de visita» pero él tiene que seguir haciendo de policía en esta zona. Le dije que lo entendía.

Como tenemos la ventaja de la sorpresa, el procedimiento estándar es asaltar frontalmente la vivienda. Sin embargo, en este caso, hemos tenido vigilado el objetivo y se nos informó de que en estos momentos está teniendo lugar una reunión en la zona del patio trasero. Además, sabemos que hay una salida para coches bordeando el lado norte de la propiedad. Por esa razón, mandé a uno de los equipos de cuatro que van en el coche de cola que se apee en mitad de la manzana y flanquee la vivienda con las armas en alto a fin de cerrar la salida a los congregados y dirigir a todo al que intente escaparse de vuelta al patio. Entretanto, el otro equipo del vehículo de cola ejecutará el asalto frontal y los dos equipos que van a bordo de mi vehículo cortaremos la ruta de escape lateral.

Mientras se está alejando, el escuadrón del flanco se encuentra con un posible pandillero que está cruzando la acera en dirección contraria a la vivienda de nuestro objetivo. Es razonable suponer que está abandonando la reunión, de forma que lo abordamos. Él levanta las manos de inmediato y no intenta alertar a nadie de nuestra presencia. Cuando le decimos que se tumbe en la hierba y extienda los brazos y las piernas, obedece y lo registramos en busca de armas. Está limpio. Le decimos que se quede donde está, él asiente con la cabeza para indicar que lo entiende y mi equipo procede hasta el flanco.

Llevo un casco reglamentario nuevo, de estilo alemán, al que todavía me estoy acostumbrado, además de rodilleras, protecciones en los muslos y chaleco antibalas: básicamente voy más acolchado que un jugador de futbol americano. En la mano derecha llevo una porra retráctil táctica de acero macizo, también de fabricación y diseño alemán. Completamente extendida, mide 66 centímetros. Pesa 650 gramos y es un instrumento asombrosamente efectivo si está en las manos correctas. Por un momento, antes de que el vehículo se detenga del todo y saltemos, me siento invencible.

A mi orden, salimos y nos desplegamos en formación cuando uno de nuestros objetivos grita:

—Llegan los gorilas. ¡Todo el mundo fuera!

La descripción me hace reír. No anda muy desencaminada.

En cuanto entramos en el patio, cae sobre el cemento una lluvia de partes iguales de comida y bebida. Los pandilleros dejan caer sus platos y vasos en su intento por escapar. Hay una parrilla de propano y dos mesas de picnic pequeñas con las banquetas incorporadas. La zona es de cemento y debe de medir unos seis metros por seis. Al fondo colinda con una reja metálica de un metro de altura. Al otro lado está el jardín delantero de la casa contigua, salpicado de árboles bastante juntos. Los objetivos que intentan saltar la reja de atrás se quedan paralizados en pleno salto cuando ven los múltiples cañones de los M-16 que asoman a través del follaje. Nada más verlos, vuelven trastabillando a mi lado de la reja hasta el patio y ya son míos.

Hay diecinueve pandilleros presentes. La mayoría tienen pinta de conejos asustados y listos para salir zumbando a la menor oportunidad, pero también hay unos cuantos que no se inmutan, y eso está bien. Quiere decir que están convencidos de que hemos venido a detenerlos y que lo vamos a hacer de forma ordenada. Ninguna de las dos cosas es cierta.

De mis dieciséis hombres, todos tienen pistolas, pero la mitad llevan la misma porra metálica que yo y la otra mitad van equipados con M-16. En las noticias se ha comentado mucho que se han instalado placas de encaje en las armas de la Guardia Nacional para que no puedan disparar como armas automáticas. Os aseguro que mi unidad no tiene ese problema. En caso de necesidad, podemos abrir y abriremos fuego automático. Siguiendo mis instrucciones, uno de mis hombres saca una caja vacía del vehículo que hay en la entrada y la abre.

—No nos compliquemos la vida —les digo—. Los que lleven fusca, la meten en esa caja en chinga. Poniéndole el seguro, si no está puesto ya.

Ellos obedecen. Dos de mis hombres tardan menos de un minuto en cerrar la caja y guardarla dentro de uno de los vehículos. Ahora es cuando empieza la diversión. Tenemos cinco minutos para estropear esta fiesta de verdad.

Me acerco al chef, el que está de pie junto a la parrilla. Nuestro enlace lo ha identificado como el líder.

Cuando me planto a medio metro de él y le muestro que soy considerablemente más alto y que peso diez kilos más, otros dos pandilleros se levantan de la mesa más cercana. Uno es un palillo, pero el otro tiene pinta de indio y cuello de practicante de lucha libre. Mi lugarteniente se interpone entre ellos y yo al mismo tiempo que amartilla el arma. El encaje de una bala en la cámara de un arma automática es un sonido extremadamente efectivo. Exige obediencia.

Los dos tipos duros retroceden, pero está claro que no quieren. Detrás del flaco se esconde una guapa oriental. No me imagino qué estará haciendo en un sitio como éste. Nuestra información, sin embargo, indica que esta banda no es reacia a usar miembros femeninos, de forma que clasifico como tal su presencia aquí.

Devuelvo mi atención al chef y él se me queda mirando con una cara que no revela absolutamente nada. Tiene una espátula metálica en la mano derecha, pero está petrificado junto a la parrilla, encima de la cual hay restos de carne de color café. Cada vez que caen regueros blanquecinos de grasa de la espátula, chisporrotean y crepitan en el carbón caliente de debajo.

—Tú —le digo—. Señor Gran Destino, tienes que dejar de matar gente de una puta vez.

No me contesta, pero no le hace falta. Le hago una señal con la cabeza a mi lugarteniente, que se adelanta y sostiene su arma en posición de «listos». Con su metro noventa y cinco de altura y ciento quince kilos de músculos, es una máquina construida para una cosa y sólo para una: hacer daño. Y cuando Gran Destino (en serio, no entiendo los apodos de esta gente) se da vuelta para mirarlo, mi lugarteniente le da en el cráneo con la culata de su arma. No es ninguna exageración decir que el señor Gran Destino se desploma en el suelo de cemento más rápido que un paracaidista sin paracaídas.

Me inclino sobre su cara ensangrentada y le digo:

—¡Tienes que dejar de matar gente!

La repetición es la única forma de que estos animales te entiendan. Lo sé porque también soy un animal. Las únicas cosas que he aprendido a lo largo de los años las he aprendido a base de hacerlas diez mil veces. Pregúntenselo a mi mujer actual, y ya decididos, a mis dos exmujeres.

Ahora que el señor Gran Destino está en el suelo, mi lugarteniente se concentra en la parte superior de su brazo derecho. Lo tiene rodeado de un tatuaje de estilo mexicano. Después de un golpe especialmente resonante, la espátula se le cae de la mano y repica contra el cemento. Todavía está tintineando cuando mi lugarteniente golpea el mismo punto del brazo, hincando la culata de su arma en el mismo remolino de tinta. Se trata de su nuevo objetivo, y a cada palabra que yo digo, él vuelve a golpear en el mismo sitio:

—Tienes —le digo al señor Gran Destino.

«Culatazo» es una forma simpática de referirse a algo espantoso.

—Que.

Consiste en incapacitar a un atacante con la culata del rifle.

—Dejar.

Cargado del todo, un M-16 listo para el servicio pesa cuatro kilos justos. Si se blande correctamente, puede generar fuerza más que suficiente para romper huesos.

—De.

Mi lugarteniente está dando martillazos en el hueso más grande de la mitad superior del cuerpo, el húmero, en el mismo punto exactamente, una y otra vez.

—Matar.

En circunstancias normales, hace falta una fuerza tremenda para quebrar el húmero; suele romperse sólo en accidentes de coche o cuando uno cae desde muy alto.

—Gente.

En este caso, sin embargo, mi lugarteniente se ha dedicado a golpear el mismo punto hasta fracturarlo y luego ha golpeado la fractura hasta que el hueso se ha partido con un crujido tan fuerte que suena como si alguien hubiera conseguido un *home run* con un bat de madera, así de nítido es el crujido, y en ese momento el brazo del señor Gran Destino se dobla hacia donde no debe y él suelta un bramido; pero ahí no se acaba la cosa, porque mi lugarteniente decide pisar la parte del brazo que ahora cuelga fláccida. La machaca bien con la suela de su bota de combate. Pone todo su peso en el pisotón, sus 115 kilos. No me importa lo duro que te creas. Nadie puede soportar tanto dolor. Y el señor Gran Destino no es una excepción. Se desmaya debajo de mi lugarteniente y cae hacia atrás, golpeándose la cabeza contra el cemento.

Y cuando eso pasa, se arma la de Dios.

3

El pandillero fornido va a por mi lugarteniente, mientras que el flaco se me echa encima a mí, lleno de rabia. Resulta casi cómico cómo los dos acaban en el suelo. El fornido se encuentra con una llave de judo que mi lugarteniente ejecuta sobre él, desencajándole el hombro de su articulación con un crujido contundente. Al flaco le doy un porrazo en las costillas seguido de un golpe seco en la coronilla. El aire le abandona de golpe los pulmones; primero cae de rodillas sobre el cemento y por fin se desploma cuan largo es. Detrás de él, uno de mis hombres inmoviliza a la chica oriental y le golpea la muñeca con una porra metálica reglamentaria. Ella suelta un grito de dolor, y el pandillero flaco, que tiene la cara toda ensangrentada, grita su nombre:

—¡Irene!

Al menos creo que es eso lo que dice. Cuesta enterarse bien, porque todo el mundo que no estaba corriendo antes está corriendo ahora. Los pandilleros salen brincando como antílopes hasta la reja y tratan de saltarla, o bien echan a correr hacia la casa. Es un caos, pero para nosotros es un caos efectivo, porque llegado este punto simplemente es hora de trabajar.

Derribo a tres antes de que puedan llegar a la puerta trasera de la casa. Los golpeo en la garganta. Los golpeo en la oreja. Golpeo los puntos blandos más propicios que se me pongan enfrente

374

Mi lugarteniente está plantado junto a sus dos ejemplos, vociferando tan fuerte que no le hace falta megáfono para que lo oiga la manzana entera:

—Sabemos que han estado saqueando —dice—. ¡Sabemos dónde tienen escondido el puto botín!

Nuestra estrategia de juego es simple. Vamos sobre todo por las articulaciones y los huesos pequeños. Rompemos manos. Rompemos tobillos. Rompemos rodillas y codos. No somos especialmente quisquillosos. Es principalmente una cuestión de oportunidad estratégica, de cualquiera que se nos ponga delante e intente defenderse con poca o ninguna formación en artes marciales. Entonces pueden pasar varias cosas: el oponente puede dar media vuelta y echar a correr, en cuyo caso les pones la zancadilla con la porra y vas a por los tobillos; puede intentar darte una patada, en cuyo caso la esquivas y le golpeas la rodilla o el tobillo de la pierna que tiene apoyada en el suelo; puede hacerte frente y entonces tú amagas un golpe a la cabeza, lo cual puede provocar que tu objetivo levante las manos en un gesto reflejo, en cuyo caso golpeas los dedos, muñecas o codos.

Les dije a mis hombres que esto se parece mucho a la comida rápida. Coges lo que quieres y te vas. Doblas algo en la dirección incorrecta, esperas el grito y sigues tirando hasta que se rompe. Luego vuelves a hacerlo. En cuanto lo has hecho una vez, ya cuesta menos repetirlo. Dos de cada diez personas siguen luchando a pesar de un reflejo de dolor así de fuerte. El resto se rinden. En cuanto sucumben a la horizontalidad, tú les golpeas las costillas para asegurarte de que no van a volver a respirar hondo en su vida sin acordarse de ti y de lo fuerte que pegas. Se acordarán de ti durante el resto de sus cortas vidas. Cambien vidas esta noche, les he dicho a mis hombres antes del asalto. A veces las experiencias más didácticas del mundo son las negativas, y esta noche nos toca a nosotros impartirlas.

Noto olor a carne quemada mientras busco a otro pandillero para usarlo de ejemplo. El fornido está a mis pies, gateando hacia el señor Gran Destino, la chica se coge la muñeca rota y está acurrucada contra el flaco.

Voy por el fornido, lo agarro por el tobillo y le quito el mocasín. Él se da vuelta para mirarme y abre mucho los ojos mientras yo me dedico a machacarle los dedos del pie con la porra, convirtiéndole los cinco del pie izquierdo en colgajos ensangrentados dentro del calcetín. Jamás han oído gritos como los suyos. Cuando termino, lo poco que le queda de los dedos del pie parecen poco más que cerezas confitadas aplastadas filtrándosele a través del calcetín blanco. Cuando le rompo las costillas, le caen lágrimas de pánico por la cara. Lo dejo en seis costillas rotas. Con la ayuda de Dios, este monstruito ya no volverá a correr ni a respirar bien en la vida. Eso es bueno. Los criminales lentos convienen a todo el mundo.

Se pone a gimotear mientras resuella, sin embargo.

—Calla la puta boca —le digo al llorón, con la respiración agitada—. Si juegas a esto, acabas pagando. No hace falta que te lo explique nadie. Tienes suerte de que no te haya arrancado el pie a tiros. Imagínatelo. Imagínate ser un criminal con muñón. La próxima vez ni siquiera podrías escaparte corriendo de mí.

Después de eso, se muerde el labio. Sufre en el silencio más estruendoso que he oído nunca. Llegado este punto, me miro el reloj de pulsera. Llevamos cinco minutos. Ya casi se nos ha acabado el tiempo.

La zona del patio se ha vaciado bastante. Según mis cálculos, se nos han escapado dos, que es demasiado. La carne de la parrilla se ha puesto negra y se elevan columnitas de humo. Qué microcosmos más adecuado, pienso: Los Ángeles como parrilla desatendida, quemando la carne que ha tenido la mala suerte de quedársele encima.

Cuento a diecisiete pandilleros en el suelo de cemento. Cada uno a su estilo, se dedican a gimotear, retorcerse y/o intentar respirar. No es suficiente ni de lejos, pero tenemos orden de entrar y salir, así que ahora ordeno la retirada.

—Volveremos cuando queramos —le dice mi lugarteniente al pandillero fornido, que está intentando con todas sus fuerzas no mirar lo que le queda de pie—. Les confiscaremos todo lo que han robado, pero no los arrestaremos ni los llevaremos a juicio, ¡ni hablar! La próxima vez los acribillaremos y ya está.

Y se despide con la mano de la forma más siniestra posible, mi lugarteniente. Pone la mano junto a la cara y flexiona las puntas de los dedos, igual que mi hijo cuando aprendió a saludarme con la manita.

Para que conste en acta, me encantaría que lo que les ha dicho mi lugarteniente fuera verdad. Pero no lo es.

Es la mayor mentira de nuestra pequeña operación de esta noche: que no vamos a volver, por mucho que amenacemos con ello. Ya estamos de regreso en los vehículos y desplazándonos a una ubicación nueva para lidiar con la siguiente pandilla de cánceres. Todos recibirán lo suyo hoy antes de que se restaure oficialmente el orden y se levante el toque de queda. Lo único que tenemos que hacer llegado este punto es escarmentarlos. Sabemos que han estado matando, pero por toda la ciudad las escenas de esos crímenes ya están frías o bien no existen o están destruidas. En esta fase, simplemente ya no se van a producir detenciones ni se presentarán cargos. Por eso lo mejor que puede conseguir ahora la ley y el orden es arrearles un buen coscorrón, uno que tarde mucho tiempo en curarse, o que no se cure nunca, si lo damos bien.

Esta noche asaltaremos hasta el último garito frecuentado por bandas o vivienda que valga la pena asaltar, porque la verdad sin tapujos es que ya hay demasiados criminales abarrotando las cárceles de esta ciudad. El Departamento de Prisiones ya estaba colapsado de por sí, pero después de cuatro días en que se han producido 8.000 detenciones, el término «sobrecarga» se queda corto. Todo sistema tiene su capacidad, y éste la alcanzó al tercer día.

Tal como yo lo entiendo, ahora nos estamos limitando a hacer sitio para la escoria fuera de lo común, principalmente asesinos lo bastante idiotas como para dejarse atrapar. Para los incendiarios, si podemos atraparlos. Para los que tengamos base legal para encerrarlos. A todos los demás que tengamos registrados como delincuentes conocidos, y sobre los que podamos o no tener información, sea de soplones o de informadores, los visitaremos esta noche. No será suficiente, no recibirán lo que se merecen, pero algo será, y con un poco de suerte lo recordarán para el resto de sus vidas de inmigrantes nacidos aquí.

JEREMY RUBIO, ALIAS TERMITA, ALIAS FREER

3 DE MAYO DE 1992
16.09 H

1

Uno, arañas que me clavan los colmillos en los ojos. Dos, que me tiren del puente de la 710 y estrellarme boca abajo contra el lecho del río Los Ángeles, tan fuerte que se me rompen todos los huesos al mismo tiempo. Tres, encontrarme un autobús urbano impecable donde nadie ha pintado ni su firma ni un grafiti y no tener pintura con la que escribir mi nombre, ni tampoco mi marcador permanente, ni el clavo para las ventanas, ni nada. Mi prima Gloria dice que tengo una... ¿cómo lo dice? Una imaginación hiperactiva. Y es verdad, la tengo.

Pero todo lo que acabo de decir... son las cosas que me dan *menos* miedo que ir a la casa donde vive Gran Destino para darles el pésame a Ray y a Lupe por Ernie, y eso que todo el tiempo tengo pesadillas con los puntos uno, dos y tres.

Y puede que todavía esté un poco drogado de esta mañana, pero ya esperé demasiados días. Yo no quería venir, para ser totalmente sincero. Pero si no vengo, se va a notar. Además, necesito averiguar cuándo es el funeral, porque nadie ha oído nada al respecto, y mi tía ya me preguntó dos veces si va a ser católico.

Así que aquí estoy, parado en el jardín de delante de la casa donde vivía Ernie, un jardín que por alguna razón huele un poco a pegamento quemado, mirando fijamente una casa con demasiados agujeros de bala para contarlos. Me mareo sólo de mirarla, me da un poco de vértigo. Ni siquiera entiendo cómo podía vivir Ernie en esta casa.

Ya sé que no se lo chingaron aquí, pero de todos modos me tiemblan las piernas al verla porque esto es un rollo jodido de verdad, y tampoco me ayuda precisamente que mi walkman se ponga a hacer un chirrido en plan ca-ca-ca y suene como un tren sobre sus rieles cuando da la vuelta para cambiar del lado B al lado A de mi caset de «Selección cañera volumen 6».

El lado B es todo rap. El lado A son todo rolas de bandas sonoras. Lo puse muy bajo porque éste no es un barrio para que te atrapen entrando a escondidas. Me remito a la espectacular colección de agujeros de bala que tengo delante. De hecho, estoy intentando contar cuántos agujeros hay cuando la primera rola del lado A arranca de golpe y me deja hecho polvo, porque ya sabía cuál era pero me había olvidado.

Es la rola de *La guerra de las galaxias*, el de la casa quemada de Luke. El tío Owen murió. La tía Beru murió. Y ahora esa escena se me queda asociada con Ernie, porque en la rola suena una, cómo se dice, una trompeta lastimera, y un momento después entran las cuerdas y se ponen a brincar por la rola como si fueran sus dueñas. Tengo que hacer un paréntesis aquí para decir que John Williams es muy chido. Tal cual.

Durante un segundo, y es literalmente un segundo, mi cerebro cambia de ritmo y me pregunto si sería difícil escribir una firma con balazos. Seguramente sería imposible.

Apago la música de golpe con el botón de STOP y oigo que hay gente detrás de la casa, así que enfilo el camino de entrada hasta que los veo en el patio. Me digo a mí mismo que tengo que moverme con cuidado. Tengo que ser observador y respetuoso y tengo que conseguir sacar de aquí todo lo que pueda.

Cuando Listo me ve, me dice:

—Mira quién es, el grafitero.

Listo y yo fuimos juntos a la escuela de regularización, en Vista. Bueno, hasta que yo dejé las clases.

—Hola —le digo, dirigiéndome a él y a todos los demás, y me quito los audífonos aunque ya no tengo el walkman encendido porque es de mala educación y por aquí no puedo parecer maleducado. Jamás.

Cuando Listo me llama grafitero, lo dice con superioridad, como si los grafiteros no fueran nada, como si yo fuera un mocoso que juega a ser mayor.

Pero ahora firmo como FREER. Antes firmaba DOPE, pero me enteré de que había un tipo de la zona de Hollywood que también firmaba así, o sea que dije «a la chingada» y lo dejé. Después me puse a firmar ZOOM durante un par de semanas y también lo dejé, pero no porque hubiera nadie más usándolo, sino porque odiaba cómo me quedaba la zeta y la doble o es aburrida de escribir. Siempre me acaba dando la impresión de que parecen unos ojos gigantes de caricaturas. Ojos de *Garfield*.

FREER me gusta mucho más que los otros dos, porque con las dos erres y las dos es se pueden hacer muchas más colas y rizos, pero también porque significa algo, «más libre». Cuando se me ocurrió, me obsesioné, porque para mí significaba: «Mírame, cabrón, puedo hacer estas locuras porque soy mucho más libre de lo que tú te has planteado ser nunca». Es como una declaración de principios. Si yo no fuera más libre que tú, ¿cómo podría levantarme y escribir mi nombre donde me diera la gana?

En las calles, la gente conoce a FREER porque todo le vale madres más que a ningún otro. Con la excepción quizá de CHAKA o SLEEZ. Esos tipos llevan nuestro trabajo a otro nivel. Aunque, para ser sincero, a mí no me vale madres todo, y menos en este barrio.

—Solamente quería dar el pésame por Ernie —digo. Y por si acaso alguien lo llamaba de forma distinta, añado—: Por Ernesto.

Y un grandulón que creo que se llama Apache me dice:

—Ah, solamente querías dar el pésame, ¿eh?

Dentro de mí, FREER tiene ganas de decirle que es lo que acabo de decir, pero me limito a asentir con la cabeza.

Gran Destino está entregado a la parrilla, metiendo termómetros, meneando las salchichas y encajando hamburguesas dentro de panecillos puestos en platos y mirando a su alrededor para repartirlos. Hay una fila irregular de gente pululando a su alrededor, esperando para alcanzar algo de comer…

Me paro a pensar un segundo y se me ocurre que toda esa gente es como su sistema solar. Él es el Sol y los demás giran. Seguramente debería sacar mi cuaderno y apuntarlo, porque me gusta, pero todavía me tiemblan un poco las manos y me da la sensación de que tengo un tejón hurgándome en la barriga como si hubiera armarios ahí dentro, como si tuviera hambre y estuviera buscando comida y frustrándose.

FREER nunca tiene tejones en la barriga. FREER apunta lo que piensa cuando le da la gana, carajo. Y FREER llega incluso al punto de decirle a la gente que se espere para poder apuntar las cosas. Así es FREER. Yo en cambio me meto las manos en los bolsillos y digo:

—¿Está Lupe?

Destino me echa una mirada y me dice:

—Nah.

—Hum —digo—. ¿Les importa decirme dónde está? Si va a venir, igual la puedo esperar.

—Está en casa de su madre —dice Apache.

—¿Y eso dónde es? —No estoy intentando ser metiche, sólo quiero darle el pésame, ¿saben?

—No te lo puedo decir —comenta Apache.

Asiento con la cabeza y digo:

—Bueno, ¿pues está Ray? Solamente quería, hum, dar el pésame a la familia, por Ernesto.

Tal vez todavía tenga la cabeza atarantada, pero, joder, cuando menciono el nombre de Ray a esta gente se le pone una mirada de lo más extraña. Mal rollo. Apache mira a Listo; Listo se queda mirando su hamburguesa como si la tuviera que estudiar y Gran Destino aplasta otra contra la parrilla, donde se queda chisporroteando y crepitando.

Por fin Destino me dice:

—Te enteraste de la fusión que va a haber, ¿no?

Por supuesto, tenía que cambiar de tema y sacarme a colación lo que más miedo me da de todo. Más que la idea de que me claven agujas bajo las uñas. Más que comer grillos rebozados en tripas de rata. No tengo ninguna intención de ser un gánster sólo porque mi banda de grafiteros vaya a ser absorbida por la banda de Gran Destino. No tengo ninguna intención.

—Sí —le he dicho—. Me enteré.

—¿Y te decidiste o qué?

Cuando dice «decidirse», se refiere a dejar de firmar y desaparecer o bien seguir firmando y unirme a la banda. Pero, tal como indica su tono, no hay decisión posible. Quiere que me una y ya está. Yo estoy intentando que no me entre el pánico, no pasarla peor de lo que ya la estoy pasando, así que creo que voy a sacar de nuevo el tema de los estudios. Ya me ha servido antes para dar largas a Gran Destino.

—Es que empecé a ir otra vez a la escuela de regularización…

Listo me interrumpe.

—No es verdad —dice.

Carajo. Me acaba de hacer polvo, el bato. Yo lo miro y él me mira a mí y se encoge de hombros. Una tía china bastante potente que tiene detrás me mira también con frialdad, como si pensara que he sido un idiota por decir lo que he dicho, y durante un segundo hasta me da igual, porque me la cogería sin pensarlo.

Gran Destino no levanta la vista de la parrilla.

—¿No es verdad? —me pregunta.

Eso me espabila. Hace que me concentre otra vez.

—Me inscribí para el semestre próximo —le digo—. Estoy empezando. Tenía un problemilla del que ocuparme antes. Pero estoy intentando portarme bien. Sacar el certificado de secundaria.

A Gran Destino no le importa.

—Todo el mundo sabe que la cosa está cambiando, y tú te has librado hasta ahora por tu padre, pero el rollo se te acaba la próxima vez que te vea.

Mi padre lleva en San Quentin desde que yo tenía once años, o sea que hace seis. Mi madre dice que era un bato importante, que era quien mandaba por aquí y así. Él nombró a Gran Destino, lo entrenó para hacer lo que hace ahora. La gente decía que era superlisto. Pero supongo que Gran Destino es más listo, ¿no? Porque no está en la cárcel cumpliendo cadena perpetua.

Pero yo no soy mi padre y tampoco intento serlo, ni ser Gran Destino, ni tener nada que ver con esta banda. No me importa si el apodo me lo puso mi padre porque de niño me lo comía absolutamente todo, era una pequeña termita. Mi apodo ya no me califica. Lo dejé atrás. Soy FREER.

Y todo el que tiene algo de talento artístico, todo el que se preocupa por sus letras y por inventar estilos nuevos, no sólo por hacer de vándalo en plan punk valemadrista, es un marginado y un bicho raro. Siempre. Yo incluido. Me encantan los putos cartones de *Cheech Wizard*. Me encanta *La guerra de las galaxias* y todavía tengo mis sábanas descoloridas de los cazas X-Wing. Soy un adicto a comprar discos a cuatro por dólar en las tiendas de beneficencia. Me da igual que el vinilo esté rayado, jodido o lo que sea. Por ese precio, valen la pena sólo por las portadas. Las cuelgo en mi habitación con chinches. Herb Alpert & the Tijuana Brass, colega. Martin Denny. Henry Mancini. Todas las bandas sonoras que tengo vienen de ahí. Me grabo los casets del viejo tocadiscos de mi padre porque está claro que él ya no lo va a usar. Y éste es solamente mi caso. Todos los demás grafiteros también son especiales a su manera. Todos somos batos listos y jodidos que nacimos en el lugar equivocado.

Bueno, eso no es cierto del todo. O sea, no todos somos listos. Algunos simplemente estamos jodidos o drogados, pero aun así nos obsesionamos con las cosas. Y no es bueno no tener más salida que ponernos a pintar por todas partes. No hay más galerías que las calles para poner tu nombre en una puta ciudad donde lo único que importa es ser famoso, donde lo único que importa es que seas blanco y tu cara esté en un espectacular de seis metros de altura, o en el cine, o en la tele. Pero yo no tengo esas posibilidades. Soy mexicano, pura sangre, la raza invisible.

Bueno, invisible a menos que seas Cheech Marin, o el pinche Jimmy Smits de *Se hará justicia*. Y yo no lo soy. Yo no le importo a nadie. Nunca tendré una cara conocida. Pero tengo mis letras, eso sí. Cinco letritas que consiguen que, cuando la gente las ve, me vea también de alguna forma el alma, y sepa que el tipo que las escribió no anda con tonterías. Que se esfuerza. Y no es lo único que dicen mis letras. También dicen que estoy aquí, ¿saben? Dicen que fui yo. Dicen que existo.

Alguien abre una puerta mosquitera desde la cocina y le grita a Gran Destino que lo llaman por teléfono. Gran Destino le contesta que apunte el mensaje, pero entonces la persona que contestó el teléfono le dice que están llamando desde esta misma calle y él rectifica.

—Pásamela aquí fuera, pues —dice. Y luego se dirige a mí—: Puedes irte. Pero la próxima vez que te vea, te tocará elegir. Me da igual quién sea tu padre. Nos alegraríamos de tenerte, eso sí. De que el negocio siga en la familia.

—Gracias —le digo, y no estoy seguro de por qué le estoy dando las gracias, pero ahora él tiene el teléfono en la mano, o sea que empiezo a irme, saludo con la cabeza a Listo y evito la mirada de Apache, y doy un rodeo a la casa hasta la salida y luego camino tan rápido como puedo hasta la banqueta.

Porque si no estaba seguro antes de meterme hoy en el corazón de Gansterlandia, ahora sí lo estoy: necesito salir de aquí. Hasta de Los Ángeles. Irme a Arizona o algo así. La hermana que tiene allí mi madre es propietaria de parte de una tintorería en Phoenix. Siempre me está escribiendo para que me vaya, para que deje atrás esta vida, y ahora mismo me parece una idea chingona.

Pero para eso necesito dinero.

Hago una pequeña lista mental de quién me debe baros. La lista empieza y termina con Yayayá. También puedo venderle algo a Fat John y a Tortuga, y quizá pedirle prestado a Gloria. No estaría mal.

Pero primero el dinero legal: la semana pasada trabajé tres días en el camión de Tacos El Único, hasta que todo esto empezó y lo cerraron. La taquería, en cambio, ha estado abierta durante todos los disturbios, y mi jefe no me ha estado haciendo ir. Pero yo sé algo de él, y él está a punto de enterarse de que lo sé.

Es lo que haría FREER.

2

Presiono el PLAY y regreso a mi selección musical y a John Williams, o por lo menos al final. Empiezo a tranquilizarme mientras camino, respirando hondo y así, cuando me fijo en lo fantasmagórica que se ha vuelto esta ciudad. No hay nadie en la calle. Ni un alma. Las ventanas, cerradas a cal y canto. Nadie está regando ni cortando el pasto. Y supongo que no es cosa mía, pero ¿por qué estaban haciendo una parrillada Destino y los demás?

No puede ser porque estén planeando su estrategia para absorber a unos grafiteros. Eso daría demasiado miedo. Camino un rato en silencio, sintiéndome agobiado. Me transtorna ver en qué se está convirtiendo el grafiti en Los Ángeles. Empezó en el canal del río cuando todavía lo estaban construyendo en los años treinta, puros grafitis de vagabundos, hechos con alquitrán y así. También hay pintas superantiguas de los pachucos. Todo mi respeto para la Costa Este, pero ellos no inventaron *un carajo*. CHAZ ya estaba haciendo su Señor Suerte cuando los pendejos de Nueva York todavía estaban aprendiendo a escribir sus nombres en las paredes como si fueran pinches bebés. En Los Ángeles estamos más avanzados y lo hemos estado siempre. Pero luego las cosas se salieron de control. Llegó mi generación y las pintadas dejaron de ser lo importante; llegaron las guerras de grafiteros.

Antes te limitabas a poner tu firma. Había peleas si alguien tachaba tu nombre o te escribía encima, sí, pero es que luego la cosa cambió, pasó a otro nivel. Y ahora mismo esta escena de grafiti es básicamente el salvaje Oeste, porque es mi generación la que gobierna las calles. Ya no hay sólo pioneros y artistas que hacen piezas grandes y llenas de colores que no molestan a nadie. La mayoría de los batos de mi edad venimos de entornos problemáticos y no nos gusta que nos falten al respeto. Así es como el grafiti se ha vuelto violento. Y como se ha vuelto peligroso el poner tu firma, la gente ha empezado a ir a pintar en grupos, y esos grupos se han ido volviendo más grandes y más cerrados, y se han formado bandas, y si la banda crecía lo suficiente, se convertía en una banda con equipos en las distintas zonas.

Así es como las guerras de grafitis se convirtieron en un diente más del tenedor del grafiti de Los Ángeles. Se transformaron en algo completamente nuevo, una combinación nueva de grafitis y vida gansteril, donde la distinción entre una cosa y otra se va desdibujando cada vez más. ¡Los miembros de las bandas de grafitis ya llevan pistola, para defenderse o bien para disparar a quien les falte al respeto tachando su firma! Carajo, está pasando de verdad. Yo tengo una, una pistolita 22 de bolsillo y fácil de esconder. Lo que pasa es que no la traje hoy, porque lo último que me convenía era que a Gran Destino le diera por hacer que me revisaran, ¿y entonces qué? ¿Tener que explicarle por qué la llevo? No, gracias.

Tengo la sensación en la boca del estómago de que la vida ya no volverá a ser como antes. Es como si me hubiera tragado un puñado de clavos y ahora me dieran vueltas por dentro. O sea, la cosa está fea, está claro que todo se salió de control cuando un cualquiera como yo lleva fusca. Y no soy el único. Todo está tan fuera de control que no hay nadie que no se haya dado cuenta. Ahora se abrió la veda contra los grafiteros. Los peces gordos que hay por encima de Gran Destino están presionando para meter en el redil a estos rebeldes del grafiti porque es que algunos ya están haciendo cosas de gángsters, disparando a otros por firmar en su territorio y qué sé yo.

En realidad no es tan descabellado pensar en legislarlos, porque hay grupos de grafiteros que son igual de grandes que las bandas de verdad. Les hablo de grupos de cuatrocientas personas. No se puede dejar que tanta gente vaya por ahí descontrolada. Te jode el negocio. Estoy convencido de que es así como lo ve Gran Destino. Y en cualquier caso, probablemente sea más seguro para todos que la cosa esté un poco más regulada dentro del sistema de bandas, y si estás dispuesto a pasar por ahí, y hay quien lo está, pues está bien, pero yo no. Al carajo. No pienso perder mi libertad. No voy a dejar que me obliguen a hacer cosas de gánsters sólo porque quiero pintar.

Oigo una pausa en mis audífonos seguida del ruidito tipo fuu-fuuu de las cabezas al voltearse que viene antes de la rola *Por unos dólares más*. Ésta es mi música para pasear, colega. No puedo mentir. Lo grabé en el caset porque también tiene trompetas. Últimamente soy superfán de las trompetas. No sé por qué. Me hablan, me encienden una chispa dentro. Son como perritos dándome con el hocico en las costillas. Una calidez agradable. Eso es lo que siento cuando me llega una trompeta superlimpia.

Pero la sensación me abandona el cuerpo y se me va por las puntas de los pies cuando levanto la vista y veo una especie de tanques-camionetas acercándose por la calle. Son como camiones grandes y blindados. Hay dos. ¡Y, bato, vienen a toda prisa! Me quedo petrificado, ¿qué otra cosa puedo hacer? Rezo porque pasen de largo, porque me dejen atrás sin mirarme. Pero no.

¡Se paran a mi lado en medio de la puta calle!

Me quito los audífonos mientras los frenos del vehículo chirrían, y debe de abrirse alguna clase de escotilla trasera, porque oigo un fregadazo metálico y luego hay cuatro tipos fuera y...

¡Puta madre! Hay unos con cascos y equipamiento de batalla apuntándome con sus armas. No he estado tan asustado en mi vida, me limito a dejarme caer de rodillas y a levantar las manos, ¿saben? A levantarlas del todo, porque de algo así uno no se puede escapar corriendo. El tejón ha vuelto y se está pegando tal fiesta en mi barriga con las zarpas que el corazón se me paraliza y me sube hasta la garganta para huir de él, y allí se queda, en mi nuez, dando fregadazos.

—Al suelo —me dice uno de ellos desde detrás de un como-se-llame, un arma gigante que sí sé cómo se llama pero se me olvidó el nombre al verlo a unos centímetros de mi cara. Es un arma militar, eso sí. Un rifle largo con un asa encima.

Y me chinga todavía más la tranquilidad y la placidez con que me lo dice. Me tiro boca abajo, sobre el pasto de un jardín. Ahora tengo junto a la cara una mata de dientes de león con sus flores blancas y nebulosas y al lado una mierda de perro seca, así que volteo la cabeza para no verla ni olerla.

—Ábrete de brazos y piernas —me dice la misma voz, y no debo de hacerlo lo suficientemente deprisa, porque al instante noto algo de metal duro y frío separándome más los brazos y las piernas, y entonces me doy cuenta de que están usando los cañones de las armas para hacerlo, para moverme los brazos y las piernas, y me entran ganas de vomitar aquí mismo sobre la hierba, porque ¿qué pasa si a uno de ellos se le va el dedo sin querer y me dispara?

Tengo la garganta seca, pero me las arreglo para decir:

—No me disparen, por favor.

—¿Vas armado? —me pregunta la voz.

Yo niego con la cabeza. Aun así, me revisan.

Lo digo en plural porque siento cuatro manos.

Cuando no encuentran nada, la misma voz me dice:

—Necesito que te quedes en el suelo hasta que hayas contado hasta doscientos. Empieza.

Yo asiento con la cabeza y me pongo a contar:

—Uno, dos, tres, cuatro...

Oigo que me empieza alrededor del cuello la rola *Everybody Wants to Rule the World*, de la banda sonora de *Academia de genios*. Distingo la guitarra y los sintetizadores. Y es lo único que oigo. Ese ritmo bajo y débil en la hierba. Durante un segundo me transtorna lo extraña y descabelladamente oportuna que resulta, pero luego otra cosa reclama mi atención.

Ni siquiera levanto la vista, pero oigo botas que se alejan corriendo y a continuación oigo los dos camiones o lo que sean alejándose por la calle. Aparecen en mi campo de visión y los veo enfilar la calle. El primero, oh, carajo, el primero toma el camino de entrada por el que acabo de salir yo. ¡Van por Gran Destino! Me lleva la fregada. Eso es malo. Eso es malo de verdad.

—Diecinueve, veinte, veintiuno…

El otro camión o lo que sea se para en la calle y de él salen cuatro tipos más con metralletas y asaltan la casa. Dos de ellos embisten la puerta con el hombro y ésta revienta con un crujido espantoso seguido de un fregadazo tremendo, dejándolos entrar con las armas en alto.

—Treinta, treinta y uno, treinta y dos.

Dejo de contar ahí. Miro atrás y no veo a nadie cerca. Ni soldados ni nada. Pero tengo la manga en la mierda de perro. Puaj. Me levanto despacio y con naturalidad y nadie me dice nada, así que echo a correr porque nadie me lo impide.

Carajo, bato. Los audíofonos me van rebotando alrededor del cuello hasta que los agarro y me los pongo en los oídos. Y me escapo corriendo por la calle, porque ahora sí que estoy de mierda hasta el cuello. Hasta el cuello de verdad.

¡Me llueve la mierda por todos lados, bato! Todo el mundo me persigue. Tengo a mi tía diciéndome cada dos minutos que si no dejo de firmar voy a terminar muerto como Ernie, y ni siquiera me escucha cuando le digo que él no hacía grafitis, que nunca puso ni una sola firma. Pero no lo entiende, ni lo entenderá nunca.

Por el otro lado tengo a Gran Destino agobiándome para que me una a su banda y diciéndome que se me está acabando el tiempo y así. Y ahora, encima, llega esto: soldados viniendo por mí y tirándome al suelo. Soldados asaltando a Gran Destino y dando el argumento perfecto de por qué no hay que ser un jodido pandillero: porque siempre hay alguien más grande y más malo a la vuelta de la esquina, alguien que te puede chingar más rápido de lo que creías posible.

Carajo. Tengo más claro que nunca que me tengo que largar del puto Los Ángeles.

3

Nunca te fijas en qué día tan bonito hace hasta que crees que te vas a morir. Pero ahora levanto la vista después de varios días de humo y vuelvo a ver el cielo otra vez, parcialmente nublado y azul. Bueno, es de un azul grisáceo. Pero hace buena temperatura. Debemos de estar a veintitantos. Y bajo el cielo de Atlantic y Rosecrans, en la azotea del edificio donde está la taquería El Único, dentro de un pequeño centro comercial, hay un tipo con lentes de sol, chaleco antibalas y un rifle automático.

Es Rudy. Es guatemalteco. Pero es buen tipo. Se encarga de nuestra seguridad. Es la primera vez que lo veo con ese equipamiento, sin embargo, y no tengo ni idea de dónde lo habrá sacado. Para ser sincero, da un poco de miedo. Lo saludo con la mano pero él se limita a devolverme el saludo con la cabeza. Me pregunto cuánto tiempo debe de llevar ahí arriba. O sea, El Único siempre está abierto, lo estuvo incluso durante el toque de queda. Imagino que Rudy debe de estar turnándose con alguien más.

Antes de llegar a la puerta saludo a James el Sin Techo, que está plantado en el estacionamiento, apoyado en su bastón. James está loco pero es inofensivo. Viene mucho por aquí. Ernesto siempre le daba de comer, sin hacerle preguntas. Pero, claro, esa comida tenía que pagarla de su bolsillo, y yo siempre le decía a Ernie: sabes que así te va a costar ahorrar, ahora que estás intentando juntar algo de dinero, ¿verdad? Y él siempre me decía que no me preocupara por eso. Que un taco de más o de menos no iba a separarlo de su sueño, y que además así ayudaba a la gente, que es algo que siempre vale la pena. El simple recuerdo de todo eso me hace negar con la cabeza.

—Oye —me dice James—, ¿sabes dónde está Ernesto?

Cuando le digo que no, él deja de hacerme caso. Me sabe mal no contarle lo que le pasó a Ernesto y así, pero es que no quiero amargarle el día a este pobre tipo sin casa. Le caía de maravilla Ernesto, y soy consciente de que lleva una vida de perros y no quiero ni empeorársela ni tampoco heredar la responsabilidad de darle de comer como hacía Ernesto cuando ya estoy planeando largarme. Me despido de James y él se despide de mí y me voy para la puerta del edificio.

Dentro hay unos miembros de la Guardia Nacional, sentados y comiendo. Cuando entro me saludan y al principio pienso: ¿qué hice? Pero resulta que están saludando a todo el mundo que entra. Me quedo hablando con ellos. No todo el mundo lo hace. Me cuentan que les dieron comida gratis y que está buenísima. Los mejores tacos y burritos que han comido jamás, dicen, y tiene lógica, porque casi todos son blancos y negros y qué sé yo, pero se nota que no tienen a nadie que les haga comida mexicana en su casa.

Son de la Compañía C, me dicen, con base de operaciones en Inglewood. Tercer escuadrón del 160 de Infantería, me dicen. Han estado aquí casi todo el tiempo, y señalan la banqueta de enfrente. Veo el supermercado 7-Eleven que hay ahí y también unos sacos de arena y así en la esquina, donde hay cuatro soldados más, y no puedo verlos porque están lejos, pero, aun con los uniformes, yo creo que son chicanos de barrio. Por la postura en la que están. Llegado este punto, los guardias de la taquería ya no se pueden contener más y me dicen que apesto bastante, y al principio no sé a qué se refieren, pero luego me acuerdo de la mierda de perro, me disculpo y me meto corriendo detrás del mostrador.

Saludo con la cabeza al chef que está trabajando y me pongo a lavarme bien el puño de la camisa de franela con jabón y agua tan caliente que me quema un poco. También me lavo bien las manos, porque estar aquí me hace acordarme mucho de Ernie y de que siempre me estaba echando bronca.

No trabajábamos mucho aquí, sobre todo estábamos en el camión, pero de vez en cuando veníamos juntos al puesto y él me echaba broncas interminables por no lavarme las manos. Pero es que la pintura en espray cuesta mucho quitarla. Yo siempre me las lavaba al terminar y el color se me iba de las manos, pero se me quedaba en las uñas. Intentaba quitármelo durante un rato, pero al final me rendía y me iba a hacerla de chalán. Cortar tomates. Carne. Lechuga. Lo que fuera. Y lo primero que él hacía siempre era mirarme las manos y cantarme su letanía.

—Pero ¿qué carajos haces? —me preguntaba Ernie—. ¿Por qué no te has lavado las manos?

—Me las lavé —le decía yo—. Están limpias.

—¿Por qué tienes las uñas azules? ¿Qué les pasa?

—Están limpias —le decía yo.

—Mira, si alguien te da un plato y tiene pintura en las manos, ¿tú te lo comerías? Da asco, bato. No hagas eso. No es profesional.

Y yo le respondía:

—¿Y qué sabes tú de ser profesional?

—Mira —me decía en un tono distinto, más tranquilo—. Yo no soy tu padre. No te estoy diciendo qué tienes que hacer con tu vida. Si quieres pintar en tu tiempo libre, adelante. Diviértete. Haz el loco. Pero en cuanto tengas dieciocho o diecinueve años, yo que tú me plantearía dejar los grafitis, porque por hacer esas cosas te meten en la penitenciaría del condado, y allí no les gusta el grafiti.

Ernie siempre fue la voz de la razón para mí, siempre me estaba haciendo ver cómo eran las cosas en realidad. Y la verdad era que yo no quería oírlo, ¿saben? Y ahora que él ya no está, supongo que su rol lo voy a tener que asumir yo mismo, y está jodido, porque no tengo muchas ganas. Es duro.

Me pongo a secarme las manos con las toallitas de papel y cuando acabo me meto una enrollada por debajo del puño de la camisa, de forma que parece que una manga tenga la punta blanca. Me quedo mirando el fregadero unos segundos y por fin voy a la parte de atrás y le pregunto a mi jefe si me puedo sentar con él.

Tiene un escritorio pequeñito en un cuartito que hace de almacén. Es bastante aferrado, o sea que le encanta sentarse detrás de su mesa y conceder audiencias. Cuando decimos aferrado por aquí, lo decimos en el sentido de alguien «recién bajado del barco». Es decir, alguien que vino de inmigrante y que sigue portándose como si estuviera en su país, que todavía está sin americanizar o que quizá se va a quedar así para siempre.

Mi jefe es buen tipo. Pasa simplemente que a veces le tienes que recordar que lo sea. Cuando no nos oye lo llamamos Yayayá, porque todos los días antes de empezar el turno siempre nos pregunta si estamos preparados de una forma que jode demasiado, en plan: «¿Ya, ya, ya?».

Y no deja de repetirlo todo el tiempo. Hasta el punto de que te da la sensación de que no se cree que estés preparado, y por eso te lo tiene que estar recordando todo el tiempo. No sé. Ahora me siento delante de él y le sonrío. Y como le gusta que le llamen «jefe», pues así es como empiezo.

—Jefe —le digo—. Trabajé hace dos semanas y luego el lunes y el martes de la pasada y el miércoles cuando estábamos en el camión nos mandó usted a Ernesto y a mí a casa, así que…

Él me dice en español que le pegó muy mal enterarse de lo de Ernesto, pero que no es culpa suya, y que, hablando del tema, ahora mismo está la cosa muy mal porque los bancos siguen cerrados. Pero tal vez pueda pagarme mañana, me dice.

Yo sé que me está mintiendo. Llevo trabajando aquí el tiempo suficiente como para saber que la mayoría de las ventas las hacemos en efectivo, que es lo que pasa cuando le vendes montones de comida a una clientela que puede tener documentos o no tenerlos, de forma que está claro que la liquidez no es un problema para nosotros. Al contrario, debemos de tener la caja atiborrada de dinero en efectivo porque los bancos han estado cerrados, y es por eso por lo que él está nervioso. Eso explicaría también que Rudy está en la azotea con un rifle.

Con toda la tranquilidad que puedo, le pregunto por su mujer y él me dice que está bien; a continuación me aseguro de preguntarle por su novia, y él se queda de piedra, porque sabe de quién le hablo. Una noche, hace dos meses, yo estaba tirando la basura al contenedor cuando vi que algo se movía dentro de su coche y no me cupo duda de que alguien estaba intentando robárselo, así que me acerqué con sigilo y terminé viendo algo que no necesitaba ver, pero que ahora me alegro de haber visto. O sea, ¿cómo iba a saber yo que se estaba cogiendo por atrás a una morra en el asiento trasero?

Y lo mejor de todo es que vi quién era ella. Cecilia algo. No sé su apellido, pero la he visto por el barrio, sobre todo con ese bato de pelo rizado y cara de cráter al que llaman Momo. Ese tipo es peligroso de verdad, bato. Siempre pide tacos de lengua. Al cabrón le encanta la lengua de ternera nadando en salsa verde, hasta el punto de que el taco se le acaba deshaciendo en la mano y, cuando se le deshace, lo revuelve con papas fritas. No me pregunten por qué.

Le dejo caer a Yayayá que tal vez Momo está detrás de lo de Ernesto, y que Dios sabe qué haría si se enterara de que mi jefe ha estado con su novia. Dejo que esa idea flote en el aire un momento y él traga saliva.

No estoy orgulloso de hacer esto, pero tampoco creo que Ernesto se hubiera enfadado conmigo, porque Yayayá también le escatimaba dinero a él.

—No sé de qué me estás hablando —dice Yayayá, con una mirada de pánico.

—Lo que usted diga, jefe. Yo le creo.

A Yayayá le revienta lo que está a punto de hacer, pero por fin sale de la habitación, regresa con 291 dólares en efectivo y me cuenta que tenía que retenérmelo por una cuestión de impuestos y qué sé yo. Yo no se lo discuto. Le doy las gracias y me voy. Él no me dice que no vuelva. Pero el mensaje es claro.

No me importa. El puente quedó calcinado, pero por algo se empieza. Ya tengo un rinconcito. Ahora lo que necesito es cultivarlo y hacerlo crecer.

4

Tortuga, Fat John y yo estamos delante del garaje de mi prima Gloria, que es donde nos vemos a veces antes de las misiones. Yo abro la puerta con la llave que Gloria guarda en un agujerito del estucado, tapado con una piedra. Siempre le digo que no la guarde ahí, que no es seguro y que un día le van a robar el coche, pero ella sigue haciéndolo. Lo lógico sería que me hiciera caso, pero a veces la gente no reacciona hasta que pasan cosas malas.

—¿Por qué estamos otra vez aquí? —pregunta Fat John—. Sé que no es para saludar a tu prima ni a sus tetitas.

—Espera —le digo yo, demasiado concentrado en mi plan para enfadarme por el comentario de las tetitas. Pero antes de poder decirles lo que les quiero decir, Tortuga me da una palmada en el hombro y me saluda con la cabeza.

—Bueno, yo pensaba que habíamos venido por toda la locura que hay ahí fuera —me dice—. ¡Me contaron que el amigo de tu primo, Marioneta, le prendió fuego a un puto vagabundo! ¡Le echó gasolina encima, encendió un cerilla y fuuusss!

Carajo. Es verdad que Dormilón tiene un amigo drogo, loco perdido que se llama Marioneta, yo lo conozco. Es un cabrón, bato. Me quedo mirando un momento a Tortuga y lo único que me viene a la cabeza es la imagen de James ardiendo. Qué asco, bato. Se me revuelve el estómago. Esta ciudad está oficialmente mal de la puta cabeza. Vuelvo a estar convencido de que tengo que largarme de aquí. Ahora mismo. Hoy.

—Menuda pendejada —le digo—. Además, no vinimos a contar historias y chismes como una pandilla de zorras—. Vinimos a hacer negocios.

No me esperaba que Gloria estuviera en casa, pensaba que estaría en el trabajo, pero tiene el pequeño Geo Metro estacionado en medio del garaje, rojo como un tomate, impidiéndome el paso al sitio al que quiero ir, así que me subo a la cajuela y mi peso le hace una pequeña abolladura, pero se vuelve a alisar en cuanto me bajo, y a continuación me meto por debajo de la mesa de las herramientas que hay empotrada en la pared, a la que ella no se acerca jamás, y saco el viejo saco del ejército de mi abuelo, que es de color verde oliva y más alto que yo. Me pongo a arrastrarlo repicando por el suelo de cemento.

—¿Eso es lo que creo que es? —dice Tortuga.

Cuando por fin consigo pasar la mochila a rastras por encima del coche, la dejo caer pesadamente en el piso manchado de grasa del garaje, le abro el cierre y les digo:

—¡Miren todo esto!

—La puta… —Fat John pone cara de no creerse lo que está viendo—. Pero ¿esto qué es, bato?

—Sólo por esto ya eres una leyenda, bato —me dice Tortuga.

—Sí —dice Fat John—. Ya lo creo.

Los tres nos quedamos un minuto largo así, contando los botes. En la mochila hay cuarenta y siete botes de pintura en espray, y el único sitio donde la mayoría de los grafiteros ven tantos juntos es en la tienda. Casi todos los que tengo yo son Krylon, plateados y negros, para pintar al estilo Raiders. De ésos tengo treinta. El resto son todos minibotes de Testor rojos, azules y blancos.

He estado acumulando botín para salir de aquí a lo grande. Es obvio.

—Carajo —dice Tortuga—, ahora sé qué estabas haciendo mientras todos los demás nos escondíamos en la casa. Robando botes a patadas.

Robar botes de pintura es exactamente lo que he estado haciendo: el otro día entré en Ace Hardware, metí todos los que pude en una mochila y salí corriendo. Hasta ahora, Fat John y Tortuga ni siquiera sabían que los tenía.

No soy tan tonto como para enseñarles tanta pintura junta a estos locos. Vale, somos amigos, pero me joderían. Se emborracharían y romperían cualquier ventana que tuviera el cristal lo bastante fino para meterse por ella y apañarme el saco entero. Y por eso tampoco pienso contarles que necesito largarme del gueto, porque cuanta menos gente lo sepa, mejor.

—También tengo puntas —les digo, y saco una bolsita llena de las de limpiacristales, amarillos, azules y violetas, que se pueden encajar en los botes de pintura en espray para que la pintura rocíe la pared consiguiendo diferentes efectos y estilos.

Hay uno que es de limpiacristales Windex al que le metí dentro un montón de agujas, así que cuando lo usas, la pintura se dispersa de maravilla. Ése lo saco de la bolsa y me lo guardo en el bolsillo. No es para ellos. Es especial. Tardé muchísimo en aprender a tunearlo.

Fat John vende hierba a veces. Sé que lleva efectivo encima.

—A dólar la lata —les digo—. Y les añado unas puntas gratis.

Los dos me miran como si estuviera loco, pero luego Tortuga me pregunta si también tengo marcadores. Yo le digo que no, sólo pintura. Él asiente con la cabeza, como diciendo órale, y se pone a hacer cálculos mentales, o sea que dejo que los haga.

Primero elijo los botes que quiero yo. Diez de los dos colores favoritos de Ernesto: negro y plateado. Después nos repartimos los demás en un momento. Fat John se queda veinte y Tortuga apaña el resto. Fat John tiene que prestarle baros a Tortuga, pero primero lo obliga a prometerle que se la devolverá la semana que viene, junto con un puñado de pasteles y cosas de la panadería de su madre cuando la vuelva a abrir, que será también la semana que viene, lo cual parece un trato bastante justo.

Me guardo en el bolsillo los 37 dólares y los sumo a mi paga de El Único, con lo cual ya tengo un total de 328 dólares. Ahora que el negocio está cerrado, Fat John pregunta qué va a pasar cuando se cierre la fusión con la banda de Gran Destino. Él también está preocupado.

Los tres somos parte de un grupo que a su vez forma parte de una banda más grande. Una banda que empezó muy lejos de aquí y que ahora parece todavía más lejana. En todo caso, por mucha banda que sean, no pueden protegernos de ser absorbidos por una banda de criminales. Para ser sincero, no sé cómo afectan a esta situación los soldados que asaltaron a Gran Destino. Puede que sí que afecten, pero también puede que no, y no quiero quedarme aquí para averiguarlo.

—Pues te unes o no —le digo—. Ésa es la única opción que hay ahora.

—Pero, bueno —se queja Tortuga—, ¿no podemos llamar a los jefes?

—No contestan al localizador porque están haciendo unos trabajos en el nordeste —le digo—, pero ni siquiera eso importa ya. Nosotros vivimos en Lynwood y ellos no.

—Sí —dice Fat John—. Eso es verdad.

—Entonces —dice Tortuga—, ¿todo está en suspenso hasta que deshagamos nuestro grupo y nos vayamos con su banda?

—Básicamente —le digo.

—¿Y tú estás seguro de que no quieres unirte? —dice Fat John—. ¿Ni siquiera teniendo en cuenta que es el barrio donde vivía tu padre y todo eso?

—Eh —le digo—. No pienso dedicarme a esto para siempre, pero ahora mismo es mi vida. ¿Y por qué te crees que pinto grafitis? Porque no me gusta que me digan qué tengo que hacer. ¿Qué quieres que haga, unirme a la banda de Gran Destino y que una bola de cabrones recién llegados me digan lo que tengo que hacer y cómo tengo que vivir?

—¿Qué te pasa? —me dice Tortuga—. ¿Tienes miedo de acabar como tu viejo, encerrado veintitrés horas al día y cogiéndote un colchón?

No replico de palabra. Me limito a fulminar en chinga a Tortuga con la mirada, en plan órale, hijoputa, ésta es la última que te perdono. Y en cuanto a lo del colchón, de verdad que mejor que no lo sepan. Cuando yo me enteré, deseé no haberlo hecho.

Así que cambio de tema. Les cuento que todo el mundo me conoce por las firmas, pero que también quiero hacer murales, pero ilegales.

Ellos asienten con la cabeza como si yo estuviera predicando, pero entonces Tortuga dice:

—¿Y cómo lo vas a hacer si le ponen precio a tu cabeza?

—Tengo un plan —le digo.

—¿Qué plan?

—Les contaré luego —les digo—. Ahora tengo que ir a ver a mi prima.

—Uy, te entiendo —dice Fat John, y se agarra la verga.

Le zampo un puñetazo en el estómago, jugando pero fuerte, ¿saben? Para que sepa que no puede insinuar mierdas conmigo si no quiere unos madrazos. Tortuga se ríe y nos despedimos. Después de que se fueron, espero cinco minutos largos y miro por las ventanas de la puerta del garaje para asegurarme de que no se quedaron por aquí ni nada parecido, husmeando para ver si tengo más pintura y la estoy escondiendo.

No tengo más, de hecho. Pero sería normal que ellos lo pensaran.

A continuación meto en mi maleta las diez latas para Ernesto y saco otra cosa de la mochila, otra cosa que ellos no vieron.

Es mi pistola de bolsillo, una 22 negra, porque toda precaución es poca. Cuando la tengo bien afianzada en la parte de atrás de la cintura del pantalón, me la tapo con la camisa, me subo el cinturón y entro para darle una sorpresa a Gloria.

5

Gloria está hablando por teléfono cuando entro, enrollándose el cable alrededor del dedo como si fuera un lazo o algo así. Cuando cierro la puerta de atrás, se sobresalta y me echa una mirada como si le acabara de pisar la cola del vestido o algo parecido.

El teléfono está empotrado en la pared de la sala y ella da un paso adelante y trata de echarme con gestos de la cocina, pero el cable no es lo bastante largo, así que no puede avanzar más y acaba poniendo cara de verdadero enojo, sobre todo cuando yo le sonrío de oreja a oreja y abro el refrigerador para ver qué hay dentro.

Veo una pizza de queso en su envoltorio porque la prima Gloria es una aburrida y no le gustan los ingredientes en la pizza; veo comida china en sus cajitas de cartón y por fin algo que vale la pena. Le quedan algunos tamales de los que le hizo su madre por Navidad.

Gloria debió de descongelarlos la otra noche pero no se los acabó, porque los tiene donde suelen estar los huevos. Tomo uno y rezo para que sea de maíz, queso y jalapeño, pero cuando le hinco el diente resulta ser de cerdo, los más desabridos.

Gloria me hace señales frenéticas con la mano para que salga de ahí y parece frustrada cuando no le hago caso. Lo que hago es terminarme el tamal entero de dos bocados y sin usar plato. Ella me fulmina con la mirada, baja mucho la voz y le susurra a la persona del otro lado de la línea que lo siente mucho pero que tiene que irse, y que ya se verán pronto. Finalmente cuelga y viene hacia mí con una mano en alto.

Intenta plantarme un sopapo pero falla, y yo cometo la equivocación de reírme, porque es entonces cuando ella me acierta en toda la mejilla. Y me lo planta bien plantado. En plan: bam. Veo las estrellas un instante, y todavía me estoy frotando la mejilla adolorida cuando le digo:

—Oye, qué feo. Eso no es la forma de comportarse de una dama, ¿sabes?

Ella toma su taza, da un sorbo y me dice:

—Me da igual. Yo no te invité.

—Soy de la familia —le digo, y me encojo de hombros—. A ver, ¿qué diría tu madre si supiera que me pegaste?

—Diría que seguramente te lo merecías.

—Mi tía nunca diría eso.

—Sí —me contradice Gloria—, sí que lo diría.

Nos miramos un momento con cara de pocos amigos y por fin le pregunto si me puede prestar dinero.

—No tengo nada aquí —me dice.

—Claro que tienes —le digo—, estabas ahorrando para comprarte la tele y todo eso.

Ella agacha la cabeza y me dice:

—Ese dinero ya no está, Jermy.

Ella solamente me llama Jermy cuando se pone muy seria, así que reculo un poco. Humedece un paño y frota el suelo donde yo me estaba comiendo el tamal y donde se me debe de haber caído alguna migaja. Después de tirarlo en el fregadero, me cuenta que tuvo que gastar todo ese dinero en algo, pero no quiere decirme en qué. Me dice que ya lo entenderé algún día.

Después me da diez dólares y me dice que es lo único que tiene porque a ella y a sus compañeras del trabajo les salió premio en un rasca y gana. La acabo de ver buscar en su bolsa y todo, o sea que sé que no está mintiendo. Es verdad que no tenía más que diez dólares. Eso me deja con 338, lo cual debería bastarme para llegar a Phoenix y empezar a buscarme la vida allí, creo. O al menos eso espero.

Después de darme el billete de diez, me dice:

—Bueno, ¿has visto a Aurelio o qué?

Su hermano pequeño es dos años mayor que yo, pero no lo he llamado Aurelio desde que éramos niños. Dormilón, sí. Marmota. Máquina de Dormir. Bella Durmiente, lo llamo a veces. Pero Aurelio no. Nunca.

—No he visto a Dormilón ni sé nada de él. ¿Por qué? ¿Crees que está metiéndose en líos o algo así?

Ella se encoge de hombros, lo cual quiere decir que sí, que no solamente lo cree sino que está preocupada. Todo el tiempo.

Decido cambiar de tema para poder pasar al menos veinte minutos sin oír hablar del asunto.

—¿Dónde está Lydia? ¿Y dónde está el niño?

—Juntos —dice Gloria—. Se llevó a Mateo al Chuck-e-Cheese para darme un rato de descanso.

—Oye —le digo, cambiando otra vez de tema—, ¿puedes prestarme el coche?

Me echa una mirada muy larga por encima de la taza de té que debía de estar bebiendo mientras hablaba por teléfono. En el tazón dice: GILROY: CAPITAL MUNDIAL DEL AJO. Y también hay un dibujito de una cabeza de ajos, todo delineado en color verde.

—¿Para qué?

—Para una cosa —le digo.

—O sea, para tus pendejadas esas del grafiti.

—No —le digo, y creo que me sale bastante convincente, bastante genuino, pero sí, es para pintar grafiti.

Es obvio que sí.

—Lo siento, primo —me dice—. No puedo. Tengo una cita.

Ya no me acuerdo de la última vez que tuvo una cita, así que le pregunto:

—¿Con quién? ¿Con el Monstruo de las Galletas?

Es obvio que estoy bromeando, porque el Monstruo de las Galletas es del barrio y debe de pesar 150 kilos, hamburguesa más o hamburguesa menos, pero aun así ella me tira un plátano del frutero. Yo lo esquivo y el plátano se estrella contra la puerta del garaje y cae al suelo.

Cuando lo recojo y lo devuelvo a su sitio, la molesto para que me diga con quién tiene una cita, y mantengo la presión durante unos tres minutos largos, pero ella se pone superseria de golpe y se niega a decírmelo. Se limita a sonreír un poco para sí misma y a retorcerse un mechón de pelo igual que antes estaba retorciendo el cable del teléfono.

Por fin me interrumpe diciendo:

—Tengo que bañarme. Más te vale no estar aquí cuando salga.

Asiento con la cabeza porque ya me va bien, y cuando ella sale de la sala, busco en su bolsa y le saco las llaves del coche, las que tienen un pequeño amuleto de la madre Teresa en el aro. Se siente mal llevarme su coche, pero tampoco mucho. Ya lo entenderá cuando yo esté a salvo en Phoenix y le cuente que lo hice porque no quiero ser un gánster. Se alegrará. Tal vez no hoy mismo. Pero algún día. Sé que se alegrará. Ella me quiere. Y quiere que esté a salvo.

6

No soy un hijoputa perdido. Lo soy un poco, pero no del todo. Así que antes de nada saco del asiento de atrás la sillita de Mateo y la dejo en el suelo, ni siquiera encima de una mancha de grasa ni nada parecido. Después subo la puerta del garaje procurando no hacer ruido, pongo el coche en punto muerto, lo empujo hasta fuera, vuelvo a bajar la puerta del garaje, cierro con llave, devuelvo la llave al agujero que hay detrás de la piedra y por fin arranco el coche y me voy. Necesito llegar a casa de mi tía y hacer las maletas deprisa, antes de que Gloria se dé cuenta de que le robé el coche y llame a su madre y las dos se pongan hechas una furia conmigo. Todo es un poco complicado.

Yo vivo con los padres de Gloria y con su hermano, Dormilón, pero su padre sólo pasa en casa ocho días al mes porque es camionero, y Dormilón casi nunca está, así que en general solamente estamos yo y mi tía Izel. Ella y Gloria no se llevan muy bien porque Gloria no está casada y tuvo un hijo en pecado con un traficante de droga y ahora mismo ella y mi primita segunda del jardín de niños están viviendo con Lydia en la casa que les dejó su abuela en herencia. Yo estoy con mi tía Izel porque mi madre se regresó a México con mi abuela, y mi padre, bueno, ya saben dónde está. Mi madre me dejó en California porque pensó que tendría más oportunidades en la vida aquí que en México. Mi tía que vive en Phoenix, de la que les hablé... es la hermana de mi madre. Así pues, como ya dije, es una situación complicada.

Apenas arranco el motor, me salta la música por los altavoces, y lo que es peor, sé qué rola es porque mi prima me ha hecho escucharla alguna vez: es la rola *America* de *West Side Story*. Ella siempre me dice que es una canción muy inteligente y bien escrita y que tendría que aprender a apreciarla, sobre todo viniendo de donde vengo, pero a mí me parece una mariconada.

Saco el caset y lo tiro al asiento de atrás, donde estaba la sillita de Mateo. Intento que no se pierda entre el montón de ropa que ella tiene ahí atrás. Este trasto es como un clóset con ruedas. Gloria tiene amontonados tres abrigos distintos y varios pares de zapatos anatómicos especiales, todos blancos y aparatosos.

Meto mi selección en la casetera. La rola *Solo ante el peligro* de Tex Ritter, de la película con Gary Cooper, se está acercando a su fin cuando se corta de golpe porque la cagué al grabar y paré la cinta mientras todavía estaba bajando el volumen de la rola, pero no me quedó otro remedio.

Solamente me cabe media hora por lado de estos casets que compro en el tianguis, y además, yo quería que me cupiera *Hurry Sundown*, una rola que para mí encaja mucho mejor con el día de hoy. Trata de tener un día de mierda y querer que se acabe deprisa, o sea que quieres que la noche se dé prisa en llegar. Es una rola de Hugo Montenegro, un tipo completamente infravalorado. Empieza raro, con una guitarra y un tarareo, y luego se convierte en dueto que va cobrando fuerza como una ola y rompe al final en forma de coro grandioso. Es casi como una rola espiritual. Bueno, a mí me parece.

Decido tomar Wright Road hasta la 105 y explorar si se puede pintar en el paso subterráneo, a menos que esté todo pintado ya.

La primera vez que me enamoré de las guerras de grafitis fue en Rosecrans, delante de un tramo de la 710 completamente cubierto de pintura de espray negra hasta donde me alcanzaba la vista. Y hablo del borde que me quedaba delante, de la banqueta, de prácticamente hasta el último pedazo de un muro de nueve metros de alto y de la puta palmera que había al lado. Carajo, parecía que lo hubiera hecho un ejército de ninjas. Ese día cambió mi manera de ver el mundo. Por ejemplo, hizo que yo ya casi nunca vea cemento. Ya no veo realmente muros, ni siquiera edificios. Veo oportunidades, ¿me entienden? Sitios donde poner mi marca. Veo lienzos enormes y permanentes esperando a ser atacados.

Un momento: adelante aparecieron varios sheriffs y camiones de bomberos y parece que están desviando a la gente por Fernwood. Al principio no puedo ver nada porque me tapa la visión un jeep grande y alto de color café vómito con una llanta de refacción desinflada sujeta a la puerta trasera, pero cuando doy vuelta en Fernwood por fin veo por qué no podemos pasar.

Bajo el puente de la autopista hay algo que parece un camión enorme del ayuntamiento; está todo calcinado, igual que el cemento de debajo del puente. Justo cuando estoy a punto de dar vuelta, un par bomberos abren la puerta de atrás, que se desploma. Todo se llena de una nube enorme de ceniza mientras la parte cantada de *Hurry Sundown* se apaga y empieza otra rola, una de las rolas realmente raras de esta cinta.

Es una vieja rola de «Plaza Sésamo», *Be Kind to Your Neighborhood Monster*, sacado de un álbum totalmente genial y totalmente desconocido titulado «We Are All Earthlings», y cuando oigo esta rola nunca sé si reírme o echarme a temblar, porque supongo que para mí esas cosas tienen un significado muy distinto por el hecho de vivir donde vivo. O sea, digamos que cuando la oigo no me imagino monstruos peludos de color morado. Me imagino a pandilleros chicanos con tatuajes, las cabezas rasuradas, calcetines bien altos y pantalones militares cortos con la raya perfectamente planchada.

Por fin me toca desviarme a la derecha y ahora casi puedo ver el interior del camión, mientras un sheriff con uniforme café y sombrero me hace señas para que pase, y de pronto el agente echa un vistazo a lo que yo estoy viendo y se queda de piedra, como si él tampoco pudiera creérselo. A continuación se da vuelta de nuevo hacia mí y se pone a hacerme señas más rápido. Yo parpadeo, porque no puedo creer lo que estoy viendo.

Detrás de mí alguien hace sonar el cláxon.

—Puta madre —digo sin dirigirme a nadie, intentando distinguir las formas negras que se amontonan unas encima de las otras—. ¿Eso de ahí son *cuerpos* quemados?

El tamal que tengo en el estómago me avisa que está a punto de apretar el botón de EJECT, así que trago saliva, aparto la vista y me largo mentando madres.

Puede que me equivoque del todo, pero si esto lo hizo la banda de Destino, ahora se entiende mucho mejor lo de los gorilas que asaltaron la casa y le tiraron la puerta.

Estoy aturdido, más pendiente de lo que acabo de ver que de lo que estoy viendo en este momento. O sea, hasta me pareció ver que asomaba un AK-47. Y muchísima ceniza…

Fernwood da paso a Atlantic y luego a Olanda, y una vez en Olanda vuelvo a cruzar Wright, y en ese momento regreso de golpe a la realidad y paro delante de la casa de mi tía Izel.

Entro por la puerta de atrás, superagradecido de que hoy no haya restaurante. A veces mi tía monta un restaurante aquí en la casa y yo la ayudo. Ella es de Tlaxiaco, en Oaxaca, donde cocinan algunos platos aztecas tradicionales. Un par de días a la semana, sacamos unas mesas al jardín de atrás y ella cocina para la gente que viene. Hace muslos de pollo al horno y les echa un mole amarillo que se ha pasado dos días cocinando en una olla de barro. También prepara tortillas, que amasa ella misma. Por aquí, sin embargo, es famosa por sus lentejas oaxaqueñas. Cobra dos dólares por un plato de lentejas de las pequeñas con piña, plátanos macho, tomates y especias.

En cualquier caso, hoy es su día de preparativos, y algunos de los mercados del barrio han abierto por fin esta mañana, así que ha salido a comprar ingredientes, lo cual me va bien porque entro y salgo como si fuera un ladrón.

Recojo mi cepillo de dientes y la pasta, mi desodorante Right Guard y mi colonia Santa Fe. A continuación agarro mi kit de vándalo: un estuche para lápices con el logo de G. I. Joe que tengo de toda la vida. Después dedico un par de minutos más a meter mis camisetas, jeans, sudaderas, calcetines, calzones y mis Reebok favoritos en una mochila de lona de base redonda. Lo último que recojo son los dos cuadernos negros donde tengo mis bocetos.

Metidos entre sus páginas están las cartas de mi otra tía y su dirección. De la cocina tomo la mantequilla de cacahuete y lo que queda de un pan de caja, unas cinco rebanadas. Regreso al coche y arranco antes de que nadie sepa que estuve aquí.

Lo único que tengo ya en la cabeza es pasarme por unas cuantas paredes buenas para pintar y confiar en tener suerte.

7

¿Sabían que la ciudad de San Francisco solamente tiene dieciocho kilómetros cuadrados? Yo no lo sabía. Cuando Fat John me lo dijo el mes pasado me dejó atarantado. Porque Los Ángeles es interminable. Tiene playas, colinas, pozos de brea, montañas, centro urbano, desierto y un río enorme de cemento. Nunca se acaba. Somos un puto país entero. Y yo lo noto ahora más que nunca.

Voy manejando por Lynwood, buscando paredes para pintar. Veo una que conozco de oídas en Atlantic, al otro lado de la 105. Pero no tiene nada de espacio.

No dejo de buscar con la vista autobuses estacionados. Casi siempre están en callecitas que salen de una calle principal, a unas cuantas manzanas de un bulevar, quizá en una zona industrial o en un callejón sin salida donde haya un arcén lo bastante grande como para estacionar un autobús, porque a veces el Distrito Regional de Transporte se limita a dejar sus autobuses por ahí por la razón que sea, como por ejemplo si han tenido problemas mecánicos o alguien se ha puesto enfermo o bien ha llegado tarde a su turno y no ha podido sustituir al conductor, o sea que han tenido que dejarlo estacionado hasta que alguien pueda recogerlo y llevarlo de vuelta al depósito, o quizá porque ha habido unos disturbios del carajo que duraron varios días y el servicio ha estado interrumpido y nadie se ha preocupado de dónde se quedaron los vehículos. Ahora mismo los autobuses son como el santo grial del grafiti, porque es una forma magnífica de mandar tu nombre por la ciudad entera y enseñarle a todo el mundo cuál es tu onda.

Llevo toda la vida oyendo que el grafiti es un problema. Que es completamente inútil. Lo de que es un problema lo entiendo, porque lo es. Pero no es inútil. Para mí, es como un videojuego. Me ha enseñado a usar mapas y a orientarme. Me ha enseñado cosas de política. Dónde está cada banda y cuáles son sus propiedades. Sitios a los que puedes ir y sitios a los que no conviene. Me ha enseñado a cuidar de mí mismo. Me ha enseñado a ser valiente. Cuando empecé, era un cualquiera que no tenía ni puta idea, no quería ni llevar arma, pero, a base de practicar, con el tiempo mejoras y aprendes, y te adaptas deprisa. Me hizo más libre. Me convirtió en FREER. Bueno, fueron el grafiti y Ernesto.

Vuelvo a tener en la cabeza esa casa tiroteada donde él vivía. Me cuesta creer que viviera con esa gente, con Gran Destino, en la misma casa, bajo el mismo techo, sin estar en su banda. Ahora soy consciente de las ganas que debía de tener de salir de aquí, y eso me pone triste. Desde que fuimos a aquel restaurante de sushi que está delante de las vías del tren, siempre me estaba hablando de él. Tenía planes, el bato. Planes de todo tipo. Y resultaba inspirador, ¿saben? Me hizo soñar a mí también. Me hizo querer ser más de lo que era. Me hizo querer ser más libre. Así que puse manos a la obra. Y ahora lo soy.

Todo vándalo demente necesita su kit. En el asiento

del pasajero llevo mi mochila con el estuche de lápices cargado con seis rotuladores permanentes Mean Streaks, varias láminas de papel de lija y dos punzones. También tengo los botes de espray que me quedé, los Krylon y los Testor. El papel de lija solamente es para hacer raspados grandes, y la pintura en espray no necesita explicación, pero los Mean Streaks de la marca Sanford son los rotuladores por antonomasia de Los Ángeles. Con ellos puedes escribir en cualquier lado: coches, cristal, metal, donde sea. Son unos rotuladores de primera. Cuando se quedan sin punta, retuerces la base. De hecho, puedes girar la base del todo para sacar la mina entera y luego la cortas en sentido vertical y así mezclas colores. Yo últimamente he tenido una fase psicodélica, así que corto las minas en tres y combino blanco, amarillo y azul.

Los punzones son brocas que parecen flechas pero con la aletas limadas, perfectos para rayar cualquier superficie, pero sobre todo el cristal.

Compruebo otra pared posible pero tampoco hay sitio, y estoy empezando a desanimarme, porque me voy a quedar sin poder rendir homenaje a Ernesto, y me pongo a hacer una lista mental de paredes pero tampoco se me ocurre ninguna.

Carajo, me muero de ganas de pintar un autobús. Eso da prestigio. Ahora mismo son la onda más temeraria, porque te pueden atrapar de un millón de maneras. Es el juego del gato y el ratón, sin tiempo para pararse, pura adrenalina. Los conductores siempre están vigilando. Los agentes vestidos de civiles siempre llevan tenis y cangureras para guardar sus insignias y rollos de tiras.

A veces hay pandillas enteras que toman un autobús al asalto y tratan de firmar todo el interior, y hasta oí que una vez un tira vestido de civl intentó sellar el autobús desde fuera, de forma que los cien tipos que había dentro tuvieron que romper las salidas de emergencia y salir corriendo para que no los atraparan. Como dije, esto es el salvaje Oeste. Se lo juro.

Visito la tercera pared posible, que está justo detrás del Tom's Burgers, en Norton, junto al cruce de Imperial con Martin Luther King, y estoy pasando al lado y pensando: carajo, otra pared echada a perder, cuando el sol se refleja en un parabrisas y me deja momentáneamente ciego. Doy un golpe de volante con el coche de Gloria, por puro instinto, y me encuentro de cara con un autobús perfecto, y quiero decir perfecto de verdad.

Tal vez se quedó abandonado aquí hace unos minutos o tal vez ayer. ¿Quién sabe y a quién le importa? Lo tengo delante y es puro. Y lo increíble es que ningún hijo de puta lo ha firmado. Soy el primero. Le voy a robar la virginidad.

Cuesta explicarlo, pero me siento tan afortunado que hasta me pongo paranoico, en plan ¿qué es esto, una trampa? ¿Lo estará vigilando la policía? ¿Será una emboscada para atrapar grafiteros? Pero supongo que tienen cosas más importates de las que ocuparse.

Pero al final pienso que, si es una trampa, da igual. Tengo que intentarlo al menos. Este autobús podría ser mi legado. Si lo hago bien, se hablará de él durante años. *Años.*

Ni siquiera recuerdo haberme estacionado en el estacionamiento del banco cerrado que hay en la banqueta de enfrente, pero lo debo de haber hecho, porque estoy en él y el coche tiene el motor parado. Abro el cierre de la mochila y me pongo a buscar dentro del estuche de lápices mientras salgo del coche. Ahora mismo estoy tan emocionado que se me empieza a secar la boca y me pongo a balbucear para mí mismo mientras me pongo los audífonos en la cabeza.

8

Con una sensación de subidón que me llega a la punta de los pies, voy directo al frente del autobús. Oprimo la tecla PLAY de mi walkman. Un momento más tarde Wagner y sus valquirias me entran cabalgando por los oídos. El mero hecho de oír esas cuerdas ya me pone como una moto. Ya estoy súper a tono.

Estoy tan emocionado que tiemblo, o sea que respiro hondo y deprisa y trato de calmarme para que no me falle el pulso. Cuando suelto el aire ya estoy bien.

Aun así: ¿un autobús virgen para mí solo? ¿Un autobús virgen de la General Motors con las ventanillas laterales polarizadas y yo a punto de atacarlo con un rotulador que estrené anoche? Dios mío, bato.

Tengo la sensación de haber muerto, y haber ido al cielo, atravesé las puertas de san Pedro y Marilyn Monroe me acaba de suplicar que coja con ella.

El corazón todavía me late a mil por hora en el pecho, aporreándome las costillas, cuando alcanzo mi destino en el parabrisas delantero. Un puto marcador nuevo, bato. Lo destapo y huele a limpiacristales, olor perfecto a limpiacristales.

Firmar en el parabrisas se llama «poner el destino», porque es ahí donde pone el destino del autobús, en la parte de arriba, por encima de la cabeza del conductor. Ahora, en cambio, el destino está oculta porque el autobús no está de servicio. Decido hacer antes que nada una rayadura.

Saco el punzón y hago una bien grande donde estaría la cara del conductor, escribiendo F.R.E.E.R.! con toda la puntuación en rayaduras sobre el cristal, pero esto es lo más loco: lo escribo *al revés*. ¡Así todo el mundo que vaya en el autobús lo verá cuando mire hacia delante, y los conductores que vayan delante del autobús lo verán también por sus retrovisores!

Cuando termino la rayadura me quedo esperando un momento. Si ha de haber sirenas, si ha de venir la tira zumbando, será ahora. Espero diez segundos, a continuación espero diez más y por fin llega la hora de empezar la parranda. La hora de hacer el loco.

Saco el marcador que he cargado con las minas blanca, amarilla y azul, me subo a la defensa delantera y hago la puta firma más grande que puedo. Voy de arriba abajo, ocupando el cristal entero: escribo F-R-E en el lado izquierdo, me salto la barrita negra que divide el parabrisas por la mitad y añado al otro lado E-R.

Dedico unos segundos más a asegurarme de que todos los ángulos estén bien. Corrijo la erre final y la hago tan afilada que sus patas podrían cortar. Después convierto la pata derecha de mis erres en equis, como hacen en las farmacias, porque mi estilo es como medicina.

Y debajo de todo firmo con el nombre de mi pandilla.

Jamás en la vida he tenido tanto tiempo. *Jamás*.

Hasta ahora, siempre que pintaba un destino lo hacía por fuera y un poco a la izquierda, y lo pintaba mientras Fat John distraía al conductor discutiendo sobre transbordos o algo así, y encima la tenía que pintar agachado y muy imperfecta. Esto, en cambio… ¡Esto es una obra maestra, carajo! Esto es el sentido mismo que tiene FREER.

Hago dos firmas grandes en el costado izquierdo del

autobús, poniendo una letra en cada ventanilla polarizada. Hago las letras con contornos rígidos y angulosos, igual que esas letras de tela para poner en las chamarras que dan de premio en las preparatorias, mientras que en las puertas de entrada y de salida cambio a estilo vertical y caligráfico y lleno de florituras de arriba abajo, casi como si estuviera dibujando espaguetis con el rotulador. Me divierto tanto que hasta que no termino con la puerta delantera de entrada no me doy cuenta de que el conductor dejó dentro la puta chaqueta del DRT, lo cual, créanme, es un premio brutal dentro de la comunidad del grafiti. Se debe de haber largado tan deprisa que se le olvidó.

No sé cuánto rato tardé en tirar a patadas el cristal de debajo de la puerta, pero cuando por fin consigo romperlo del todo, me meto como puedo y tomo la chamarra. Me la pongo y me queda chica, pero me da igual. Me la quedo porque es como llevar la piel de un oso que has cazado. Ése es el nivel de prestigio que te da. Y mientras todavía estoy alucinando, me doy cuenta de que sería una locura hacer una rayadura en la parte de adentro, así que hago otra en el parabrisas, justo al lado de la máquina de billetes, para que todo el mundo que se suba al autobús tenga que verla, y luego me agacho para salir otra vez.

El costado derecho del autobús lo pinto deprisa con un solo trazo, lo cual quiere decir que me limito a apretar el botón del bote de espray y rociar con mi Krylon plateado en una sola línea continua, sin parar para las transiciones entre letras. Hago un poco de trampa, sin embargo, porque nunca había probado esta técnica y termino un poco antes de la cavidad de la última rueda, de forma que vuelvo atrás y le añado unos cuantos bucles y flechas para que tenga una pinta más dinámica y todo eso.

Si tuviera más tiempo, haría una pieza entera, pero es demasiado arriesgado estar aquí fuera. Cada segundo que pasa está a punto de provocarme un ataque al corazón. Tengo la sensación de que la policía puede llegar en cualquier momento, porque la situación es tan buena que apesta a emboscada. Pero no me puedo contener. He dejado lo mejor para el final.

En la parte de atrás del autobús, la que da a la calle, me subo a la defensa, hago un boceto de mis letras en plateado y me pongo a rellenarlas a toda hostia. Las hago supercuadradas, como si en la parte de atrás negra del autobús hubiera varios espejos plateados enormes con pinta de persianas; luego hay que añadirles un sombreado por debajo para que parezcan más sólidas.

Después de los rellenos plateados, hago en negro los contornos de las letras E-R-N-I-E. El resultado resalta tanto que seguramente, con una buena perspectiva, se pueden ver las letras de contornos negros y rellenos plateados resplandecientes desde dos campos de futbol de distancia. Hasta les hago con el espray unas cuantas grietas y fisuras por encima para que parezca un poco que están hechas de roca. Y en la pata inferior de la última E del nombre de Ernie, escribo R. I. P. en negro. Después vuelvo a guardar todo el equipo en la mochila de lona y tomo mi cámara desechable.

Tomo fotos desde todos los ángulos. Delantero. De costado. Trasero. Del otro costado. Desde abajo. Desde lejos. Desde muy cerca. Y es mientras estoy fotografiando de cerca que noto que hay alguien mirándome y me doy la vuelta.

A unos diez metros tengo a un chavito mirándome desde el estacionamiento del banco.

Me quito los auriculares y giro hacia él.

9

Debe de tener doce o trece años. Tiene unas cejas oscuras y tupidas, sin embargo, y unos ojos grandes apagados. Lleva el pelo todo engominado hacia atrás y viste un poco de pandillero, pero respira con la boca abierta. Es un pequeño imbécil.

Le dedico una mirada a la que él no responde, así que le digo:

—¿Quieres pintarlo?

Me refiero al autobús, pero él no se mueve. Me observa, así que le digo que se acerque y él obedece. El chavito se para a mi lado, se queda mirando mi pieza para ERNIE y me pregunta:

—¿Qué es?

—Es un homenaje —le digo.

—¿A quién?

Miro la pieza, miro al chavito y pienso: ¿es posible que sea tan tonto? Pero él sigue escrutando con los ojos entornados, así que pienso: al carajo, se lo digo aunque sea obvio.

—A un bato al que yo conocía que se llamaba Ernie —le digo—. Se murió hace un par de días.

El chavo asiente con la cabeza pero no dice nada, así que le pregunto:

—¿No te interesa el grafiti?

—Nah, la verdad es que no —dice el chavito—. Pero te he visto la pistola en el cinturón mientras pintabas. Eso sí me interesa. ¿Cuánto quieres por ella?

—No sé —digo, y le echo una mirada calculadora y me invento una suma que no creo que tenga—. ¿Cien baros?

—Tengo cincuenta —me dice, y lo veo sacar un billete de cincuenta de un fajo donde lleva varios más.

—Tranquilo —le digo, en el sentido de «no, gracias»—.
¿Qué pasa, estás haciendo de camello para alguien o algo
así? ¿Y de dónde has sacado ese fajo?

Él no me dice ni que sí ni que no. Se limita a extender
otra vez la mano, ahora ofreciéndome cien dólares.

—Tómalos antes de que cambie de opinión —me
dice.

Yo le pongo una cara de «¿A quién crees que estás
vacilando, bato?».

Pero pienso: ¿sabes qué?, al carajo. Le cambio la pistola por la lana y me la guardo en el bolsillo. El chavito
mira la pistola. Le da la vuelta con las manos para cogerla
con la izquierda, a continuación me encañona y la amartilla.

Se me va la sonrisa de la cara, no porque tenga miedo,
sino principalmente porque no me puedo creer que este
mequetrefe esté intentando metérmela doblada.

—Devuélveme los cien baros y dame todo lo que
tengas —me dice—. Vamos.

Tengo ya 438 dólares. Si este renacuajo se cree que
le voy a devolver los cien es más tonto de lo que parece,
y mira que parece pendejo.

—Sabes que no está cargada, ¿verdad?

Él me mira como si creyera que estoy intentando hacerle una jugarreta.

—Compruébalo —le digo—. Me espero.

Doy un paso atrás para que él vea que lo puede comprobar sin peligro de que yo se la quite. Saca el cilindro y se
lo acerca mucho a la cara. Veo la mirada completamente
apagada de su ojo castaño a través de uno de los agujeros
vacíos. Parpadea.

—Asegúrate de comprarle balas calibre veintidós —le
digo—. Es el único tamaño que cabe. Te diría que fueras a

la tienda de armas y buscaras las más pequeñas de la cubeta de veinticinco centavos, pero me han dicho que se quemó.

—Sí, es verdad —me dice—. Entonces, ¿del veintidós?

—Eso mismo —le digo.

—Órale —me dice.

Oigo el murmullo de un helicóptero a lo lejos.

—¿Te pusieron apodo ya o qué? —le digo al chavito.

Él mira a su alrededor.

—Puede que sí —me dice.

Supongo que eso quiere decir que no, y ya estoy a punto de soltarle uno para que se lo plantee cuando aparece una mujer dando tumbos por la esquina del pequeño centro médico que hay en la acera de enfrente. Lleva una falda megacorta y unos tacones desgastados de tanto caminar, tiene el pelo negro y se ve mayor que yo, veinticinco años quizá, y muy hecha polvo. Hasta de lejos le veo llagas en la boca y un ojo morado.

—Eh —le dice la mujer al pescuezo del chico, que ni siquiera se da la vuelta—. ¿Nos vamos o qué?

No es por ser maleducado, pero yo le digo lo primero que me viene a la cabeza:

—¿Es tu madre?

—Idiota, más te vale callarte —me dice con un gruñido—. Ésa es mi puta, bato. Es la vieja que me come la verga.

Carajo, espero que no, con la de llagas que tiene. Pero no tengo nada que perder, así que le digo:

—Bato, cierra la boca, tú. Eres tan pequeño que ni siquiera se te puede poner dura.

Él se agarra el cinturón y dice:

—Paso de ti, bato.

Su puta interviene:

—Sí que se le pone. Y es bueno, el bato.

A juzgar por su pinta, es de la clase de putas que cambian sexo por drogas, seguramente crack o coca. Joder, me causa tanto disgusto todo esto que viendo al chavito hasta se me escapa una media sonrisa, sobre todo por los huevos que le pone. Este renacuajo cabroncito ya es camello y quizá también proxeneta. De ahí le viene el dinero, el que ahora tengo yo en el bolsillo. Se lo ha ganado con el sudor de su frente.

—Te voy a llamar Vigía —le digo—, porque me has estado vigilando. Si te gusta te lo quedas. Si no, lo tiras.

Él tiene pinta de estar a punto de decir alguna pendejada, pero al final se limita a relamerse, echa la cabeza hacia atrás y me señala con la barbilla.

—Vigía. —Es como si estuviera probando el nombre a ver si es de su talla.

—Sí —le digo—. Es buen apodo. Cuídate.

Doy media vuelta y me largo.

Me estoy yendo y oigo que su puta le pide permiso para ir a comprarse una malteada de mantequilla de cacahuate al Tom's Burgers. Él está empezando una frase de respuesta con «tú te callas la boca, puta» cuando entro en el coche y me voy en chinga.

El chavito se me queda mirando mientras me voy como si estuviera memorizando mi cara, como si pensara que lo he humillado con la venta de la pistola y mis comentarios y que no me va a perdonar nunca. Se me escapa un poco la risa, bato, lo que me faltaba.

Los Ángeles ha perdido la puta cabeza. La ha perdido del todo.

Cuando vuelvo a estar circulando por las calles, lo bastante lejos como para que ningún tira pueda relacionarme con el autobús, respiro y pienso en el día que he tenido, en que el plan no me ha salido realmente como esperaba y en que seguramente debería conformarme con el dinero que tengo y con salir de aquí. Es lo más sensato.

Pienso que todo el mundo que haya intentado hacer algo en las calles, por mucho que haya hecho, siempre se quedó con las ganas de hacer mucho más, y así mismo es como yo me siento ahora, un fracasado, aunque haya convertido un puto autobús entero en mi área personal de recreo. Ese autobús se convertirá en leyenda cuando la gente lo vea. Y la gente preguntará por Ernie. Se preguntará quién era. Y por un momento, él vivirá en sus mentes. Pero yo ya no estaré.

Después de esto, la gente se pasará una temporada hablando de mí. Estoy seguro de que Fat John y Tortuga lo verán, pero aun así decido que revelaré las fotos, haré copias y se las mandaré. Me quedo pensando un rato en el autobús y en la suerte loca que he tenido.

Puede que haya sido una buena despedida, pero quizá no haya sido un final lo bastante grande, lo bastante apoteósico. Seguramente la gente dirá que me he acobardado, pero me da igual. Yo no me metí en esto para acabar en lo otro, siendo un gánster. Siempre quise ser libre. Sólo quise abarcar la ciudad entera, pintar en Hollywood, en el Downtown y en Venice y escribir © debajo de mi nombre allá donde vaya, como hacen OILER y DCLINE, porque éste era mi momento de gloria, con diecisiete recién cumplidos.

Según mis cálculos, me quedaba un año de pintar en serio, y si me atrapaban, ¿cuánto me podía caer por pintar grafitis? O sea, seguramente doscientas horas de servicios a la comunidad y unos cuantos fines de semana de Servicios Laborales Alternativos para Jóvenes, y en el peor de los casos un poco de prisión de menores, pero nada de ir a la cárcel del condado, nada grave que se quedara para siempre en mi expediente. Era mi tiempo para ir todo lo lejos que pudiera y hacerme famoso, y ahora ya ni siquiera voy a estar, igual que Ernesto.

Una cosa que la gente no entiende de los grafitis es que son una forma de ser alguien, son una forma de hacer enojar a la gente y una forma de reclamar tu territorio, pero también son una forma de recordar. Así que el último lo he hecho por Ernesto y por la ciudad que lo ha matado. ERNIE R. I. P., dice en la parte de atrás de ese autobús. Son simples letras, de acuerdo, pero significan algo más.

Es un gesto obsceno con el dedo y una lápida, las dos cosas juntas.

10

Después de comprarme el boleto solamente de ida a Phoenix por 49 dólares en la estación de autobuses Greyhound de Long Beach, llamo a Gloria y le digo dónde puede recoger su coche. Y sorpresa, sorpresa, no está nada contenta. Me dice que me va a matar y a mí me parece bien, porque está claro que no es la misma forma de matar que me tienen reservada los monstruos de mi barrio si me vuelven a ver y les digo que no me quiero unir a su banda.

—Me has hecho llamar a tu madre buscándote, Jermy —me dice Gloria—. Te juro que…

Tengo que interrumpirla.

—No he tenido más remedio, Gloria —le digo—. Lo siento de verdad. No quería estropearte la cita, pero algún día te contaré por qué lo he hecho y lo entenderás del todo.

Está encabronada de verdad. Se lo noto en la voz cuando me dice:

—Más te vale contarme por qué ahora mismo.

—Te llamaré —le digo—. Cuando esté a salvo en el sitio al que voy.

—¿Y adónde vas?

—Es mejor que no lo sepas —le digo—. Porque alguien te preguntará en algún momento si lo sabes y no quiero que tengas que mentir.

Oigo un largo suspiro en el micrófono del otro lado de la línea, que suena algo así como krrrjjj.

—Está bien —me dice por fin.

Oigo unos golpecitos de fondo y Gloria se queda muy callada. A continuación la oigo caminar en pantuflas hasta la puerta y luego un silencio todavía más profundo, así que debe de estar mirando por la mirilla. Está conteniendo la respiración y comprendo que hay algún problema.

—¿Qué pasa?

—Hum —me dice—. Tengo que irme.

—¿Qué has visto?

—Qué no, a quién —me dice—. Tengo en la puerta a la hermana pequeña de Ernesto.

Vuelvo a oír los golpes, esta vez mucho más de cerca. Al principio me pregunto si me estará buscando a mí, pero no tiene demasiada lógica.

—Espera, Jermy —me pide Gloria, y oigo un susurro de ropa contra el micrófono, como si se hubiera apoyado el auricular en la barriga o algo así.

Oigo el clic muy flojito del pestillo y a continuación la puerta se abre con un pequeño crujido.

—Oye —dice Lupe—. Dijiste que eras enfermera, ¿no?

Mi prima debe de asentir con la cabeza, porque un segundo más tarde Lupe le pregunta:

—¿Sabes entablillar huesos rotos?

Mi prima debe de decir otra vez que sí, porque Lupe le dice:

—¿Y qué necesitas para hacerlo?

La mente me late a mil y me pregunto qué habrá pasado, aunque lo primero que me viene a la cabeza es que los gorilas deben de haber hecho algo gordo.

Pero no tengo ocasión de decir nada más, porque Gloria me dice muy deprisa que tiene que irse y me deja oyendo el pitido de la línea.

Yo le digo adiós de todas formas.

Cuando vuelvo a colgar el auricular me siento un poco triste. Pero tengo que mover el trasero, porque tengo detrás a un tipo negro que necesita el teléfono. Se parece a Martin Luther King Jr., pero en viejo y gordo.

Empieza a deprimirme el que no haya nada en Phoenix. Ni diversión ni gente ni nada. Sólo mi tía y seguramente otro trabajo en un restaurante, pero de pronto de doy cuenta.

En Arizona hay más libertad de la que nunca soñé.

Seguro que allí a nadie se lo quedan mirando solamente porque va andando por la calle, en plan «mira ese pendejo, tiene pinta de grafitero y no le veo ningún tatuaje, o sea que vamos a madrearlo». Allí no tendré que preocuparme por las bandas ni por el territorio, ni porque la gente crea que me estoy acobardando, que no tengo lo que hay que tener. Y noto que el tejón del estómago se me calma un poco.

Anuncian mi autobús por micrófono, así que salgo al estacionamiento y le doy al conductor mi saco y él lo mete debajo, en ese compartimento que se cierra como si fuera una puerta del DeLorean de las películas de *Regreso al futuro*. Hasta hace el mismo ruido al abrirse. Onda shimp. La mochila me la quedo conmigo; a continuación subo al autobús y me siento en la parte de en medio. Dentro huele a pan rancio y a pelo de perro. Me pongo a hojear mi cuaderno negro más reciente.

No he estado nunca allí, pero en materia de grafitis Phoenix debe de ser un jardín de niños.

Pero un momento.

Tal vez eso no sea malo. *Tal vez* eso quiera decir que ahora tengo posibilidades, y que FREER no va a morir, sino que va a evolucionar para convertirse en algo completamente nuevo y fuerte.

O sea, allí podré crear un sistema nuevo y avanzado. Podré ser el primero. Me está empezando a gustar la idea. A gustarme mucho. Podré abrir toda una franquicia de Los Ángeles, crear estilo. Podré ser eso que nos enseñan en clase de ciencia, ¿cómo se dice? Un catalizador. Sí. Podré ser eso en la escena de Phoenix, subirla unos cuantos niveles. Y además, ¿qué hay más libre que largarse cuando te da la puta gana?

Pues nada, no hay nada.

En el autobús, me da la impresión de que no soy el único que se está escapando. Hay muchos mexicanos y centroamericanos. Y muchos llevan a sus hijos. Los entiendo perfectamente. Carajo, si yo tuviera hijos, también los estaría metiendo en este autobús. Es bastante normal no querer estar en Los Ángeles en este momento, con todos los saqueos y los tiroteos.

Carajo, está claro que no voy a echar de menos a los camellos chulos de putas de doce años que me compran la pistola y enseguida intentan robarme el dinero que me han dado.

Tampoco voy a echar de menos los ultimátums de Gran Destino.

Tampoco voy a echar de menos que me hagan tirarme al suelo los putos gorilas por la calle y me pongan metralletas en la cara.

Los Ángeles es una puta locura, bato. Pero lo voy a echar de menos.

Aunque, ¿quién sabe?, quizá me esté largando en el momento oportuno. O sea, justo antes de que todo reviente y se hunda bajo el océano.

Oprimo el PLAY de mi walkman pero no quiere funcionar. A veces se hace el tonto. El botón es negro e igual de grande que la yema de mi pulgar. Lo oprimo y lo mantengo oprimido hasta que las bobinas se ponen a girar y la música comienza.

El conductor arranca al mismo tiempo que empiezan a sonar unas cuerdas y al otro lado del parabrisas se está poniendo el sol y todo es mágico mientras tomamos la Pacific Coast Highway desde el bulevar de Long Beach, y la voz de Nancy Sinatra entra al mismo tiempo que la luz anaranjada del crepúsculo y se pone a cantarme que solamente se vive dos veces. Eso me relaja bastante, así que me quedo sentado y miro por la ventanilla los edificios que vamos dejando atrás a medida que cruzamos la ciudad, pasamos sobre lo que queda del río Los Ángeles y cogemos la 710 en dirección norte.

Al cabo de poco cruzamos Lynwood y lo veo desaparecer y no me siento mal. Siento que es un contenedor de todo lo que me agobia, de todas las cargas, y todo se queda ahí, todo se queda atrás, y me deja ligero como una pluma, libre para irme flotando a un lugar nuevo.

Libre para ir donde sea.

Libre para ser lo que quiera ser.

JOSESITO SERRATO, ALIAS VIGÍA
3 DE MAYO DE 1992
20.17 H

1

Ahora que tengo pistola, ya soy auténtico. Ya estoy listo para trabajar. Me siento bien. Todo el mundo sabe que Momo está muerto. Todo el mundo se enteró de que estaba tirado en ese camión que encontró la tira en Wright Road. Bueno, lo que quedaba de él. Se lo merecía el muy cabrón, por atacar a Gran Destino. Hay que ser grande o morir. Ahora quiero presentarme ante Gran Destino y unirme a él y a su banda. Así que camino al Mini Vegas ese del que todo el mundo está hablando siempre y llamo a la puerta y espero a que me dejen entrar. Me dejan entrar, me registran, me encuentran la pistola y se la quedan. Está la enfermera de la otra noche. Se me queda mirando raro, porque se acuerda de haberme visto cuando se murió en el callejón el hermano de la señorita Payasa. La señorita Payasa también está. Al lado de la enfermera. Ahora la señorita Payasa le está diciendo que le conviene irse y le da las gracias por todo. La señorita Payasa le pone dinero en las manos a la enfermera. Unos cuantos billetes doblados de cien. Calculo que unos mil baros. La enfermera me echa una mirada como si quisiera llevarme con ella. Como si quisiera salvarme o algo así. Pero la señorita Payasa la saca a empujones y le cierra la puerta en la cara justo cuando estaba diciendo que todo el mundo a quien ella ha atendido tiene que ir pronto al hospital. Gran Destino está en la otra punta de la sala, con el brazo en un cabestrillo de esos enormes. Y hay un puñado de tipos que están igual. Ese bato al que llaman Sherlock Pandillero tiene un chichón en la cabeza del tamaño de una pelota de beisbol y se está aplicando una bolsa de hielo. A su lado hay una china que está bastante buena, con la muñeca toda vendada en plan momia. Solamente hay que echarle un vistazo para ver que más de uno y más de dos pagarían por tirársela. Pero no comento nada al respecto. Sobre todo porque el cabrón ese de Apache que le arranca la cabellera a la gente también parece jodido. Está jugando con una tragamonedas con la mano buena y la máquina gira y hace ruidos mientras él permanece sentado en la esquina, bebiendo un líquido dorado de una botella grande de cristal. Gran Destino ve que estoy mirando todas las heridas, los yesos y demás. Me dice que me acerque y cuando me acerco se encoge de hombros y me cuenta que la estrategia de dar palizas y largarse sigue siendo muy popular en Los Ángeles. Me llama bato y me dice que pueden derrotarnos, pero que siempre volveremos, y que volveremos más fuertes. Me dice que es la pura verdad. Y yo le digo también que es la pura verdad. Porque lo es. Ni más ni menos. Ellos siguen estando aquí. Hasta el último. Les dieron una madriza y ellos no se rinden. No como Momo. No como Peligro. No como ninguno de esos pendejos. Esta banda es un puñado de verdugos. Supervivientes. Más duros que la piedra. Ni siquiera los putos sheriffs pueden con ellos. Sin venir a cuento de nada, Gran Destino me pregunta cómo me llaman, porque lo quiere saber. Antes tenía un apodo que odiaba y que todo el mundo usaba: Bebé. Pero ahora tengo uno nuevo. Hincho el pecho y le digo que me llaman Vigía, pero por supuesto no le digo de dónde viene. Él asiente con la cabeza como si yo hubiera hecho algo bueno. Me dice que le gusta el apodo. Así que a continuación digo el nombre de la banda. Lo digo lleno de orgullo. Y añado que son los amos de Lynwood. Porque está claro que Lynwood lo controlan ellos y nadie más. Él me pone una cara rara y me dice que ha estado preguntando por mí, porque los ayudé. Y que le han dicho que vendía droga para Momo. Y yo le contesto en un santiamén. Le digo, sí, *vendía*, en pasado. Y él se ríe. Me pregunta si tengo ganas de hacer algo nuevo. Le digo que ya lo creo, carajo, porque yo lo respeto un chingo por haber hecho lo que tenía que hacer. Entonces, ¿estás listo para pasar a la acción, o qué?, me pregunta Gran Destino. Carajo, ya lo creo. Se lo digo dos veces y sin dejar para nada de asentir con la cabeza. ¡La banda es mi vida! Hasta que me muera, carajo. También se lo digo. Él hace una pausa. La sala está en silencio. Así que le recuerdo que me presenté voluntariamente y le conté lo del hermano de la señorita Payasa. Él me dice que eso estuvo bien. Y justo después me dice que hay que meter a este cabroncito en la banda. Carajo, bien. Todo esto me hace tan feliz que me limito a cerrar los ojos antes de que llegue el primer puñetazo. O la primera patada. Lo que sea. Me importa una mierda lo que sea o de dónde venga. Me va hacer daño. Me va a hacer daño en chinga. Pero valdrá la pena. Todo vale la pena con tal de estar con ellos.

433

DÍA 6

LUNES

«SE PRODUJERON CINCUENTA Y DOS MUERTES. ESTÁBAMOS BARAJANDO SERIAMENTE LA CIFRA DE SESENTA PERO LA VERDAD ES QUE NO TENÍAMOS MUCHA INFORMACIÓN. SÓLO PORQUE ALGUIEN MURIERA DURANTE ESOS DÍAS NO QUIERE DECIR QUE SU MUERTE ESTUVIERA RELACIONADA DIRECTAMENTE CON LOS DISTURBIOS…, LO CUAL PLANTEA UNA PREGUNTA INTERESANTE: ¿TODOS LOS TIROTEOS ENTRE BANDAS DE ESOS DÍAS ESTUVIERON RELACIONADOS CON LOS DISTURBIOS? HAY TIROTEOS ENTRE BANDAS TODOS LOS DÍAS DEL AÑO. ¿QUÉ LOS DISTINGUE DE LOS DERIVADOS DE LOS DISTURBIOS?… LO INTERESANTE ES QUE UNO DE LOS CASOS QUE YO ESTABA COMPROBANDO PERTENECÍA A LA DIVISIÓN DE HOLLINGBACK [SIC]. PERO HOLLINGBACK ESTÁ EN EAST LOS ÁNGELES. EN EAST LOS ÁNGELES NO TUVIERON NINGUNA MUERTE RELACIONADA CON LOS DISTURBIOS. ASÍ QUE, HUM, ENCONTRARON A UN TIPO DENTRO DE UNA TUBERÍA DE DESAGÜE, HUM, NO ME ACUERDO DE SI MUERTO A PUÑALADAS O A TIROS, Y DIJERON QUE NO, QUE NO ERA UNA MUERTE ASOCIADA A LOS DISTURBIOS. NO SÉ SI ERA UNA RIÑA DE ENAMORADOS O UNA ESTAFA DE DROGAS O QUÉ, PERO DIJERON QUE ESTABA CLARO QUE NO TENÍA NADA QUE VER CON LOS DISTURBIOS, QUE ERA SIMPLEMENTE UN HOMICIDIO MÁS.»

TENIENTE DEAN GILMOUR, FORENSE DEL CONDADO DE LOS ÁNGELES

JAMES
4 DE MAYO DE 1992
9.00 H

1

Todo se ha estado quemando en Nuestra Señora la Reina de los Ángeles. Hasta la gente. Alguien le prendió fuego a un acampado, y a eso no se sobrevive. Puta, ya lo creo que no. Uno pasa a mejor vida, ya lo creo. Subes flotando al cielo y dejas este valle de lágrimas, te vas a tu eterna morada.

Vi elevarse el humo ayer. A un puente de distancia de mí, en la misma orilla. Aunque yo todavía no sabía que el humo era suyo. Apareció en el cielo después de que dos camiones grandes y negros recorrieran el canal del río como si fueran sus dueños. Pasaron al lado de mi tubería. Grandes y veloces pero demasiado silenciosos para el tamaño que tenían. Cuando los vi, hice mi señal de protección celestial y giré dos veces sobre mí mismo.

Normalmente, cuando estoy instalado dentro de mi tubería cierro la cortina. Tengo hasta una barra de cortina. Y una silla. En cualquier caso, cuando cierro la cortina el mundo ya no puede verme, ni siquiera los trenes que pasan por la otra orilla. Pero aquel día no la cerré porque vi humo. Al principio no supe qué era.

De pronto Nuestra Señora me dice: *Sí sabías lo qué era.*

Yo le contesto a gritos. Le digo que no supe qué era hasta que llegué allí y vi un pequeño esqueleto ennegrecido encima de su petate. Olí la tierra empapada de gasolina que me rodeaba y lo que más me dolió fue ver a los demás repartiéndose sus cosas. Se llamaba Terry. El apellido nunca lo supe. Terry a secas. Me quedé mirando sus huesos mientras aquellos otros acampados se llevaban sus últimas pertenencias terrenales. Ni siquiera presentaron primero sus respetos a su espíritu. Hijos de la chingada. No dejaron nada. Se llevaron al perro que él cuidaba. Se llevaron los pantalones buenos que tenía colgados de su reja. No hay nadie en el mundo que no intente robarte o quiera pegarte una madriza y quedarse con todo.

Me puse a preguntar cómo había pasado y la respuesta fue muy simple: había sido Marioneta. Pregunté cómo lo sabíamos y me dijeron que lo sabíamos porque sí. Los acampados conocen las caras. Los acampados hablan. Podemos averiguar las cosas que nos interesan. Y los acampados saben que alguien que se hace llamar Marioneta entró en el campamento con una lata de gasolina, la vació encima del viejo Terry mientras dormía y luego le prendió fuego. Nadie sabe por qué.

Cuando me enteré de lo sucedido, le reclamé a Nuestra Señora: *¡Eres una puñetera ciudad negra! Eres una ciudad negra con el corazón negro y cenizas negras volando por tus calles de negro asfalto. Es lo que has sido en el pasado, lo que eres hoy y lo que serás siempre. Y lo único bueno que tienes es tu río.*

Y ella me contestó: *No es verdad.*

Yo le seguí gritando. Le dije que no podía decirme cómo tenía que sentirme después de estar junto a las cenizas de un muerto que alguien había quemado sin razón alguna mientras los acampados se lo robaban todo y se largaban sin decirle ni adiós.

Se supone que los acampados son mejores que los vagabundos. No me gusta la palabra «vagabundos», ni tampoco gente «sin techo». Son palabras que no describen esta vida, no explican lo que hacemos, pero «acampados» sí, porque lo que hacemos es acampar. Nos gusta tanto el cielo que necesitamos verlo todas las noches. No nos encerramos en ningún sitio. Somos libres. Y ésta es la tierra de la libertad. Y necesitamos sentir dónde estamos, en la ciudad más elemental de la Tierra.

Es cierto: en Nuestra Señora hay incendios forestales. También le llegan los vientos de Santa Ana. Y tiene océano, y su tierra siempre está a un paso del terremoto. Con esa combinación de fenómenos, de vez en cuando hace falta sacudirse la maldad de encima. Hace falta, porque se acumula.

Y ella me interrumpe ahora, igual que siempre, y me pregunta: *¿Ah, sí?*

Y yo le contesto: *Pues sí. Es la naturaleza.*

Después de eso se queda callada, pero solamente porque no esté diciendo nada no significa que no esté conmigo. Ella me sigue adonde quiera que vaya y siempre se me mete en la cabeza con sus preguntas. Como ahora, por ejemplo, mientras camino hambriento por una calle que se llama Imperial aunque no tiene nada de magnífico.

Pero no hay mejor forma de conocerla que con los pies. A Nuestra Señora hay que tenerla al nivel de los ojos. Hay que tenerla bajo las plantas de los pies, sintiendo su calor. Necesitas inhalarla, olerla. Coger sus puñeteros átomos y convertirlos en parte de ti. Y no hay mejor sitio para hacerlo que el río. Puedes caminar durante kilómetros por el canal y encontrar todo lo que te hace falta. Y eso también lo sé.

Me he pasado toda la vida rondando ríos. El Misisipi. El Colorado. El Mekong. Los ríos me protegen. Me mantienen a salvo. No estoy bien si no tengo un río cerca. Me descentro. Me pierdo y hago cosas malas, como beber. Pero en el río de ella no me pasa. Su río es anciano. Desde que Nuestra Señora era un pueblecito situado encima de un montículo de tierra, los indios mexicanos ya sabían que el Arroyo Seco era un punto sagrado de energías, atiborrado de un flujo espiritual puro y tan potente que algún día surgiría de él una puñetera ciudad enorme y demasiado poblada. Tan potente es su río que dio a luz.

Y este de ahora es adolescente, y está vivo y furioso, y se está haciendo pedazos a sí mismo. He visto incendios por todas partes y camiones de bomberos de color rojo resplandeciente yendo y viniendo por sus calles negras. Pero a Terry no lo he visto. He visto un cuerpo casi sin cara en la calle, sin oreja siquiera. He visto camiones en llamas, edificios y hasta una casa, una casa que podría haber destruido el barrio entero si los vecinos no hubieran subido mangueras a los techos para empaparlos. Aunque ha quedado bien claro lo que pensaban de esa casa.

Cuando veo lo que estoy viendo, le digo a la gente de la ciudad: «He visto a esta ciudad mandarse al otro mundo a pedazos».

Porque eso es lo que hace el fuego. Resta. Es la división matemática más bonita y más fea que ha habido nunca. Y los incendios en las ciudades son los peores de todos, porque restan más de lo que deben. Al fuego en la ciudad no le importa nada. Castiga a todo el mundo. También a los inocentes como Terry. El fuego en la ciudad es así de codicioso. Pero no es más que la conducta normal del fuego. Tiene que llevarlo todo de vuelta lo más cerca posible del punto de partida, y por eso lo quema todo hasta dejar los trocitos más minúsculos. Trocitos que se pueda llevar el viento. Son los despojos. Pero no podemos verlos a menos que se junten en una columna de humo. Así es como se agregan los trocitos, ¿saben? Es una verdad grande y negra.

MIGUEL *MIGUELITO* RIVERA JUNIOR,
ALIAS MIKEY RIVERA
4 DE MAYO DE 1992
9.00 H

1

Cuando suena la alarma, me despierto con el ritmo de una rola de los Specials en la cabeza, así que me quito de encima las sábanas de una patada, voy a buscar el caset donde lo tengo y lo meto en la casetera. Pulso el PLAY para escuchar *A Message to You Rudy* mientras mi padre llama con los nudillos a un lado del espacio donde estaría mi puerta, si la tuviera. Estamos de reformas en la casa. Bueno, está de reformas él, otra vez.

Donde antes estaba mi pared ahora hay un esqueleto de puntales de madera que yo he llenado de libros básicamente porque tiene aspecto de estantería de libros vacía, pero también porque me da algo más de privacidad, por poca que sea. Aun así, puedo verlo mirándome por entre los lomos de mis novelas pulp de Richard Allen.

Mi padre es contratista. Estudió en el Santa Monica City College. Sacó el título de dibujante de planos, pero no lo usa mucho. Sobre todo vende azulejos y hace instalaciones: cuartos de baño, cocinas, todo eso. Su mayor gesta, según cuenta, es haberle hecho a Raquel Welch los dos cuartos de baño de su casa de invitados en mármol italiano. En la pared de su tienda, Tile Planet, tiene una foto autografiada de ella. La tienda está en Western, en una pequeña franja de Palos Verdes que queda dentro de San Pedro. Desde allí se puede ver todo Los Ángeles. Se ve entero desde arriba. Creo que es en parte por eso por lo que le gusta a mi padre: a él le gusta mirarlo todo con superioridad, sobre todo a la gente.

—No hace falta que toques —le digo, pero no aprieto el botón para parar la música—. La pared está abierta.

Él no capta el sarcasmo. Entra un poco en mi habitación y me dice:

—¿Quieres desayunar o qué?

Le echo un vistazo mientras el ska sigue marcando el compás entre nosotros. Mi padre odia esta música. Le crispa los nervios, lo cual obviamente hace que a mí me guste mucho más.

—¿No? —Mi padre me mira, cruzado de brazos—. ¿Te lo preparé y no lo quieres?

—Estoy pensando —le digo.

—De acuerdo —dice con irritación—. Pues piensa más rápido.

Cuando mi padre descruza los brazos, quiere decir que estoy tardando demasiado en contestarle. Hace seis años el gesto habría significado que estaba a punto de pasar algo malo porque él no había conseguido lo que quería. Ahora, sin embargo, se limita a cerrar los puños. Y cuando los cierra, la cicatriz que tiene en la mano izquierda se le pone tensa y morada. El mero hecho de verla ya me revuelve el estómago. Durante mucho tiempo, eso significó que se avecinaba lo peor. El color morado quería decir que yo pronto estaría lleno de moretones. Ahora, sin embargo, me ve mirarle la cicatriz, abre los puños y me dice:

—Te hice una pregunta simple.

—De acuerdo —le digo, para que deje de molestarme—. Desayunaré algo.

Lo veo irse a través de los huecos entre los puntales, por encima de los libros y alrededor de ellos. Solamente veo la onda negra de su pelo deslizarse junto a *Matar un ruiseñor* de Lee y *Tiempos difíciles* de Terkel, los dos procedentes de mi clase de Grandes Libros Americanos. Cuando mi padre entra en la cocina, que está al otro lado de la casa, dejo de verlo, pero lo oigo moverse y hacer ruidos metálicos cuando manipula los platos y los cubiertos.

Hace mucho que no nos llevamos bien. En los últimos días lo he visto distinto, sin embargo. Me estuvo prestando atención. Aun así, ¿por qué me prepara el desayuno? Supongo que algo debe de querer.

Mi padre siempre se ha considerado miembro de la generación beat en el sentido de «golpear» que tiene la palabra inglesa «*beat*». De pequeño, yo estaba convencido de que también era de esa generación, porque él me pegaba todo el tiempo. Para que se den una idea, en mis días de suerte me pegaba con la correa del cinturón. En los días sin suerte, me tocaba la hebilla. Tengo la espalda llena de cicatrices. Una vez, una exnovia blanca me preguntó si me había alcanzado una granada. No lo dijo del todo en broma. Mi padre siempre ha tenido mal genio, y yo soy hijo único, de manera que la cosa duró hasta que cumplí trece años y un día le saqué un cuchillo cuando intentó pegarme. Aquel día se acabaron las palizas para siempre. Lo más raro del caso, sin embargo, fue que en vez de ponerse a gritarme, se limitó a sonreír y a decirme que estaba orgulloso de ver que por fin le hacía frente, y luego se alejó como si finalmente hubiera dejado de decepcionarle.

Aquello me tuvo mucho tiempo jodido, porque hizo que me acordara de todas las veces que me había pegado y preguntarme cuántas lo había hecho deliberadamente y no llevado por la rabia. Era una idea todavía peor, así que ahora simplemente intento no pensarlo. No fue el final de su decepción paterna, sin embargo. Desde entonces ha encontrado otras cosas en mí de las que no estar orgulloso, como por ejemplo el hecho de que la primera noche de los disturbios Kerwin y yo tomamos ácido y salimos con las motos.

De entrada ya no le gustó enterarse de que habíamos salido a ver los incendios. No hubo forma de explicarle que había valido la pena, que había visto pájaros y dragones saliendo de las llamas y elevándose por el aire, miles y miles de ellos tiñéndose de negro y convirtiéndose en el cielo nocturno. Después de que se lo contara, estuvo a punto de quitarme la moto, y no me extraña. Es imposible traer a una chica inconsciente a casa sin explicar todos los pasos que te han llevado a traerla, al menos a mi padre.

2

Tengo una Vespa modelo P-125. Las llamamos «chopper» porque las desmontamos y las volvemos a montar. Si tienes un accidente, siempre es más fácil despedazarla que comprarte una nueva. A la mía le he cambiado el motor. Le he acortado las cubiertas y le he alargado la horquilla. Eso le ha subido la velocidad máxima de 70 a 140.

Ahora se le oye escopetear desde varios kilómetros a la redonda. Es prácticamente una moto de *Mad Max 2*.

Y es la moto en la que a la mañana siguiente yo estaba volviendo de casa de Kerwin a la mía y al acercarme por mi calle vi a un tipo pequeño y nervioso tirar un cóctel molotov por la puerta de la casa de Momo. No lo podía creer. Era un chavo, seguramente más joven que yo, todo vestido de negro y con un trozo de servilleta en el nacimiento del cabello que parecía pegado con sangre seca. A su lado había una camioneta estacionada en el pasto. Cuando lo vi apagué el motor y me acerqué sin hacer ruido porque no tenía ni idea de qué se proponía. Él se quedó un rato muy largo con la botella ardiendo en la mano.

Yo estaba convencido de que le iba a explotar. Parecía que hablaba solo, en voz baja, sin darse cuenta para nada de lo grave que se estaba volviendo la situación, pero debió de llegar un momento en que se quemó la mano, porque pegó un grito y tiró la botella con todas sus fuerzas por la puerta de la casa. Acto seguido se volvió hacia la camioneta y se me quedó mirando, como si no le gustara que yo estuviera allí sentado en mi moto, pero al final se largó.

Después fui a la puerta para ver si había algo que valiera la pena robar, cualquier cosa de Momo que se pudiera robar deprisa, pero nada más asomarme vi a una chica tirada boca abajo en el suelo de la sala de estar y los planes que traía se fueron al traste.

Junto a ella subía por la pared un triángulo enorme y ondulante de fuego naranja, como en las películas, pero más ruidoso y supercaliente. El mero hecho de ponerme a un par de metros del fuego ya hizo que los pelos del brazo derecho se me chamuscaran y se convirtieran en puntitos negros, y ya no pensé en nada que no fuera agarrar a la chica de los tobillos y sacarla a rastras por la puerta. Al arrastrarla contra el cemento del porche, le dejé unas raspaduras bastante feas en la barbilla y en una mejilla hasta que conseguí dejarla en el pasto y darle la vuelta. Ella seguía inconsciente y sangrando, así que me entró el pánico y me puse a buscarle el pulso.

Ahora, en mi habitación, paro la cinta de los Specials. Menos mal que bañarse me parece una actividad sobrevalorada, porque volvemos a estar sin agua. Creo que porque mi padre está trabajando en las cañerías. Ya ni pregunto. Me pongo un poco de desodorante, agarro una Fred Perry azul, me subo el cuello y lo complemento con unos tirantes rojos. Ya solamente me queda ponerme los jeans descoloridos con cloro y con la valenciana lo sufientemente subida como para que se me vean las Doc Martens hasta arriba. Mi padre me ve así todas las mañanas y pone los ojos en blanco. Se lo han explicado muchas veces, pero sigue sin entender qué es un mod ni por qué iba a querer serlo su hijo mexicano-americano.

No entiende que para mi generación la cultura es distinta, que nosotros podemos elegir. Que la cosa ya no se parece en nada a cuando él tenía mi edad. Ahora manda el rollo pandillero. El mundo de las bandas. Onda egoísta. No entiende que la música es lo que me ha salvado. El ska, el Two-Tone, la Trojan Records, todo esto me mantiene fuera de ese mundo. Sin embargo, a veces pienso que mi viejo estaría más contento si yo estuviera ahí fuera guerreando, porque tal vez se parezca más a como él creció, por mucho que nunca hable de ello; y por mucho que tenga otras cicatrices que no se puede haber hecho aprendiendo el oficio de albañil, que es como él dice que se las hizo.

Mi madre me entiende, sin embargo. Está contenta de

que no esté en ninguna banda. De hecho, es por ella por lo que sigo viviendo en casa aunque hace un año que acabé la preparatoria. Esta mañana ya se fue al trabajo. Anoche la llamaron para avisarle que la gestoría donde trabaja iba a volver a abrir hoy, después de haber estado cerrada la semana pasada por los disturbios, así que se ha ido temprano, antes de que yo me despertara, porque la han asustado las notas sobre francotiradores que ha visto en las noticias. Cuando ella no está, a mi padre y a mí nos cuesta más hablar sin que parezca que nos estamos peleando.

3

Cuando llego a la cocina, mi padre está sentado a la mesa, rociando su tortilla con cátsup porque es el único mexicano del planeta que no se la come con salsa mexicana. Él dice que se la puede comer como le dé la gana porque la ha pagado.

Nada más sentarme delante de él, le digo:

—¿Qué necesitas, papá?

—¿Cómo que «qué necesito»? —Blande su tenedor en mi dirección—. Necesito comer.

—Sí, pero ¿por qué has cocinado también para mí? ¿Cuál es tu móvil?

Suelta un bufido y se lleva el tenedor a la boca.

—¿Mi móvil? Esas palabras las sacas de ver demasiado la tele, hijo.

Pero está a la defensiva porque sabe que lo he descubierto. Sí que necesita algo de mí. Lo único que tengo que hacer es esperar. Miro por la ventana de la cocina y veo la fuente del jardín, con los azulejos a medio poner porque mi padre no la ha terminado.

Tiene forma de pastel de bodas circular de tres pisos con un foso alrededor de la base, y parece el típico sitio al que van a morir los arcoíris. Sus azulejos son verdes y rojos, azules y amarillos, violetas y blancos, todos mezclados. Mi padre usa para los encargos los materiales buenos, pero en casa es un tacaño y aprovecha pedazos de cosas rotas del taller como azulejos. Los huérfanos, los llama, y añade que debe encontrarles una casa, que es su penitencia. Por mucho que se lo he preguntado, él nunca me ha explicado esto último.

Se me queda mirando durante treinta segundos largos como si yo fuera un cabrón y por fin me dice:

—Necesito que vengas conmigo a Compton a ver cómo está The Victorian. Tráete a uno de tus amigos. No sabemos qué tan peligroso va a ser.

Creo que puedo llamar a Kerwin y que seguramente ya estará despierto, pero también creo que si hago esto, mi padre debería devolverme el favor.

—De acuerdo —le digo—. Pero también quiero pasar por el hospital a ver cómo está Cecilia.

Mi padre suspira.

—Esa chica no es trigo limpio. Yo que tú no me acercaría a ella.

—Sólo quiero asegurarme de que está bien —le digo.

Yo nunca planeé mentirle a Momo sobre Cecilia. Me salió, sin más.

Estaba en casa viendo por la televisión todo lo que estaba pasando cuando de pronto vi a Momo en mi jardín con un coche lleno de pandilleros. Me había tomado desprevenido, así que me entró el pánico y fui a la puerta. Y en cuanto me preguntó por Cecilia, me salió la mentira. Le mentí porque me dio la sensación de que si le hubiera dicho dónde encontrarla, habría ido a matarla.

La verdad es que ella no se escapó. Había inhalado humo, pero eso no era lo único. Estaba completamente ida. Daba lástima ver cómo los ataques de tos interrumpían sus momentos de letargo comatoso. La puse en el asiento trasero del Honda de mi madre y la llevé al Saint Francis Medical Center que hay en Martin Luther King con Imperial. Llené los formatos de admisión lo mejor que pude, pero lo único que sabía de ella era el nombre, que me había dicho unos meses atrás al conocernos, y la dirección de Momo. Cuando la metieron por las puertas de admisiones, le dije que la pasaría a ver, y se lo dije de verdad.

En este momento, sin embargo, mi padre me está mirando como si yo fuera lo bastante tonto como para lanzarle los perros a la novia de un traficante, una chica a la que yo no le lanzaría los perros ni aunque me sintiera atraído por ella —que no es el caso—, porque no le dije a Momo que ella seguía aquí en Lynwood y conectada a un respirador, sino que se había puesto bien y se había largado. Ya tengo problemas de sobra.

—De acuerdo —dice por fin mi padre.

Está claro que somos familia. Me lo dijo exactamente de la misma forma en que yo he aceptado venir a desayunar con él: como si no estuviera de acuerdo pero fuera a hacerlo igualmente. Me va a llevar al hospital.

Tenemos un trato.

4

Salimos para el hospital a mediodía, pero mientras vamos por el Martin Luther King mi padre me pregunta si quiero almorzar, y aunque yo le contesto que no tengo hambre, no le importa y se dirige al Tom's Burgers y se estaciona. Esto ya parece más propio de él, lo de no escuchar y hacer lo que le da la gana. El Tom's está justo delante del hospital. Creo que lo está haciendo a modo de protesta. Como en realidad no quería venir, ahora va a alargar la espera.

El local está lleno. Pasamos junto a la zona de máquinas recreativas y llegamos al frente para pedir la comida. Hay un chavito negro jugando con una vieja máquina de Centipede mientras dos amigos lo animan. Las otras dos máquinas de videojuegos están desocupadas. El Tom's es un restaurante de barrio, con fama de buena comida de barrio —es decir, barata, abundante y ocasionalmente sabrosa—, y el hecho de verlo lleno de familias sentadas para comer, o bien de parejas compartiendo papas fritas, da la impresión de que la vida está regresando a la normalidad, al menos un poco. No hay intercambio de sonrisas entre desconocidos, pero me da la sensación de que todo el mundo se siente igual que yo. No hay miradas nerviosas a un lado y a otro. La gente no está encorvada sobre su comida. Simplemente están intentando volver a sus vidas.

Esperamos en una cola de ocho personas, en medio de una nube de humo de los cigarros que está fumando todo el mundo. El rato que dedicamos a hacer cola me lo paso deseando que estuviéramos en el Tam's de Long Beach. Hacen las mejores patatas fritas con chile y queso. Sé que los nombres de Tom's y Tam's se parecen mucho, pero si eres de Lynwood no los confundes. Todo el mundo que conozco prefiere el Tam's, lo que pasa es que no queda cerca del hospital y éste sí.

—Tú ve decidiendo lo que quieres —me dice mi padre—. Cuando lleguemos al mostrador, yo pediré lo mío.

—De acuerdo —le digo, y hace su aparición otro de los «de acuerdos» de los Rivera.

Mi padre siempre sabe lo que quiere, y cuando yo no lo sé, en cualquier situación, se pone nervioso. A veces le saco provecho a esto, pero en días como hoy, cuando no tengo hambre y en realidad no quiero estar aquí, estoy dispuesto a complacerlo, así que me pongo a examinar el menú que hay en la pared de detrás del mostrador. Me decido por una simple hamburguesa con queso. Ahí no hay riesgo. Sin salsa mil islas y sin cebolla. Pero con jalapeños. La cátsup se la puedo poner yo mismo. Siempre hay en la mesilla de los condimentos.

Cuando nos toca a nosotros, le pido a la chica del mostrador lo que quiero y ella lo apunta.

—¿Eso es todo? —me dice.

—Eso es todo.

—Con eso te vas a quedar con hambre —dice mi padre—, y no me apetece que luego me vengas con que tienes hambre. Dale también unas papas fritas.

Es embarazoso. Por supuesto, sería menos embarazoso si la chica del mostrador no estuviera tan buena. En su placa de identificación dice JEANETTE, y estoy a punto de disculparme en nombre de mi padre cuando un tipo toca a mi padre en el hombro. Mi padre intenta sacudírselo de encima pero el tipo ya está hablando:

—Caballero. No es mi intención causar problemas, pero tengo hambre. Soy diabético. No he comido nada desde que empezó todo esto. —Da la impresión de estar leyendo de una lista—. A un tipo llamado Terry que vivía en el río cerca de mí le prendieron fuego…

Y sigue con su historia. Puede ser cierta o puede que sea un discurso que suelta todo el tiempo, pero por alguna razón lo dudo. Veo que mi padre lo clasifica mentalmente como tipo negro que ha tenido un par de días malos. Tiene pinta de vagabundo. Se ve agotado, este negro de piel clara. No creo que mida más de metro sesenta. Lleva una camiseta larga y negra y unos pantalones cortos sucios le cubren las piernas flacas como palillos. Se apoya en un bastón con plumas atadas. Lleva el pelo recogido en una coleta de trenzas raídas y mustias, y tiene una cicatriz bastante grande en la nariz en forma de letra ce, como si alguien hubiera intentando arrancarle una aleta y no lo hubiera conseguido. Sus mejillas están salpicadas de pecas minúsculas y parece completamente drogado: las pupilas tan dilatadas que sólo se le ve un círculo diminuto de iris azul en cada una.

Mi padre le dice que pida lo que quiera a la chica del mostrador, lo cual es raro, porque mi padre *nunca* hace esas cosas. El tipo se pide una hamburguesa con tocino y queso y unas papas fritas con condimento extra. Luego me dice a mí que mi padre es un buen hombre de verdad y me pregunta cómo me llamo, así que le digo «Mikey». Luego se lo pregunta a mi padre, que le contesta «Miguel». Él se presenta como James. Dice que se alegra de habernos conocido, y es obvio, porque mi padre lo acaba de invitar a comer. De hecho, ya veo a mi padre desconectarse cuando James le vuelve a dar las gracias por su amabilidad. Mi padre ya hizo su buena obra y quiere que lo dejen en paz.

Mientras está pasando esto, veo que Jeanette apunta el pedido y escribe una nota a mano en el recibo de la comida de James que pone «para llevar», lo cual está bien, porque ahora James está soltando el rollo sobre Vietnam y el hecho de ser veterano y el poco agradecimiento que les muestra este país; a continuación cambia de tema y se pone a hablar del río.

La gente nos observa mientras mi padre paga. Hasta

que llega el cambio, yo me dedico a mirar fijamente las baldosas desgastadas del suelo, que son de esas que tienen un millón de guijarros distintos dentro. Mi padre debe de saber cómo se llaman.

Mi padre interrumpe por fin a James.

—Mira, te compré comida y te la van a traer, así que ve a sentarte ahí solo. Nosotros ya tenemos problemas. No necesitamos enterarnos también de los tuyos.

Puede que suene insensible, pero es la verdad. Todo el mundo tiene problemas. Así es la vida. Es mejor ser franco con la gente y decirles lo que pueden hacer y lo que no.

—Carajo —dice James—. No hace falta ponerse maleducado.

Me choca su forma de decir «carajo», creo que porque tiene acento sureño, o al menos no de por aquí. Tiene una cadencia y una suavidad cuando habla que no encajan con su aspecto hecho polvo. Mientras intento descifrar por qué, mi padre me toma del codo, pero yo me lo sacudo de encima y lo fulmino con la mirada. Él me mira, suspira y se va a una mesa de la esquina. Yo voy a la mesa de los condimentos y tomo cátsup, un bote de salsa Tapatío y unas servilletas. James me sigue hasta allí.

—Que me siente solo, dice —suelta James—. Eso sí que es un mensaje ambiguo. Nuestra Señora nunca haría eso. Nunca diría eso.

—Payasa —dice una voz masculina desde una mesa cercana detrás de mí—. Encárgate de ese bato.

5

Una chica musculosa y más alta que yo se levanta de la mesa a la que está sentada con tres tipos y se interpone entre James y yo. Es una pandillera de verdad, lo sé por cómo me mira de reojo. Tiene los ojos de color castaño claro, del color del cristal café de las botellas de cerveza cuando las atraviesa la luz.

—Perdona —me dice—. ¿Te está molestando este tipo?

—No —le digo—. No pasa nada.

—Está bien, pues —me dice a mí, pero se da la vuelta y se planta en las narices de James—. Más te vale irte si quieres comerte esa comida que te ha dado esta gente tan amable. No tenían ninguna obligación de hacerlo, yo no lo habría hecho.

Me alejo lentamente hacia la mesa donde está sentado mi padre y veo que ahora James tiene una mirada rara, con un destello de locura.

—La tierra de la libertad —le dice James a la chica—. Soy un puto veterano de guerra.

—Sí, ya lo oímos la primera vez —le contesta ella—. Gracias por tu servicio al país, ahora hazle un favor a todo el mundo y cállate la puta boca.

James se queda boquiabierto y empieza a resoplar mientras se sube la manga de su sudadera para enseñar que tiene dos cicatrices largas que le bajan por el antebrazo.

—Machete. —James se recorre el antebrazo con el dedo—. ¡Soy veterano, me cago en la puta! ¡La tierra de la libertad!

No soy ningún experto, pero supongo que podría ser una herida de machete. Miro a mi padre para ver si está de acuerdo, pero tiene la mirada baja y está leyendo un trozo del periódico que se ha traído del desayuno. BRADLEY LEVANTA ESTA NOCHE EL TOQUE DE QUEDA, dice la portada, y debajo: EL ALCALDE NO QUIERE ESPECULAR SOBRE LA RETIRADA DE LAS TROPAS.

—Carajo —dice Payasa—. Eso no es nada.

Me siento en el reservado de madera todavía mirando a Payasa y veo cómo se levanta la camiseta para enseñar un puñado de cicatrices que tiene en el costado.

—Eso no es una cicatriz —dice, señalando el brazo de James—. Cicatrices son *esto*.

Parece que un ciego haya intentado escribirle varios números romanos a cuchillo, sobre todo íes, equis y una uve. Tardo un momento en darme cuenta de que deben de ser cicatrices de puñaladas. Cuento diez y todavía no he acabado de contar cuando ella se vuelve a bajar la camiseta.

—La tierra de la libertad —dice la chica—. Pero solamente si pagas tu puta cuota.

Me da la impresión de que está a punto de darle una madriza.

Y James debe de estar pensando lo mismo, porque da un paso atrás.

—Yo ya pagué —dice, pero ahora su tono es lastimero. Ha perdido este combate, no entiendo muy bien cómo, pero sé que lo ha perdido, porque ahora su actitud es distinta, está más encogido—. Pagué con mi sangre, ya lo creo. ¡Ésta es una ciudad negra!

La gente ya estaba incómoda con este espectáculo antes de que saliera la cuestión racial, pero este último comentario divide el local en dos. La clientela parece estar dividida al cincuenta por ciento entre negros e hispanos, con una familia samoana por el medio. Veo que la gente está eligiendo su bando mentalmente, preparándose para actuar en caso de que pase algo. Mi padre coge el bote de Tapatío y le da la vuelta con el puño, por si acaso tiene que usarlo. Es un gesto tan tranquilo y silencioso que casi no lo veo. Lo hace sin levantar la mirada de la portada de la sección de Deportes, que dice: LOS LAKERS SE NIEGAN A SER ELIMINADOS.

Payasa se ríe. Lo cual no contribuye precisamente a disipar la tensión del local. De hecho, la empeora.

—No —dice—. Ésta no es una ciudad negra, pero ¿por qué no te esperas y lo ves tú mismo? Dentro de diez años ya no habrá parrillas, sólo taquerías.

A James casi se le salen los ojos de las órbitas. Parece que esté a punto de explotar.

—¿Y sabes por qué? Pues porque follamos más que ustedes —le dice ella—. Tenemos más bebés que ustedes, y además no pensamos irnos. Ya ganamos. Es solamente una cuestión de tiempo.

James abre la boca, pero la chica del mostrador salva la situación dándole su comida dentro de una bolsa. Él se queda mirando a la chica, a Jeanette. Ella articula en silencio las palabras «vete ya», y él debe de decidir que no es mala idea, porque se va, sale por la puerta caminando hacia atrás y mirando a Payasa.

—Sí —dice la pandillera mientras se vuelve a sentar, con cara de satisfecha de sí misma—, ya me parecía a mí. Pueden volver a comer. El peligro pasó. Fin del espectáculo.

Mi padre devuelve el bote de Tapatío a la mesa, se acerca el fino cenicero de latón y se saca del bolsillo de la camisa el paquete de cigarros aromáticos. Yo lo miro mal para mostrarle que no se me antoja tener que comer al lado de alguien que está fumando, pero él se limita a devolverme la mirada.

—¿Qué? —me dice—. Ya lo apagaré cuando nos pongamos a comer.

En la acera de enfrente de nuestra mesa está la torre de cristal de Saint Francis, pegada a un edificio rectangu-

459

lar rematado con una crucecita. Al lado hay un centro comercial adornado con un revestimiento blanco que sé que mi padre tacharía de espantoso. Al final del centro comercial hay un prestamista de adelantos que tiene guardias armados con rifles en la puerta. Dos puertas más allá hay un salón de manicura, pero está cerrado. Nada de todo eso es tan interesante como Payasa.

Vuelvo a mirarla a ella y a la mesa donde está sentada. La tengo de espaldas a mí, moviendo los hombros musculosos. Lleva el pelo recogido en dos trenzas muy apretadas a los lados de la cabeza. Parecen coletas pero más agresivas. Es la primera vez que veo a una pandillera mujer. Bueno, alguna que otra he visto, pero nunca comportándose así, nunca haciendo de matón.

Miro un momento su mesa y entiendo por qué fue ella la que se levantó. Los tres tipos que hay con la chava están heridos. No cuesta demasiado deducir que vienen del hospital. Uno de ellos va en silla de ruedas y lleva una pierna en alto. Y el brazo en cabestrillo. El flaco que está a su lado lleva la cabeza vendada, y veo que está mirando muy fijamente la mano de mi padre; su cicatriz, supongo. Tiene la misma mirada inexpresiva que mi padre cuando no quiere que nadie sepa lo que está pensando, pero está claro que algo le está pasando por la cabeza, porque el tipo aparta la comida que tiene delante y gira el cuerpo entero hacia la ventana. Me pregunto por qué.

Una de las cosas que he estado intentando últimamente es mostrarme atento por si veo posibles historias, y ahora decido que tiene que haber una buena detrás de cómo esos cuatro acabaron sentados a esa mesa y con esa facha. También decido que no se me antoja conocer a quienes les han dado tal paliza, porque la verdad es que parecen unos tipos bastante duros. Yo estudio Gestión de

Pequeña Empresa en El Centro Community College porque es lo que mi padre quiere, para poder ayudarlo con todo, pero en realidad quiero ser escritor, así que siempre que puedo me escapo a las clases de Literatura Inglesa.

—Mi hamburguesa está demasiado hecha —dice el de la silla de ruedas—. Tendríamos que haber ido al Tam's.

—Deja ya de quejarte —contesta el más corpulento. Lleva un yeso nuevo todavía sin firmar por nadie en el brazo parcialmente tatuado—. No tendrías que comértela si yo pudiera cocinar, pero no puedo, y el Tom's estaba cerca, o sea que hemos venido aquí. De nada.

Habla un poco como mi padre: el sostén de los suyos, agobiado por su papel.

—Perdón —dice el otro.

Después de eso ya no dicen gran cosa, y se me ocurre que parecen agotados. Mi padre y yo acabamos de comer, aunque yo no di mi brazo a torcer y no me comí las papas fritas que me pidió. Al final se las comió él, sin quitarme la vista de encima.

Cuando nos estamos yendo, vuelvo a sentir las miradas de la gente, pero no me doy la vuelta. Cuando salimos al estacionamiento, veo un autobús estacionado en Norton. Tiene el costado cubierto de grafitis, pero no puedo leerlos. Quizá sea una efe seguida de algo más. ¿Una pe o una ka, tal vez? Parece una ka. Camino hacia el autobús y salto una pequeña tapia para entrar en el estacionamiento del banco que hay al lado. Desde allí veo la parte de atrás del autobús y puedo leer lo que dice, bien claro: ERNIE. Y en la pata de debajo de la última e, pone R. I. P.

Y le digo a mi padre:

—¿Viste?

—Vi —me dice, mientras saca las llaves.

Le pregunto qué le parece.

—Me parece que se ha muerto —dice mi padre, encogiéndose de hombros.

A continuación entra en la camioneta, pero yo sigo mirando el grafiti, porque está ahí para que la gente se fije en él. A mi lado la camioneta arranca. Me bajo de la tapia. Sospecho que no te dedican algo así a menos que le importes a alguien y a menos que te haya pasado algo muy triste. Es un homenaje, y está hecho para que la gente se fije en él. No digo que le vaya a importar a todo el mundo que lo vea, pero como mínimo cuando le pongan la vista encima sabrán que esa persona existió. Me pregunto cuál debe de ser la historia de Ernie, qué le debió de pasar para que su nombre haya terminado en la parte de atrás de un autobús.

Mi padre hace sonar el cláxon para llamarme.

—¡Voy, voy! —le digo—. ¡No hace falta que toques el cláxon!

Mi padre me grita desde dentro del coche con la ventanilla subida.

—¡Eres tú el que quiere ir al hospital!

Tiene razón. Claro que tiene razón, pero si algo ha cambiado en mí desde que empezaron los disturbios, es mi forma de fijarme en las cosas. Vuelvo a ver, vuelvo a prestar atención a mi ciudad. Antes había dejarlo de verla. Desplazarme por Los Ángeles era simplemente algo que pasaba de camino a otras cosas más importantes, como comer o estar con mis amigos. Ahora, después de cinco días de violencia, y de que vinieron la Guardia Nacional y los marines y hayan acabado con el peligro, desplazarse por Los Ángeles se ha convertido en lo importante.

Echo un último vistazo al grafiti de Ernie y deseo que haya tenido una buena vida, la mejor posible, dadas las circunstancias, y luego la idea me parece una tontería,

porque nunca lo conocí, así que me meto en la camioneta y nos vamos.

6

De camino a la habitación de Cecilia en la unidad de
terapia intensiva, a bordo del elevador, que huele a
amoníaco y donas, escucho a dos enfermeras hablar de
algo que pasó el viernes por la noche en el vestíbulo de
urgencias del Saint Francis.

—Entraron dos gánsters blandiendo sus armas —dice
la más bajita de las dos enfermeras—. Nadie sabe por qué,
pero entraron aquí. Y se fueron directos a una familia de
tres personas con quemaduras, quemaduras menores,
de un incendio doméstico, ya sabes, pero bueno, y la familia estaba allí esperando a que los atendieran, sujetán-
dose paños mojados contra los brazos y el cuello, y los
gánsters fueron y les apuntaron a las caras, hasta a la
niña.

A la enfermera alta se le escapa un suspiro de preocupación.

—¿Qué tan pequeña era la niña?

—No creo que tuviera más de once o doce años —dice
la enfermera bajita—. Lo más raro es que no parecía que
los dos pandilleros quisieran algo. No habían venido a
atracar a nadie. No les pidieron las billeteras. Habían venido básicamente a aterrorizar a la gente, ¿sabes? A pavo-
nearse y a enseñar lo duros que eran.

—Nunca he oído que unos pandilleros se presenten en
un sitio y hagan algo así sin razón alguna. Seguro que estaban buscando a alguien y no lo encontraron. —La enfermera alta se sorbe la nariz—. ¿Cuánto tiempo estuvieron?

—Veinte minutos —dice la más bajita—. Entonces aparecieron cuatro miembros de la Guardia Nacional, los encañonaron con los rifles y les dijeron que se largaran en chinga o habría consecuencias graves. Así mismo lo dijeron. Consecuencias graves.

Llegado este punto, a una de las enfermeras le suenan tres pitidos agudos en el localizador. No sé a cuál de las dos, porque mi padre y yo hemos sido los últimos en entrar en el elevador y ahora estamos mirando educadamente las puertas, pero oigo que las dos se miran los localizadores.

—El deber me llama —comenta la alta, y se baja cuando llegamos a la planta 4.

Nosotros vamos a la planta 6, y para alivio mío, la bajita se queda.

—Perdón por escuchar —le digo—. Pero ¿qué pasó después de que llegaron los de la Guardia Nacional?

Ella me da un vistazo, como si estuviera decidiendo si soy digno de escuchar el resto. Tiene el pelo negro, los ojos azules y una naricilla respingona como una pista de saltos de esquí.

—Que los pandilleros se retiraron, diciendo algo como: «De acuerdo, amigo, tranquilo, no hay problema, sólo nos estábamos divirtiendo un poco».

—Uau —suelto—. ¿Eso es divertirse?

Ella se medio encoge de hombros y ladea la cabeza para mirarme, intentando averiguar quizá si soy un niño mimado o solamente un ingenuo, y es que si por esta zona los pandilleros ya hacen de todo habitualmente, ¿por qué no van a hacer algo todavía más loco cuando no hay nadie para impedírselo? Yo no soy ni una cosa ni otra. O sea, ni niño mimado ni ingenuo, pero ella no puede saberlo. Simplemente me está poniendo nervioso de tan guapa que es. Me pregunto si se habrá dado cuenta. Mi padre se ha dado cuenta. Noto que tiene una sonrisita a mi lado.

Se hace un silencio casi incómodo, pero yo quiero saber si la historia sigue.

—¿Y eso es todo? ¿Se fueron sin más?

—Sí. Se fueron. Pero cuando se fueron, la sala entera se puso a aplaudir.

—Claro —le digo. No es la mejor respuesta del mundo, pero al menos he dicho algo.

Cuando nos bajamos en el piso 6, le doy las gracias por contarme el final y ella me mira parpadeando con sus ojos azules y me dice: «De nada», mientras se cierran las puertas.

7

La hora de visita empezó a las 10.30, pero nosotros llegamos ahora, poco después de la una. Todos los pasillos de hospital me parecen iguales y me producen la misma impresión: paredes blancas, baldosas blancas, luces fluorescentes, impersonales, limpios y llenos de ecos. En el mostrador, una enfermera con un peinado a capas bastante raro que parece una col gris nos dice que Cecilia debe de estar terminándose el almuerzo y que la están preparando para darle el alta para… y ahí se detiene.

—Lo siento —se disculpa—. ¿Son ustedes familiares? Solamente se lo puedo decir si son familiares.

Yo le digo que no adelantándome a mi padre, porque sé que él lo va a decir.

—Pues mejor para ustedes —dice la enfermera—. Porque, si no, les tendría que sacar como fuera los datos personales y del seguro. Llevamos unos días trabajando mucho sin cobrar.

Nos da el sujetapapeles con la hoja para firmar las visitas, y mientras yo estoy escribiendo mi nombre y el de mi padre, la enfermera nos cuenta que tienen el hospital demasiado lleno. Ahora mismo están intentando limitarse a aplicar el tratamiento y dar el alta. A continuación nos dice el número de habitación de Cecilia. Cuando llegamos, la puerta está abierta.

La habitación donde la tienen está pensada para dos pacientes, pero además de las dos camas normales ahora hay una camilla estacionada junto a la pared de debajo de la televisión. Tanto la camilla como la otra cama están desocupadas. Desde la altura de seis pisos de la ventana veo Lynwood Park, con toda su vegetación verde. Veo un campo de beisbol y un parque infantil rodeado por la estación de policías amarilla.

Todo en el marco de la puerta. Cecilia está levantada, metiéndose en unos jeans. Tiene el pelo lacio y mustio de la regadera, cayéndole pesadamente sobre los hombros y dejándole una mancha de humedad cada vez más grande en la camiseta, que dice: MARATÓN DE LA CIUDAD DE LOS ÁNGELES, TU VIDA, 1989. No es la misma ropa que llevaba cuando la traje.

—Ropa de otro paciente —me dice, como si me estuviera leyendo la mente—. ¿Lo puedes creer? La gente del hospital me dijo que no me podía quedar mi ropa porque tenía demasiado humo. Que era un peligro para la salud y que la han tenido que tirar. Mienten, estoy convencida.

Sigue forcejando con el botón de arriba de los jeans. Está todavía más pálida que la última vez que la vi, si es que eso es posible, como si desde entonces hubiera perdido cinco kilos a base de sudar. Los arañazos del mentón y las mejillas le han cicatrizado, sin embargo. Se ve mejor, considerando las circunstancias.

—Me quieren mandar a rehabilitación —me dice—, pero no pienso ir a una mierda de ésas.

Nos habla de una forma extraña. O sea, estamos presentes, y ella lo sabe, pero es como si no estuviéramos. Sus palabras no parecen dirigidas a nosotros, más bien da la impresión de que se las quiera decir a cualquiera que esté delante de ella.

—Esta gente del hospital —continúa— se cree muy lista; me dicen que tengo suerte de que no llamen a la tira por consumo de sustancias ilegales, pero ¿cómo me van a denunciar si ni siquiera saben mi apellido?

Y se ríe, como dándoselas de lista, y noto que mi padre me está mirando, grabándome en la mejilla una mirada de «te dije que esta tía era rara», pero evito voltear y darme por enterado.

—Tengo que volver con Momo —me dice.

Uau. Es definitivamente lo último que yo quería oír. Ni siquiera sé qué contestar, pero me las arreglo:

—No me parece muy buena idea. Podrías aprovechar para, ya sabes, empezar de cero.

Y ella me hace una mueca exagerada, como si le acabara de sugerir una locura:

—Es una idea estupenda —dice—. Quiero a Momo. Él puede ser mi comienzo de cero.

Yo tengo la sensación de estarme ahogando en esto, así que decido dar un paso arriesgado. No tengo elección.

—Es mejor para los dos que te olvides de cómo llegaste al hospital. Momo cree que yo te rescaté y que estabas bien, y que luego me robaste treinta y un dólares y te largaste. ¿Te puedes acordar de la cifra si te pregunta? Treinta y un dólares.

A ella parece horrorizarla el mero hecho de que yo se lo sugiera:

—¿Por qué le iba a mentir? No quiero mentir. Y menos a Momo. Yo lo quiero.

Y la cosa sigue igual, yo intentando convencerla de que apoye la versión que le conté a Momo y ella negándose, así que no llegamos a ninguna conclusión, y yo me voy frustrado y asustado de lo que pueda pasar cuando Momo se entere de que le mentí, porque cuando se entere querrá saber por qué, y lo último que quiere oír un bato malvado en esa situación es que estabas intentando hacer lo correcto y proteger a su propia chava de él.

Mi padre no me dice nada en el pasillo, ni tampoco en el elevador; se espera a que estemos en el vestíbulo para decirme:

—¿No te da la sensación de que tu vida sería mucho más fácil si hubieras dejado que se quemara ahí dentro? ¿Si no te hubieras involucrado para nada?

No le respondo, sólo camino rumbo a la salida.

—Escucha —dice mi padre detrás de mi espalda—, tú no te debes preocupar. Te lo digo: si ella vuelve con él, pues de acuerdo. Muy bien. No será la primera vez que una mujer vuelve con un mal hombre. Pero ¿a quién le importa lo que ella le diga?

Mi padre, por muchos defectos que tenga, nunca le ha pegado a mi madre.

Me paro en seco. Me vuelvo hacia él y le pregunto:

—¿Qué quieres decir?

—Quiero decir que es una drogada, hijo. ¡Despierta! Y nadie lo sabe mejor que Momo, porque seguramente fue él quien la hizo adicta. Él ya sabe que no puede confiar en ella porque la casa se le quemó mientras ella la estaba vigilando. Ahora cualquier cosa que salga de la boca de esa vieja va a parecer o una excusa o que se está cubriendo las putas espaldas. Así que da igual lo que le diga. Aunque vuelva para hacerte más preguntas, tú eres más confiable que ella. Será a ti a quien crea.

Mi padre me mira con las cejas enarcadas y yo le pregunto:

—Pero ¿tú cómo sabes todo esto?

Mi padre vuelve a suspirar y examina el linóleo que hay entre nuestros pies. Es plástico fabricado para parecer piedra blanca. Ahora le da un golpe con la puntera de sus botas de trabajo porque le parece una porquería barata, aunque entiende que esté ahí, porque es fácil de limpiar.

A continuación vuelve a levantar la vista y me mira como si no estuviera seguro de qué decirme, por fin se encoge de hombros y me dice:

—Tu viejo sabe más de lo que crees.

Es muy propio de él decir que sabe algo sin mencionar nada concreto. No hay nada que hacer al respecto. Mi padre es experto en todo.

—Me preocupa que ella vuelva y él la mate —le digo.

—Esta chica no es responsabilidad tuya —me dice—. Eres demasiado sensible, hijo. ¿No te crie con la suficiente dureza? Lo que pase a partir de ahora ya no es cosa tuya.

Ya está. Tarde o temprano, cualquier conversación en la que chocamos acaba desembocando en el hecho de que soy sensible.

—¿No te parece que vale la pena intentar salvarle la vida a alguien? —le digo.

A mi padre se le arruga la frente y se le pone la cara triste mientras se palpa el bolsillo de la camisa en busca de sus cigarros aromáticos, los coge y saca uno lentamente del paquete.

Y es con ese cilindro de color café que me señala cuando me dice:

—Pero tú ya la salvaste cuando la sacaste de allí, hijo. Lo que no puedes hacer es salvar a la gente de sí misma. El resto le toca a ella, y confía en mí, los drogadictos solamente te decepcionan y hacen que te arrepientas de haber intentado ayudarlos.

Suena muy fuerte cuando lo dice, como si él hubiera intentado salvar a algún drogadicto y no lo hubiera conseguido, lo cual es raro, y ni siquiera sé qué decirle, porque hasta hoy jamás le había oído ni siquiera usar esa palabra, así que aparto mi mirada de la suya y me miro el reloj de pulsera. Ya ha pasado la hora a la que le dije a Kerwin que lo recogeríamos, pero no me hace falta llamarlo. Estará delante de su casa cuando lleguemos, ahí sentado, esperándonos.

Mi padre me deja y sale a una tarde que al otro lado de las puertas corredizas se ve calurosa y blanca. Espera que yo lo siga, pero me está dando un momento. Al otro lado de las puertas, los coches se mueven, pero despacio, con cautela. Es como si el mundo estuviera intentando ponerse otra vez en marcha pero primero quisiera mirar a un lado y a otro antes de intentarlo de verdad.

8

Cuando recogemos a Kerwin, que nos está esperando fuera, tal como yo pensaba, le doy a elegir: puede sentarse en la parte de atrás de la camioneta o bien embutirse en la cabina con mi padre y conmigo. Él elige la plataforma de atrás, y me alegro, porque es un negro enorme: metro noventa, espaldas anchas y un poco de panza. Tanto mi padre como yo nos alegramos de no tener que compartir el asiento delantero. Kerwin se sienta de espaldas a la cabina, con las piernas extendidas hacia delante. Tiene un codo apoyado en una caja de cartón que mi padre lleva ahí atrás. Abro la ventanilla que nos separa para que podamos hablarnos a gritos.

Empieza Kerwin:

—¿Te acuerdas de cómo esos negros nos tiraban llantas la otra noche cuando estábamos drogados mirando los incendios?

Miro a mi padre, pero tiene la mente en otro lado, así que contesto con libertad:

—¿Pasó de verdad? Yo pensaba que había sido una alucinación.

—Ciento por ciento real —dice Kerwin, y se ríe.

Kerwin y yo tocamos juntos en una banda, Litrona Gratis. Yo toco el bajo y canto. Kerwin es el guitarra solista. Es sobre todo música Oi!, rock and roll callejero.

Yo soy el encargado del radio mientras mi padre maneja en dirección sur hasta Compton. Sintonizo la KRLA, en busca de algo de soul, pero suena un grupo de doo-wop que no reconozco. Veo por el retrovisor que Kerwin menea la cabeza al ritmo de la música cuando dejamos Imperial y giramos a la izquierda por North Alameda, y bajo la ventanilla para ver pasar la ciudad.

Solamente recorremos seis manzanas más. La zona en la que entramos es más industrial y de talleres, y no parece afectada para nada por los disturbios. Hay talleres de lunas de coche, fábricas de granito, almacenes de madera.

Cuando dejamos atrás Del Steel, me fijo en que su almacén parece intacto. Hacen cosas ornamentales. Mi padre trabaja a veces con ellos. L&M Steel, con sus almacenes de techos curvos, también parece intacto. Mi padre cuenta que en los sesenta esta zona estaba en pleno auge, llena de empresas, pero que ahora está agonizando. Se puede conseguir acero más barato de China que ya viene forjado o tratado al calor. Y además, los obreros americanos salen demasiado caros. Ya hace tiempo que las fábricas se están yendo a otras partes. Ya se estaban yendo incluso antes de la recesión.

Cuando se termina la rola, un locutor anuncia que el alcalde Bradley ha levantado el toque de queda, o sea que ya está. Se acabaron los disturbios.

—De vuelta a la cordura —dice el locutor con sarcasmo.

Mi padre suelta un bufido.

La impresión que me dan las calles ahora es de normalidad. O al menos, de tanta normalidad como la que había antes de que empezaran los disturbios. Es el South Central que conozco de toda la vida: bastante tranquilo, lleno de gente ocupándose de sus asuntos y trabajando duro. Aun así, ahora el mundo entero debe de pensar que Los Ángeles es una ciudad de gente negra y furiosa, una ciudad de incendiarios y pandilleros. Deben de pensar que lo que le pasó a Rodney King fue un hecho aislado, pero lo que no saben es que todo el mundo tiene a un Rodney King en su barrio, alguien a quien la policía le ha pegado como a un tambor con razón o sin ella. Y no todos son negros. Algunos tienen la piel morena.

Justo después de cruzar Banning, vemos la primera propiedad destruida. La olemos antes de llegar. No sé si alguna vez supe qué empresa había ahí. Ahora ya no queda nada, aunque siguen en pie los esqueletos de dos paredes. Con las paredes blancas de fondo del almacén de detrás, parecen más bocetos a carboncillo que una antigua construcción sólida. Delante hay un viejo con una gorra de los Raiders cortando trozos de techo con un hacha: un techo que se hundió y ahora está al nivel del suelo. Subo la ventanilla y le pregunto a mi padre qué fabricaban ahí.

—Fresadoras —me dice.

—¿Y sabes quién es el dueño?

No lo sabe. Nos desviamos de North Alameda por El Segundo y veo la escuela primaria Willard en la esquina. No se ha quemado, pero por alguna razón alguien cortó toda la reja con unos alicates, lo cual me hace pensar que quizá han intentado robar en la escuela, pero el pensamiento se me va de la cabeza porque estoy esperando a ver nuestro bloque de departamentos de dos plantas, blanco con el techo negro, trece departamentos y situado justo al lado de la escuela..., pero no hay nada.

Donde antes estaba nuestro edificio no hay más que un espacio vacío.

—¡Hijos de la chingada! —Mi padre se incorpora en el borde mismo de su asiento—. Todo lo que construí para nada.

Se pone a golpear el volante con la mano. Yo me aparto un poco pero también me alegro, de alguna forma. Hace unos años los golpes me habrían llovido a mí.

Mientras nos acercamos, vemos los restos quemados del lugar, un esqueleto negro que absorbe los últimos rayos del sol poniente. Aquí y allá se ven trozos de pared blanca sin quemar. El resto es completamente negro. A continuación miro más allá, por encima de la casa victoriana, que parece estar milagrosamente entera: al otro lado, en la propiedad contigua, tampoco está el otro bloque de departamentos que espero ver, un reflejo invertido del primero, con los mismos planos y todo: paredes blancas, techo negro y trece departamentos. También desapareció. Sigue siendo un reflejo invertido, pero negro, porque ahora la casa victoriana se levanta intacta entre dos solares calcinados, porque dos de nuestros edificios fueron quemados hasta los cimientos.

Me cuesta respirar cuando mi padre pasa junto a la casa victoriana y para en el pequeño callejón que la flanquea. Desde aquí tenemos una perspectiva bastante buena de lo que queda del segundo edificio de departamentos, de cuyo solar emergen dos puntales ennegrecidos, como si fueran postes calcinados de una portería. Estacionamos ahí mismo, en el suelo de tierra, al lado de la casa victoriana estilo reina Ana de la que mi padre es dueño, y que lleva reformando desde que yo tenía nueve años. Él mismo construyó la cerca de madera blanca de la parte de delante de la casa. Detrás de ella se levanta una edificación simétrica de un solo nivel con dos torres en punta que se elevan a ambos lados de la puerta de entrada y que le dan aspecto de cara, con sus dos ventanas rectangulares haciendo de ojos, la puerta de nariz y el porche llano de boca.

Me alegro de que haya sobrevivido, claro, pero todavía estoy asimilando que los dos edificios de departamentos estén destruidos del todo cuando por fin se me ocurre una cosa, algo que por estar estudiando Gestión de Pequeña Empresa tendría que haberme hecho pensar ya hace días:

—Papá —le digo—, ¿estamos arruinados?

9

Es una pregunta idiota. Tengo la respuesta delante de las narices. Como ahora tomo clases de contabilidad, mi padre me ha estado enseñando los extractos de sus préstamos bancarios correspondientes a los últimos meses. Está intentando enseñarme a llevar su negocio para cuando él no esté. Entre estas tres propiedades, lleva invertido más de un millón de dólares. Para conseguir tanto dinero ha tenido que hipotecar hasta las cejas.

Porque mi padre nunca escatima en materiales cuando está reformando algo, pero tiene que reducir costos de alguna forma, así que prescinde de todos los seguros menos del de terremotos. Su idea es que si reforma algo lo bastante deprisa, no tendrá problemas. La casa victoriana es la única excepción a la regla. Se construyó en 1906, en la época en que el Sunset Strip era un campo enorme de flores de Pascua. Es la única que tiene asegurada. La niña mimada.

Mi padre toma aire con los ojos cerrados y al soltarlo se le escapa la tos. No puedo verlo así, de forma que me llevo a Kerwin por el callejón hasta el sitio donde antiguamente había una gasolinera, al lado de un árbol de aguacate tan grande que podría haber salido en el cine.

Kerwin rompe el silencio para susurrar:

—¿Se han quemado todas las propiedades de tu padre?

—Todas menos ésta —le digo señalando la casa con la barbilla. Mi padre se la compró a los Kelly, una de las últimas familias blancas que se fueron de Compton.

»Antes había una gasolinera aquí. —Señalo una franja larga de tierra en el jardín de atrás donde la hierba ya no puede crecer.

Kerwin me pregunta por qué, así que le cuento que

esta casa es de antes de la época de las gasolineras. Mi padre lleva más o menos una década comprando y vendiendo propiedades. Mi madre cuenta que siempre quiso mejorar South Central, convertirlo en un sitio mejor, así que empezó comprando un edificio y lo vendió; luego compró dos. Ésa se convirtió en su táctica. Después de cuatro ventas se compró el negocio de azulejos que tiene en Western, y ahora es propietario de cinco edificios: tres en Compton, uno en Watts y uno en Lynwood, pero la casa victoriana de Compton, con sus techos abovedados, dos dormitorios, biblioteca y sala de juegos, siempre fue la cima de todo.

—Era el sueño de mi padre —le digo—. Demostrar que podía construir algo no sólo bueno, sino también hermoso. O al menos eso piensa mi madre. Durante mucho tiempo únicamente parecía feliz aquí. Yo lo acompañaba los fines de semana cuando él venía a hacer reformas.

Me acuerdo de que la sierra siempre estaba en la cocina. La casa se pasó años oliendo a madera recién cortada y llena de aserrín por todos lados. Yo le traía a mi padre cualquier cosa que él necesitara, un martillo o una llave inglesa. A los catorce años me enseñó a tender cableado eléctrico. Sé perfectamente que el trabajo que hice para él por entonces fue una de las pocas cosas que alguna vez lo hicieron sentirse orgulloso de mí. Ayudó el hecho de que nunca me caí de un andamio ni me clavé un clavo en el pie. Siempre tuve cuidado. Aprendí a tenerlo deprisa, porque cualquier paso en falso podía ser castigado con el cinturón.

—Pero el vecindario cambió deprisa —le cuento—. Todas estas casas antiguas fueron demolidas. Se construyeron almacenes, pero ya lo viste cuando veníamos en el coche. Muy pronto ya nadie quería vivir en esta calle.

Kerwin se encoge de hombros.

—¿Quién quiere vivir al lado de un almacén?

Es la típica pregunta que no necesita respuesta, pero yo le contesto de todas formas.

—Nadie.

A pesar de los cambios en el barrio, mi padre siguió dedicándose a restaurar la casa. Salimos adelante rentando cuatro apartamentos de uno de los bloques y cinco del otro, pero nunca conseguimos rentar la casa victoriana, ni tampoco venderla.

—Ahora no es más que una bonita reliquia fuera de lugar, y lleva mucho tiempo así. Lo peor es que la gente de por aquí lo sabe. Saben que no vive nadie en ella, y cuando la gente sabe eso, pasan cosas malas.

—¿Cosas malas de qué tipo? —Kerwin es de South Central. Sabe qué clase de cosas malas pasan por aquí, pero aun así no puede evitar preguntarlo. Tal vez ninguno de nosotros pueda. Tal vez sea algo humano.

—Alguien tiró un cadáver en nuestra propiedad, en el callejón. Nos enteramos cuando aparecieron dos sheriffs en nuestra casa de Lynwood y le pidieron a mi padre que los acompañara para interrogarlo. Unos dos meses después hubo una violación en grupo en el patio de atrás, bajo el aguacate.

Señalo el árbol. No estamos demasiado lejos de él, de la vieja escena del crimen, y ahora me quedo mirándolo porque estoy viendo algo raro. No es solamente que tenga las ramas todas cargadas bajo el peso de la fruta que este año no hemos recogido porque no nos hemos dedicado a ello; también hay algo al pie del árbol, al otro lado del tronco enorme. Como el sol ya se ha puesto, no consigo distinguir qué es la forma que hay ahí. Es demasiado grande para ser un perro pero es lo que parece. Un perro tirado, despatarrado debajo del árbol.

—Un momento. —Bajo la voz hasta que es un susurro—. ¿Ves eso?

Kerwin está a mi lado, en cuclillas en el suelo de tierra.

—Sí —me dice, también en voz baja.

—Eso de ahí… —Tengo los ojos entornados, intento
distinguir las dos cosas alargadas que hay en el suelo, alejándose del tronco. Resulta que no es un perro—. ¿Son
piernas?

—Sí —dice Kerwin—. Joder, sí.

10

Son dos piernas desnudas, por lo que puedo ver, y pe-
ludas. Al final de la pierna derecha, en el pie derecho, hay
un calcetín blanco. Avanzamos los dos juntos, Kerwin y yo.
A medida que nos acercamos, vamos dando un rodeo y
acierto a distinguir lo sucia que está la planta del calcetín,
casi negra. Vemos que más allá arranca el resto del cuerpo, que está apoyado contra el tronco y sentado con las
piernas extendidas hacia delante.

Oigo respirar a Kerwin a mi lado. Tiene un minibat
de los Dodgers en las manos; debe de haberlo traído de su
casa. Es de madera, de unos treinta centímetros de largo,
de los que regalan en cantidades limitadas como artículos
promocionales por asistir a ciertos partidos.

—¿Le dispararon? —pregunta Kerwin—. ¿O lo apuñalaron, o qué?

—No veo sangre —le digo.

Ahora ya tenemos claro que esa persona no lleva pantalones, solamente unos calzones estilo bóxer de color
café rojizo. En la mitad superior del cuerpo lleva tres ca-
misas de franela, las tres con los puños abiertos y las

478

mangas subidas hasta el codo, de donde le cuelgan. Con tanta ropa cuesta saber si se le mueve el pecho.

—Tócalo —le digo a Kerwin—. Dale un golpecito o algo. A ver si se mueve.

—No, hazlo tú.

—¡Eres tú el que tiene el bat! —insisto.

Kerwin se mira la mano para confirmar que lleva el bat y luego se encoge de hombros, como diciendo que tal vez le vaya a dar un toque con el bat y tal vez no.

Y entonces me fijo en que el tipo tiene algo en el brazo.

—Eh, ¿ves eso?

Señalo. Kerwin entorna los ojos. Los dos lo hacemos.

—Sí —dice él—. Puaj.

Al tipo le sobresale una aguja de la parte interior de la articulación del codo, pero no es una jeringa. Sólo la aguja. Casi parece como si alguien hubiera querido la jeringa pero, como no le pudo sacar la aguja del brazo, se limitó a desenroscar el puto aparato y a dejarle la aguja metálica sobresaliendo del cuerpo, como si fuera la mitad de un seguro clavado allí. Alrededor de la aguja hay sangre seca, manchas y puntos de sangre, y más cerca de la mano un tatuaje con letras alargadas y cursivas, al estilo de *Los Angeles Times*.

Señalo el tatuaje:

—¿Qué dice?

Kerwin tiene que ladear la cabeza para leerlo. Yo hago lo mismo, pero cuesta descifrarlo con toda la tierra y la sangre seca que tiene encima. Me dan ganas de limpiarle la porquería pero no lo hago.

—Dormilón —digo—. Creo que dice Dormilón.

—¿Está muerto o qué? —Kerwin tiene la boca tapada con la mano—. Parece muerto.

—No lo sé.

Aunque creo que sí lo está. Tiene la mitad de la cara cubierta de porquería apelmazada. Es del color de los ceniceros que usa mi padre. Se le pasean las hormigas por el pelo de las piernas y hasta tiene varios bultos de picaduras tan hinchados y rojos que los distingo a pesar de la poca luz.

—Hazlo, vamos —lo animo y, como Kerwin no se atreve, le doy con mi hombro en el suyo—. Hazlo ya.

Kerwin le da un golpecito al cuerpo con el bat. Pone la punta gruesa sobre el pecho del tipo, justo encima del corazón, y empuja. Al tipo le sale un poco de aire de dentro, como un suspiro, y los dos damos un salto hacia atrás, pero él ni siquiera pestañea. Ni mueve un párpado.

Me pongo a pensar en voz alta:

—Eso podría ser aire atrapado en los pulmones o algo así, ¿verdad?

—¿Cómo quieres que lo sepa? Te toca a ti. Pero te digo una cosa —me dice Kerwin mientras me da el bat—: carajo, cómo me alegro de que no hayamos tomado ácido para esto.

—Y yo —le digo.

La verdad es que no sé qué voy a hacer con el bat que no haya hecho ya él, así que me lo pongo en el costado, doy un paso adelante y estiro el brazo para tocarle la cara al tipo con la mano libre.

Kerwin se acobarda al verme:

—Mikey, ¿qué estás haciendo?

El corazón me late a mil por hora, y no sé en qué estoy pensando más allá de que necesito ver si tiene un hilo de respiración y que si noto su aliento en los dedos lo sabré seguro, pero no me va a llegar la mano desde tan atrás, así que me acerco. Cuando planto un pie en el suelo, sin embargo, mi suela aplasta algo. Bajo la vista para confirmar lo que es y doy un paso rápido hacia atrás, porque resulta ser la mano derecha del tipo. Ni la había visto, de tan oscuro que está. Al mismo tiempo que me doy cuenta, oigo que Kerwin ahoga una exclamación y lo primero que hago es levantar la vista hacia la cara mugrienta del tipo, que de pronto tiene los ojos abiertos.

Doy un salto hacia atrás que me hace chocar con Kerwin, pero consigo no perder el equilibrio. El tipo nos mira arrugando la cara. Se relame unas cuantas veces antes de abrir la boca.

—¿Qué haces, carajo? —Las palabras le salen lentas y polvorientas. Ni siquiera está encabronado, solamente confuso y deshidratado—. ¿Por qué me pisas?

Yo no me quedo para contestar y Kerwin tampoco. Ya nos estamos alejando, caminando hacia atrás a toda prisa, sin quitarle la vista de encima a ese tipo que pensábamos que era un cadáver y sin ganas tampoco de tener una conversación con él. Pero el bato sigue hablando, diciéndonos «Oye» mientras nos largamos, como si quisiera llamar nuestra atención, pero nosotros ya estamos yendo a toda prisa hacia la entrada de la casa y hacia mi padre.

—Chingá —dice Kerwin—. Casi me da un ataque al corazón. Carajo!

Y yo estoy igual que él. No sé qué es lo que me acobarda más ahora, si el hecho de que hayamos creído que habíamos encontrado un cadáver, o que el cadáver haya acabado estando vivo.

Cuando llegamos al porche, nos encontramos a mi padre asomándose por la ventana de la derecha de la puerta. Piso cristales con las botas antes de darme cuenta de que la ventana por la que está mirando ni siquiera está. La han roto y mi padre está mirando por el hueco. Cuando miro por encima de su hombro, lo que veo me provoca un vuelco en el estómago, pero al menos explica lo del tipo de debajo del árbol.

11

Han estado viniendo drogos a la casa, y no sólo el de debajo del árbol. Una manada. Tal vez incluso se hayan pasado los disturbios enteros aquí. Dentro huele a jaula de monos. El suelo de la biblioteca, con sus estanterías de obra, está todo lleno de ampollas rotas y también hay una pipa de cristal y varias jeringas sin agujas. En el rincón donde yo de niño me construía fuertes con dos caballetes y donde leía *La isla del tesoro* bajo una lona colgada, hay un montón de papeles arrugados de periódico, que nuestros invitados no deseados usaron para limpiarse el trasero y luego dejaron ahí mismo. No tengo ni idea de por qué harían algo así, pero no quiero mirar cómo están los baños.

—Hay uno que todavía está debajo del aguacate —comento.

Mi padre se me queda mirando. Lo veo asimilar esta información antes de que me diga:

—Onda Ricitos de Oro, ¿eh? ¿Parecía peligroso?

—No —le digo—. Ni siquiera se movió.

Mi padre mira hacia el sitio del que venimos, hacia el aguacate cuya silueta se recorta sobre la penumbra de color violeta oscuro, pero es imposible que vea el cuerpo desde tan lejos, y tampoco parece que le importe.

Escupe fuera del porche y me dice:

—Pues déjalo ahí.

Toma su paquete de cigarros aromáticos, saca uno y lo enciende.

—Esta casa está maldita —me dice.

Kerwin me mira con cara de preocupación. Yo le he visto caras de loco a mi padre en el pasado, se las conozco mejor que nadie, y a juzgar por cómo ahora mismo le empieza a latir la vena de la frente, sé que está caminando por la cuerda floja del ataque de cólera. Se vuelve hacia mí y le veo una chispa en los ojos.

—¿Cómo quemó el tipo ese la casa de Momo? —me pregunta.

Yo todavía estoy pensando en el tipo que hay debajo del árbol, pero consigo regresar a la realidad y le digo:

—Tiró un cóctel molotov por la puerta.

—¿Y ya está? —pregunta mi padre.

—Sí —le digo.

—Bien. —Y se va andando hacia la camioneta.

Cuando llega a la plataforma, veo que tira de la caja de cartón y la abre. Saca de ella una botella de whisky de cristal llena hasta los tres cuartos, le quita el tapón y mete un trapo todo lo que puede por el gollete.

—Uau —dice Kerwin, y da un paso atrás—. ¿Qué va a hacer?

Yo miro detrás de nosotros, a la calle, para ver si nos está viendo alguien, pero no. Estamos solos.

—¿Papá? —tanteo.

Pero él pasa a mi lado sin escucharme. Oigo el licor chapotear en la botella mientras se aleja. Y cuando llega al porche, al que le cambiamos los tablones a mano, se quita el cigarro aromático de la boca y lo sujeta contra el trapo.

—Es mía —dice mi padre—. Y la puedo matar si quiero.

12

Mis sentimientos ahora mismo son confusos. No quiero que lo haga pero entiendo sus razones. Todo lo que él ha trabajado en la casa, todo lo que hemos trabajado los dos, y todo el tiempo que hemos invertido. Todo se consumirá en cuanto la botella se estrelle contra la esquina del fondo de la biblioteca y el fuego prenda en los periódicos que hay en la parte inferior de una de las librerías empotradas, todavía vacía después de tantos años.

Parpadeo y mi padre ya está en la camioneta, arrancándola. La radio cobra vida cuando enciende el motor, vuelve a ocupar el asiento y abre la puerta del copiloto. Inunda la noche una rola de las Shirelles en mitad del estribillo, *Dedicated to the One I Love*, y mi padre me grita para hacerse oír por encima de la música:

—¡Hijo, sube a la camioneta! ¡Vámonos!

Pero yo no puedo. Estoy demasiado ocupado viendo morir la casa victoriana.

—Kerwin, carajo —le dice mi padre—. Sube.

Cuando Kerwin sube y cierra la puerta, mi padre me vuelve a gritar.

—¡No me hagas subirte a la fuerza!

Yo no siento que mis piernas se muevan, pero debo de estar caminando, porque me encuentro subido a la plataforma de atrás de la camioneta y luego sentado con la espalda apoyada en la cabina, tal como estaba antes Kerwin, y oigo que éste le dice a mi padre:

—¡Ya está dentro!

La camioneta arranca en reversa y yo veo cómo el bulevar El Segundo se nos acerca a toda velocidad mientras mi padre dobla la esquina demasiado deprisa y las ruedas del lado derecho bajan de golpe la acera. Me habría caído de la camioneta si Kerwin no me hubiera tomado del hombro.

—¡Te tengo! —me dice cuando ya estoy a punto de darle las gracias.

Voy mirando hacia atrás, demasiado ocupado preguntándome si éste será el último incendio de los disturbios o bien si, por otras razones, la gente va a seguir quemando cosas esta noche. Entiendo la lógica de mi padre. Es la única propiedad que tiene asegurada contra incendios, así que tiene sentido, aunque quemar la casa no nos sacará del atolladero: el dinero del seguro no va a llegar ni de lejos a liquidar la deuda de las tres propiedades. Ahora mismo, sin embargo, es la única manera de reducir pérdidas.

Se me ocurre entonces que quizá sea así cómo han funcionado estos disturbios para toda la gente de South Central. Sabes que vas a perder pero luchas y pataleas para perder lo menos posible. Da igual que sean propiedades, o salud, o a un ser querido como ERNIE: es algo, y cuando se vaya se habrá ido para siempre. Esta noche nadie se siente en paz; ya hace días que es así. Y puede que se haya acabado el toque de queda, pero eso no significa que las cosas sean normales, ni que se hayan arreglado, ni que se vayan a arreglar pronto.

En Los Ángeles, solamente significa que las cosas son distintas a como eran la última vez que pudiste salir de noche, y a partir de ahora, cuando hablemos de estos disturbios, hablaremos de lo que nos hicieron, hablaremos de lo que perdimos, y una cuña hendirá la historia de la ciudad. A un lado quedará todo lo de antes y al otro lado todo lo de después, porque si ves las suficientes cosas malas, eso o bien te inutiliza para todo o bien te convierte en algo distinto, quizá algo que no conoces ni entiendes de entrada, pero que tal vez sea una persona nueva, como una semilla plantada que todavía no ha crecido.

Kerwin sube el volumen de la música y el estribillo arranca cuando el bulevar se despliega por debajo de mí con su línea discontinua amarilla corriendo por el centro antes de fundirse con el negro del asfalto. El viento me azota la cara, y se me ocurre que el tipo de la aguja en el brazo tiene un asiento de primera fila para todo esto.

Un almacén situado junto al bloque de departamentos quemado más cercano me tapa rápidamente casi toda la casa victoriana, y lo único que acierto a ver de ella es un resplandor naranja parpadeante a través de la ventana de la biblioteca, como una calabaza de Halloween guiñándome el ojo, hasta que por fin nos alejamos demasiado y también esa luz desaparece. Lo único que queda visible de la casa es el lugar al que va, el cielo, mientras una nube negra se va formando sobre ella. Yo confío en verla mejor cuanto más nos alejemos, y en entender más todo esto, porque tal vez si veo el resto del barrio y cómo se quemó, si veo cómo se puso también a otra gente en el punto de mira y se le hizo sufrir, lo podré entender, pero de momento lo único que capta mi atención es nuestra casa, y el dolor que produce verla desaparecer, y el hecho de que la distancia no me ofrece ninguna perspectiva.

Así que cierro los ojos.

Apoyo las palmas de ambas manos en los lados de la plataforma de la camioneta y me sujeto con fuerza al metal y a la pintura descascarillada mientras el ritmo de la calle me hace tambalearme hacia delante y hacia atrás. Oigo que la rola baja de volumen a través de la ventanilla. La oigo chocar con el viento, fundirse con su silbido, y me imagino cómo eran antes las cosas. Veo la casa victoriana tal como era cuando yo tenía catorce años, vaga-

486

mente azulada bajo la luz de la madrugada. Veo aguacates sin madurar sobre la hierba, duros y verdes, de los que yo usaba para jugar al futbol, y más allá veo el árbol del que caían, y uno de los dos bloques de departamentos se yergue alto como un centinela, y su techo se tiñe ligerísimamente de color naranja cuando el sol empieza a asomar. Algo me oprime el pecho cuando imagino intacta mi infancia, la que me tocó a mí. Veo el frontón de madera de Ham Park todavía en pie, con niños jugando en él y también adultos, los ecos de los pelotazos de sus partidos de los sábados se oían en varias manzanas a la redonda, casi hasta la casa de Momo, y sonaban como los latidos de un corazón, quizá incluso fuese el corazón de la ciudad, latiendo demasiado deprisa. Ahora mismo, en mi cabeza, la casa de Momo sigue entera, con su coche estacionado delante, y lo veo caminar hacia él con las llaves en la mano y saludarme con la cabeza cuando paso con la moto, y entonces me doy cuenta: mis recuerdos son los únicos lugares donde volveré a ver algo de todo esto; y me pregunto si será lo que hacen los escritores: reconstruir sitios con la mente; sitios que ya hace tiempo que no existen, sitios que desaparecieron, y me pregunto si será cierto, y si también será cierto de la gente que desaparece.

La rola se está acabando. Oigo las voces de las muchachas fundirse con la línea del bajo mientras lo que queda de su armonía se rinde ante el viento y el ronroneo del motor de la camioneta. Durante un par de respiraciones largas, no oigo nada más que sirenas a lo lejos. No oigo más que la camioneta meciéndose sobre sus ejes. Cuando empieza otra rola, de otro estilo, con una batería más ruidosa, no la reconozco, y entonces me viene una idea insignificante a la cabeza, aunque la noto retumbar y crecer con cada edificio que dejamos atrás. A cada manzana que pasa, me siento más de acuerdo con ella. Los Ángeles también tiene motor, y se niega a pararse. No puede. Es un superviviente. Seguirá adelante, pase lo que pase, atravesará limpiamente estas llamas y saldrá por el otro lado convertido en algo roto, bonito y nuevo.

CITAS

La cita de Joe McMahan que da inicio al «Segundo día» es la transcripción de una información emitida en directo por televisión durante los disturbios, en el programa «7 Live Eyewitness News».

La cita del jefe del Departamento de Policía de Los Ángeles Daryl Gates que aparece en «Los hechos» y la cita de Rodney King que da inicio al «Tercer día» proceden del libro *Official Negligence: How Rodney King and the Riot Changed Los Angeles and the LAPD*, de Lou Cannon.

La cita del general de división James D. Delk que da inicio al «Quinto día» procede de su libro *Fires & Furies: The LA Riots*.

La cita del teniente Dean Gilmour que da inicio al «Sexto día» procede del libro *Twilight: Los Angeles, 1992*, de Anna Deavere Smith. El [sic] lo he añadido yo, dado que no existe ninguna «División de Hollingback» en Los Ángeles, aunque sí un Hollenbeck.

Estoy en deuda con estos tres libros y con sus autores por haber ampliado mis conocimientos de los acontecimientos que tuvieron lugar entre el 29 de abril y el 4 de mayo de 1992.

Con excepción del cálculo que hace Anthony de la cantidad de balas que se habían disparado tras dos días de disturbios, y de la estimación de que la población del condado de Los Ángeles es de 9,15 millones de personas, que procede del *L. A. Almanac*, todas las estadísticas usadas en este libro proceden o bien de la obra de Cannon o de la de Delk.

A lo largo del proceso de creación, el periódico *Los Angeles Times* fue una ayuda absolutamente indispensable para mi investigación. Los titulares que aparecen en este libro son reales.

AGRADECIMIENTOS

A Álvaro, que fue sin duda alguna el impulso que me guio a escribir este libro; gracias por ayudarme a planear todos los crímenes de esta novela como si fueran reales. No podría haberla escrito sin tus aportaciones y tu gran generosidad.

A Evan Skrederstu, que no tuvo reparos en escuchar ni en contarme lo que funcionaba y lo que no.

A todos los demás miembros de UGLAR (Unified Group of L. A. Residents): Chris Horishiki Brand, Espi y Steve Martinez; sin todos ustedes, este libro no existiría.

A Stanley Corona, que me contó el impacto enorme que habían tenido los disturbios en su familia.

Al jefe de escuadrón (retirado) del Departamento de Bomberos de Los Ángeles Ron Roemer y al maquinista (retirado) John Cvitanich, además de al capitán Skelly, al maquinista Zabala y a los bomberos Meza y Bennet de la 112.

Al capitán (retirado) de la Policía de Carreteras de Los Ángeles Chuck Campbell.

A Marisa Roemer, que me escuchó leer todos los capítulos a medida que yo los terminaba de escribir y siempre supo qué sonaba bien y qué había que cambiar y cómo.

Al doctor William J. Peace, que supervisó todas las referencias médicas del libro.

A toda mi familia, especialmente a la abuela Annazell, a mis padres, a Brandon, a Karishma, a mi hermana mayor Char, y a Alexa, que me mantienen motivado queriéndome más cuando peor me salen las cosas.

A Kevin Staniec, Corrie Greathouse, y a mi familia artística, que me apoya increíblemente desde Black Hill Press, donde siempre están cuando los necesito.

A las alumnas de Itinerario Especial (Edición) de la Chapman University Jennifer Eneriz y Zoe Zhang, que hicieron la corrección del texto, cotejaron los datos para asegurarse de que eran históricamente exactos y suministraron una ayuda lingüística crucial durante el proceso de creación del glosario de la edición en inglés.

A Gustavo Arellano y a P. S. Serrato, tremendos profesores de la cultura del sur de California, cada uno a su manera única.

A Bryce Carlson, que nunca se cansó de hablar de Los Ángeles ni de instruirme sobre efectos de sonido: *shimp*, ya lo creo.

A Lizzy Kremer, Harriet Moore, Laura West, Emma Jamison, Alice Howe y Nicky Lund de la Agencia David Higham, que creyeron en esta obra desde el primer día.

A Simon Lipskar de Writers House, que hizo una excepción para mí, y a Kassie Evashevski de UTA, que me ayudó a ver mi sueño hecho realidad.

Y en último lugar, aunque no en importancia, hay una serie de personas que participaron en la investigación que ha permitido que este libro exista, pero desean permanecer en el anonimato. Siempre honraré su deseo. Sepan, por favor, que esta novela no habría sido posible sin su sabiduría y que no les puedo agradecer lo suficiente el hecho de que la hayan compartido conmigo.

ÍNDICE